ein Ullstein Buch

ÜBER DAS BUCH:

Leutnant Vere Marriott kommt mit seinem kleinen Kanonenboot kurz nach der deutschen Kapitulation ins zerstörte Kiel, um beim Wiederaufbau in Schleswig-Holstein zu helfen. Die Förde ist ein einziger Schiffsfriedhof, und an Land stehen fast nur Ruinen. Auf der Ostsee suchen noch immer Flüchtlingsschiffe in den Westen zu entkommen, verfolgt von den Sowjets. Und gewaltige Mengen Giftgasgranaten müssen versenkt werden, wo das Meer am tiefsten ist. Marriott begreift, daß die Gefahr noch längst nicht vorbei ist, sie hat nur ein anderes Gesicht als im Krieg. Und in diesem Kampf gegen Naziverbrecher, Schieber, sowjetische Funktionäre, die Tükken der Ostsee und auch gegen ganz simple Inkompetenz und Gleichgültigkeit lernt er, daß die ehemaligen Feinde mitunter seine besten Verbündeten sind. – Ein mit viel Milieukenntnis geschriebener, einfühlsamer Roman, der Nachkriegsdeutschland aus der Sicht der britischen Siegermacht schildert und ihre Wandlung zum Verbündeten beschreibt.

ÜBER DEN AUTOR:

Alexander Kent kämpfte im Zweiten Weltkrieg als Marineoffizier im Atlantik und im Mittelmeer und erwarb sich danach einen weltweiten Ruf als Verfasser spannender Seekriegsromane. Seine marinehistorische Romanserie um Richard Bolitho machte ihn zum meistgelesenen Autor dieses Genres nach C. S. Forester. Seit 1958 sein erstes Buch erschien (*Schnellbootpatrouille,* UB 20798), hat er über dreißig Titel veröffentlicht, von denen die meisten bei Ullstein vorliegen oder vorbereitet werden. Sie erreichten eine Gesamtauflage von 15 Millionen und wurden bisher in 14 Sprachen übersetzt. – Alexander Kent, dessen wirklicher Name Douglas Reeman lautet, ist aktiver Segler, Mitglied der Royal Navy Sailing Association und Governor der Fregatte *Foudroyant* in Portsmouth, des ältesten noch schwimmenden britischen Kriegsschiffes.

Alexander Kent

Die weißen Kanonen

Roman

ein Ullstein Buch

ein Ullstein Buch/maritim
Nr. 22403
Herausgegeben von J. Wannenmacher
im Verlag Ullstein GmbH,
Frankfurt/M – Berlin
Titel der Originalausgabe:
The White Guns
von Douglas Reeman,
erschienen bei
William Heinemann Ltd., London 1989
Übersetzt von Uwe D. Minge

Deutsche Erstausgabe

Umschlagentwurf:
Hansbernd Lindemann
Umschlagillustration: Brian Sweet

Printed in Germany 1991
Druck und Verarbeitung:
Ebner Ulm
ISBN 3 548 22403 2

Februar 1991

Vom selben Autor
in der Reihe der
Ullstein Bücher (Bolithoserie):

Kanonenboot (20302)
Rendezvous im Südatlantik (20318)
Duell in der Tiefe (20339)
Wrack voraus! (20437)
Die Ersten an Land, die
Letzten zurück (20511)
Unter stählernen Fittichen (20549)
Aus der Tiefe kommen wir (20574)
Ein Schiff soll sterben (20646)
Die Faust der Marine (20715)
Torpedo läuft! (20735)
Freiwillige vor! (20765)
Schnellbootpatrouille (20798)
Feindpeilung steht! (20857)
Der Eiserne Pirat (20893)
H.M.S. Saracen (20937)
Feuer aus der See (22043)
Mittelmeerpartisanen (22081)
Atlantikwölfe (22151)
Die Zerstörer (22219)
Insel im Taifun (22297)

Außerdem 19 marinehistorische
Romane um Richard Bolitho
(siehe Seite 256)

CIP-Titelaufnahme
der Deutschen Bibliothek

Kent, Alexander:
Die weißen Kanonen: Roman / Alexander
Kent. [Übers. von Uwe D. Minge]. – Dt.
Erstausg. – Frankfurt/M; Berlin: Ullstein,
1991
(Ullstein-Buch; Nr. 22403)
ISBN 3-548-22403-2
NE: GT

Für Kim,
das Mädchen am Strand,
in Liebe

Inhalt

»Mit dieser Unterschrift wird das Wohl und Wehe des deutschen Volkes und der deutschen Streitkräfte in die Hände der Sieger gelegt.«

(Generaloberst Gustav Jodl nach Unterzeichnung der deutschen Kapitulationserklärung vor den Alliierten im Mai 1945)

»Was sich bewegt, wird gegrüßt –
was stillsteht, wird weiß angestrichen.«

(Redensart bei der Royal Navy)

Die Sieger

Die beengten Gewässer der Ostsee sind launisch, gefährlich und so unterschiedlich wie die Anliegerstaaten – von Finnland im Norden bis zu den lieblicheren Küsten Dänemarks und den turbulenten Strömungen des Kattegats vor Schweden. Das Wetter wechselt schnell, und dieser Morgen im Mai, der erst ein paar Tage alt war, bildete keine Ausnahme. Die beißend kalte, feuchte Luft wirkte besonders feindselig, vielleicht weil sie das Besondere dieses Tages kannte.

Das frühe Sonnenlicht wurde von niedrigen Wolken gefiltert, doch wenn es durchbrach, glänzte es hart und metallisch auf dem Wasser, so daß seine Oberfläche aussah wie geschmolzenes Blei. Blieb die Sonne hinter den Wolken verborgen, sah dieselbe See dunkel und drohend aus.

Ein kleines Geschwader fuhr langsam nach Süden in Richtung Kieler Bucht. Die Schiffe drängten sich eng zusammen, als ob auch sie die Gefahr und Unsicherheit spürten, die in der Luft lagen. Die Maschinen liefen gedrosselt, damit der Verband ständig in Sichtkontakt blieb. Ihr dumpfer Klang dröhnte über das Wasser und wurde vom Land, das gelegentlich an Steuerbord zu erkennen war, zurückgeworfen. Nur den Seeleuten, die alt genug waren, um sich an die Friedenszeiten zu erinnern, sagten die Namen in der Seekarte etwas.

Es war Mai 1945. Nach fast sechs Jahren Krieg drangen britische Kriegsschiffe in die Ostsee ein. Nur wenige unerschrockene U-Boote hatten sich hier bisher einen Weg hineingesucht, um den Küstenverkehr des Gegners zu stören.

Dieser Verband war klein, aber trotzdem gefährlich. Zwei schnittige Motorkanonenboote stampften durch das unruhige Wasser, als ob sie sich dagegen wehren wollten, an so kurzem Zügel gehalten zu werden. Sonst pflegten sie mit dreißig Knoten* dahinzubrausen und bei Wind von achtern noch schneller. Drei Motorbarkassen folgten. Sie sahen mit ihren niedrigen Brücken und den scharfen Steven den Schnellbooten sehr ähnlich, waren allerdings nicht so schwer bewaffnet. Den Schluß bildete ein Bergungsschlepper mit hohem Schornstein. Alle Rümpfe waren grau wie die Wolken und glänzten feucht vom Spritzwasser. Die Geschütze waren bemannt, als erwarte man einen Angriff.

Das Motorkanonenboot an der Spitze trug die Nummer 801 am Bug. Für Landratten sah es noch so schmuck aus wie an dem Tag im

* 1 Knoten = 1 Seemeile (1,85 km) pro Stunde

Jahr 1942, als es zum ersten Mal seine Nase in Salzwasser gesteckt hatte. Aber für Experten waren die alten Narben unter der Farbe noch gut zu erkennen. Es hatte drei Jahre Krieg hinter sich, immer auf der Suche nach dem Feind, nach seinen Schnellbooten und anderen Fahrzeugen, deren Besatzungen ebensogut ausgebildet und entschlossen waren zu gewinnen oder auch nur zu überleben. Von Island bis zum Mittelmeer, vom Englischen Kanal bis in die Nordsee waren die britischen Schnellboote zu finden. Ihre Besatzungen bestanden überwiegend aus Reserveoffizieren und Gezogenen: frühere Schuljungen, Milchmänner und Taxifahrer. Sie hatten mit ihrem Blut bewiesen, daß sie mehr als nur Kanonenfutter waren. Aber die Verluste waren hoch gewesen.

Lieutenant Vere Marriott, der Kommandant des Schnellboots 801, stützte seine Ellbogen auf den Splitterschutz der Brücke und blickte durchs Fernglas zum Land hinüber, wie schon zahllose Male zuvor. Er war sechsundzwanzig Jahre alt. Außer einer kurzen Dienstzeit auf einem alten Zerstörer der V&W-Klasse, wo er in die Navy ›hineinschnuppern‹ sollte, hatte er die ganze Zeit bei den Light Coastal Forces gedient, also im küstennahen Einsatz auf Torpedo- und Artillerieschnellbooten wie diesem. Er hatte den britischen Rückzug in Nordafrika gedeckt, bis sich das Blatt gewendet hatte. Die angeschlagenen Veteranen der Achten Armee hatten an einem Ort namens El Alamein standgehalten. Den Ort hätte man noch vor wenigen Monaten auf jeder Karte vergeblich gesucht. Nach Jahren der Rückschläge, sowohl beim Heer als auch bei der Marine, hatte sich das Kriegsglück endlich gewendet. Rommels vorzügliches Afrikakorps wurde zurückgetrieben, die deutschen Divisionen wurden von Afrika nach Sizilien verjagt und dann nach Italien. Immer saßen ihnen dabei auch Boote wie dieses auf den Fersen.

Mit halbem Ohr lauschte Marriott auf das unterdrückte Grummeln der vier großen Packard-Maschinen und blickte auf tanzende Wrackteile hinunter, die langsam vorbeitrieben.

Nun waren sie hier, elf Monate nach der großen alliierten Invasion in der Normandie, und liefen an der deutschen Küste entlang nach Kiel, der Stadt, die so oft in den Nachrichten erwähnt, so oft bombardiert worden war. Trotzdem hatten die Deutschen von hier aus zurückgeschlagen. Bunker und Reparaturwerften für Kriegsschiffe und U-Boote standen hier, die zum zweiten Mal in einer Generation Großbritannien fast ausgehungert und an den Rand der Niederlage gebracht hatten.

Für die meisten Briten war Kiel eher eine Legende als eine Realität. Marriott erinnerte sich, daß er vor dem Krieg einen Film mit Conrad Veidt gesehen hatte, über einen U-Boot-Kommandanten des Kaisers, der nach Scapa Flow eindrang, um die Grand Fleet anzugreifen. Vielleicht war es nur ein Zufall, aber genau das hatte später auch Günther Prien mit seinem U 47 getan und die *Royal Oak* zum Sinken gebracht. Es hatte viele Tote gegeben.

Marriott hörte Seestiefel aus dem Kartenraum heraufpoltern, der direkt vor der kleinen offenen Brücke angeordnet war. Sub-Lieutenant Mike Fairfax, sein Stellvertreter auf MGB* 801, obwohl er erst in einigen Wochen seinen einundzwanzigsten Geburtstag feiern würde, blickte ihn ernst an. »Es ist ein seltsames Gefühl«, sagte er.

»Ja, Nummer Eins.« Marriott hätte ihm gern die Hände geschüttelt, hätte gern gelacht oder geweint, konnte sich aber über seine Gefühle nicht klarwerden. Er konnte sie nicht vergessen, Gesichter, die ausgelöscht worden waren, all die Monate und Jahre voll Überschwang und Stolz, aber auch die nackte Angst in den Gedärmen. *Es ist vorbei* – das sagte sich leicht. Was blieb, waren der übliche Papierkram und das Wedeln mit den Signalflaggen.

Deutschland war zusammengebrochen. Daß dieser unwahrscheinliche Wunschtraum vieler Jahre jetzt Wirklichkeit geworden war, war kaum zu glauben und noch schwerer zu verarbeiten. Ebenso die Tatsache, daß er überlebt hatte.

Natürlich war da noch Japan, der Kriegsschauplatz im Pazifik, aber das war der Krieg der Amerikaner. Er kam später. Jetzt waren sie hier.

Er blickte über die Brustwehr nach vorn zur Back. Obermatrose Townsend ließ das schlanke Rohr ihres Buggeschützes langsam von einer Seite zur anderen schwingen. Wie mochte er sich fühlen?

Wie auf den anderen Booten ihrer Klasse befanden sich dreißig Offiziere und Mannschaften an Bord. MGB 801 hatte sich gut bewährt. Sein Rumpf war häufig durchlöchert und geflickt worden. Die Löcher stammten von den Bombensplittern eines Flugzeugs, das niemand gesehen hatte, von feindlicher Leuchtspurmunition, Granaten und weißglühenden Splittern, die einen Mann in Stücke reißen konnten. Die dicke Farbschicht verdeckte auch viele eigene Sünden. Aber die Maschinen waren noch völlig in Ordnung, und ihre Waffen konnten zurückschlagen, wenn sie gereizt wurden. Über die MGBs hieß es, sie seien stärker als alles, was schneller war, und schneller als alles, was

* Motor Gun Boat = Artillerieschnellboot

stärker war. Diese Kombination hatte ihnen oft genug das Fell gerettet. Für seine Größe war das Boot schwer bewaffnet. Über die rund fünfunddreißig Meter Länge verteilt standen zwei Oerlikons und mehrere leichte und schwere Maschinengewehre. Einige waren nicht rechtmäßig an Bord, irgendwann war man über sie ›gestolpert‹.

Fairfax erkannte Marriotts Stimmung mit sicherem Blick, obwohl er erst kurz vor Weihnachten auf dem Boot eingestiegen war. Vorher hatte er auf einem kleineren Vosper-Boot in Felixstowe als Dritter gedient. Er konnte sich noch gut an seine ablehnende Reaktion erinnern, als man ihm mitteilte, wer sein nächster Skipper sein würde: Lieutenant Vere Marriott, DSC*, war eine Legende bei den Küstenstreitkräften. Aber das war vor der Invasion in der Normandie gewesen. Auf diesen Schnellbooten verlief das Leben schnell und wild. Sobald es nichts anderes Sensationelles zu schreiben gab, stürzten sich die Zeitungsleute auf diese jungen Veteranen und stilisierten sie zu Helden hoch. Fairfax' Kameraden pflegten darüber zu spotten. Im Schnellbootkrieg gab es nur zwei Offizierstypen: die schnellen und die toten.

Marriott mit seinen sechsundzwanzig Jahren war ihm unglaublich alt erschienen. Seine Freunde hatten Fairfax gewarnt, daß sein neuer Kommandant ganz schön *einen an der Waffel* haben mochte. Das war nicht sehr ermutigend gewesen.

Aber seitdem waren Monate vergangen, und Fairfax hatte für seinen grauäugigen ernsten Vorgesetzten ein Gefühl entwickelt, das über Respekt weit hinausging. Es war unglaublich, wie Marriott aus einer wilden Horde ein Team, eine Gemeinschaft, geschmiedet hatte. Viele aus der Besatzung waren von anderen Booten übernommen worden, Männer, die gesehen hatten, wie ihre Kameraden auf ein Dutzend verschiedene Arten gestorben waren. Viele hatten wassertretend zugesehen, wie ihr altes Boot zu den Fischen ging. Aber in der kleinen, übersichtlichen Welt der Schnellboote mußte sich jeder auf seine Kameraden verlassen können. Es gab niemand anderen, sobald der Misthaufen zu stinken anfing.

Marriott hatte niemanden geschont, am wenigsten seinen Ersten Offizier. Den härtesten Test hatte es gegeben, als sie vor Hoek van Holland mit feindlichen Schnellbooten aneinandergerieten. Sie sollten eigene Motortorpedoboote sichern, die einen kleinen gegnerischen Geleitzug angriffen. Durch die Tag- und Nachtangriffe auf ihre Eisenbahnlinien und Straßen waren die Küstenkonvois für die Deutschen

* Distinguished Service Cross – hohe britische Auszeichnung

besonders wichtig geworden. Es war ein schnelles Gefecht gewesen. Zwei Schnellboote und ein Motortorpedoboot flogen in die Luft. Ihr Feuerschein erhellte den Himmel, bevor wieder Finsternis hereinbrach. Aber da donnerten Freund und Feind schon wie ertappte Mörder mit Vollgas nach Hause.

Marriotts Verhalten hatte Fairfax damals viel über seinen neuen Kommandanten verraten. Er hatte das Boot wie ein Vollblut geführt, nicht wie eine alte Schüssel, die ihre besten Tage längst hinter sich hatte.

Marriott fühlte, daß er beobachtet wurde, und meinte zu wissen, was Fairfax dachte. Er mochte den Ersten, er war helle, heiter und gut in seinem Job. Im Gefecht agierte er wie ein Veteran, trotzdem errötete er immer noch wie ein Schuljunge, wenn ihm Marriott einen Anschiß verpaßte. Schuljunge? Genau das war er im Zivilleben gewesen.

Dabei hatte sich Marriott geschworen, nie wieder für einen anderen Freundschaft zu empfinden. Nicht seit damals ... Er verbot sich diesen Gedanken. »Ich frage mich, was Cuff da draußen treibt?«

Lieutenant Leo Glazebrook, genannt ›Cuff‹, kommandierte ein weiteres MGB und war detachiert worden, um ein kleines Fahrzeug zu überprüfen, das ihnen über F/T gemeldet worden war.

Auf Cuff, eins der Originale in der Flottille, war Marriott immer wieder gestoßen: im Kanal, im Mittelmeer, wo er Waffen an Titos Partisanen lieferte, vor der Normandie. Cuff war immer dabei. Marriott biß sich auf die Lippen. Empfand er Neid, weil Cuff den Krieg auf seinem ehemaligen Boot beendete? Er selbst hatte es zwei Jahre lang geführt, eine Ewigkeit im Krieg.

Marriott blickte sich um. Seine Männer waren gespannt und wachsam. Sie beobachteten die See, den Himmel – alles. Warum konnte er dieses Boot nicht als seins akzeptieren? Er blickte zum Coxswain hinüber, der, im Rhythmus der Schiffsbewegungen schwankend, am Ruder stand: ein Unteroffizier namens Robert Evans, jedenfalls stand es so in seinem Soldbuch. Ein verdammt guter Coxwain, der immer für problemlosen Kontakt zwischen Offizieren und Mannschaft sorgte. Er hatte schwarzes Haar und einen dunklen Teint, einen harten Mund und einen bohrenden Blick, der schon manchen Sünder entnervt hatte. Ursprünglich in Wales geboren, hatte er mehr als die Hälfte seines Lebens auf den Kanalinseln verbracht.

Evans hatte bei der Special Boat Squadron gedient, der Einheit für besondere Einsätze. Er sprach fließend französisch, vermutlich wegen seines langen Aufenthalts auf den Kanalinseln. Aber er hatte etwas an sich, was seine Papiere Lügen strafte. Wie mochte er sich jetzt fühlen? Jersey, seine Heimat, war der einzige Teil Großbritanniens gewesen, den die Deutschen besetzt hatten. Falls er Familie besaß, erwähnte er sie niemals. Ein zurückhaltender, ruhiger Mann, der von der jungen Besatzung respektiert wurde, auch von den harten Burschen, denen keine Arrestzelle der Navy fremd war.

Marriotts Gedanken wanderten wieder zu dem abwesenden Boot. Cuff ließ sich Zeit. Hoffentlich blieb er vorsichtig, trotz des angeblichen Sieges. Marriott erinnerte sich an ihre Ankunft in Kopenhagen. Wann war das gewesen – gestern, vorgestern? Er unterdrückte ein Gähnen. Keiner von ihnen hatte viel geschlafen, seit sie England verlassen hatten.

Kopenhagen war so gewesen, wie er es sich vorgestellt hatte. Freudig erregte Dänen umarmten mit Tränen in den Augen die grinsenden Tommies, die im Hafen aufmarschiert waren. Sie hatten die Verlautbarung von Feldmarschall Montgomery gehört, daß der Widerstand der Deutschen in Holland, Dänemark und Nordwestdeutschland zusammengebrochen war. Auch Helgoland und die friesischen Inseln hatten sich ergeben.

Die MGBs hatten nur angelegt, um Treibstoff von einer Versorgungseinheit des Heeres zu übernehmen, aber sie wurden sofort von einer begeisterten Menschenmenge überschwemmt. Die ganze Stadt schien zu tanzen. Es gab Umarmungen und Küsse, Aquavit und Bier. Marriott tat seine Hand noch immer weh, so viele Leute hatten sie ihm geschüttelt.

Aber wie lange würde die Freude dauern? Wie in Frankreich würden die Scheinpartisanen bald von den wenigen wahren Widerstandskämpfern entlarvt werden. Die innere Stärke der Dänen war in den langen Jahren der Besetzung ihr wachsender Haß gewesen. Sie hatten zu oft erlebt, wie Verwandte und Freunde verhaftet und hingerichtet wurden.

»Schiff, Sir! Backbord voraus!«

»Achtung!« Marriott hob das Glas und fühlte sein Herz gegen die Rippen klopfen. Doch nicht jetzt noch? Es ging das Gerücht, daß sich ein paar deutsche Kommandanten geweigert hätten zu kapitulieren. Andere hatten ihre Schiffe angeblich lieber selbst versenkt, als sie dem Gegner zu übergeben. Es wurde auch berichtet, daß die Deutschen auf Bornholm durch Truppen verstärkt wurden, die vor den Russen geflüchtet waren. Der dortige Kommandant sollte sich auf eine Verteidigung der Insel vorbereiten.

Fairfax senkte sein Glas und grinste verkniffen. »Es ist der Captain, Sir.«

Ein Mann auf der anderen Seite der Brücke richtete sich kerzengerade auf: Signalmeister Silver. Sein Spitzname war *Long John*, lange Unterhose. »Da kommen sie, die Prahlhänse«, grunzte er.« Und ziehen wie immer eine Schau ab.«

Der große Zerstörer hielt auf den langsam fahrenden Verband zu, einen großen weißen Gischtknochen vor dem Steven. Dahinter würden andere Zerstörer folgen, Kreuzer und Landungsschiffe, mit Soldaten vollgepackt.

Marriott nahm das beeindruckende Bild in sich auf. Er sah das Sonnenlicht am Panzerglas der Brücke funkeln und wie die anderen Zerstörer herumschwangen, um dem Führungsschiff zu folgen.

Ein Licht blitzte übers Wasser.

»Blinkspruch vom Captain, Sir.« Silvers Lippen bewegten sich lautlos, während er mitlas: *»Vorsicht. Niemand ist ganz auf Ihrer Seite!«*

Marriott fragte sich, wie viele dieser ›witzigen‹ Sprüche er im Angesicht des Todes schon gehört hatte. Niemand lachte. Er erstarrte, als eine laute Explosion durch den Dunst rollte. Der Luftdruck erschütterte den Rumpf, als ob sie auf eine Sandbank gelaufen wären. Sie blickten sich an.

Silver fügte hinzu: *»Bezüglich meines letzten Signals: Streiche ›ganz‹.«*

»Das ist genau der Humor, den wir brauchen!« meinte Fairfax gefühlvoll.

Ein paar Sekunden später signalisierte der häßliche Schlepper hinter ihnen, daß Cuff zurück kam. Er mußte die Explosion verursacht haben. Marriott steckte eine Hand in die Tasche und schloß sie um die Pfeife. Sogar die fühlte sich feucht an. Vielleicht hatten sie alle nur gerade so durchgehalten und jetzt keine Reserven mehr zuzusetzen?

»Blinkspruch, Sir: *Nehmen Sie Marschposition hinter mir ein!«*

»Verstanden. Nach Backbord, Swain.«

Er drehte sich um und beobachtete die Männer auf ihren Gefechtsstationen. Die weißen Pullover waren schmutzig vom Schmierfett der Kanonen, aber ihre Augen suchten unermüdlich die Wolken und die dunstige See ab. Die Männer in der Nähe sahen erschöpft aus und zu alt für ihre Jahre. Nur sechs waren über einundzwanzig. Eine Hand reichte ihm einen Zettel mit einem Funkspruch aus dem F/T-Raum. Marriott las ihn sorgfältig, während er registrierte, daß der Dritte, Sub-Lieutenant John Lowes, auf die Brücke gekommen war. Der Unterleutnant war erst achtzehn, das Boot war sein erstes reguläres Kommando. Laut las Marriott vor: »An alle. Von der Admiralität und offiziell: *Alle Verbände der Deutschen Wehrmacht haben kapituliert. Der Krieg ist vorbei.*« Er blickte den jungen Lowes an. »Tragen Sie das ins Logbuch ein, Pilot.* Der achte Mai ist der Siegestag in Europa.«

Mit verschleierten Augen blickte er zur flatternden Flagge über der Brücke hoch. Sie war zerrissen und durchlöchert, aber nicht weniger stolz als bei Agincourt oder Trafalgar. Trotzdem sah er nur das, was er verloren hatte.

Fairfax streckte die Hand aus, der Bootsmann ebenfalls. Sie blickten sich an wie Fremde. Silver nahm seine Mütze ab und ließ die feuchte Brise seine unordentlichen Haare zausen. Er stammte aus dem Londoner Stadtteil Dalston und war vor dem Krieg Buchmachergehilfe in einem Stadion für Greyhoundrennen gewesen. »Ich weiß nicht, was ich sagen soll, Sir . . .«

Marriott wandte sich ab. »Wir müssen wachsam bleiben! Sie könnten sich in den Fanatikern irren . . .« Er mußte an England denken, an die langen Jahre mit Bomben und Hunger, aber einer immer zuversichtlichen Bevölkerung. Ohne den Einsatz der Zivilisten, ihren Willen, dem Schicksal zu trotzen, hätten die Kriegsschiffe und Bomber nichts bewirkt.

Er hörte sich sagen: »Wir werden wie geplant in den Hafen einlaufen. Die Gefechtsstationen bleiben besetzt. Nummer Eins, informieren Sie auch den Maschinenraum über den Inhalt des Funkspruchs.« Es war immer dasselbe auf diesen Booten, die Maschinenraumcrew erfuhr alles Wichtige zuletzt, außer bei einem Volltreffer.

Er hörte das lauter werdende Gedröhn von Cuffs Maschinen. Sein Boot schoß an ihnen vorbei. Sein gelber Schal, den er immer im Einsatz trug, wehte wie ein Wimpel über der Brückenverschanzung. Ein weiterer Farbfleck war eine Linie von Hakenkreuzen auf rot-weißem Grund, jedes stand für eine Versenkung. Als er querab war, schaltete Cuff seinen Lautsprecher ein. »Alle Drinks gehen auf mich, sobald wir fest sind!« Er winkte mit einer behandschuhten Faust. »Es ist verdammt noch mal endlich vorbei!«

Das MGB drehte ab, um seine Station achteraus einzunehmen.

Cuff jedenfalls konnte seinen Gefühlen Ausdruck verleihen. Auch ein paar seiner Männer winkten und brüllten herüber.

»Ich gehe hinunter, um in die Karte zu sehen, Nummer Eins. Über-

* Spitzname für Navigationsoffizier

nehmen Sie.« Marriott kletterte in den kleinen Kartenraum hinunter, der wie immer schimmlig stank. Kein Rumpf blieb dicht, wenn er bei jedem Wetter so beansprucht wurde. Er knipste die Kartentischlampe an und starrte auf die zerklüftete Küstenlinie. Dänemark, dann Schleswig-Holstein, Kiel . . . Deutschland. Den letzten Namen sprach er laut aus, als könne er es selbst nicht glauben.

Er hörte die beiden Subbies in der Nähe des Sprachrohrs schwatzen. Fairfax bedauerte, daß der Krieg vorbei war, bevor er seinen zweiten Streifen bekommen hatte, und Lowes, daß er ihn überhaupt nicht erlebt hatte.

Was würde aus ihnen werden? Er versuchte, sich die anderen Gesichter vorzustellen, aber sie waren verschwunden. Sie hatten ihren Teil geleistet. Plötzlich mußte er an Cuff denken. Der war wie immer der Überlebende, der Gewinner. Er fragte sich, warum er ihn eigentlich nie richtig gemocht hatte.

Sub-Lieutnant Mike Fairfax glättete die Falten in der Seekarte und versuchte zu verhindern, daß die Instrumente in der steilen See klapperten. Die Atmosphäre auf der Brücke war so gespannt wie im Gefecht. Er hörte Marriott ruhig befehlen: »Voraus ganz langsam! Halten Sie sich von dem Wrack klar, Swain.« Evans grunzte bestätigend. Füße schlurften an Deck und um die Kanonen, Finger fummelten an den Hebeln und hantierten mit Munition. Die Stimmung war angeheizt, aber irgendwie dumpf.

Fairfax betrachtete Marriotts ebenmäßiges Profil: die festen grauen Augen, den sensiblen Mund, der sich so verhärten konnte. Das braune Haar lugte unter der alten Mütze mit der verwitterten Kokarde hervor, an den Schläfen zeigten sich erste Silberfäden. Das war für einen Mann von sechsundzwanzig Jahren zu früh, aber Fairfax hatte es schon bei anderen gesehen. Bei Männern wie Marriott, jung an Jahren, aber in den Augen die Erfahrung von Jahrzehnten.

Fairfax spürte einen merkwürdigen Geschmack auf der Zunge und stellte fest, daß das, was er für Spritzwasser oder Nieselregen gehalten hatte, Rauch war. Eine Stadt, ein Hafen, vom Krieg ausgelöscht: Kiel.

Silver rief: »Motorboot von Steuerbord, Sir!«

Fairfax hob sein Glas. Aus dem Augenwinkel sah er, wie die doppelläufige Oerlikon vorn lautlos herumschwang und auf die näher kommende Barkasse gerichtet blieb. Plötzlich schwangen die Rohre wieder zurück, als ob sie und nicht der Richtschütze die weiße britische Kriegsflagge erkannt hätten, die am Heck flatterte. Ein bärtiger

Lieutenant-Commander im Kampfanzug winkte mit einem Megaphon und rief herüber, daß er längsseits kommen wolle.

Gleichmütig ordnete Marriott an: »Die Gangwaywache soll ihm behilflich sein. Wir stoppen nicht.«

Der Offizier wurde ziemlich unzeremoniös an Bord gehievt und erreichte keuchend die Brücke. Er hatte eine rauhe, belegte Stimme, wahrscheinlich hatte er seit dem Morgengrauen schon viele Schiffe anpreien müssen. Er schüttelte Marriott die Hand und blickte sich schnell um. Seine Augen waren vor Erschöpfung gerötet.

»Ich bin der amtierende Hafenmeister.« Er zeigte mit der Hand über die Brückenverschanzung. »Hier liegen nicht nur ein paar Wracks herum, das ist ein ganzer Schiffsfriedhof. Versuchen Sie also nicht, sich da einzureihen, klar?«

Fairfax sah Marriott müde grinsen. »Ich werde mich bemühen.«

Lowes deutete nach Backbord auf einen hohen dunklen Schatten, der aus den treibenden Rauchwolken wie ein aufgegebener Leuchtturm ragte. Er mußte um die siebzig Meter hoch sein. »Was ist denn das?«

Fairfax ging zum Kompaß hinüber, nahm schnell ein paar Peilungen und trug sie in die Karte ein. »Das ist das deutsche Marine-Ehrenmal in Laboe.«

Ein kleiner Zerstörer der stark beanspruchten Hunter-Klasse lag bewegungslos in der Einfahrt zur Förde, umgeben vom schäumenden Wasser seiner Schrauben, die ständig zwischen voraus und rückwärts arbeiteten. Ein Bergungsschlepper schlich sich schon an sein Heck heran. Der Hafenmeister murmelte: »Er hat ein Wrack gerammt.« Dann blickte er wieder nach vorn. »Diese flotten Typen auf den Zerstörern müssen immer eine Schau abziehen. Falls er Glück hat, kommt er ohne Löcher im Bauch wieder frei.«

Fairfax wendete den Blick von dem drohenden Mahnmal ab und blickte auf den großen natürlichen Hafen, der sich vor ihnen öffnete. Ich muß mich an jede Einzelheit erinnern, die heute passiert, sagte er sich. Alle rund um ihn waren wie versteinert, nur ihre Hände und Augen bewegten sich. Auf Cuffs Boot, das ihnen am nächsten war, verhielten sich die Männer ebenso. Vor kurzem hatten sie noch wild gebrüllt und Hurra geschrien.

Überall trieb Qualm, und das Wasser war mit einer dicken Ölschicht überzogen. Die See vor dem Bug teilte sich wie ein dickes blaues Tuch, um sich dann am Heck wieder zu schließen. Asche hing in der Luft, Rauchwolken hüllten sie zeitweise ein und reizten die Lungen wie

Giftgas. Treibgut schaukelte vorbei: Rettungsflöße, gekenterte Boote – Kiel war ein Platz der Toten.

Der Hafenmeister räusperte sich. »Gehen Sie an die Pier dort drüben, Skipper. Ich kann Sie nicht näher ranlassen, bevor wir nicht absolut sicher sind.«

Marriott drehte sich um und blickte seinen Ersten an. Fairfax hatte das seltsame Gefühl, daß sie sich noch nie so nahe gewesen waren.

»Klar vorn und achtern, Nummer Eins. Holen Sie die Leute von den achteren Geschützen nach vorn.« Er packte die feuchten Panzerglasscheiben. »Sollte es unangenehm werden, schießen wir erst und diskutieren später.«

Alle blickten zur Seite, als sich querab ein riesiges, massives Gebilde wie eine letzte Drohung aus dem Meeresgrund zu schieben schien. Der große deutsche Kreuzer *Admiral Hipper* war von Kriegsbeginn an immer dabeigewesen, von der Invasion in Norwegen bis zum Angriff auf Rußland. Später hatte er den Rückzug gedeckt. In Kiel war er stationiert gewesen, und hier hatte sich auch sein Schicksal erfüllt. Wie ein gestrandeter Leviathan lag er halb überspült da. Noch immer quoll Rauch aus den hohen Brückenaufbauten und den Geschütztürmen. Britische Bomber hatten ihn vor einem Monat außer Gefecht gesetzt, und der Kommandant hatte ihn durch tief im Rumpf angebrachte Wasserbomben versenkt. Das war vor einer Woche gewesen. Trotzdem brannte er immer noch. Sein Treiböl mischte sich mit den vielen anderen tausend Tonnen im Hafen wie ausfließendes Blut.

Der Hafenmeister deutete auf ein anderes großes Wrack, von dem nur noch eine Seite aus dem Wasser ragte. Am Bug konnte man deutlich den Namen lesen: *New York.* Respektvoll sagte er: »Einer ihrer alten Hamburg-Amerika-Passagierdampfer. Ich kannte ihn gut.« Er blickte auf das zerbeulte Wrack und fügte verbittert hinzu: »Ich hoffe, daß nun alle so richtig zufrieden sind!«

»Sind Sie auf einem Passagierdampfer gefahren?« fragte Marriott.

Der Mann schüttelte den Kopf. »Nein, auf einem Bananenjäger. Das war wenigstens noch saubere Arbeit.«

Marriott nickte, seltsam berührt von diesem Mann, dessen Namen er nicht mal kannte.

»Rückwärts langsam!« Er sah, daß einer seiner Leute mit der Festmacherleine an Land sprang. Er war der erste ihrer kleinen Gemeinschaft, der seinen Fuß auf deutschen Boden setzte. Auch der Seemann mußte sich dessen bewußt sein, denn er grinste seine Kumpels breit an. Es war Scouse Arkright, ein richtiger Querkopf, der mehr in den Arrestzellen gesessen hatte, als er auf See gewesen war, bevor man ihn zu den Coastal Forces abschob. Der Dienst dort hatte seinem unabhängigen, wilden Temperament besser entsprochen.

Die anderen Schnellboote kamen an die weit vorspringende Pier geschlichen. Sie sah eher aus wie eine leere Rampe, dachte Marriott. Alles andere war von den Bomben weggefegt worden.

Cuffs Boot ging, in eine Benzinwolke gehüllt, bei ihnen längsseits, seine großen Schrauben brachten es mit einem kräftigen Rückwärtsschub zum Stehen.

Marriott blickte sich in dem zerstörten, verwüsteten Hafen um. Seine Augen tränten, und er wischte sie mit dem Handrücken trocken. Der Hafenmeister fragte rauh: »Es war hart, nicht wahr?«

Marriott blickte zurück zu dem hohen Ehrenmal. Es war für die Toten gebaut worden und hatte überdauert, während ringsum alles in Trümmer fiel. Er konnte jetzt auch Teile der Stadt erkennen, die Sicht mußte besser geworden sein. Doch es gab nur Ruinen zu sehen, unförmige Haufen wie Dünen in der Wüste. Wo waren die Menschen – tot? Oder waren sie lebend unter den Steinen begraben, hauchten sie ihr Leben unter den Trümmern ihres Arbeitsplatzes oder ihrer Wohnung aus? Standen sie hilflos vor den qualmenden Feuern, weil es nichts gab, womit sie sie hätten bekämpfen können?

Marriott entgegnete vage: »Ich denke, wir sollten ein Glas zusammen trinken.« Aber als er sich umdrehte, sah er, daß die Barkasse des Hafenmeisters schon abgelegt hatte und im Rauch verschwand.

Fairfax kletterte so hastig auf die Brücke, als ob er sich nur hier sicher fühle. »Schiff ist fest, Sir.«

Marriott sah Ginger Jackson, einen Torpedomixer, der auch als Steward für die Offiziere fungierte, aus der Luke klettern, die zur Messe und zum F/T-Raum führte. Er grinste über das ganze Gesicht.

»Ich habe sie, Sir.«

Marriott nahm die Flasche Brandy, die er für diesen Anlaß aufbewahrt hatte. Es gab nur Emaillebecher, die letzten Gläser waren durch die Vibration zerbrochen, als sie mit voller Fahrt in den Sund preschten, weil sie noch mit letzten Widerstandsnestern rechneten. Alle auf der Brücke sahen zu, wie der Brandy in die Becher floß. Unten würden diejenigen, die alt genug waren, Rum zu beziehen, jetzt die gehorteten Bestände mit den Jüngeren teilen.

Der Hafen, der Gestank nach Tod und Zerstörung, die Schreckensszenen, die noch folgen würden, sogar die Boote in der Nachbarschaft waren vergessen. Marriott hob seinen Becher und umklammerte ihn fest, um zu verhindern, daß seine Hand zitterte. Hinter Fairfax und dem faunhaften Lowes, dem kohlenäugigen Evans, hinter »Long John« Silver und all den anderen seiner kleinen Mannschaft schien jeweils noch ein Schatten zu stehen. Er hatte das Gefühl, daß er nur einen Schritt zur Seite machen mußte, um die Kameraden so lebendig sehen zu können, wie sie einst gewesen waren.

»Ich sollte eigentlich eine Rede halten. Ich sollte vom Sieg sprechen und davon, was er uns gekostet hat.« Er blickte zur Flagge empor, die an der Gaffel knatterte. »Statt dessen möchte ich nur danken. Euch und allen, die dazu beigetragen haben.« Er studierte ihre müden Gesichter, den Ausdruck von Erstaunen und Unglauben darauf. Vielleicht machte auch das Verstummen der großen Packardmaschinen die Situation so ergreifend.

Sie kippten die Drinks und hielten ihm die Becher zum Nachfüllen hin. Er fühlte, wie der Brandy in seinem Magen brannte, und ihm wurde bewußt, daß er nichts mehr gegessen hatte, seit ... Er schüttelte den Kopf. Selbst daran konnte er sich nicht mehr erinnern.

Der Chief, Petty Officer Motor Mechanic Adair, kam aus der Luke, einen Becher in der öligen Faust. »Cheers, alle zusammen!« Er grinste so grotesk wie immer, dann stürzte er den Rum hinunter. Als junger Mechaniker war Adair bei schlechtem Wetter gegen seine Maschine geschleudert worden und hatte sich dabei alle Vorderzähne ausgebrochen. Aber auf See trug er nie den Zahnersatz, weil er fürchtete, er könne ihn in der dröhnenden Hölle des Maschinenraums verlieren. Mit seinen fünfundzwanzig Jahren war Adair einer der ältesten in der Flottille.

»Sie kommen, Sir.«

Marriott trat ans Schanzkleid und merkte, daß auf den anderen Booten die Waffen wieder bemannt wurden. Zuerst sah er nur Köpfe und Schultern, dann kamen die Körper wie eine Welle über die Trümmer geflutet und bewegten sich auf die festgemachten Boote zu. Es gab keine Ordnung, keine Disziplin, nur ein unklares Ziel. Es waren Tausende, alle in blauen Uniformen. Einige waren bandagiert, andere humpelten: Unteroffiziere und einfache Dienstränge, eine schweigende Armee. Ihre schlurfenden Füße wühlten Staub und Asche auf, als sie langsam näher kamen.

Das war also die deutsche Marine, die unbesiegbare Kriegsmarine. Es war unglaublich. Bis auf einige Nahgefechte war es Marriott wie den meisten Seeleuten ergangen, er hatte den Gegner kaum zu Gesicht bekommen. Jedenfalls nicht als Menschen. Geschützfeuer, explodierende Minen, Leuchtspurgeschosse, die mit tödlicher Präzision ihre Bögen zogen, um dann wie feurige Hämmer auf den Stahl zu schlagen – das alles war ihm nur zu gut bekannt. Und auch die Leichen. Sie rollten im öligen Wasser, als ob sie schliefen, oder sie waren zerrissen wie Fleisch im Schlachthaus. Aber das hier war etwas anderes.

Wie auf ein geheimes Signal hin blieb die blaue Masse stehen, die im Hintergrund rückten auf, bis sie Schulter an Schulter standen.

Einer der Geschützführer brüllte: »Fertig, Sir!«

Was sollte das? War es Irrsinn, Haß, der Wunsch nach Rache für alles, was der Mann durchgemacht hatte? War ihm ein lieber Mensch getötet, das Haus zerstört worden? Es bedurfte nur eines Funkens, und jede Waffe an Bord würde Feuer spucken. Auch Marriott fühlte die Wildheit in sich aufsteigen. Warum nicht? Die Worte schienen sich in sein Hirn einzubrennen.

Der Anführer der Flottille, »Spruce« Macnair, war durch Maschinenschaden in Kopenhagen aufgehalten worden. Marriott fühlte, wie es ihm eiskalt den Rücken hinunterlief. Nun war Cuff der ranghöchste Offizier. Er blickte über die Schutzscheibe und sah Cuffs rotes, gegerbtes Gesicht, die Lust zum Töten darin. Die Lust zu feuern, bis sich nichts mehr bewegte.

Marriott schaltete den Lautsprecher ein. *»Alle Waffen sichern!«*

Er hörte die Verschlüsse klacken, das Klappern der Magazine. Er sah die betretenen Blicke seiner Männer, als ob sie erst jetzt begriffen, wie knapp es gewesen war. Dann blickte er auf die Reihen der beobachtenden Deutschen.

Also das ist der Feind. Nach all den Jahren. Ruhig, apathisch, ohne Hoffnung.

Fairfax wisperte: »Sie haben keine Offiziere dabei.«

Marriott sah in sein bleiches Gesicht. Was hatte er erwartet? Er packte seinen Arm. »Bald werden Befehle von oben kommen, Nummer Eins, aber bis dahin müssen wir uns um diese Deutschen kümmern.« Er blickte an Fairfax vorbei und sah, daß Cuff ihn beobachtete, das Gesicht ausdruckslos über den bunten Siegeszeichen.

»Sehen Sie, Sir!«

Marriott drehte sich um, als ein einzelner Mann aus der Menge heraustrat. Anscheinend ein Unteroffizier. Er marschierte ganz allein zur Pier.

»Ich gehe an Land, Nummer Eins. Wollen Sie mitkommen?«

Silver schnaufte: »Gott bewahre, Sir, Sie haben nicht mal 'ne Waffe!«

Marriott zuckte mit den Schultern. »Die würde nicht viel nützen.« Alle blickten auf, als der Krieg wieder auf sich aufmerksam machte. Drei Spitfire rasten über ihre Köpfe hinweg, ihre Flügelspitzen berührten sich fast.

Der Bootsmann fragte: »Darf ich mitkommen, Sir?«

Marriott nickte. »Ja. Also, dann wollen wir mal dem Feind ins Auge sehen.«

Da waren's nur noch zwei

Kapitänleutnant Ian ›Spruce‹ Macnair, der erschöpfte Führer der Flottille, wartete darauf, daß alle seine versammelten Untergebenen einen Platz fanden. Sie drängten sich auf den wenigen Sitzplätzen der kleinen Messe und standen zusammengequetscht an der Wand.

Es gab wohl niemanden bei den Küstenstreitkräften, der Macnair nicht gekannt hätte, sei es persönlich oder vom Hörensagen. Er war einer der wenigen von denen, die das Rückgrat der Reservemarine bildeten, der bis jetzt unverwundet durchgekommen war. Auch schien er über eine Art siebten Sinn zu verfügen. Seine »Herde«, wie er sie nannte, verdankte ihm viel – oft genug das Leben. Im Privatleben war er Rechtsanwalt in Edinburgh gewesen, allerdings bewies die Liste seiner Auszeichnungen, daß er diesen Beruf abgelegt hatte wie seine weiße Perücke nach der Gerichtsverhandlung.

Marriotts Boot war für das Treffen ausgesucht worden, weil es der durchsackenden Pier am nächsten lag. »Alle anwesend, Sir!« meldete er.

Er machte sich Gedanken über Macnair. Noch einer von denen, die alles gegeben hatten, die ihre eigene Angst und ihren Kummer verborgen hatten, damit andere sich an ihnen aufrichten konnten. Ein schmales Raubvogelgesicht, das Haar grau gesprenkelt, tiefe Falten um die Augen und den Mund schmal eingekerbt. Er war erst dreißig Jahre, sah aber alt genug aus, um Fairfax' Vater sein zu können. Sein Boot war zwei Stunden nach Marriotts denkwürdigem Zusammentreffen mit dem deutschen Unteroffizier in Kiel eingelaufen.

Er sah den unbekannten Deutschen wieder vor sich, wie er im flachgewalzten Niemandsland zwischen den Trümmern stand. Plötzlich griff er in die Tasche und schien etwas zu suchen.

Marriotts Magen hatte sich zusammengekrampft, denn dieser eine Mann schien den Krieg auf seine Art beenden zu wollen. Niemand hätte Marriott helfen können. Die Boote konnten nicht feuern, ohne ihn zusammen mit Fairfax und Evans niederzumähen. Gedankenblitze schossen durch sein Hirn: Silver hatte protestiert, weil er ohne Waffe dem Feind gegenübertreten wollte. Auch hörte er wieder Cuffs bittere Worte, die er bei so vielen Gelegenheiten ausgestoßen hatte: »Nur ein toter Kraut ist ein guter Kraut!« Er konnte sich sogar Cuffs Kommentar vorstellen, nachdem der Deutsche seine Pistole aus der Jacke gezogen und die Dinge zu einem Ende gebracht haben würde: »Ich hab' ihm oft gesagt, er soll nicht den verdammten Helden spielen!«

Aber als die Hand des Unteroffiziers wieder erschien, hielt sie keine Pistole, sondern ein zerknautschtes Taschentuch, mit dem er vor seinem Körper wedelte: eine kleine, klägliche weiße Flagge.

Marriott versuchte, sich auf die Worte seines Vorgesetzten zu konzentrieren, aber das stockende Englisch des Deutschen klang ihm noch immer in den Ohren: »Herr Leutnant, helfen Sie uns, bitte!« Diese einfache Bitte hatte ihn stärker erschüttert, als er sich eingestehen mochte.

Kapitänleutnant Macnair räusperte sich, während er ihre gespannten Gesichter betrachtete. Wahrscheinlich dachte er daran, daß die vier Motorkanonenboote alles waren, was von seiner Streitmacht übriggeblieben war. Sah auch er die Gesichter der Gefallenen vor sich?

»Tja, Gentlemen, das ist also der Augenblick, auf den wir alle gewartet haben.« Er räusperte sich. »Ich werde nun abgelöst. Sie müssen sich daran gewöhnen, allein zurechtzukommen.«

Allgemeines Protestgemurmel erhob sich. Er lächelte, die Spuren der Anstrengung auf seinem Gesicht schmolzen dahin.

»Wir haben hier den Sieg errungen, aber im Pazifik geht der Krieg weiter. Ich soll dort ein paar neue Mannschaften ausbilden, für einen anderen Ozean, weit weg vom Kanal oder der Nordsee.« Schnell fuhr er fort: »Angesichts des schrecklichen Zustands, in dem sich dieser Hafen und unsere Nachrichtenverbindungen befinden, werden Sie alle Anstrengungen darauf konzentrieren, wieder Ordnung in den Laden zu bekommen. Hier muß sich viel ändern.« Er fühlte ihr Widerstreben, sich mit etwas anderem zu beschäftigen als bisher, und lächelte müde. »Ich sage es nicht gern, aber Sie müssen sich ein wenig schniegeln, bevor Ihr neuer Kommandeur eintrifft. Sie müssen begreifen, daß sich unsere Aufgabe hier geändert hat. Damit werden sich auch die Methoden ändern müssen. Wir werden mit den anderen Teilstreitkräften und unseren Alliierten zusammenarbeiten, damit dieser Hafen wieder eröffnet werden kann.«

Cuff murmelte: »Vermutlich werden wir den Krauts demnächst ein paar Pfund aus der Armenkasse in die Hand drücken!« Das klang verärgert.

Macnair übersah ihn und blickte einen anderen Leutnant an. »James, Ihr Boot wird morgen früh zusammen mit meinem auslaufen. Sie bekommen umgehend neue Befehle.«

Die anderen starrten den Leutnant an. Ein oder zwei schlugen ihm auf die Schulter oder schüttelten ihm die Hand.

»Jimmy, alter Halunke, wen kennst du in Whitehall?«

Aber sie hatten ihn schon abgeschrieben, einen weiteren Überlebenden, sein Rufzeichen im Äther, die Erinnerung an die schäumende Bugwelle seines Bootes, wenn sie nebeneinander ins Gefecht zogen. Ihre Welt schrumpfte zusammen, diese Marine in der Marine: eine dezimierte Familie.

Macnair sagte ruhig: »Cuff, Sie übernehmen einstweilen, aber wie alle anderen in diesem Sammelsurium werden Sie die Anordnungen des neuen Commanders befolgen.«

Tommy Updike, Cuffs Erster Offizier und keineswegs zufällig ebenfalls aus Yorkshire, stöhnte laut auf. »Was ist bloß aus uns jungen Löwen geworden, Sir? Ein Sammelsurium!«

Ungerührt fuhr Macnair fort: »Und ziehen Sie Ihre Ausgehuniform an!«

Sie starrten sich entgeistert an. Der Kampfanzug war ihre übliche Bekleidung. Darin ging man seine Wache, nur zog man gewöhnlich statt der kratzigen Uniformhosen graue Flanellhosen an, darin schlief man – und häufig genug starb man auch darin. Die Ausgehuniform war etwas für jene andere Marine, die divisionsweise antrat, an Land essen ging und auf dem Achterdeck eines Kreuzers oder Zerstörers promenierte.

Gelassen fügte Macnair hinzu: »Die Spielregeln haben sich eben geändert, Jungs. Die Deutschen müssen in euch die Sieger sehen. Sie sollen gar nicht erst auf den Gedanken kommen, daß es vielleicht nur schlichte Fehler ihrer Führung waren, wenn sie den Krieg verloren haben.« Sein Ton wurde scharf. »Also kommt in die Hufe, aber plötzlich! Schniegelt euch, ganz gleich, was ihr denkt! Ich bringe den neuen Commander gegen Ende der Nachmittagswache an Bord.«

Marriott begleitete ihn zur Gangway. Eine Abteilung Soldaten in Khakiuniformen marschierte über die Pier. Hatte er erst an diesem

Morgen dort mit Fairfax und Evans vor der großen schweigenden Menge deutscher Matrosen gestanden? Ihm schien, daß nur wenige Augenblicke später das ganze Gelände von britischen Soldaten überschwemmt worden war. Panzer rasselten mit suchenden Rohren drohend durch die Ruinen, ihr taktisches Zeichen mit dem alles sehenden Auge wies sie als zur Guards Armoured Division gehörend aus. Es war eine Erleichterung, sie hier zu wissen.

Man hatte ihnen vor dem Auslaufen in England so vieles eingebleut. Gerüchte über Werwölfe gingen um, angeblich fanatisch nazistische Jugendliche, die im Untergrund auf ihre Chance warteten, zu sabotieren und zu töten. Der Nord-Ostsee-Kanal sollte vermint und mit Sprengstoff-Fallen gespickt sein, und dieselben Gefahren seien im Hafen von Kiel zu erwarten.

Marriott sah, wie eine Abteilung Soldaten auf der Pier stampfend haltmachte. Ihre Uniformen waren nicht übermäßig sauber, die Stiefel sahen noch schlimmer aus, und die Helme überzogen noch Tarnnetze voller Zweige. Das waren nicht die Soldaten aus den Pubs und Tanzhallen Englands, das war die echte Armee, die sich ihren Weg von der Normandie bis hierher erkämpft hatte. Viele mußten auf diesem Weg gefallen sein. Sie waren jung und drahtig, ihre Gesichter glänzten rot im schwachen Sonnenschein. Marriott wunderte sich wieder einmal über die Fähigkeit seiner Landsleute, immer frisch rasiert zu wirken, komme was da wolle. Das war ihm schon in Tobruk, auf Sizilien, in der Straße von Messina und bei Anzio aufgefallen.

Er hörte den Sergeanten bellen: »Ich will keine Schlamperei, *verstanden*? Die Krauts werden euch begaffen, und ich möchte nicht, daß sie vor Lachen umfallen, nur weil ihr euch wie die Affen benehmt, *verstanden*?«

Macnair sagte leise: »Genau das wollte ich vorhin zum Ausdruck bringen.« Er blickte Marriott scharf an. »Sie und die anderen Offiziere haben eine schwere Aufgabe vor sich. Einige Leute werden die Notwendigkeit nicht einsehen, andere wollen möglichst schnell zurück an die heimischen Kopftöpfe. Wir haben diesen Krieg gewonnen, weil wir unsere Erfahrungen auf dem harten Weg gesammelt haben.« Er deutete mit dem Kopf auf zwei junge Seeleute, die mit umgeschnallten Pistolen am Fuß der Gangway standen. »Aber die da sind für den Frieden völlig unvorbereitet. Sie werden ständig ein Auge auf sie halten müssen.«

»Gehen Sie wirklich aus dem Grund zurück, den Sie uns genannt haben, Sir?«

Die scharfen Augen blickten ihn an, und Marriott fühlte sich durchschaut – wie schon so oft. »Sie sind immer der Stille gewesen, der Nachdenkliche. Ich war so verdammt froh, als ich ...« Er zuckte die Achseln. »Immerhin dachte ich, auch Sie hätten meine Geschichte geschluckt.« Ernst fuhr er fort: »Nein, das ist in der Tat nicht der Grund. Ich war beim Stabsarzt.« Er deutete auf seine Brust. »Anscheinend sieht es da drin nicht mehr so gut aus. Aber sollten Sie den anderen auch nur ein Sterbenswörtchen davon sagen, komme ich zurück und jage Sie zum Teufel!«

Marriotts Hand lag immer noch grüßend am Mützenschirm, als Macnair längst auf seinem Boot verschwunden war. Er verwünschte sich, weil er ihn gefragt hatte, wußte aber zu schätzen, daß ihn Macnair eingeweiht hatte. Also war er auch ein Opfer und genauso erledigt wie andere durch eine Granate oder Bombe. Und dabei war er ihm immer so unzerstörbar erschienen. Marriotts Herz wurde plötzlich schwer.

Als er schließlich nach unten kam, waren die anderen schon im Aufbruch. Sie blickten zum Land hinüber, wo die Wachen jetzt mit ihren Gewehren und automatischen Waffen allgegenwärtig schienen. Cuff sagte: »Es sieht eher so aus, als ob sie uns daran hindern sollen, an Land zu gehen, als uns zu beschützen.« Marriott konnte den Gin in seinem Atem riechen. Es wurde getuschelt, daß Cuff vor oder anstatt des Frühstücks eine halbe Flasche Gin zu trinken pflegte. Er war nur ein Jahr älter als er, trieb aber Raubbau mit seiner Gesundheit. Als früherer Rugbyspieler hatte er die Figur eines Stürmers. Aber er war fett geworden, seine blaue Jacke spannte, und sein Nacken quoll über den Kragen. Er schwitzte, als ob er die kühle Brise nicht spürte.

»Was hast du jetzt vor?« fragte Marriott.

»Weiß der Himmel! Wahrscheinlich werde ich im Pazifik landen. Der verdammte Krieg dort kann noch Jahre dauern. Ich möchte endlich meinen halben Streifen dazubekommen.«

»Das dachte ich mir.«

»Wird auch Zeit.« Er blinzelte zur Pier. »Mir geht dieser Hafen auf den Geist. Ich muß dahin, wo was los ist!« Er ging zur Gangway, drehte sich aber noch einmal um. »Ich vergesse nicht, daß du mich heute morgen ausmanövriert hast, mein Sohn. Wenn du dir so ein Ding noch mal leistest, reiße ich dir den Arsch bis zu den Mandeln auf!«

Er lachte, aber seine Augen blieben kalt.

Marriott ging in die Messe hinunter und nach nebenan in seine Kammer. Kammer? Es war eher ein großer Schrank mit dem verhaßten roten Telefon über seiner Koje.

Er hörte Ginger Jackson, die Ordonnanz, in der Messe freudig ankündigen: »Well, Gents, wie wäre es mit Dosenwürstchen und Kartoffelpüree?« Die beiden Unterleutnants stöhnten auf, aber Ginger fuhr unbeeindruckt fort: »Tja, Gents, nur weil Sie den Krieg gewonnen haben, dürfen Sie noch lange nicht wählerisch werden. Außerdem haben wir nichts anderes, bis der Versorger eintrifft.«

Marriott lehnte sich in dem einzigen Sessel zurück und massierte seine Augen mit den Fingerspitzen. Schließlich öffnete er eine Schublade und starrte auf die halbleere Flasche Brandy. Doch dann schloß er die Lade wieder; besser nicht, denn der neue Boss würde bald an Bord kommen. Er zog eine andere Schublade auf und entnahm ihr eine Mappe in wasserdichtem Beutel: ein paar Fotografien, der letzte Brief seines Bruders, der mit der *Repulse* untergegangen war. War das alles, was von einem Mann übrigblieb? Er schüttelte sich, öffnete seinen Metallkoffer und holte seine beste Jacke heraus. Sie hatte die wellenförmigen Goldstreifen an den Ärmeln und das blau-weiße Band auf der linken Brustseite. Während er sich rasierte, lauschte er mit einem Ohr ständig auf die Geräusche im Hintergrund. Es war kaum zu glauben, daß man mit keinem plötzlichen Alarm mehr rechnen mußte, nicht mit dem nervenzerfetzenden Schrillen der Glocken oder dem Wimmern des roten Telefons in der Nacht. Er hörte nur das Klatschen und Gurgeln des schmutzigen Wassers an der Bordwand. Sie hätten auch auf der Themse liegen können.

Die Uniform saß zu locker, und er fragte sich, ob er nicht die Knöpfe versetzen lassen mußte. Außerdem fühlte sie sich feucht an. Er erinnerte sich an den einzigen gemeinsamen Urlaub, den er mit seinem Bruder verlebt hatte. Stephen hatte ein Mädchen mit nach Hause gebracht, nach Surrey, wo sie geboren und mit ihrer Schwester Penny aufgewachsen waren. Die Abneigung ihrer Mutter gegenüber dem Mädchen fiel ihm wieder ein. Direkt hatte sie zwar nichts gesagt, aber das Gespräch auf die knappen Rationen der Familie gebracht. Das war deutlich genug gewesen. Das Mädchen hatte sich Mimi genannt und Opernsängerin werden wollen. Obwohl sie nur ein paar kleine Rollen gespielt hatte, führte sie sich doch wie eine Diva auf. Marriott lächelte vor sich hin. Stephen hatte ihm anvertraut, daß er vorhatte, sie zu heiraten. Sie waren schon sehr intim und hatten zuvor mehrere Tage seines Urlaubs zusammen verbracht.

Marriott konnte sich gut an seine Eifersucht erinnern, an das Gefühl, ausgeschlossen zu sein. Er hatte damals noch wenig Erfahrung mit Mädchen gehabt. Vor dem Krieg hatte er als Landvermesser und

Bauzeichner geschuftet, für einen Freund seines Vaters, der sich jetzt mit der Reparatur bombengeschädigter Häuser eine goldene Nase verdiente. Es hatte zwar ein Mädchen gegeben, aber sie waren in derselben Straße aufgewachsen und fühlten sich eher wie Bruder und Schwester.

Dann war Stephen auf sein Schiff zurückgekehrt, das veraltete Schlachtschiff *Repulse.* Es war bald darauf zusammen mit der neuen, schlagkräftigen *Prince of Wales* vor Malaysia von den Japanern versenkt worden. Beide gingen innerhalb einer halben Stunde unter, und Tausende starben wie Stephen. Bei seinem nächsten Urlaub hatte er erwartet, seine Mutter noch immer im Schock vorzufinden. Aber alles, was sie sagte, war: »Ich wußte, daß ihm dieses Mädchen kein Glück bringen würde!«

Marriott hatte die Londoner Straße aufgesucht, in der Mimi gelebt hatte: eine Ruinenlandschaft mit plattgewalzten Häusern. Es hatte dort viele Angriffe gegeben, weil der Bahnhof Clapham Junction in der Nähe lag. Ein alter Mann mit wäßrigen Augen, der sich als Hausmeister bezeichnete, hatte ihm bedauernd mitgeteilt, daß Mimi tot war. Verblüfft hatte Marriott das schäbige Haus angestarrt, das als einziges völlig unbeschädigt aussah. Aber da hatte der alte Mann müde den Kopf geschüttelt. »Nein, nein, nicht die Bomben. Sie hat sich die Pulsadern aufgeschnitten, als sie vom Tod Ihres Bruders erfuhr.«

Arme Mimi. Er konnte sich noch gut an ihr knalliges Make-up erinnern, sogar an den Duft ihres aufdringlichen Parfüms. Wahrscheinlich wäre die Ehe nicht gutgegangen, aber er hoffte von ganzem Herzen, daß sie in der kurzen Zeit, die ihnen vergönnt gewesen war, ihr Glück gefunden hatten.

Er blickte auf die Uhr. Der neue Chef würde bald eintreffen. Hastig stopfte er die Mappe wieder in das Schubfach zurück. Was würde ihn erwarten, wenn er jetzt nach Hause zurückkam? Vielleicht hatte Cuff recht, auf den Pazifik zu setzen. Seufzend knipste er das Licht aus.

Was war bloß los mit ihm?

Marriott stand wartend unter der Brücke und beobachtete die kleine Prozession, die von einem Boot zum anderen kletterte.

Sub-Lieutenant Fairfax wisperte: »Alles klar an Bord, Sir!«

Marriott nickte, ohne den Blick von der Gruppe zu wenden, die jetzt im Nachbarboot verschwand. Er hatte bis jetzt noch keinen Blick auf den neuen Commander erhaschen können und nur seine Mütze gesehen: offensichtlich neu, extra für diese Gelegenheit gekauft. Das goldene Eichenlaub auf dem Mützenschirm glänzte in der Maisonne. Wahrscheinlich ein Berufsoffizier, der im richtigen Moment am richtigen Platz gesessen hatte.

Er sah Macnair aus einer Luke klettern und sich mit einer Hand aufs Geländer stützen. Hatte er Atembeschwerden, oder war es nur eine zufällige Geste? Marriott fühlte einen Stich. Es war, als ob sie ein schlimmes Geheimnis teilten. Dann sah er auch Cuff, großmächtig überragte er alle. Als diensttuender S.O. gehörte er zur Prozession.

»Jetzt sind wir dran, Nummer Eins«, sagte Marriott.

Fairfax rief: »Achtung!«

Wie merkwürdig sie alle in ihren Ausgehuniformen mit den Goldknöpfen aussahen! Sogar die Mannschaft steckte in sauberem weißem Zeug, so sauber jedenfalls, wie es unter den Umständen möglich war.

Sie salutierten, und Marriott trat einen Schritt vor. Er spürte Voreingenommenheit. War es wegen Macnairs Ablösung oder weil ein Fremder das Kommando übernahm?

Während Macnair eine kurze Vorstellung murmelte, hatte er Zeit, einen Blick unter den glitzernden Mützenschirm zu werfen. Nicht sehr groß, der Mann. Ein kühler Blick, ein verkniffener Mund ohne Freundlichkeit. Er trug einen Regenmantel, natürlich ohne Rangabzeichen. Dadurch wirkte die Mütze mit dem Eichenlaub nur noch auffälliger. Marriott merkte, daß der neue Chef ihn musterte. Ein flüchtiger Blick, dem trotzdem nicht viel entging. Seine Augen lagen tief in den Höhlen, verborgen im Schatten der Nachmittagssonne. Sie wanderten von Marriotts Gesicht zum Ordensband auf seiner Brust und wieder zurück.

Er streckte nicht die Hand aus, sondern schnarrte kurz: »Commander Meikle.« Seine Stimme war höher, als Marriott erwartet hatte, scharf und ausdruckslos. »Natürlich werde ich Sie alle mit der Zeit noch gründlich kennenlernen.« Er blickte zum Wrack des Passagierdampfers hinüber. »Morgen früh um acht Uhr ist ein Treffen mit meinen Offizieren angesetzt. Hier gibt es viel zu tun.« Er schlüpfte aus seinem Regenmantel und reichte ihn achtlos einem Schreiber.

Marriott starrte die Ärmel des Commanders an: drei wellenförmige Streifen, das Zeichen der freiwilligen Marinereserve. Der Rang eines Commanders war in der RNVR eine Seltenheit. Obendrein hatte Meikle keine einzige Auszeichnung, die seine Karriere hätte erklären können.

Hinter Meikles Rücken schnaufte Cuff wie ein wütender Bär, das Gesicht so rot wie eine überreife Tomate. Offensichtlich hatte er während der Inspektion schon erheblich gelitten und konnte sich kaum noch unter Kontrolle halten.

Meikle sagte scharf: »Wenn ich richtig informiert bin, sind Sie der Offizier, der heute morgen mit den Gefangenen gesprochen hat?«

Marriott sah eine Warnung in Macnairs Augen und erwiderte: »Ich wußte nicht, daß es Gefangene sind, Sir.«

»Alle sind Gefangene, bis sie überprüft und entlassen sind. Meine Offiziere haben sich nicht aufzuspielen. Es ist streng verboten, sich mit den Deutschen einzulassen, außer der Dienst verlangt es. Also seien Sie weder sentimental noch unvorsichtig, sondern halten Sie sie auf Distanz.« Es klang wie ein Zitat aus einem Lehrbuch.

Marriott erwiderte: »Ich weiß, wie ich mich verhalten muß, Sir. Ich habe diesen Krieg von Anfang an mitgemacht.«

Über die Schulter fragte Meikle leichthin, an Macnair gewandt: »Noch so einer, wie?«

Dann fügte er hinzu: »Alle meine Boote müssen tipptopp in Ordnung sein.« Er drehte sich zu Cuff um. »Und lassen Sie Ihre Hakenkreuze übermalen. Das hier ist die Royal Navy, und jeder einzelne hat sie zu repräsentieren.« Verabschiedend nickte er Marriott zu. »Bis morgen.« Im Gehen blickte er den Oberschreiber an. »Übrigens – Rost ... das erste Anzeichen für Nachlässigkeit ist Rost. Also sorgen Sie dafür, daß erst gar keiner entsteht.«

Cuff murmelte wie erstickt: »Davor brauchen Sie keine Angst zu haben, Sir.« Und mit kaum verhohlenem Triumph in der Stimme schloß er: »Diese Boote sind aus verdammtem Holz!«

Meikle ging an ihm vorbei. »Ich möchte diesen Offizier morgen vor der Besprechung sehen, Macnair.« Plötzlich schien er sich zu erinnern: »Aber dann sind Sie ja schon weg. Schade.« Wieder der forschende Blick. »Arbeitsanzug reicht künftig aus ...«

Wieder wurde salutiert. Marriott sah die Boote schwanken, als die kleine Prozession über sie an Land ging.

Cuff explodierte: »Verdammter Bastard! Ich werde ihm die blöden Hakenkreuze sonstwohin schieben!«

Marriott meinte: »Dir ist ganz schön der Kragen geplatzt.«

Cuff schlug ihm auf die Schulter. »Du warst aber auch nicht schlecht, alter Junge: *Ich habe den Krieg von Anfang an mitgemacht* – wirklich nicht schlecht. Ich halte jede Wette, daß unser kleiner Schreibtischhengst uns so richtig ins Herz geschlossen hat!«

Macnair kam zurück. »Ihr werdet euch schon zusammenraufen. Es gibt hier zuviel zu tun, als daß wir Zeit für Sticheleien hätten.«

Marriott fragte: »Wo ist er jetzt, Sir?«
»Er inspiziert die Barkassen. Sein einstweiliges Hauptquartier ist in einem U-Boot-Bunker. Mein Gott, diese Stadt ist in einem fürchterlichen Zustand. Hätte mir nie träumen lassen, daß es so schlimm war.«
Cuff unterbrach ihn ärgerlich: »Wer ist er, Sir? Ich meine ... Nun, er gehört doch nicht zu uns!«
Macnair betrachtete ihn nachdenklich. »Er war Rechtsanwalt, ist es noch. Aber quatschen Sie das nicht rum. Ich kenne die Zeichen an der Wand.« Wieder das müde Lächeln. »Vergessen Sie nicht, ich war auch mal Rechtsanwalt.« Er straffte sich. »Ich haue jetzt ab. Macht morgen keinen Mist.« Sie schüttelten sich die Hände, so leichthin wie immer. Im Gehen sagte Macnair: »Ich werde den Sauhaufen hier vermissen.«
Stumm sahen sie ihm nach, bis Cuff knurrte: »*Rost!* Also wirklich!«
Marriott lehnte an der Reling und blickte in das quirlende Wasser hinunter, das fürchterlich stank. Nach toten Fischen und wahrscheinlich auch toten Menschen. Er sah ein paar deutsche Seeleute über den Schutt marschieren, ihre Arme schwangen im Gleichtakt, zwei Unteroffiziere brüllten Befehle, bis sie einen Traktor erreichten, den eine Gruppe englischer Pioniere umstand. Dort lag ein großer Stapel Äxte, Schaufeln und Grubenholz. Der deutsche Unteroffizier knallte die Hacken zusammen und meldete zackig: »All present, Sir!«
Der junge Hauptmann der Pioniere schien erleichtert zu sein, daß der Unteroffizier Englisch konnte. »Sagen Sie Ihren Männern, was wir hier vorhaben!« Er ergriff eine Schaufel, rammte sie in den Schutt, entfaltete einen großen Plan und erläuterte: »Sie werden die Straße von hier bis zum Tor dort drüben freiräumen. Für den Anfang, jedenfalls.«
Die Deutschen blickten stumm auf die endlosen Schuttberge. Sogar sie mußten vergessen haben, daß es darunter mal eine Straße gegeben hatte.
Marriott sagte leise: »Mein Gott, das wird Jahre dauern!«
Cuff erwiderte leichthin: »Was soll's? Immerhin haben sie den Krieg angefangen.«
Ein britischer Sergeant stieg auf den Traktor und warf den Motor an. Der Lärm brachte Leben in die Matrosen, gleich darauf war die Luft erfüllt vom Klappern der Schaufeln. Marriott blickte zur Seite. Es war nicht viel, und der junge Hauptmann der Royal Engineers würde das auch wissen. Aber es war ein Anfang – so etwas wie ein erwachender Pulsschlag.
Marriott kletterte wieder in sein eigenes Boot und betrat die Messe, wo Lowes einen Brief schrieb, wahrscheinlich wieder an seine Mutter.

Marriott blickte sich in dem Raum um, der ihr Zuhause, ihre Zuflucht gewesen war: die abgenutzten Kissen, die als Schwimmhilfe dienen sollten, wenn das Schlimmste eintrat. Das Gestell mit den Pistolen. Ein Bild des Königs, das die Stelle kaschierte, wo ein deutscher Granatsplitter vor der belgischen Küste eingeschlagen war. Alte Illustrierte, das Foto eines lächelnden, barbrüstigen Mädchens, von dem Fairfax steif und fest behauptete, daß es seine Tante wäre.

Marriott konnte sich nicht vorstellen, daß man das Boot noch in den Fernen Osten schicken würde. Die Pumpen mußten jetzt schon doppelt so lange laufen, denn der Rumpf leckte scheußlich. Er blickte auf sein Bild im halbblinden Spiegel und zog eine Grimasse. *Wie ich: verdammt ausgeleiert.*

Lowes blickte auf. Eine blonde Locke fiel über seine großen, unschuldig wirkenden Augen. »Wann können wir an Land gehen, Sir?«

»Gute Frage.« Er mußte an die Äxte und Schaufeln und an die grimmigen Blicke der britischen Pioniere denken. »Ich bin nicht sicher, daß es an Land so amüsant für uns wird.«

Lowes schlug mit dem Bleistift gegen seine Zähne. »Ich wette, daß Kapitänleutnant Macnair wegen einer wirklich wichtigen Sache zurückbeordert wird. Ich meine, er hat schließlich eine Belohnung verdient, nicht wahr?«

Marriott kniff die Lippen zusammen. Er fährt zum Sterben nach Hause, verstehst du das nicht? dachte er. Dann hörte er sich sagen: »Ich möchte, daß Sie morgen früh mit dabei sind. Wir wollen ihn gebührend verabschieden.« Er sah, daß die Wolke von der Stirn des Jungen verschwand. »Und jetzt öffnen Sie die Bar. Wir wollen auf ihn anstoßen.«

Aber es waren nicht nur Marriott und seine beiden Leutnants, die sich im Morgengrauen zur Verabschiedung Macnairs einfanden. Stille Figuren standen überall an Deck. Zwei Boote stießen stinkende Benzinschwaden aus und zerrten ungeduldig an ihren Leinen.

Marriott biß auf den Stiel seiner kalten Pfeife. Da waren's nur noch zwei, dachte er und fragte sich, warum man nicht den ganzen Verband zurückbeordert hatte. Er blickte zum fahlen Himmel empor. Es würde wieder ein schöner Tag werden, trotz des treibenden Rauchs zwischen den Häuserskeletten und Krangerippen.

Dünne Hurrarufe erklangen, als die beiden Boote rückwärts ablegten. Es war seltsam, wieder Positionslaternen zu sehen, ohne einen Verstoß gegen das Verdunklungsgebot befürchten zu müssen. Das

Lotsenboot schaukelte auf den Wellen, seine roten und grünen Lichter spiegelten sich auf der öligen Wasserfläche. Cuff mißachtete Meikles Warnung und pfiff auf gutes Benehmen. Sein Nebelhorn stieß ein langes, wehklagendes Geheul aus. Als Marriott bemerkte, daß er wie ein Leidtragender seine Mütze abgenommen hatte, drohte ihn Trauer zu übermannen.

»Ein Hurra für unseren Spruce, Jungs!« Und das war es dann. Schluß mit den Erinnerungen und den Gedanken an die Freunde, die nicht wiedergekommen waren. Nichts würde jemals wieder so werden, wie es gewesen war.

Der einzige, der nicht Hurra gerufen hatte, war der Bootsmann, Unteroffizier Robert Evans. Er hatte die schattenhaften Gestalten gesehen, die sich an der Pier einen Weg zwischen Trümmern suchten, um zeitig mit den Aufräumungsarbeiten zu beginnen. Er prüfte seine Gefühle, wie schon mehrfach und vor allem damals, als der Skipper vor die Deutschen hingetreten war.

Sein Herz hatte schneller geschlagen, ein eisiger Schauer war ihm über den Rücken gelaufen, als er ihre Gesichter so dicht vor sich sah und ihren Dunst riechen konnte. Seine Finger krampften sich in der Tasche um das kleine Lederetui mit der Auszeichnung, die er nicht tragen durfte, falls er in Gefangenschaft geriet: das *Croix de Guerre*, das französische Kriegskreuz. Aber morgen würde er es neben seinen anderen Auszeichnungen tragen und auf die Gesichter der Kameraden achten, wenn sie es sahen. Was empfand er? Ziemlich das gleiche wie zuvor. Der Haß war nicht mehr stark genug, auch nicht der Ekel. Nur so etwas wie eine Verpflichtung spürte er. Sie würde seine Familie nicht wieder zum Leben erwecken, aber er würde die Deutschen für das, was sie ihr angetan hatten, bezahlen lassen.

Marriott sprach ihn an: »Kümmern Sie sich ums Frühstück, Evans?«

Der Bootsmann blickte über den Hafen, aber die beiden Motortorpedoboote waren schon im Schatten verschwunden. »Aye, aye, Sir.« Sogar die englische Sprache war ihm mit der Zeit zur zweiten Natur geworden.

Marriott blickte ihn prüfend an. »Alles in Ordnung?«

»Ich war nur in Gedanken, Sir.« Er setzte seine Mütze wieder auf und richtete sie so sorgfältig aus wie immer. »Hab' überlegt, wie es gewesen wäre, falls *wir* verloren hätten.«

Marriott fiel neben ihm in Schritt. »Sollten Sie mal das Bedürfnis haben, sich auszusprechen . . .«

Evans blickte ihn lange an. »Danke. Ich bin zwar kein Offizier, Sir, aber ich hoffe, daß dieses Privileg umgekehrt auch für Sie gilt.«

Marriott nickte und ließ sich in den Niedergang hinab, bewegt von Evans' Worten. Den Mann umgab etwas Geheimnisvolles, und er kam nicht dahinter, was es war. Er signalisierte auch Gefahr, obwohl Marriott nicht verstand, warum.

Fairfax stürmte in die Messe. »Schöner Tag, Sir. Was würde ich nicht dafür geben, jetzt mit einem hübschen Mädchen über die weichen Wiesen von Hampshire zu laufen!«

Ginger Jackson stellte umständlich die Teller vor sie hin. »Ich habe noch ein paar Sardinendosen gefunden, Gents.«

Lowes stieß hervor: »Zum Frühstück?«

Marriott blickte auf den Teller nieder, den wie immer Gingers Daumenabdruck am Rand zierte. Er sah aus wie das Wappen eines exklusiven Hotels.

Nein, nichts war mehr so wie früher. Für keinen von ihnen.

Zwanzig Kreuze

Marriott stand am Relingsdurchgang und blickte zur Pier hinüber. Er fröstelte im frühen Morgenlicht, wußte aber, daß es nicht an der kühlen Luft lag. Schon jetzt hatte ihn diese Stadt verändert. Es war wie auf einer einsamen Insel oder im Gefängnis, er konnte sich das nicht erklären. Nicht einmal ein Becher von Ginger Jacksons bestem Kaffee und eine große Portion Rührei aus Eipulver hatten ihn aufgeheitert.

Längsseits knirschte Cuffs Boot unruhig an den Taufendern. Hinter ihnen pulsierte auf drei langen Fairmile-Barkassen schon geschäftiges Leben. Die Decks wurden geschrubbt, weiße Gestalten hasteten in der rauchigen Luft hin und her, während die Übernahme von Versorgungsgütern vorbereitet wurde.

Marriott blickte auf seine Uhr und dachte an Macnair. Wo mochte er jetzt sein? In einer halben Stunde war Flaggenparade. Es spielte keine Rolle, ob die Navy in Dover oder Rosyth, Alexandria oder Port Said lag, ihre Routine ging überall weiter. Vielleicht hatte sie deshalb den Krieg gewonnen.

Er hörte Fairfax über das hölzerne Deck kommen. Er salutierte. »Ich halte die Stellung in Ihrer Abwesenheit, Sir.«

Sogar im gewohnten Arbeitsanzug sah er jetzt anders aus. Marriott dachte an sein eigenes sauberes Hemd mit Schlips, das er an Stelle seines geliebten Pullovers unter dem groben Sergeblouson des Kampfanzugs trug, dazu blankgeputzte Schuhe an Stelle der ausgelatschten Seestiefel. Er wußte, daß Fairfax darauf wartete, sein Tagewerk beginnen zu können wie jeder Erste Offizier, gleichgültig wie groß oder klein das Schiff war.

Fairfax bemerkte: »Die Jerries* müssen seit der Dämmerung am Schaufeln sein, Sir.«

Ein deutscher Seemann schob eine Karre voll zerbrochener Ziegel aus den Resten des Mauerwerks auf die Pier. Seine Uniform war über und über mit grauem Staub bedeckt. Gestern war dort noch ein undurchdringlicher Schutthaufen gewesen. Höchstwahrscheinlich hatte man die Männer in Schichten die ganze Nacht über arbeiten lassen. Marriott machte sich klar, daß er wie ein Stein geschlafen und nichts gehört hatte. Zum ersten Mal seit Jahren.

Fairfax fuhr fort: »Ich übernehme die Vorräte, sobald sie eintreffen.« Er zögerte, als er Marriotts Verstimmung spürte. »Werden Sie lange im – äh – Hauptquartier sein, Sir?«

»Hoffentlich nicht. Es wird wahrscheinlich nur eine Nachhilfestunde in richtigem Benehmen.«

Er ging an Land und starrte auf den wirren Haufen aus Ziegelsteinen und Eisenträgern, als stünde dahinter noch immer eine stumme Armee, die nur auf Befehle wartete. Statt dessen trat ein Marineposten aus seinem roh zusammengezimmerten Wachhäuschen, auffallend frisch mit seinem weißen Koppelzeug und den weißen Gamaschen. Über der Schulter trug er eine Thompson-Maschinenpistole. Er grüßte. »Ich soll Ihnen den Weg zeigen, Sir.« Er hatte den heimatlichen Akzent der westlichen Grafschaften, was Marriott wieder einmal klarmachte, daß sie beide nicht hierher gehörten.

Sie fielen in Gleichschritt, und Marriott blickte sich um. Die Verwüstungen waren so unbeschreiblich, daß er einfach nicht glauben konnte, hier könne sich jemals etwas ändern. Die schweren ›Bunkerknacker‹ der RAF hatten die straffe Ordnung der Marinewerft in einen einzigen riesigen Schrottplatz verwandelt. Es war ein Alptraum von unvorstellbaren Ausmaßen. Neben einem Trockendock, an dem sie vorbeikamen, ragte der Rumpf eines Zerstörers hoch auf. Er war von einer Bombendetonation buchstäblich in die Luft gehoben und aufs Land gesetzt worden. Andere Schiffe waren plattgedrückt von herumfliegenden Wrackteilen und Mauerresten. Marriott, der das häßliche

* Spitzname für Deutsche, von »Germans«

Gesicht des Kriegs zu kennen glaubte, starrte fassungslos auf einen ausgekugelten Arm in feldgrauem Tuch, der aus dem Fenster eines zerstörten Lastwagens hing. Das Fahrzeug war wie seine Besatzung ausgelöscht worden, aber der Arm wirkte seltsam lebendig.

Der Wachposten bemerkte: »Tote gibt es hier noch Hunderte, Sir.« Er senkte die Stimme, wie um ihnen Respekt zu erweisen. »Im U-Boot-Bunker, wo ich Sie hinbringe, haben die Bomben zwei Boote erwischt. Eins war fertig zum Auslaufen und hatte seine gesamte Besatzung an Bord, als die Decke einbrach. Dort stinkt's, kann ich Ihnen sagen, Sir.«

Marriott blickte auf den ausgekugelten Arm. Die Haut war gebräunt, ein heller Streifen zeigte an, wo die Armbanduhr gesessen hatte. Der Wachposten grinste. »Da war einer schneller als ich.«

Je mehr sie sich dem riesigen U-Boot-Bunker näherten, desto gespenstischer wurde die Szenerie. Gestalten krochen ziellos durch die Ruinen wie verstörte Ameisen. Leute in Khakikampfanzügen arbeiteten neben solchen im Blau der Marine. Deutsche Gefangene marschierten hin und her, meist unter Aufsicht eines Unteroffiziers. Als eine Gruppe an ihnen vorbeikam, erklang der Befehl: »Die Augen rechts!« Die Deutschen sahen Marriott, schienen aber nicht zu begreifen, was vorging. Sie waren ausgebrannt, apathisch, lebende Leichen.

Asche wirbelte über den Bunker. Marriott hörte das Rattern von Preßluftbohrern und das Scharren von Schaufeln. Die Army hatte es geschafft, von irgendwoher Strom zu bekommen, er meinte sogar, frisch gebackenes Brot zu riechen. Das war fast so unglaublich wie die totale Zerstörung ringsum.

»Wir sind da, Sir.« Der Posten schlug einen Sackvorhang zur Seite und deutete in einen langen Raum mit Betonwänden. Er war wahrscheinlich ein Lager für U-Boot-Ersatzteile gewesen. Marriott mußte plötzlich an seinen Dienst auf den Geleitzerstörern im Atlantik denken. An die langen erbärmlichen Reihen der rostigen Frachter und wertvollen Tanker. Ständig wurden sie von U-Booten gejagt, die hier gebaut und repariert worden waren.

Marriott zögerte, dann ging er weiter und blickte in eins der Docks hinab. Das U-Boot darin schwamm noch, war von den Bomben nicht beschädigt worden. Es war fertig zum Auslaufen gewesen, sollte wahrscheinlich zu den Rudeln im Atlantik stoßen – aber dann war die Kapitulation gekommen.

Selbst noch in der Niederlage sah es gefährlich aus.

Marriott stieß langsam den Atem aus. Es war das erste U-Boot, das er sah. Vielleicht war es Angst gewesen, die sie den Haß gelehrt, ihnen die Kraft gegeben hatte, zurückzuschlagen und schließlich sogar zu siegen, obwohl alles dagegen sprach.

Jemand hüstelte diskret hinter ihm. Er drehte sich um und erkannte Meikles gequälten Oberschreiber, der ihn ängstlich anschaute. »Ich fragte mich, wo Sie bleiben, Sir.«

Marriott seufzte. »Gehen Sie vor. Hat die Besprechung schon angefangen?«

»Commander Meikle möchte Sie allein sprechen, Sir.«

Marriott folgte dem verhuschten Schreiber in die kalten Schatten des Bunkers. Eine Tür schloß sich hinter ihm. Er blickte sich in dem Raum um: kahle Holzbänke und abgenutzte Stühle mit Segeltuchlehnen. Hier mußten die U-Boot-Offiziere gesessen haben.

Das weiße Schreiberkaninchen erschien wieder, in der Pfote einen Stapel Funksprüche. »Hier entlang, Sir.«

Der angrenzende Raum war durch neu angebrachte Lampen hell erleuchtet, deren Kabel durch eine andere Tür verschwanden. Das sah aus wie bei Filmdreharbeiten. In der Mitte des Raums stand ein Schreibtisch, über und über mit Akten und Signalkladden bedeckt; nur ein Glas mit frisch angespitzten Bleistiften ragte aus dem Papierhaufen. An der einen Wand hing eine riesengroße Karte von Schleswig-Holstein, von der dänischen Grenze über Kiel bis zum Gebiet um die Lübecker Bucht. Im Osten verlief eine dicke rote Linie, von russischen Flaggen markiert. Zum ersten Mal bekam Marriott einen Eindruck von dem riesigen Gebiet, das unter ihrer Verantwortung und Autorität stand. Der rote Klecks von Kiel war nur ein kleiner Teil davon.

Mein Gott, wenn es in diesem Land überall so aussieht ...

Er blickte auf die zerbeulten Kisten und Blechschränke, die den Raum möblierten. Hier war ein Nervenzentrum, das Befehle an Marineeinheiten und alle möglichen anderen aussandte.

Meikle betrat den Raum und trocknete sich die Hände an einem Tuch ab. Ohne die elegante Mütze sah er jünger aus. Sein dickes krauses Haar war genau nach Vorschrift gestutzt, eisgrau und straff aus der hohen intelligenten Stirn gebürstet. Er blickte Marriott an und deutete auf einen Stuhl, den einzigen, der außer seinem Schreibtischstuhl im Raum zu sehen war.

Meikles blauer Arbeitsanzug war makellos, und die Manschetten, die dann und wann hervorlugten, schienen frisch gestärkt zu sein.

»Alles unter Kontrolle, Marriott?« Wieder dieser schnelle abschätzende Blick, der nichts übersah. »Mir scheint, daß Macnair heute morgen einen gelungenen Abschied bekam.«

Marriott dachte an Cuffs dröhnendes Nebelhorn.

»Ich hoffe, wir haben Sie nicht geweckt, Sir.«

Meikle suchte in einem Aktenstapel und blickte nicht auf. »Kaum. Ich war den größten Teil der Nacht drüben in Plön beim Militärkommandanten.« Dabei sah er aus, als sei er gerade nach einer gut durchschlafenen Nacht unter der Dusche hervorgekommen, dachte Marriott.

Meikle begann: »Ich spreche mit allen meinen Kommandanten einzeln. Das war sicher in der Vergangenheit nicht üblich, wie?« Er erwartete keine Antwort. »Aber ich muß meine Leute kennen, auch wenn ich nicht immer bei ihnen sein kann. Falls jemand nicht mit mir zusammenarbeitet – nun, das ist dann eine andere Geschichte.«

Meikle blickte Marriott zum ersten Mal direkt an; seine Augen waren sehr dunkel.

»Ihre Aufgaben unter meinem Kommando sind sehr unterschiedlich – je nachdem, was die Situation erfordert.« Er vergewisserte sich kurz in seinen Papieren. »Ich fasse zusammen: Zwei Boote der Flottille sind in Dänemark geblieben, sie stehen dem dortigen N.O.I.C. zur Verfügung. Zwei weitere sind heute morgen nach England zurückgekehrt. Folglich bleiben übrig: Ihre Nummer 801, Leutnants Glazebrooks Boot, die drei Barkassen, einige Trawler und der Bergungsschlepper HMS *Sea Harvester* unter dem Kommando von Kapitänleutnant Crawford, der so etwas wie ein Taucher sein soll.« Er schürzte die Lippen. »Er wird in diesem Hafen nicht über Mangel an Arbeit klagen können.«

»Was wird aus der Flottille, Sir? Wir werden doch bestimmt umgruppiert.«

Meikle schüttelte den Kopf. »Das denke ich nicht. Der Krieg im Pazifik geht uns kaum etwas an, unsere Aufgabe liegt hier in Kiel und den angrenzenden Gebieten. Der Befehlshaber der Seestreitkräfte wird ein separates HQ mit Operations- und Nachrichtenstab einrichten und außerdem die verstreuten Minensucheinheiten zusammenfassen.«

Marriott blickte auf die große Wandkarte, aber alles, was er vor sich sah, war der Zerfall seiner Flottille. Bisher hatten neue Gesichter zwar die der Toten oder Verwundeten ersetzt, neue Boote hatten die Lücken aufgefüllt, aber es war immer dieselbe Flottille geblieben. Er meinte fast die Stimmen der Kameraden zu hören, die wie immer nach einem harten Einsatz das etwas geschmacklose Lied schmetterten: Was ist übrig von unserer Schwadron? Zwanzig Kreuze in einer Reihe!

Jetzt war es aus, weil irgendein Stabshengst sie ausradiert hatte. Das hatte noch nicht mal der Feind geschafft.

»Das ist also der Dank!« sagte er böse.

Meikle ging nicht auf seine Verbitterung ein. »Ich bin nicht blind, Marriott, und auch kein Narr. Ich habe die Orden sehr wohl gesehen, die Sie alle zur Schau stellten, als Ihnen befohlen wurde, in Ausgehuniform anzutreten. Ich wußte, dadurch würde besonders auffallen, daß ich keine Auszeichnungen habe.« Völlig ungerührt fuhr er fort: »Natürlich weiß ich über Ihre Tapferkeit Bescheid, aber die haben auch andere bewiesen, die ich ebenso bewundere: Der Polizist, der während der Bombenangriffe seine Streife ging, die Krankenschwester, die neben einem Blindgänger bei ihren Patienten blieb.« Er lächelte andeutungsweise. »Es gab in den vergangenen sechs Jahren alle Arten von Tapferkeit. Sogar dem Kriegsdienstverweigerer, der seinen Krankenwagen auch noch unter Beschuß fuhr, kann man den Respekt nicht versagen.« Sein Ton wurde hart. »Obwohl ich sicher bin, daß er keinen Orden dafür bekommen hat.«

Marriott war beleidigt. »Ist das alles, Sir?« Meikle ignorierte die Frage. »Wie gut kennen Sie Leutnant Glazebrook?«

Marriott betrachtete ihn kalt. »Gut genug. Er ist auf Grund seines Dienstalters mein Vorgesetzter und ...«

»Wie schön für Sie.« Meikle beugte sich vor, um jedes Wort zu betonen. »Während der Herfahrt scherte Glazebrook doch mit seinem Boot aus, um den Schiffsverkehr in der Nähe zu überprüfen, richtig?«

Marriott nickte, der Wechsel des Themas hatte ihn auf dem falschen Fuß erwischt. Merkwürdig: Cuffs Detachierung war erst zwei Tage her, und er hatte sie schon fast vergessen.

Meikle blickte in ein anderes Papier. »Es waren deutsche Fischerboote.«

»Das ist doch nicht ungewöhnlich, Sir.«

»Warum verteidigen Sie ihn immer sofort? Und warum nehmen Sie eine allgemeine Kritik so persönlich? Es heißt hier, daß Glazebrook sie zum Stoppen aufforderte.« Meikle schloß den Ordner und blickte den Leutnant ernst an. »Er schreibt in seinem Bericht, daß sie zu fliehen versuchten, deshalb warf er zwei Wasserbomben zwischen sie. Ich muß Ihnen deren Wirkung auf Fischerboote wohl nicht erklären.«

Marriott sah wieder Cuffs Gesicht vor sich, als die geschlossene Formation der Deutschen auf die Motorkanonenboote zugerückt war.

Und er erinnerte sich an die vielen anderen Gelegenheiten, bei denen wegen des Krieges und der täglichen Todesgefahr Cuffs Härte übersehen wurde.

Meikles Stimme klang erstaunlich milde. »Auch ich liebe die Deutschen nicht, aber wir sind hier, um sie zu verwalten und zu regieren, bis wieder Ordnung eingekehrt ist. Dabei werden wir jedoch nichts als Haß und Abneigung züchten, falls wir unsere Macht nur dazu nutzen, die Nazis nachzuahmen.«

»Ich wußte nichts davon, Sir.«

Meikle blickte zur Tür, als der Oberschreiber um die Ecke blinzelte. »Danke, Lavender. Ich bin in zwei Minuten soweit.«

Marriott blickte auf seine Hände nieder, erwartete fast, sie zittern zu sehen. Cuff! Das durfte nicht wahr sein.

Er hörte Meikle fortfahren: »Wir müssen hier ein Beispiel geben und die Dinge in Bewegung bringen. Der Hafen muß geräumt werden, die Leichen müssen aus den Trümmern und aus dem Wasser geborgen werden. Wir müssen Essen und Unterkunft für diejenigen bereitstellen, die sich nicht selbst helfen können. Keine Verbrüderung, aber auch keine Grausamkeiten! Ich kann mir Ihre Erfahrungen vorstellen, einfach indem ich Ihre Akte lese. Betrachten Sie sie als Gewinn, nicht als jetzt überflüssig.«

Er preßte die Fingerspitzen zusammen.

»Mir ist völlig egal, was andere über mich denken. Ich will nur, daß die Arbeit erledigt wird. Sollte sich mir dabei jemand in den Weg stellen, dann muß er gehen. Das garantiere ich.«

Es war fast vorüber. Marriott stand auf und griff nach seiner Mütze. »Meine Befehle, Sir?«

»Halten Sie sich bereit, jederzeit innerhalb einer Stunde auszulaufen. Es gibt da etwas, das ich entscheiden muß.«

Marriott ärgerte sich, daß er gegen diesen selbstbewußten Mann keinen Punkt gewonnen hatte. Andererseits war er froh, überhaupt noch Kommandant von MGB 801 zu sein.

Meikle sah ihn an und lächelte knapp. »Wir stehen beide auf derselben Seite, falls Sie das vergessen haben.«

Marriott trat in die wirbelnde Asche und den Rauch hinaus, wo der Wachposten auf ihn wartete.

»Ich finde meinen Weg allein, danke.«

Der Soldat rückte die Maschinenpistole zurecht und grinste. »Entschuldigung, Sir, aber ich habe meine Befehle. *Niemand* läuft hier allein herum.«

Fairfax und Lowes warteten schon an der Reling, auf ihren Gesichtern kämpfte Sorge mit Hoffnung. Drei Kommandanten hatte das Boot überlebt. *Er würde der letzte sein.*

»Wir sind wieder gefragt, Gentlemen.« Er sah ihr Grinsen. War das schon alles, was er sagen mußte, um sie aufzuheitern? »Ein-Stunden-Bereitschaft!«

Überrascht sah er, daß sich Cuffs Boot weiter weg verholt hatte.

Fairfax erklärte: »Tommy Updike bereitet sich dort auf die Proviantübernahme vor, Sir.« Er stockte unter Marriotts Blick. »Cuff, äh, ich meine Leutnant Glazebrook, ist zum N.O.I.C. gefahren, um ihm persönlich zu berichten.«

Marriott blickte ins wirbelnde Wasser und sah die Bomben zwischen den Fischerbooten explodieren, als ob er dabeigewesen wäre. Sie hatten früher viele Wasserbomben geworfen, nicht um U-Boote zu vernichten, sondern um feindlichen Kümos den Kiel zu brechen oder bewaffnete Schoner zu versenken. Aber sie gegen unbewaffnete Fischerboote einzusetzen, obwohl man wußte, daß die Feindseligkeiten beendet waren, das kam gleich nach kaltblütigem Mord. Cuffs Worte klangen ihm in den Ohren: ›Sie haben schließlich angefangen.‹

Cuff hatte in Meikle einen ebenbürtigen Gegner gefunden, würde aber trotzdem blütenweiß aus allem hervorgehen. So war es immer gewesen.

Lowes fragte schüchtern: »Steht uns 'ne heiße Kiste ins Haus, Sir?«

Marriott mußte lächeln. Lowes bemühte sich, den Jargon des Krieges nachzuahmen, für den er zu spät gekommen war. »Es kann alles mögliche sein, Pilot. Bereiten Sie das Boot vor.«

Der Junge eilte davon, und Fairfax meinte: »Ich bin froh, daß wir noch zusammen sind, Sir.«

Marriott blickte ihn nachdenklich an. »Danke, Nummer Eins. Ich hoffe, Sie können in einer Woche noch dasselbe sagen.«

Der Bootsmann versuchte sich darauf zu konzentrieren, was Lowes ihm erklärte. Also würden sie den Hafen bald wieder verlassen. Evans blickte zum Ufer, wo die deutschen Seeleute von einem Jeep Suppe und Brot faßten. Es blieb ihm noch jede Menge Zeit, dachte er. Schließlich brauchte er jetzt an nichts anderes mehr zu denken.

Er rückte seine Mütze zurecht und nickte. »Jawohl, Sir, sofort, Sir.« Zwar hatte er nicht viel von dem gehört, was Lowes sagte, aber das war auch nicht nötig.

Lowes blieb allein auf der Brücke. Er hatte die Geringschätzung des Bootsmanns nicht mitbekommen. Er beobachtete die *Sea Harvester,* die mit gewaltigen Rauchwolken zwischen zwei Wracks herandampfte, während sie Bojen klarmachte, die ihren Tauchern als Markierung dienen sollten.

Es war alles so aufregend, dachte Lowes. Zwar hatte er noch keine Kugeln fliegen sehen – bis jetzt. Er blickte träumerisch in die Ferne. Aber eines Tages . . .

Marriot lehnte an der Brückenverschanzung und beobachtete die Arbeiten auf dem Vordeck. Obermatrose Townsend überwachte die Festmacherleinen. Lowes, heute sehr schick mit weißem Seidenschal, versuchte, niemandem im Wege zu stehen. Die Generatoren brummten leise, und der an der Bordwand aufsteigende Dampf verriet Marriott alles, was er über die Bereitschaft der Maschine wissen mußte.

Fairfax kam auf die Brücke geklettert. »Alle Mann an Bord, Sir. Klar zum Auslaufen.«

Marriott nickte. Es war kaum zu befürchten, daß einer seiner Männer in Kiel achteraussegelte, nicht bei so vielen Wachen und bewaffneten Patrouillen an Land.

Der Abendhimmel war immer noch hell. Seltsam, daß man den Rauch kaum noch bemerkte. Inzwischen gehörte er fast genauso dazu wie die Ölteppiche und der Verwesungsgeruch. Es war wärmer geworden, Marriott fühlte sein Hemd am Körper kleben. Oder waren es die Nerven? Dazu bestand doch kein Grund. Sie liefen zwar aus wie schon oft, aber diesmal in der Gewißheit, daß sie morgen um dieselbe Zeit wieder hier festmachen würden.

Wahrscheinlich würden sie sogar bald Urlaub bekommen. Doch daran wollte Marriott nicht denken. Stephen war nicht mehr, und seine Schwester Penny würde noch nicht wieder zu Hause sein. Er lächelte traurig. Sie war das Nesthäkchen der Familie, so lebhaft und launisch wie der Wind, und diente jetzt als Nachrichtenhelferin bei einer Jagdstaffel in Kent. Ihr kleiner Flugplatz war bei der Verteidigung Londons wichtig gewesen, und später half er mit, die Nachschublinien der Armee über den Kanal zu sichern. Wenn man zwischen den Zeilen ihrer Briefe zu lesen verstand, dann hatte Penny ein paar äußerst stürmische Affären mit jungen Piloten erlebt. Einige waren versetzt worden, andere von den Luftkämpfen nicht mehr zurückgekehrt. Aber nun war etwas passiert, das Penny verändert hatte. Sie hatte in ihren Briefen mehr als einmal von einem Mann geschrieben, den sie heiraten wollte. Er war der Meteorologe des Flugplatzes, ein älterer Mann, das »ungeflügelte Wunder«, wie sie ihn zärtlich nannte. Aber die Sache hatte einen Haken: Er war Kanadier, was bedeutete, daß er sie mitnehmen würde nach Übersee. Was würde Mutter dazu sagen?

Obersignalmaat Silver meldete: »Noch fünf Minuten, Sir!«

»Leinen aufkürzen!« Marriott packte Fairfax am Ärmel. »Kommando zurück!« Ein Jeep kam über das Geröll geschossen, als ob ein Boot über Wellen surfe. Marriott sah darin das blitzende Eichenlaub von Meikles Mütze. Das Kaninchen Lavender saß neben ihm und preßte eine Aktentasche an sich. Zwei bewaffnete Matrosen klammerten sich auf den Rücksitzen fest. Also liebte es Meikle, selbst zu chauffieren. Wieder eine Überraschung.

»Ich gehe ihm besser entgegen«, sagte Marriott, teils beunruhigt, teils beleidigt. Traute ihm Meikle etwa nicht zu, daß er das Boot ohne seine Aufsicht aus dem Hafen brachte? Er sprang auf die Pier. Meikle studierte schon die Fortschritte, die tagsüber gemacht worden waren. Der schmale Pfad war verbreitert worden, und sogar ein Teil des verschütteten Tors war wieder sichtbar. Er knurrte: »Die Gefangenen müssen schneller arbeiten!« Dann erwiderte er Marriotts Gruß. »Sie kennen Ihre Befehle?«

»Jawohl, Sir.« Es klang wie »natürlich«.

Meikle schnappte: »Es kann Probleme geben. Sie sollen das fragliche Schiff zunächst aufbringen und durchsuchen. Wenn nötig, übernehmen Sie den Befehl darüber. An Bord sollen sich deutsche Soldaten befinden, die als Kriegsverbrecher eingestuft wurden.« Er sah Marriotts Gesichtsausdruck. »Was denn – wußten Sie etwa nicht, daß es die gab?«

»Ich sehe nicht, was das ändern soll, Sir.« Wie schaffte es dieser Mann bloß, daß er sich vor ihm immer so unbeholfen und dumm vorkam?

Meikle erwiderte kurz: »Unser Geheimdienst berichtet, daß die Russen über das Schiff im Bilde sind. Also: Ich will keine Zwischenfälle, keine Konfrontation. Was wir auch über ihre Methoden denken – zu recht, wie ich Ihnen versichern kann –, die Russen sind unsere Alliierten, klar?« Beide wandten sich um, als ein müder Trupp Infanteristen auf dem Trümmerpfad herangeschlurft kam. Ihm folgte eine Reihe deutscher Soldaten. Sie hatten die Hände auf dem Kopf gefaltet und trugen weder Waffen noch Ausrüstung. Ein brutal aussehender Sergeant hob den Arm und stoppte damit die traurige Prozession. Er schlug die Hacken zusammen und salutierte. »Gefangene, Sir.« Er sprach wie ein Mann, den nichts mehr überraschen kann. »Sie haben sich in einem Pumpenhaus versteckt. Ich bringe sie zum Verhör.«

Meikle musterte die Gefangenen. Die meisten schienen alt genug zu sein, um schon im Krieg des Kaisers gekämpft zu haben. Ihre Uniformen paßten schlecht und sahen abgerissen aus. Die anderen waren Jungen von vielleicht vierzehn Jahren. Einer von ihnen schluchzte und hielt sich eine Wange.

Der Sergeant funkelte ihn an. »Das ist ein Hitlerjunge, Sir. Er hat uns angespuckt, der verdammte kleine Bastard.«

Meikle erwiderte kühl: »Das ist Volkssturm, Sergeant. Etwa das gleiche wie unsere Heimwehr. Hatten sie Waffen?«

»Nein, Sir. Wahrscheinlich haben sie die irgendwo versteckt, während sie darauf warteten, ein lohnendes Ziel zum Sabotieren zu finden.«

Marriott betrachtete die Infanteristen und besonders den Sergeanten. Er hatte das Gefühl, daß sie ihre Gefangenen am liebsten erschossen hätten.

Meikle nickte. »Sie haben richtig gehandelt, Sergeant. Bringen Sie sie jetzt zum Verhör.« Er blickte dem Sergeanten in die Augen. *»Alle!«*

Nachdem sie weitergeschlurft waren, fragte er Marriott: »Was bedrückt Sie jetzt wieder?«

»Ach, nichts, Sir.« Aber das war eine Lüge. Sein Vater war in der Heimwehr gewesen, ungefähr im selben Alter wie die Veteranen, die er gerade gesehen hatte. Welche Chancen hätte er gegen Tigerpanzer und Stukas gehabt?

Meikle sah auf seine Uhr. »Also, legen Sie ab! Das Lotsenboot wird Sie begleiten.« Er schnüffelte in den Wind. »*Sea Harvester* muß morgen endlich mit der Arbeit beginnen.«

Beide blickten auf die schräg im Wasser liegenden Wracks, deren Bordwände bereits im Schatten lagen. Es brauchte nicht viel Phantasie, um sich vorzustellen, was die Taucher in den zerbombten Rümpfen finden würden.

Meikle trat einen Schritt zurück und sagte leise: »Denken Sie daran: keine Konfrontation mit den Russen! Die Lage ist schon kompliziert genug, und der Staub hat sich noch nicht mal gesetzt.« Er drehte sich um und kletterte in seinen Jeep.

Marriott erklomm seine Brücke. Er war plötzlich ganz versessen darauf, wieder offenes Wasser um sich zu haben, wegzukommen von dieser bedrückenden Zerstörung.

»Maschinen an, Nummer Eins!« Er fühlte die Brücke erzittern, als Adair seine geliebten Motoren anwarf. »Alles los achtern!« Er sah, daß Evans das Ruder leicht hin und her bewegte. »Rückwärts langsam Steuerbord! Alles los vorne!«

Das Heck klappte zögernd von der durchgesackten Pier weg, als der Wind den Rumpf erfaßte. »Rückwärts langsam Backbord außen!« Das Schraubenwasser wirbelte Abfall und Treibholz gegen die Pfähle. Eine tote Stadt war dieses Kiel.

Er sah das rote und grüne Licht des Lotsenboots auf der schwachen Dünung tanzen und hob das Glas, um das nächstgelegene Wrack zu studieren. »Voraus langsam alle! Gehen Sie auf Kurs, Evans!« Er hatte das neue Ordensband auf Evans' Jacke gesehen und fragte sich, warum die Auszeichnung nicht in seiner Personalakte vermerkt war. Demnächst würde er ihn danach fragen. Vielleicht.

Trümmerstücke knallten gegen den Rumpf. Die Leute auf der Brücke blickten einander an und zogen Grimassen.

Bald hatten sie das hohe Marine-Ehrenmal von Laboe querab. Marriott fühlte, wie sich das Deck unter seinen Füßen zu heben und zu senken begann, als ob es sich freue, wieder frei zu sein – wie er auch.

»Voraus halbe! Kompaßkurs, Nummer Eins?«

Eine Lampe blitzte über dem freien Wasser auf, und Long John Silver klapperte eine Antwort. Laut sagte er: »Und viel Glück, Kameraden.«

Fairfax rief: »Kurs Nord fünfzig Ost, Sir!«

Marriott strich über die Brückenverkleidung, die hell vom Grün der Steuerbordlaterne angestrahlt wurde. Sie brannte zum ersten Mal, seit er das Kommando übernommen hatte. Ein Wunder, daß sie funktionierte.

»Übernehmen Sie, Nummer Eins, und rufen Sie mich, falls . . .«

Fairfax grinste im letzten Abendlicht. »Ich weiß, Sir, falls . . .«

Marriott ging in seine Kammer hinunter und hörte Ginger Jackson zufrieden vor sich hin summen, während er seinen neuen Proviant verstaute. Seltsam, daß es die kleinen Dinge waren, die im Krieg am meisten zählten.

Marriott stieg in seine Seekluft und die alten Seestiefel und konnte Meikles Mißbilligung förmlich spüren. Dann schaltete er die Leselampe ein und öffnete den Aktendeckel mit seinen Befehlen: Abfangen eines unbekannten Schiffes. Er prägte sich die Peilungen der Grenze zum russischen Einflußgebiet ein, der Zerstückelungslinie, wie sie Cuff einmal genannt hatte. Seltsam, daß Meikle nicht Cuffs Treffen mit dem N.O.I.C. erwähnt hatte. Vielleicht wollte sich Cuff versetzen lassen? Er hörte, wie sich Fairfax oben auf der Brücke bewegte, und das Geklapper der Blechbecher, als unter den Wachgängern Tee verteilt wurde. Da legte er sich auf die Koje und schloß die Augen. Das kräftige Dröhnen der Maschinen, das Rauschen der See an der Mahagonibordwand schläferten ihn ein.

Im nächsten Augenblick, so schien es ihm, fuhr er senkrecht in die Höhe. Sein ganzer Körper protestierte, als er den Hörer von der Gabel riß. »Ja?« Er merkte, daß er schwer atmete und schweißüberströmt war. Der Hörer rutschte in seinen feuchten Fingern.

Fairfax' Stimme schien von weit her zu kommen:

»Entschuldigung, Sir.« Das übliche Zögern. »Alles in Ordnung, Sir?«

Marriott beruhigte sich langsam. Das Schrillen des Telefons hatte nur die Erinnerungen zurückgebracht – und die Angst. »Ja.« Er blickte auf seine Uhr. Unglaublich, er hatte vier Stunden geschlafen. Dann hörte er sich fragen: »Es ist doch noch nicht Zeit, den Kurs zu ändern, oder?« Er schüttelte sich. Was war los mit ihm?

»Nein, Sir. Der Chief macht sich Sorgen wegen einer Pumpe. Er möchte die Fahrt reduzieren, noch besser wäre es, ganz zu stoppen. Er meint, daß er die Pumpe schnell wieder klarbekommt.«

Marriott nickte, was Fairfax allerdings nicht sehen konnte. Er spürte, daß sich sein Atem und sein Puls wieder normalisierten. Die Seewasser-Einlaßventile hatten im Hafen wahrscheinlich zuviel Dreck geschluckt. Besser jetzt reparieren als später.

»Alles klar oben?«

»Ja. Keine Fahrzeuge, ruhige See.«

»In Ordnung, ich komme hoch.« Er hängte ein. »Bringen wir's hinter uns.« Das sagte er laut, ohne es zu merken. Dann schwang er die Beine aus der Koje und rieb sich die Augen.

Er war wieder der Kommandant.

Waffenbrüder

Mit gestoppten Maschinen trieb MGB 801 quer zur See. Die Bewegungen waren alles andere als angenehm, sogar Marriott fühlte Übelkeit, hervorgerufen durch den Mief des Kartenraums. Er stützte seine Ellenbogen auf den Kartentisch und studierte die Bleistiftlinien und Peilungen, die säuberlich eingetragenen Bemerkungen im Licht der kleinen Lampe. Lowes als Dritter kümmerte sich um Karten und Logbuch. Das brachte ihm den Ehrennamen »Pilot« ein, obwohl seine

Arbeit kaum den Umfang eines Steuermannsmaaten auf einem größeren Schiff erreichte. Marriott hörte Fairfax neben sich atmen, seine Augen folgten zweifellos jeder seiner Bewegungen, als er ihre Position kontrollierte. Schließlich meinte er: »Ich schätze, daß wir jetzt ungefähr hier sind, etwa zehn Meilen nördlich von Warnemünde. Wenn es hell wäre, könnten wir einen guten Fix bekommen.«

Er fluchte leise, als etwas Metallisches im Maschinenraum zu Boden polterte. »Verdammt, das dauert aber verflucht lange!« Er wußte, daß er nervös wurde, und das Schlimmste war, daß es auch Fairfax merkte.

Fairfax fragte: »Bringt das unsere Planung durcheinander, Sir?« Es klang, als mache er sich selbst Vorwürfe.

Genauso defensiv, wie Meikle es bei mir erreicht, dachte Marriott und antwortete: »Sobald wir wieder manövrierfähig sind, brauche ich Umdrehungen für zwanzig Knoten. Ich kenne die Sprüche über Spritsparen, aber ich will Bornholm bei Dämmerung in Sicht haben. Das Schiff sollte leicht zu finden sein. Wenn man den Berichten glauben kann, läuft es nicht mehr als sieben Knoten.« Marriott seufzte. »Wir müssen es zurückschicken. Es mögen ja Flüchtlinge sein, aber sie kommen aus der russischen Zone.«

»Sie wollen nach Schweden?«

»Das bezweifle ich, dort hätten sie wenig Chancen. Nachdem die Schweden während des Krieges den Nazis gegenüber wohlwollend neutral waren, werden sie jetzt Onkel Joe nicht weiter reizen wollen.« Er rieb sich die Stirn, sie war feucht und kalt, ein sicheres Vorzeichen für Seekrankheit. Das hätte ihm noch gefehlt – daß er vor aller Augen kotzen müßte. Rasch kletterte er auf die offene Brücke und starrte zu den Sternen hinauf, die im Rhythmus der Schiffsbewegungen hin und her zu schwingen schienen.

»Fragen Sie den Chief ...« Er unterbrach sich. »Nein, lassen Sie's, der tut sowieso, was er kann.« Tief sog er die frische Luft in die Lungen. Wie sauber sie war im Gegensatz zu der in Kiel! Er griff nach seiner Pfeife, erstarrte aber, als Silver rief: »Maschinengeräusche, Sir! Mit hoher Geschwindigkeit!«

Marriott packte die Reling und drehte den Kopf witternd hin und her. Dabei konnte er fühlen, wie sich seine Nackenhaare sträubten. Würde das denn niemals aufhören? Wie oft waren sie auf der Nordsee und im Kanal mit gestoppten Maschinen getrieben, wartend und lauschend. Sogar wenn man es erwartete, war es immer ein Schock gewesen, das kraftvolle Trumm-trumm-trumm der mächtigen Dieselmotoren auf den deutschen Schnellbooten. Gewöhnlich kamen sie von einem erfolgreichen Angriff auf einen Küstenkonvoi zurück oder waren auf der Suche nach neuen Opfern. Wer den anderen zuerst hörte, hatte fast schon gewonnen. Donnerten erst die eigenen Maschinen, wurde jedes Geräusch verschluckt.

Wie damals, als das Boot auf dem Rückweg zur Basis von einem deutschen Jäger angegriffen worden war. Zu viele an Bord hatten nur noch daran gedacht, heil nach Hause zu kommen. Vielleicht hatte auch ein Ausguck nach den ersten Landmarken Englands gesucht, statt nach achtern zu sichern. Es hatte das Boot zwei Tote gekostet.

»Da ist es!« Er deutete über das schwankende Brückenkleid. »Südöstlich von uns.«

Er drehte sich um, in seinem Kopf hatten nur die Fakten Platz: beobachten – schlußfolgern – planen – Angriff! Nur daß es diesmal kein Gefecht geben würde. Keine Konfrontation, wie Meikle gesagt hatte.

Scharf fauchte er: »Schiff abdunkeln!« Er zögerte, sein Daumen lag auf dem im Dunklen unsichtbaren roten Alarmknopf. War das eine Überreaktion? Zur Hölle damit, ihm war's egal, was sie denken würden! Er drückte den Daumen durch, und die Alarmglocken schrillten im ganzen Boot.

Silver kicherte. »Das wird die verfluchten Penner auf Trab bringen!«

Fairfax hob den Kopf vom Sprachrohr. »Der Chief, Sir! Maschinenraum ist wieder klar!«

Marriott ging nach vorne und hörte das Klappern von Füßen auf der Leiter. Ohne Adairs Sorge um seine Maschinen hätten sie nicht gestoppt. Dann wäre das unbekannte Schiff ein Geheimnis geblieben.

Er bellte: »Maschinen an!«

Sub-Lieutenant John Lowes saß eingeklemmt in einen Messesessel, denn bei den fürchterlichen Schiffsbewegungen war an Schlaf nicht zu denken. Er hatte sogar ein paar der alten Teernacken in die Klos spukken hören. Eine Nase voll von diesen Düften, und auch um ihn wäre es geschehen gewesen.

In der Marine hegte man kein Mitleid mit Seekranken. Hatte man Glück, erwähnten die gestandenen Salzbuckel nur, daß sogar Nelson seekrank geworden war, was *ihn* aber nicht daran gehindert hatte, seine Schlachten zu gewinnen. Weniger Zartfühlende schlugen alle möglichen Roßkuren vor. Beispielsweise sollte man ein schönes fettes Stück Schweinefleisch an einem Bindfaden befestigen, es schlucken und dann langsam wieder hochziehen.

Lowes beobachtete, wie Ginger Jackson in der kleinen Messe umherwanderte. Seine Augen waren überall, während er nach Plätzen suchte, wo er seine neuen Vorräte sicher verstauen konnte: Cornedbeef-Büchsen und die entsetzlichen viereckigen Würste, Eipulver, Suppenextrakt und Hering in Tomatensauce, das Lieblingsessen der Matrosen.

Lowes schluckte krampfhaft. Er durfte gar nicht an Essen denken. Ginger machte eine Pause und betrachtete ihn freundlich. Er selbst wurde niemals seekrank. Lowes mochte er, denn er erinnerte ihn ein wenig an seinen jüngeren Bruder.

»Bald geht's weiter, Sir.« Ginger lehnte sich an die Tür und seufzte. »Und dann wieder zurück nach Kiel, dem Brighton des armen Mannes.«

Lowes zog eine Grimasse. »Ich möchte an Land gehen und mir die Stadt ansehen.« Er wurde rot. »Um mir ein paar Souvenirs zu sichern, bevor alle verscherbelt sind.«

Ginger musterte ihn nachdenklich. Als Ordonnanz war er der einzige gewesen, der bis jetzt auf dem Werftgelände herumgekommen war. Außer dem Alten natürlich. Der Erste hatte ihn an Land geschickt, um den Lastwagen aufzuspüren, der den Nachschub für die Schiffe im Hafen anliefern sollte. Dabei hatte er einen freundlichen kleinen Corporal getroffen, der als Koch beim Heer tätig war. Wenn ihn nicht alles täuschte, würden sie bald ein paar schöne Geschäfte zusammen machen.

Ginger griff in seinen Overall und holte ein zusammengelegtes Taschentuch hervor. Auf dem Tisch entfaltete er es und ließ dabei die Augen nicht von dem jungen Offizier. Es war ein Risiko, aber Lowes ähnelte seinem Bruder auch in anderer Hinsicht: Er war ein bißchen dämlich.

Lowes starrte auf die Sammlung blinkender Orden: mindestens zwei Eiserne Kreuze und ein paar andere mit verschiedenfarbigen Bändern. Auch eine Uhr mit Sekundenzeiger war dabei, wahrscheinlich von einem deutschen Artillerieoffizier. Er stieß hervor: »Wie ... wieviel mußten Sie dafür bezahlen?« Seine Seekrankheit war vergessen.

Ginger antwortete nicht direkt. »Sie rauchen doch nicht, Mr. Lowes, oder? Was machen Sie denn mit Ihren zollfreien Lungentorpedos?«

Überrascht blickte Lowes ihn an. »Ich sammle sie für meine Mutter. In England bekommt man nur schwer gute Zigaretten.«

»*Hier* noch schwerer, Sir. Um genau zu sein, es ist ganz unmöglich. Die Jerries haben keine Lullen, keinen Tabak, auch keinen Kaffee. Das ist jetzt ihre Währung, Geld ist völlig nutzlos.« Die anderen Dinge, die sonst noch auf dem Schwarzen Markt verscherbelt wurden, zählte er lieber nicht auf.

»Aber ...« Lowes war total verwirrt. »Ist das nicht gegen das Gesetz? Fraternisationsverbot und so?«

Ginger faltete das Taschentuch zusammen. »Natürlich, Sir. Aber falls Sie nicht interessiert sind ...«

Lowes leckte sich die Lippen. Wenn er erst wieder zu Hause war, würde er sich mit Monica verabreden. Was sie wohl sagte, wenn er ein Eisernes Kreuz hervorzog?

Er meinte zögernd: »Nun, schließlich haben *wir* auch das ganze Risiko getragen.«

Ginger nickte ernsthaft. »Aber sicher, Sir. Gleiches Recht für alle, sage ich immer.«

Lowes zappelte am Haken, Ginger hatte sich nicht geirrt. Als Offizier, auch mit wenig Dienstjahren, konnte er wertvolle Versorgungsgüter besorgen. Ginger blickte sich in der Messe um. Die Offiziere würden sich einen feuchten Kehricht um die Jan Maaten kümmern. Jetzt, nachdem wir ihnen den Scheißkrieg gewonnen haben, dachte er, würde es heißen: ›Danke, alter Junge‹. Und dann kam nur noch ein Tritt in den Hintern. »Natürlich muß das alles unter uns bleiben, Mr. Lowes«, warnte er.

Aber der Dritte war in Gedanken meilenweit entfernt, mit seiner Freundin in einem vornehmen Hotel mit dem Schild »Nur für Offiziere«. Ein Eisernes Kreuz – immerhin ein Anfang. Als die Alarmglokken schrillten, war Lowes unfähig, sich zu bewegen.

Ginger packte seinen Arm und rief: »Los, Sir! Das sind verdammt noch mal keine Hochzeitsglocken!«

Der Bootsmann eilte vorbei, das Gesicht wie aus Stein gemeißelt. Er klopfte sich ein paar Brotkrumen von der Jacke. Also hatte auch er nicht schlafen können. Aber das konnte er sowieso fast nie.

Lowes packte seine Mütze und stürmte zur Leiter. Die Luken knallten zu, alle Lichter erloschen auf einen Schlag, und die Maschinen brüllten auf und warfen den atemlosen Lowes fast um. Hätte ihn Silver nicht festgehalten, wäre er der Länge nach auf der Brücke hingeschlagen.

In der Dunkelheit hörte er Marriott sagen: »Sorry, daß ich Sie aus der Koje holen mußte, Sub, aber so ging's am schnellsten.«

Lowes blickte sich nach den verschwommenen Gestalten um. Der Fahrtwind begann in den Flaggleinen zu pfeifen, als ihre Geschwindigkeit zunahm. Er sah, wie die Bugwelle vom Steven wegspritzte, der sich schon aus dem Wasser hob. Eine helle Pfeilspitze bildete sich auf dem dunklen Wasser.

Er hörte einen der Maschinengewehrschützen mit seinem glitzernden Munitionsgurt kämpfen und fragte sich, wie er sich verhalten sollte. Der Krieg schien jedenfalls nicht wieder ausgebrochen zu sein. Der Skipper stand neben dem Bootsmann, ohne Mütze, sein Haar wehte im Fahrtwind, der über den Brückenschirm pfiff. Fairfax mußte unten an der Karte arbeiten. Long John Silver klarierte ungerührt ein paar Flaggleinen.

Kein Krieg, aber sie wurden noch immer gebraucht. Seine Brust weitete sich. Und er war dabei, einer von ihnen. *Akzeptiert!* Er klammerte sich an der Reling fest und begann wieder zu träumen. Jetzt mußte er seiner Mutter nur noch erklären, warum es ab sofort ein paar zollfreie Zigaretten weniger für sie gab ...

»Gleich muß es hell werden, Sir.«

Marriott antwortete nicht, er lauschte auf das gleichmäßige Brummen der Maschinen, die jetzt wieder gedrosselt liefen, nachdem sie ihre vorausberechnete Position erreicht hatten. Mehrmals hatten sie unterwegs die Maschinen gestoppt und gelauscht, aber außer den Geräuschen der See hatten sie nichts gehört. Sie kamen sich vor wie das einzige Schiff auf der Ostsee, ein Eindringling.

Er wischte sein starkes Nachtglas mit einem Lappen sauber und richtete es auf den Horizont. Nach Osten, wo der Morgen grauen würde. Die Luft war kalt, er fror bis in die Knochen. Oder war es nur die Spannung?

»Stellen Sie drei Zusatzleute in den Ausguck und geben Sie ihnen Ferngläser. Wir suchen nach einem alten Schiff, einem Küstenfrachter von etwa zweieinhalbtausend Tonnen.« Er wiederholte die spärlichen Informationen von der Aufklärungsabteilung, die ihm Meikle gegeben hatte. »Das Schiff heißt *Ronsis* und fuhr unter litauischer Flagge, bis die Deutschen einmarschierten. Danach wurde es für den örtlichen Nachschub eingesetzt.« Warum erzählte er Fairfax das alles? Er warf ihm einen schnellen Blick zu. Vielleicht fürchte ich, daß er nicht verkraftet, was wir tun müssen.

Zögernd fragte Fairfax: »Diese *Ronsis,* Sir ... Ich vermute, daß wir sie nicht einfach entwischen lassen können.«

Da war's! Er hatte kapiert. »Auf keinen Fall.«

Fairfax grübelte weiter. »Ich – ich meine, Flüchtlinge, Sir. Wem können sie schon was tun?«

Marriott senkte die Stimme: »Vergessen Sie's. Warten Sie ab, bis wir sie sehen. In Ordnung?« Er fühlte, daß eine Wand zwischen ihnen stand, und wurde ärgerlich. Sicherlich war es gleichgültig, wer von den Alliierten schließlich die Flüchtlinge einkassierte und die Kriegsverbrecher und Nazigrößen aussortierte, von denen Meikle gesprochen hatte. Aber die russische Justiz hatte mehr Grund zur Rache an den deutschen Armeen, die ostwärts bis nach Stalingrad vorgestoßen waren. Millionen Russen waren gestorben, in den gnadenlosen Schlachten, in hüfthohem Schlamm, bei klirrender Kälte, in Schützenlöchern und Gräben, in den Wäldern. Keine Seite gab Pardon. So war es nicht erstaunlich, daß die Deutschen nach Westen wollten, auch wenn ihre Heimat zerstört war. Alles besser als die russische Knute.

Silver murmelte: »Da kommt sie.« Er schlug die Hände zusammen, daß Lowes erschrocken in die Höhe sprang. Marriott hob sein Fernglas und beobachtete das erste Sonnenlicht auf dem Meer. Eine schmale Trennlinie bildete sich zwischen Himmel und Wasser.

Vielleicht war ja gar kein Schiff da? Langsam ließ Marriott sein Glas wandern und fing mit gespreizten Beinen die Bootsbewegungen ab. Er wußte, daß er die See leer zu finden hoffte.

Flüchtlinge. Das Wort ging ihm nicht aus dem Kopf. Er hatte sie in der Wochenschau im Kino gesehen: Menschen vieler Nationalitäten, aber alle mit den gleichen verzweifelten Gesichtern. Verschreckte Augen, die zum Himmel blickten, weil sie das Geheul der Stukas fürchteten, das Hämmern der Maschinengewehre. Furcht sollte verbreitet, die Menschen sollten demoralisiert werden. Der Zweck war, die Verstärkungen für die kämpfende Truppe aufzuhalten. Es waren Franzosen, Norweger, Griechen, Polen gewesen – und dann Deutsche aus dem Osten. Nur die Straße schien immer gleich auszusehen. Armselige Wagen, beladen mit den letzten Habseligkeiten, mit Alten und Kranken und natürlich mit Kindern. Wenn nun auch die Deutschen diese furchtbare Lektion lernten – warum sollte er sich darüber Gedanken machen?

Langsam wurde es heller, die Sonne schimmerte fahl auf dem Wasser. Ein schöner Tag.

Lowes bemerkte: »Wir sollten Radar haben, dann hätten wir sie bald gefunden.«

Niemand antwortete. Alle auf der Brücke hatten diesen Spruch schon zu oft gehört. Marriott biß sich auf die Lippen. Sie hatten immer hinten in der Schlange gestanden. Wie von den Minensuchern hatte man auch von ihnen erwartet, daß sie sich ihren Weg ohne Radar ertasteten.

Sein Glas blieb an einer schwarzen Masse hängen: Bornholm, wo die Deutschen bis zum letzten Mann hatten kämpfen wollen. Die Insel schien zum Greifen nahe.

Marriott sagte: »Gehen Sie durch das Boot, Pilot, und kontrollieren Sie alle Gefechtsstationen. Dies ist keine Übung.«

Lowes eilte davon, erfreut, mit etwas so Wichtigem betraut worden zu sein.

Marriott brummte: »Natürlich hat er recht mit dem Radar. Falls sich hier noch jemand herumdrückt, wüßte ich es gern.«

»Fahrzeug, Sir! Peilung Grün vier-fünf!«

Sie beugten sich vor, alle Ferngläser richteten sich in die angegebene Richtung.

»Gut gemacht, Rae.« Der Maschinengewehrschütze an Steuerbord besaß Katzenaugen. Ein Veteran, einer von der Stammbesatzung, hatte er seine scharfen Augen schon oft zu ihrer aller Bestem gebraucht. Jetzt schwang er sein Zwillings-MG in die Richtung des Schattens, der sich plötzlich scharf vom heller werdenden Meer abhob.

Marriott hielt den Atem an. Das mußte die *Ronsis* sein. Er konnte den altmodisch geraden Steven und den einen Schornstein erkennen. Sogar die dicke Rauchwolke war zu sehen, die sich aufs Wasser legte. Nur eine kleine Bugwelle stand vor ihrem Steven.

»Positionslampen an!« In der Morgendämmerung leuchteten sie immer noch außergewöhnlich hell.

Fairfax stellte fest: »Sie zeigt keine Lichter, Sir.«

Natürlich nicht. »Dingi klar zum Aussetzen!« Scharf fügte er hinzu: »Nicht Sie, Nummer Eins. Lassen Sie das den Obermatrosen Carven machen.«

Fairfax eilte nach hinten und gab seine Befehle so gedämpft, als ob man ihn auf dem anderen Schiff hören könne. Dabei war es drei Seemeilen entfernt. Trotzdem hatte es keine Chance, ihnen zu entkommen.

»Auf halbe Fahrt gehen!« Marriott studierte die Silhouette. Keine Bewegung, kein Lebenszeichen. Vielleicht . . . Aber er verwarf den Gedanken und setzte hinzu: »Blinkspruch: *Drehen Sie bei!* Und dann sagen Sie ihnen, wer wir sind!«

Die Aldislampe klapperte. Fairfax kam gerade zurück, als Silver rief: »Da! Wie ein verdammter Weihnachtsbaum!«

Das andere Schiff hat seine Seiten- und Topplichter eingeschaltet. Unter der Brücke gingen in einer ganzen Reihe von Bulleyes die Lampen an. Sehr langsam stotterte eine Morselampe über das trennende Wasser.

Silver brauchte sein Fernglas nicht zu benutzen. »Es ist die *Ronsis*, Sir. Sie signalisiert: *Ich erwarte Ihr Prisenkommando!*«

Der Seemann namens Rae spielte am Abzugshebel seines MGs. »Schade!«

Marriott blickte zu ihm hin. Ein junges, alltägliches Gesicht, das er gut kannte, weil seine Gefechtsstation hier auf der Brücke war. Rae hatte gehofft, sein MG wieder benutzen zu können – nur noch einmal. Die Wildheit schlummerte dicht unter der Oberfläche. Sie ist noch immer in uns, in uns allen, dachte Marriott.

Er berührte Fairfax am Arm. »Sobald wir nahe genug sind, gehen Sie drüben an Bord. Finden Sie heraus, soviel Sie können, aber machen Sie dem Kapitän klar, daß er umkehren muß!« Er sah die Zweifel in Fairfax' Gesicht. »Wir können nichts daran ändern. Ich gehe selbst hinüber, wenn Sie es nicht packen!« Das war unfair, aber er mußte Fairfax überzeugen.

Der Erste erwiderte: »Ich werde Sie nicht enttäuschen, Sir.« Aber es klang überrascht und verletzt.

»Dingi ist klar, Sir.«

»Nehmen Sie Carven mit. Und die Leute sollen sich mit Maschinenpistolen bewaffnen.« Leise fügte er hinzu: »Schnallen Sie sich auch eine Pistole um.« Er rief ihm hinterher: »Und schicken Sie mir Lowes wieder rauf! Er ist hier kein verdammter Passagier!«

Evans hob den Blick vom Kompaß und blickte ihn an, sagte aber nichts. Marriott senkte die Stimme. »Ich weiß, Bootsmann, aber die Sache gefällt mir nicht.«

Evans lächelte, was selten genug passierte. »Ich nehme an, daß auch Ihr erster Kommandant Ihnen häufig genug Beine gemacht hat, Sir.« Er legte das Ruder ein wenig über, um die Drift des anderen Schiffs auszugleichen. »Das schadet nichts.« Er zuckte die Achseln. »Es kann sogar Leben retten.«

Marriott mußte an seinen ersten Kommandanten auf dem alten Zerstörer denken. Er hatte kaum Zeit gehabt, ihn richtig kennenzulernen. Aber die Begrüßungsworte des Berufsoffiziers mit zweieinhalb »Kolbenringen« hatten sich ihm unauslöschlich eingeprägt: »Ich gebe

Ihnen nur zwei Ratschläge. Erstens: Tun Sie, was man Ihnen sagt. Zweitens: Kommen Sie mir nicht in die Quere.« Er war ein kleiner, wettergegerbter Schotte gewesen. Und jetzt wahrscheinlich längst tot.

»Voraus langsam!«

Die Geräusche der See meldeten sich wieder. Spritzwasser tropfte vom Brückenschirm und ließ die Oerlikon auf dem Vorschiff wie Silber glänzen.

Im Vokabular der Handelsschiffahrt mochte die *Ronsis* als klein gelten, jetzt aber überragte ihre rostige Bordwand das Schnellboot wie eine stählerne Klippe. Ihr Tarnanstrich war abgeplatzt, die ganze Bordwand mit Beulen übersät. Gesichter leuchteten wie helle Flecken über dem Schanzkleid. Ein Mann mit weißer Mütze war in die Brükkennock getreten und blickte auf das zierliche Boot herab, das zwanzig Fuß entfernt in seinem Lee rollte und stampfte.

Fairfax stand schon an der Brückenleiter, einen Fuß in der Luft. Marriott sagte: »Passen Sie auf sich auf, Nummer Eins.« Ihre Augen trafen sich. »Ich brauche Sie noch.«

Fairfax nickte. Als er unten nach achtern eilte, schlug das schwere Pistolenholster klatschend gegen seinen Schenkel.

Marriott wartete, bis das kleine Boot in seinem Blickfeld erschien. Glücklicherweise war die See ruhig. Evans paßte ab, bis die Steuerbordmaschine mit gerade so vielen Umdrehungen rückwärts lief, daß er den Rumpf parallel zur *Ronsis* halten konnte. »Sie lassen eine Lotsentreppe runter, Sir« brummte er. »Die wagen es nicht, uns Ärger zu machen.«

Das kleine Boot erreichte die Leiter, Fairfax kletterte hinauf, dicht gefolgt von Carven. Von achtern meldete eine Stimme: »Fahrzeug, Sir! Steuerbord achteraus!«

Das Sonnenlicht spiegelte sich auf dem Wasser, deshalb war es kaum überraschend, daß der Neuankömmling ungesehen herankommen konnte. Marriott blickte durchs Glas, dem Küstenfrachter den Rücken zuwendend. Damit war er von Fairfax abgeschnitten und konnte nicht beobachten, was dieser machte.

Lowes rief: »Ein kleines Schiff, Sir.«

Scharf fuhr ihn Marriott an: »Behalten Sie die *Ronsis* im Auge, Pilot!« Es war wirklich nicht Lowes' bester Tag. »Was halten Sie davon, Silver?«

Der zögerte keine Sekunde. »Ein Torpedoboot, Sir. Ich habe den Typ schon in Murmansk gesehen.« Er zog eine Grimasse. »Es hat gestoppt, Sir.«

»Geben Sie ihm unser Erkennungszeichen. Ich gehe jede Wette ein, daß das unser Freund von heute nacht ist.«

Die Aldislampe blinkte übers Wasser, bekam aber keine Antwort. Es war unmöglich, das russische Boot zu identifizieren, denn es lag so flach im Wasser, daß man kein Erkennungszeichen sehen konnte. Wie ein lauerndes Raubtier blieb es, wo es war.

»Probieren Sie es noch mal!«

Lowes' Ruf unterbrach ihn: »Der Erste will was, Sir.«

Marriott drehte sich um und blickte zur rostigen Brücke des Frachters empor. Fairfax hatte ein Megaphon aufgetrieben, und obwohl es seine Stimme verzerrte, hörte man seine Betroffenheit.

»Sie sind von der schwedischen Marine zurückgeschickt worden, Sir! Und jetzt verstecken sie sich vor den russischen Patrouillenbooten – bis heute jedenfalls.« Er deutete in die Richtung der flachen schwarzen Silhouette. »Da hinten liegt eins, Sir!«

Marriott schaltete seinen Lautsprecher ein. »Sagen Sie dem Kapitän, daß er umkehren und sich dem russischen Kommandanten unterstellen muß.«

Fairfax' Antwort klang bittend: »Unten liegen verwundete Soldaten, auch schwere Fälle.« Cravens Kopf erschien neben ihm. »Und Frauen! Krankenschwestern und Zivilisten.« Als Marriott nicht antwortete, fügte er verzweifelt hinzu: »Wir können sie doch nicht einfach den Russen überlassen, Sir.«

Marriott wischte sich die Stirn. *Wofür hält er mich, für den lieben Gott?* Er blickte in Evans' grimmiges Gesicht. »Was machen die Russen?«

Evans zuckte gleichmütig die Schultern. »Sie warten ab.«

Marriott sagte ins Mikrophon: »Ich setze einen Funkspruch ab. Sehen Sie zu, was Sie noch herausfinden können.« Damit griff er nach dem Signalblock, den Silver ihm reichte. Er hatte befürchtet, daß es so kommen würde.

Marriott schrieb und riß den Zettel ab. »Geben Sie das Sparks*. Sofort!« Aber er wußte, daß es vergeblich sein würde.

Sie brauchten nicht lange zu warten. Marriott stellte sich die vielen Menschen vor, die sich im alten Rumpf des Frachters ängstlich aneinanderdrängten, einige zu schwer verwundet, um noch Anteil zu nehmen. Andere wollten nur nach Hause. Es waren Zivilisten auf der Flucht. Auch Krankenschwestern.

* Spitzname für den Funker, abgeleitet von *spark* = Funke.

Silver kam auf die Brücke zurück, das Gesicht undurchdringlich.

»Lesen Sie vor.«

»Vom N.O.I.C. Mit Wiederholung an Admiralität: Erlaubnis verweigert. Sorgen Sie dafür, daß *Ronsis* auf russische Eskorte wartet. Keine, ich wiederhole: keine Einmischung.« Silver blickte zu dem Torpedoboot hinüber. »Das war's, Sir.«

Marriott trat wieder zum Lautsprecher. »Nichts zu machen, Nummer Eins. Sagen Sie dem Kapitän, er soll auf die Eskorte warten und keine Geschichten machen.«

Fairfax' Antwort klang verbittert: »Welche denn, um Himmels willen?« Dann fuhr er beherrschter fort: »Ich werde es ihm sagen.« Einen Augenblick später erschien sein Kopf wieder. »Befehl übermittelt, Sir!«

Marriotts Stimme klang metallisch übers Wasser. »Kommen Sie an Bord zurück! So schnell Sie können!« Er zögerte. »Es ist vorbei, Nummer Eins.«

Es schien eine Ewigkeit zu dauern, bis das Prisenkommando wieder in das tanzende Dingi am Fuß der Leiter geklettert war. Schließlich meldete sich Fairfax auf der Brücke zurück. Er salutierte förmlich. »Sie wollten jetzt nach Dänemark, Sir.«

»Erzählen Sie mir das später, Nummer Eins.«

Beide fuhren herum, als sie einen Maschinentelegraphen klingeln hörten. Im nächsten Augenblick begann *Ronsis'* einzige Schraube zu wirbeln. Die Silhouette des Frachters verkürzte sich, als er schwerfällig drehte. Der Abstand zu dem langsam fahrenden englischen Kanonenboot vergrößerte sich.

Fairfax murmelte: »Es stank an Bord, Sir. Sie hatten weder Medikamente noch Verbandmaterial. Ich hätte nie gedacht . . .«

Marriott blieb auf Distanz. »Vergessen Sie's. Wie ich schon sagte: Es ist vorbei!«

Irgend jemand rief: »Seht euch das an! Sie wollen wieder nach Norden!«

Ungläubig starrte Marriott hinüber. Der Kapitän mußte diese Entscheidung schon getroffen haben, als er noch ihrem Palaver zuhörte.

Das russische Boot begann sich zu bewegen. Silver meinte: »Die haben Radar, darauf wette ich, Sir.«

Marriott konnte im Kopf des Kapitäns wie in einem offenen Buch lesen. Er wollte sein altes Schiff auf die Steine setzen, dann mußten die Schweden seinen Passagieren Asyl gewähren. Es war ein verzweifelter Plan, aber wenn man keinen anderen Ausweg mehr sah . . .

Der Ausguck schrie: »Torpedo an Steuerbord, Sir!«

Marriott sprang auf die rechte Brückenseite, alles andere vergessend, als er die dünne weiße Linie sah, die wie mit dem Lineal gezogen durch das bleigraue Wasser schoß.

»Voraus voll! Hart Steuerbord!«

Jemand rief: »Zweiter Torpedo läuft!«

Zwei parallele Blasenbahnen zeigten an, wo die beiden Torpedos liefen, die aus größter Entfernung abgefeuert worden waren. Sie glitten an ihnen vorbei, gerade als ihre vier großen Schrauben ins Wasser bissen und eine riesige Hecksee erzeugten, die das Meer zu spalten schien.

Fairfax rief: »Warnen Sie die *Ronsis*, Sir! Um Himmels willen, so tun Sie doch was!«

Silver ließ das Fernglas auf seine Brust fallen, als könne er es nicht ertragen, noch länger zuzuschauen. Er hatte viele Schiffe sinken sehen, eigene, gegnerische, neutrale, sogar Lazarettschiffe. Keines war immun gegen die Minen, diese tödlichen Gleichmacher, oder gegen nächtliche Torpedos. Der Tod hatte eine große Palette zur Auswahl.

»Mittschiffs! Recht so! Diesen Kurs halten, Evans.« Marriott klammerte sich an eine Stütze, als sich das Boot nach der scharfen Kurve wieder aufrichtete. Er sah die roten Explosionen in die Höhe schießen, nur mit wenigen Sekunden Abstand, dann rollte der Donner übers Wasser. MGB 801 wurde angehoben wie von einer großen Welle erfaßt.

Evans krümmte sich am Ruder, die Augen gegen das überkommende Spritzwasser zusammengekniffen. Aber er hielt Kurs, als die Druckwellen das Boot schüttelten, als ob sie nie mehr aufhören wollten.

Marriott hob sein Glas und sah zur *Ronsis* hinüber. Sie war bereits in Flammen und Rauch gehüllt. Der altmodische Aufbau war verdreht, die Torpedos hatten ihr den Kiel gebrochen. Dann wandte er sich dem Russen zu, sah aber nur noch dessen schnell anwachsende Heckwelle. Das Torpedoboot machte sich in Richtung auf das unsichtbare Festland davon.

»Voraus langsam!« Marriott blickte auf den Kompaß. »Kurs Nordost!«

Dann sah er zu Lowes hinüber. Er war bleich und zitterte. Es war wohl die Gewißheit, daß so etwas auch nach den Gesetzen des Seekriegs nicht geschehen durfte – und dabei herrschte gar kein Krieg mehr.

»Wegtreten von Gefechtsstationen! Klarmachen zur Aufnahme von Schiffbrüchigen!«

Marriott schüttelte Lowes' schlaffen Arm. »Reißen Sie sich zusammen, Sub!« Dann wandte er sich an den Matrosen Rae. »Lösen Sie den Bootsmann am Ruder ab!« Er quittierte Evans' kurzes Nicken, der jetzt unten gebraucht wurde.

Fairfax murmelte verbittert: »Sie hatten recht, Sir. Jetzt ist es vorbei, jedenfalls für die da drüben.«

Marriott betrachtete ihn. »Was hätte ich Ihrer Meinung nach tun sollen – einen neuen Krieg anzetteln? Die Russen sind unsere Waffenbrüder, sie haben unter den Deutschen gelitten. Der Kapitän der *Ronsis* muß geahnt haben, was passieren würde.« Aber das Gefühl der Hilflosigkeit bedrückte auch ihn. »Wir hatten unsere Befehle. Außerdem vermute ich, daß der Russe sie genauso kannte wie wir.«

Wieder eine Explosion, tief und gedämpft. Der alte Frachter wälzte sich langsam auf die Seite, sein hoher Schornstein und der Vormast fielen mit den Ladebäumen über Bord. Maschinenteile durchbrachen den Rumpf, der für den Krieg zu alt gewesen war. Der Kiel war gebrochen, Bug und Heck ragten wie Mahnmale hoch in den trügerischen Sonnenschein.

Gepreßt sagte Silver: »Da geht sie hin!«

Das Vorschiff versank zuerst, Blasen und Dampf stiegen auf. Dann rollte sich die hohe Poop auf die Seite. Marriott sog scharf die Luft ein, als er das Rettungsfloß sah, an dem sich mehrere Menschen festkrallten. Es wurde vom Achterschiff überrollt und unter Wasser gezogen.

»Funkspruch an N.O.I.C., mit Wiederholung an Admiralität.« Marriott sah ein paar seiner Männer mit Kletternetzen und Wurfleinen an der Reling stehen. Zwei hatten Bootshaken in den Händen. Aber es würde nicht viele Überlebende geben. Das Schiff war innerhalb von fünf Minuten untergegangen.

Silver erinnerte ihn leise: »Sir?«

»Ronsis *wurde von nicht identifiziertem Schnellboot torpediert und versenkt.«* Wütend wandte er sich ab. Den Rest konnten sie sich in Kiel alleine ausmalen. *»Übernehme Überlebende. Erbitte Unterstützung. Kehre wie befohlen zum Stützpunkt zurück.«*

Eine Stimme unten rief: »Da ist einer, Jim! Halt das Netz klar!«

Ein anderer stammelte: »O Gott, seht euch das an!«

Während Marriott die Umdrehungen weiter verringern ließ, hörte er eine Frau schreien. Es machte ihn schaudern. Als er Fairfax anblickte, wußte er, daß dieser die letzten Minuten des Frachters noch einmal durchlebte, als er diesen Menschen gegenübergestanden und sogar mit ihnen gesprochen hatte.

Vorn am Bug stand Bootsmann Evans, einen Arm ausgestreckt. Er deutete auf etwas, das im Wasser trieb. Der Steven schob sich durch das Feld aus Treibgut, Koks und Leichen. Es konnte eine Täuschung auf Grund der Lichtverhältnisse sein, aber Marriott glaubte, Evans lächeln zu sehen.

Eine Frage des Standortes

Der blaugestrichene Jeep mit den weißen Buchstaben RN auf den Seiten rollte über die ächzenden Metallplatten, die die Pioniere ausgelegt hatten, um die Kraterränder der Bombentrichter befahrbar zu machen. Marriott packte seinen Sitz und blickte zu den vielen hundert Männern hinüber, die mit Hacken und Schaufeln bei der Arbeit waren. Bulldozer und Traktoren wirbelten Staubwolken in den dunstigen Sonnenschein.

Es schien eine Ewigkeit her zu sein, daß sie von hier ausgelaufen waren, um die *Ronsis* abzufangen. Aber erst vor wenigen Tagen hatte hier der junge Pionierhauptmann die Schaufel in das Geröll gestoßen, um den Anfang der verschütteten Straße zu markieren. Jetzt konnte darauf schon ein Dreitonner fahren. Meikle kurbelte am Steuer, um einem geparkten Panzer auszuweichen, der das Emblem der Guards Armoured Division trug. Sie hielten zur Ausweiskontrolle an einem Stacheldrahttor. Die Militärpolizisten mit ihren roten Mützen salutierten zackig, als Meikle aus dem beschädigten Tor in die Hauptstraße bog.

Marriott machte sich klar, daß er zum ersten Mal das Werftgelände verließ. Auch hier standen überall Ruinen, zerrissene elektrische Leitungen baumelten von ihren Masten, und einige Bombenkrater waren so gewaltig, daß ganze Blocks in ihnen verschwunden sein mußten.

Wie im Londoner Eastend, dachte er grimmig. Kirchen und Reihenhäuser waren dort genauso plattgewalzt worden. Zuerst durch Luftangriffe bei Tag und Nacht, dann durch die V1, die fliegenden Bomben, die in den Niederlanden starteten, um so weit zu fliegen, wie ihr Treibstoff reichte. Zuletzt stürzten sie mit ihrer tödlichen Last vom Himmel herab. Aber man konnte sie wenigstens hören, bis ihr Raketenmotor aussetzte. Die riesigen V2-Raketen dagegen fielen aus großer Höhe völlig überraschend ins Zielgebiet. Wer dem Tod entkam, hörte die

Explosion erst, nachdem die Rakete eingeschlagen war. Hätte Londons Bevölkerung diesem Druck noch lange standgehalten, wenn die Armee nicht rechtzeitig die Abschußrampen auf dem Kontinent erobert hätte?

Meikle hatte sie beim Festmachen in Kiel schon erwartet und zugesehen, wie die Sanitäter die wenigen Überlebenden auf Tragbahren auf die Pier hoben und in die wartenden Sankas schoben. Auch die Besatzungen der anderen MTBs hatten mitgeholfen, die verstörten Schiffbrüchigen in Sicherheit zu bringen. Sie hatten dreiundzwanzig Flüchtlinge aufgefischt, aber drei davon waren bald nach der Rettung gestorben.

Unter den Überlebenden waren auch zwei Frauen. Die eine war eine Krankenschwester, die andere eine junge Zivilistin, die dem Wahnsinn nahe war. Ein deutscher Soldat, der etwas Englisch sprach, erzählte ihnen, daß sie mit ihrem Kind vor den anrückenden Russen geflohen war. Als die Torpedos die Bordwand der *Ronsis* zerfetzten, hatte sie ihr Kind zum letzten Mal gesehen.

Niemand hatte begriffen, was passierte. Nur die Passagiere an Deck ahnten, was der Kapitän der *Ronsis* vorhatte. Aber er war verschwunden, als sich die Brücke in einen riesigen Feuerball verwandelte.

Das war erst gestern gewesen. Meikle hatte Marriotts schriftlichen Bericht entgegengenommen und gesagt: »Man will Sie morgen im HQ sehen. Die Sache wird Auswirkungen haben. Es werden wahrscheinlich ein paar hohe Ränge anwesend sein.«

Am liebsten hätte Marriott geantwortet: Und was haben Sie getan, um uns zu helfen? Ich habe um Hilfe gebeten, aber es kam keine. Was also erwartete man von mir? Aber er schwieg.

Jetzt saß er in Meikles Jeep, und die Luft pfiff an den offenen Seiten vorbei. Das Fahrzeug bockte, wenn es über schlecht gefüllte Löcher und zerbrochene Ziegel holperte.

Meikle deutete nach vorn. »Da drüben ist der Hauptbahnhof. Das Dach ist natürlich eingebrochen, aber bald wird hier schon wieder der Nachschub anrollen. Wir haben ihn auch verdammt nötig.« Das Wort *verdammt* hörte sich aus Meikles Mund wie eine Obszönität an. Er schien nie die Beherrschung zu verlieren, wirkte kalt, selbstsicher und gefühllos.

Marriott sah ein paar Frauen in grober Arbeitskleidung Trümmer von den Bürgersteigen schieben. Eine war ziemlich hübsch, was die unvorteilhafte Kleidung und das Kopftuch nicht verbergen konnten. Ihre Blicke trafen sich, als sie kurz aufblickte. Sie schien nicht ängstlich zu sein, nur vorsichtig, als befürchte sie, unter irgendeinem Vorwand an den Jeep gerufen zu werden.

Meikle bemerkte gleichmütig: »Geschlechtskrankheiten sind hier ziemlich häufig, bleuen Sie das Ihren Männern ein. Der PMO wird wahrscheinlich bald Filme bekommen und Informationsabende halten.«

»Das Fraternisierungsverbot besteht doch noch, Sir?«

Meikle blickte ihn kurz an. »Man sagte mir, daß Seeleute sich wenig um derartige Verbote kümmern.« Dann rief er nach hinten: »Wieviel Zeit haben wir noch, Lavender?«

Das weiße Kaninchen antwortete wie aus der Pistole geschossen: »Eine halbe Stunde, Sir.«

»Zeit genug.« Meikle bremste scharf. Sie warteten, bis sich der Staub über der glänzenden Motorhaube gelegt hatte. Die Wärme der Sonne erinnerte Marriott daran, daß er in der Nacht kaum geschlafen hatte.

Meikle fuhr fort: »Nehmen Sie es nicht so schwer, Marriott. Ich habe Ihren Bericht gelesen, Sie scheinen Zwietracht zwischen uns und unseren Alliierten, den Russen, säen zu wollen.«

»Ich habe berichtet, was ich gesehen habe, Sir.«

Meikle seufzte, dann schnippte er mit den Fingern. »Aktentasche, Lavender!« Er legte sie auf die Knie und zog einen Ordner mit Fotos hervor. »Sehen Sie sich das an.«

Marriott betrachtete jedes Bild, aber sein Verstand schien dagegen zu revoltieren, abgestoßen von den schrecklichen Details: lange Gräben, die von Bulldozern mit fast skelettierten Leichen gefüllt wurden. Viele waren nackt, aber ob es sich um Frauen oder Männer handelte, ließ sich kaum unterscheiden. Einige waren gefesselt und offensichtlich auf kürzeste Entfernung durch Genickschuß getötet worden. Andere Fotografien zeigten ganze Leichenberge, die Toten starrten mit offenen Augen ins Leere. Fast noch schlimmer waren die Bilder, auf denen Überlebende auf ihren knochigen Beinen standen und hohläugig in die Kamera starrten.

Leise fragte Meikle: »Sie wußten von den Konzentrationslagern?«

Noch einmal blätterte Marriott die Fotos durch, er konnte kaum glauben, was er sah. »Aber das nicht.«

»Die hier stammen aus Polen, aber es gab viele andere. Die Maschinerie der Vernichtung arbeitete an Hitlers Endlösung.« Meikles Stimme klang kühl, er sprach über Tatsachen.

Marriott dachte an die verwundeten Deutschen, an den Seemann mit dem kleinen weißen Taschentuch, die verletzte Krankenschwester, in deren Augen noch der Schrecken stand, an das Trümmermädchen mit dem Besen. »Es waren doch nicht alle so?«

Meikle warf seinem Schreiber die Aktentasche zu. »Wir werden sehen.« Er startete den Jeep wieder und blickte auf die Straße. »Für mich sind sie alle schuldig, bis ich mich vom Gegenteil überzeugt habe.« Ein Blick in Marriotts Gesicht. »Gerade Sie müßten es doch wissen! Sie haben gegen sie gekämpft, um zu überleben. Wenn ich an Ihrer Stelle wäre, würde ich sie dafür bezahlen lassen.«

Den Rest des Weges sprachen sie kein Wort mehr.

Das vorläufige Hauptquartier der Naval Operations war früher eine Schule gewesen und danach ein Lazarett für die Opfer der Luftangriffe. An den Wänden hingen noch Bilder, die die Kinder zum Weihnachtsfest gemalt hatten: Weihnachtsmänner mit Sack und Schlitten, Bäume voller Schnee. In einem ausgeräumten Zimmer, wo früher Schulbänke gestanden hatten, waren Strohsäcke gestapelt. Mit getrocknetem Blut getränkt, warteten sie darauf, verbrannt zu werden. Das Dach war zum Teil zerstört, und als Marriott nach oben blickte, konnte er in den klaren blauen Himmel sehen.

Ein paar deutsche Seeleute waren damit beschäftigt, Abfälle zu beseitigen oder Stahlschränke von einem Lastwagen zu wuchten. Sie nahmen Haltung an, als die beiden Marineoffiziere vorbeigingen, aber ihre Augen blickten starr und leer. Wie sehen sie uns? fragte sich Marriott. Dann mußte er wieder an Meikles Fotografien denken, an die Schreckensbilder von Menschen, denen der Tod willkommen gewesen sein mußte, weil er den Qualen ein Ende machte.

Meikle schnappte: »Warten Sie hier«, und ging hinüber zu einem Unteroffizier, der selbstgefällig an einem Tisch im Korridor saß. Seine Maschinenpistole hing hinten an der Stuhllehne.

Meikle kam zurück. »Der Operations Officer hat noch Besuch, wir sollten aber trotzdem eintreten.« Das klang etwas irritiert. Prüfend musterte er Marriotts äußere Erscheinung. Das Jackett hätte dringend eines Bügeleisens bedurft, und der Hemdkragen war nicht gerade blütenrein. »Hmm.«

Das Vorzimmer ging auf einen Garten hinaus und mußte früher eine Bibliothek oder ein Konferenzzimmer gewesen sein. Überall hingen Karten und standen Telefone herum, die von zwei Reserveoffizieren und mehreren Funkern bedient wurden, während ein fetter Obersignalmaat wie ein Wachhund zwischen ihnen auf und ab tigerte.

Der Operations Officer war groß und eckig, ein Berufsoffizier mit den drei Streifen eines Commanders am Ärmel. Er sah müde aus, lächelte aber freundlich, während er auf einige Stühle deutete. »Ich bin Rodney Boucher. Das Chaos hier ist nur eine Zwischenlösung, bis wir etwas Besseres finden. Entschuldigen Sie, daß ich Sie hierher verschleppen ließ . . .«

Aber Marriott hatte nur Augen für einen anderen Offizier, der halbverdeckt von der Lehne in einem hohen Schaukelstuhl saß.

Der Operations Officer zögerte. »Das ist Commodore Paget-Orme.«

Der sitzende Offizier wirbelte herum und faßte Marriott scharf ins Auge. Er gehörte wohl zu der Sorte von Offizieren, unter deren Blick jeder Untergebene vor Unbehagen zusammenschrumpfte. Seine dunkle glänzende Jacke war aus bestem Stoff, der breite goldene Ring an den Ärmeln blitzte so neu wie das Gold an Meikles Mütze: für diese Gelegenheit gekauft. Er wirkte sehr sauber, fast schon ungesund sauber. Rosig geschrubbt. Seine kleinen Hände ruhten im Schoß wie lauernde Krabben.

Paget-Orme begann: »Meine Aufgabe ist es, die Dinge zu beschleunigen. Ich bin nur dem Admiral verantwortlich.« Er lächelte mit kleinen regelmäßigen Zähnen. »Niemandem sonst.« Der Gedanke schien ihn zu amüsieren, denn sein Bauch, den auch der perfekt geschnittene Rock nicht verbergen konnte, wackelte vor unterdrücktem Gelächter.

Schnell blickte Marriott die anderen an. Commander Bouchers Gesicht drückte geduldige Resignation aus, Meikles unverhüllte Abneigung.

»Nun, äh, Leutnant Marriott . . .« Commodore Paget-Orme rückte sich im Stuhl zurecht. »Zu dieser Affäre mit dem Flüchtlingsschiff – äh . . .«

»*Ronsis*, Sir«, sprang der Operations Officer ein.

»Richtig.« Das Lächeln verschwand. »Wenn ich recht unterrichtet bin, dann hatten Sie Befehl, die *Ronsis* aufzuhalten, falls sie zu entkommen versuchte?«

Marriott ballte die Fäuste, um seine Abneigung zu verbergen. So wurde der Befehl also ausgelegt. »Ich habe sie gestoppt, Sir.« Er hatte das schon in seinen Funksprüchen, seinem Logbuch und dem Bericht geschildert, aber es war, als spräche man gegen eine Wand. »Dann schickte ich ein Prisenkommando an Bord, das feststellte, daß sich Verwundete und Frauen an Bord befanden. Wie viele es waren, konnten wir in der Kürze der Zeit nicht klären. Ich fragte über Funk nach . . .«

Ungeduldig nickte der Commodore. »Das weiß ich.« Seine Augen waren von einem sehr hellen Blau; jetzt glitten sie zu Meikle hinüber. »Wie lautete die Antwort?«

»Der N.O.I.C. bestand darauf, daß der ursprüngliche Befehl ausgeführt würde. Das Schiff sollte auf die Russen warten.«

Meikles Stimme war wie seine Miene völlig ausdruckslos. »Der russische Marinebefehlshaber wurde entsprechend informiert.« Er zuckte die Achseln. »Damit endete unsere Verantwortung.«

»Der Frachter versuchte jedoch zu entkommen.« Paget-Ormes Augenbrauen hoben sich. »Ein uralter Dampfer einem schnellen Patrouillenboot. Ziemlich merkwürdig!«

»Die Beweggründe des Kapitäns kennen wir nicht. Vielleicht hoffte er, daß Leutnant Marriott mit den Russen Streit bekommen würde, um unterdessen zu fliehen und sein Schiff auf Grund zu setzen. Vielleicht wollte er sich und seine Passagiere damit auf Gedeih und Verderb den Schweden ausliefern.«

Der Commodore lächelte. »Ziemlich viele Vielleichts.«

Der Operations Officer mischte sich ein: »Ich habe hier ein Telegramm des russischen Admirals, Sir. Er sagt, daß sein Patrouillenboot feuerte, weil der Kommandant der Meinung war, daß die *Ronsis* das britische MGB 801 ausmanövriert hatte.«

Marriott hörte sich sagen: »Das ist eine verdammte Lüge! Die Russen haben die Flüchtlinge kaltblütig ermordet, Sir! Ich hätte das Schiff übernehmen und ein vollständiges Prisenkommando übersetzen können, wenn . . .«

Der Commodore nickte. »Ja, ja, Leutnant Marriott, *wenn* . . . Aber Sie haben es nicht getan, und ich bin froh darüber – für Sie!« Sein Blick wurde plötzlich eiskalt. »Sie hätten uns damit großen Ärger mit den Russen eingehandelt, und das zu einer Zeit, da wir die schwierige Lage hier noch kaum im Griff haben. Alles, was Sie damit erreicht hätten, wäre eine Kriegsgerichtsverhandlung gewesen – wegen Nichtbefolgens Ihrer Befehle.«

Der Operations Officer wartete, bis sich der Commodore wieder in der Gewalt hatte, dann fuhr er erläuternd fort: »Wenn wir die Erklärung der Russen anzweifeln, offerieren sie uns eine andere. Das machen sie immer so. Sie werden sagen, daß Sie vorhatten, die *Ronsis* nach Schweden entkommen zu lassen.« Er blickte Marriott an. »Versuchen Sie es zu vergessen. Es ist alles eine Frage des Standortes.«

Marriott gab noch nicht auf. »Sprechen Sie mit den Überlebenden, Sir. Vielleicht bekommen Sie dann andere Informationen.«

Der Commodore blickte prüfend auf seine Fingernägel nieder. »Die sind weg. Ich habe sie heute morgen in die russische Zone überstellen lassen.«

Marriott sah wieder die verwirrte Frau vor sich, die ihr Kind verloren hatte; das Gesicht der Krankenschwester, die verwundeten Soldaten, die litauischen Matrosen ...

Paget-Orme fuhr fort: »Warum quälen Sie sich? Die Deutschen hätten im umgekehrten Fall dasselbe gemacht.« Er erhob sich. »Übrigens brauche ich Ihr Boot in den nächsten Tagen. Ich plane eine Inspektionsfahrt durch den Hafen.«

Aber Marriott war noch nicht fertig. »Ich hätte sie alle zum Sterben im Wasser zurücklassen sollen«, knirschte er.

Barsch fuhr Meikle ihn an: »Und zweifellos haben Sie das in der Vergangenheit oft genug getan!«

Diese Worte klangen ihm immer noch in den Ohren, als sie schon zur Werft zurückfuhren.

Die Messe des Motorkanonenboots war überfüllt, die Luft zum Schneiden dick vom Rauch der Zigaretten und Pfeifen. Alle Bullaugen und Ventilatoren waren zwar weit geöffnet, aber der Gestank des Hafens verstärkte nur den feuchten Mief.

Einige Seeleute saßen um den Tisch und studierten die Zeitungen, die endlich aus England eingetroffen waren. In der Enge versuchten andere, ihre Uniformen zu bügeln oder ihre Briefe zu lesen, die mit dem Postschiff gekommen waren.

Obermatrose Craven rief: »Jungs, seht euch nur diese Menschenmenge vor dem Buckingham-Palast an! In der Nacht muß es in London ganz schön rundgegangen sein!«

Seine Nachbarn blickten auf das Titelblatt. Der Palast war von Flaggen und Feiernden eingerahmt, viele Menschen saßen auf den Dächern der Taxis. Die Freude über den Sieg war so überwältigend, daß Craven und die anderen das Gefühl bekamen, etwas versäumt zu haben.

Ein anderer Matrose meinte. »Schau dir mal *diese* Bilder an, Hookey.«

Mit harten Augen las Craven den Bericht über die Befreiung eines Konzentrationslagers. Er sah die lebenden Toten, den unbeschreiblichen Horror. »Verdammte Schweine!«

Ginger Jackson blickte zur Tür herein, wie üblich im Overall. »Hier muß mal gelüftet werden.«

Craven schaute hoch und grinste. »Mach lieber die Bar auf. Du hast doch genug Gin gebunkert, um die ganze verdammte *Hipper* zu fluten!«

Obersignalmaat Silver biß den Faden durch, mit dem er eine Socke gestopft hatte. »Morgen kommt ja auch der Commodore an Bord, stimmt's, Ginger?«

Ginger deutete ein paar affektierte Schritte an und lispelte: »Und er bringt seinen eigenen *Chiefsteward* mit!«

Ein Matrose, der auf ihrem einzigen Bügelbrett seine Ausgehuniform mit den vorgeschriebenen sieben Falten versah, warnte: »Paß auf, Ginger! Das sind meine beste Plünnen!«

Craven seufzte: »Ich weiß gar nicht, was ihr euch vom Landgang erhofft, sollten wir wirklich welchen bekommen. In diesem kleinen Buch steht, daß man sich dabei höchstens einen Tripper einfangen kann.«

Der junge Leichtmatrose namens Langford fragte: »Was ist das eigentlich genau, ein Commodore, Hookey?«

Langford war erst achtzehn Jahre alt und neu an Bord. Für ihn war es schwer, sich einzugewöhnen und akzeptiert zu werden. Denn die meisten erinnerten sich noch an den Mann, dessen Platz er eingenommen hatte. Er war im Kanal über Bord gefallen, in einer pechrabenschwarzen Nacht. Sie hatten ihn nicht mal schreien gehört. Seeleute sind abergläubisch. Ein paar Matrosen beharrten seitdem darauf, daß sie den glücklosen Seemann nachts gehört hätten; er riefe aus der Dunkelheit nach ihnen.

Craven erklärte: »Ein Commodore ist weder Fisch noch Fleisch. Wenn wir Frieden hätten, richtigen Frieden, dann wäre er ein Kapitän, der an der Schwelle zum Stabsdienst steht. Aber so kann er wieder zum schlichten Vierstreifer zurückgestuft werden – oder zu einem großmächtigen Admiral aufsteigen. Verstanden?«

Silver kicherte. »Er kann natürlich auch völlig abstürzen und aus der Navy rausgeschmissen werden.«

Ginger Jackson quetschte sich auf die Bank neben Craven. Leise sagte er: »Ich habe mit Mr. Lowes über die Sache gesprochen. Du weißt schon, was ich meine.«

Craven und Matrose Rae, der mühsam in der *Daily Mail* gelesen hatte, saßen plötzlich kerzengerade da. Craven stöhnte: »*Was* hast du gemacht, du Riesentrottel?«

Rae murmelte: »Wenn diese Scheiße hier vorbei ist, wollte ich eigentlich ehrenhaft entlassen werden und nicht in den Knast wandern!«

Ginger lächelte. »Oh, Lowes ist schon okay. Eine echte Goldader. Ihr werdet schon sehen.«

Carven war nicht überzeugt. »Egal, es bleibt ein verdammtes Risiko. Auch wenn er noch nicht ganz trocken hinter den Ohren ist, Offizier bleibt Offizier, verdammt noch mal!«

Signalmaat Silver kicherte in sich hinein und rollte seine Socken zusammen. Noch hatten sie nicht mal damit begonnen, dachte er, sich auf Kosten der Jerries zu bereichern, da stritten sie sich schon. Er lehnte sich zurück und dachte an seine Zeit auf den Hunderennplätzen. Würde er jemals dorthin zurückkehren können?

Im Radio erklang Vera Lynns Stimme, aber der Empfang war stark gestört. Jemand rief: »Schaltet bloß das Gedudel ab! Ich kann diesen blöden Song* nicht mehr hören!«

Silver grinste. Wie würden sie sich alle als Zivilisten fühlen? Er merkte, daß Rae ihn anstarrte. »Was gibt's?«

Rae legte einen Finger auf die Lippen und beugte sich über den Tisch zu Silver. »Irgend etwas bewegt sich am Rumpf!« flüsterte er.

Silver blickte zu den anderen hinüber, aber die schwatzten, lasen oder reparierten ihre Kleider. Wenn es jemand anderer gewesen wäre ... Silver nickte langsam. Aber Raes wachen Sinnen verdankten sie mehr als einmal ihr Leben.

Er fühlte, wie ihm trotz der Hitze ein eisiger Schauer über den Rükken lief. *Da war es wieder.* Das klang nicht wie Treibholz. Er bemühte sich, klar zu denken. Sie waren alle über die Werwölfe informiert worden, die jungen Nazis, die nach der Besetzung zurückschlagen wollten. Vielleicht war das so einer. Gütiger Himmel, das Geräusch kam genau vom Treibstofftank. *Eine Haftmine ...*

Rae flüsterte: »Geh du. Ich kann hier nicht raus, ohne Aufsehen zu erregen.«

Silver nickte, schwang seine langen Beine von der Bank und schlenderte zur Tür. Hätte er die anderen lautstark alarmiert, hätten sie ihn wahrscheinlich ausgelacht. Oder aber sie wären mit solchem Donnergepolter hinausgestürmt, daß der Angreifer gewarnt wurde und sie ohne Verzug in die Luft gejagt hätte.

An Deck herrschte Stille. Matrose Green, der Wache hatte, lehnte gelangweilt an der Reling und qualmte eine Zigarette, die er in der hohlen Hand zu verbergen suchte. Als er Silver bemerkte, blinzelte er mißtrauisch.

* Gemeint ist das Lied »The White Cliffs of Dover«.

Silver fauchte ihn an: »Wo ist der O.v.D.?«

Der Posten stotterte: »Drüben auf einer Barkasse, da ist 'ne Offiziersparty im Gange, 'ne Geburtstagsfeier, glaube ich.«

Silver fixierte ihn. »Gib mir deine Kanone!«

Der Matrose fummelte die Smith and Wesson aus dem Halfter.

Silver fauchte: »Hol den O.v.D. – Beeilung!«

»Aber ...« Greens Augen waren voller Mißtrauen, er schien zu glauben, daß Silver nun endgültig durchgedreht hätte.

»Sag ihm, daß ein Froschmann längsseits ist.«

Er sah den Mann auf der Pier davonrennen, als ob ihm die Schwiegermütter all seiner Hafenbräute auf den Fersen seien. Silver schluckte. Das hatte gerade noch gefehlt: kein Offizier an Bord, nicht mal der Bootsmann.

Als er Cravens schweren Schritt hörte, überkam ihn eine Welle der Erleichterung. »Mein Gott, Bill, bin ich froh, daß du kommst! Schließlich bin ich nur ein dämlicher Flaggenschwenker und kein Scharfschütze!«

Craven nahm ihm die Pistole ab und überprüfte sie. Auch Rae erschien, er hatte sich eine Maschinenpistole besorgt und sah aus, als ob er eine ganze Kompanie Froschmänner erwartete.

Craven murmelte: »Er steckt zwischen der Pier und der Bordwand.« Er holte scharf Luft. »Klar zum Evakuieren des Bootes! Verdammt, und ich dachte, daß wir mit diesem Mist fertig seien!« Er war ein großer schwerer Mann, bewegte sich aber erstaunlich leichtfüßig und flink. Behende kletterte er an der beschädigten Pier hinunter. Mit einer Hand hielt er sich an den Balken fest, die Pistole schimmerte im schwachen Licht.

Er erstarrte, als er eine Bewegung an der Bordwand bemerkte. Das Wasser war dick mit Öl bedeckt, trotzdem schien ein menschlicher Kopf darin zu schwimmen. Ein Arm reckte sich hoch und suchte einen Halt.

»Hier ist der Hund!«

Craven hörte schnelle Schritte, dann stand Rae neben ihm und lud die Maschinenpistole durch.

Den Schwimmer hatten die Rufe erschreckt, er rutschte ab; für ein paar Sekunden verschwand er völlig unter der Oberfläche. In dieser kurzen Zeit registrierte Craven ein Dutzend Eindrücke. Er hörte Sub-Lieutenant Lowes über die Pier laufen, auf dem Schnellboot erklang Stimmengewirr. Jede Sekunde konnte jetzt die Mine unter dem Haupttank explodieren. Dann würde alles hier in Flammen aufgehen, wie damals in Ostende, als ein MTB in die Luft flog und alle anderen Boote Feuer fingen. Cravens beherrschender Gedanke jedoch war: Der Kerl kann doch nicht ewig da unten bleiben! Den nehme ich mit, und wenn es das letzte ist, was ich tue.

Die Wasseroberfläche teilte sich direkt vor Cravens Füßen. Sein Finger legte sich fest um den Abzug, er nahm Druckpunkt. Da rief Rae heiser: »Warte! Es ist ein Kind!«

Jetzt waren auch andere da. Ein Seemann kniete sich hin und packte die Hand des Jungen, der wieder ins ölige Wasser zurückzufallen drohte. Sie zogen ihn auf die Pier. Etwa zehn Jahre alt, war er völlig mit Öl beschmiert und nackt. Zwischen den schwarzen Schlieren konnte man blutige Schürfwunden erkennen, die er sich an der Pier oder am rauhen Unterwasserschiff des Kanonenboots geholt hatte. Er stand in der schmutzigen Pfütze, die sich um seine Füße bildete, und blickte in die gespannten Gesichter der Engländer. Dann lächelte er hilflos, seine Zähne leuchteten weiß im schmutzigen Gesicht.

»Haben Sie Kaugummi?«

Silver stöhnte. »Kaugummi!« Einer der Männer lachte, aber Craven knurrte: »Du verdammter Idiot!« Er starrte auf die Pistole in seiner Hand. Noch eine Sekunde länger, dann hätte er dem Jungen den Kopf weggepustet.

Sub-Lieutenant Lowes drängte sich nach vorn. »Was geht hier vor?«

Silver deutete auf den nackten Jungen. »Der *Feind*, Sir!« Am liebsten hätte er hysterisch losgelacht. Es war so verdammt knapp gewesen.

Lowes musterte den Jungen ernsthaft. »Eindringen in den Sperrbezirk ist ein schweres Vergehen«, sagte er.

Silver ergriff das Handgelenk des Jungen und zog ihn herum. »Sehen Sie die Rippen? Würden Sie es gut finden, wenn Ihr Sohn sich durch den Dreck hier wühlen müßte, um Essen zu erbetteln? *Kaugummi*, wie er es ausdrückte!«

Ginger Jackson meinte: »Vermutlich ist er da hinten durch den Stacheldraht geschlüpft.«

Rae sicherte die Maschinenpistole, und der Junge zuckte ängstlich zusammen. Silver spürte die plötzliche Spannung. »Los, ein Handtuch her! Dann gib ihm was zu essen, Ginger. Besser, wir schieben ihn schnell wieder ab, bevor eine Staatsaffäre draus wird.«

Lowes rieb sich unsicher das Kinn. Ihn dünkte, er hatte bei dieser Angelegenheit nicht gerade gut abgeschnitten. Rae sah zu, wie die anderen den nackten Jungen zum Boot führten. Schlappschwänze! »Ich dachte, ihr haßt die Hunnen?«

Craven gab Green die Pistole zurück. »Das hier ist was anderes.«

Silver seufzte. Es war ihr erster unmittelbarer Kontakt mit dem besiegten Feind gewesen, und irgendwie spürte er, daß der unbekannte Junge gewonnen hatte.

Leutnant Vere Marriott tippte lässig an den Schirm seiner Mütze, um Fairfax' Gruß zu erwidern. »Alles okay, Nummer Eins!« Er hatte gerade seine Runde durch das Boot beendet, und war zum tausendsten Mal überrascht, unter welch beengten Verhältnissen ein Seemann leben, schlafen und arbeiten konnte.

Die Stimmung unter den Männern schien nicht schlecht zu sein. Fairfax hatte gute Arbeit geleistet, auch Lowes, der ihm mit hängenden Ohren gebeichtet hatte, wie sie den deutschen Jungen aufgefischt hatten. Marriott hatte versucht, sein Selbstbewußtsein zu stärken. »Ich hätte genauso gehandelt wie Sie.« Aber er machte sich trotzdem Gedanken. Wenn die Sicherheitsvorkehrungen so lax waren, dann konnte es leicht passieren, daß beim nächsten Mal nicht nur nach Kaugummi gefragt wurde. Ginger Jackson hatte berichtet, daß sie den Jungen mit einem Paket Fressalien heimgeschickt hatten – typisch. Marriott hatte erlebt, wie deutsche Seeleute vor Kälte zitternd in ölgetränkten Fetzen an Deck hockten, eben noch Todfeinde, und jetzt mit Zigaretten, heißem Tee und sogar mit Rum versorgt wurden. Wie war es möglich, daß Männer sich so schnell von Killern in Samariter verwandelten? War es die Bruderschaft der See? Es mußte mehr dahinterstecken. Fairfax folgte Marriott auf die Brücke, die ungewöhnlich aufgeräumt war. Sie hörten das leise Brummen des Generators. Man konnte sich darauf verlassen, daß die Maschinen startklar waren, wenn der Commodore an Bord kam.

Tastend begann Fairfax: »Ich glaube gelesen zu haben, daß Sub-Lieutenants, die in Deutschland stationiert sind, um ihre Beförderung einkommen können, Sir.«

»Kann sein.« Marriott hatte sich in den ganzen sechs Jahren des Krieges nie sonderlich für den Papierkram erwärmt. »Sie sind scharf auf den zweiten Streifen, nicht wahr? Ich habe schon einen Vorstoß in diese Richtung gemacht.« In Fairfax' Gesicht ging bei diesen Worten die Sonne auf.

»Sie verdienen es.« Ein Stabswagen rumpelte vorsichtig durch die Schuttberge auf die Pier. Nochmals ließ Marriott den Blick prüfend über sein Boot gleiten. »Lassen Sie die Männer zur Begrüßung antreten, Nummer Eins. Und achten Sie darauf, daß sich die Besatzung vom Oberdeck fernhält, bis sich der Commodore eingerichtet hat.« Er hörte dezentes Gläserklirren. »Ich nehme an, daß es nicht allzu lange dauern wird.«

Die Pfeifen zwitscherten. Commodore Lionel Paget-Orme stolzierte über die schmale Gangway und schwenkte dabei sein elegantes schwarzes Spazierstöckchen. Jovial erwiderte er ihre Ehrenbezeigungen. Meikle, der bärtige Hafenmeister, zwei Heeresoffiziere und der unvermeidliche Schreiber Lavender vervollständigten die Gruppe.

Paget-Orme lächelte verkniffen. »Hübsches Bötchen, nicht wahr, Meikle? Die Augen der Flotte, wie?«

Schnell blickte Marriott auf einen imaginären Punkt über Meikles Schulter. Die Worte des Commodore erinnerten ihn zu sehr an seine Jugendlektüre, marinehistorische Romane.

Sie erklommen die Brücke, und Paget-Orme nahm bedächtig auf dem Brückenstuhl Platz, den Marriott oder der Wachhabende auf See zu benutzen pflegten. Der Bootsmann, Long John Silver, Matrose Rae und noch ein Mann hatten es geschafft, ihre Plätze zum Auslaufen rechtzeitig einzunehmen. Paget-Orme setzte eine dunkle Sonnenbrille auf und reichte sein schwarzes Stöckchen Rae, der es nach kurzem Zögern hinter den Sprachrohren verstaute, wo es nicht beschädigt werden konnte.

»Maschinen an!« Die Brücke erzitterte unter dem Röhren der mächtigen Maschinen, stinkende Auspuffgase stiegen an der Bordwand hoch. Der Commodore hielt sich ein Taschentuch vor den Mund.

»Aufkürzen! Achterleine und Achterspring los!« Fairfax hob die Hand zur Bestätigung. Die Festmacherleinen und Fender verschwanden wie von Geisterhand gezogen. Marriott warf einen kurzen Blick auf den untersetzten Commodore. Der genoß jeden Augenblick so, als ob er zum ersten Mal im Leben in See stechen würde.

Er rief durch die hohlen Hände: »Fier mit die Vorspring!« Zum Matrosen an den Sprachrohren meinte er: »Vorwärts langsam Steuerbord außen!« Schnell verbesserte er sich: »Ganz langsam!« Das Boot legte sich auf die Taufender vorn und zerrte an der Vorspring, das Heck klappte von der Pier ab. Mit etwas Glück würden sie einen besseren Liegeplatz bekommen, wenn sie von ihrem Ausflug zurückkehrten.

»Maschine stopp! Los die Vorspring!« Marriott stieß mit einem

Major der Royal Engineers zusammen, der sich sofort entschuldigte; der bärtige Hafenmeister grinste ihn freundlich an. Das Schnellboot drehte auf der Stelle und verharrte einen Augenblick im Schwall der Abgase, die Blasen auf dem Wasser sahen aus wie schwarzes Glas.

»Voraus langsam alle! Backbord fünfzehn!« Der Reserve-Offizier stand neben ihm, die Hände in den Jackentaschen seiner Ausgehuniform. Heute schien jeder overdressed zu sein, dachte Marriott.

»Mitte Fahrwasser, Bootsmann!«

Marriott gewahrte eine Kette grüner Fahrwasserbojen, zwar klein, aber nicht zu übersehen. Zum Hafenmeister sagte er leise: »Sie waren nicht untätig.«

Der Mann nickte. »Dort ist die *Sea Harvester.*« Sein Blick wurde düster, als sie das Bergungsschiff passierten. »Sie haben schon über zweihundert Leichen aus dem Wrack geborgen.«

Aber er hatte nicht leise genug gesprochen. Meikle knurrte: »Es werden noch mehr werden. Bisher kratzen sie erst an der Oberfläche.«

Der Hafenmeister nickte billigend, als der Bootsmann etwas Ruder legte, um einen qualmenden Bagger auf Gegenkurs vorbeizulassen. Dann deutete er auf zwei überspülte Wracks, die ineinander verschachtelt waren. »Die schaffen wir zuerst weg. Vielleicht ziehen wir sie auf die Untiefe dort hinten, Sir.« Die letzte Bemerkung zielte auf den Commodore.

Paget-Orme richtete sich gähnend auf. »Jeden Tag trifft jetzt mehr Hilfe für Sie ein, darunter auch Schiffe zum Wohnen und für die Stabsarbeit.« Er lächelte. »Bestimmt ist auch ein schwimmendes Kino dabei. Schließlich sollen sich unsere Leute hier wie zu Hause fühlen!«

Marriott drehte sich zufällig um und sah, daß Rae eine abfällige Geste machte. Was war auch anderes zu erwarten?

Sie passierten das Wrack der *New York*, den rauchenden Goliath *Hipper* und viele andere sichtbare und unsichtbare Wracks. Gott allein mochte wissen, was da alles unter dem Wasserspiegel lag.

Meikle erklärte: »Ein paar der Docks mit zerbombten Schiffen schütten wir einfach zu. Das entlastet uns erheblich.«

Der Hafenmeister unterbrach scharf: »Mehr Steuerbord, Bootsmann!«

Evans nickte nur gelangweilt. Er hatte die warnenden Fähnchen längst gesehen. Irgendwo darunter arbeiteten Taucher in der Dunkelheit.

»Kleinste Umdrehungen!« Marriott blickte zu zwei Tauchern hinüber, die mit ihren traditionellen roten Mützen auf einem Ponton saßen, die Helme neben sich. Genüßlich schlürften sie ihren Tee. Eine dumpfe Explosion wühlte kurz das Wasser auf, dann war die Oberfläche wieder glatt. Die Taucher wandten nicht einmal die Köpfe.

Lowes japste: »O mein Gott!«, und drehte sich weg, als die See einen Teil ihrer Beute freigab. Es mußte bei einem der letzten Luftangriffe passiert sein. Marriott packte die Reling fester, als die Leichenteile im Wasser an ihnen vorbeiwirbelten. Leichen mit Gesichtern, aus denen die Augen seltsam leer in den Himmel starrten; ihre Haut wirkte im Sonnenlicht fast transparent. Zwei Motorboote fuhren schon auf das grauenvolle Treibgut zu, deutsche Gefangene mit Gesichtsmasken standen darin mit Netzen und Haken bereit. Marriott zwang sich hinzuschauen, denn er wußte, daß ihn die anderen beobachteten. Mein Gott, dachte er, wie schlimm mußte es erst für die Taucher dort unten sein. Sie mußten sich ihren Weg freischneiden oder freisprengen und konnten nur hoffen, daß sie ihren Partner dabei nicht verloren, denn mit Toten auf engstem Raum zu arbeiten war so eine Sache ...

Er hörte Paget-Orme laut sagen: »Reißen Sie sich zusammen, Sub! Es gibt Schlimmeres!«

Lowes antwortete nicht, hilflos übergab er sich in sein Taschentuch.

Marriott blickte zum Commander hinüber. Der zog nur eine Schau ab, dachte er. Was wußte er schon?

Wie zur Bestätigung meinte Paget-Orme mit gekünstelter Fröhlichkeit: »Eigentlich wird es Zeit für einen Gin. Den haben wir uns verdient, denke ich.«

Hastig verließen die Gäste die Brücke, nur der blasse Lowes blieb da und der Hafenmeister mit dem harten Gesicht. Marriott zog seinen Tabaksbeutel heraus. »Hier, stopfen Sie sich 'ne Pipe. Dann bin ich dran.«

Der Hafenmeister lächelte. »Mögen Sie keinen Gin?«

»Nein. Jedenfalls nicht jetzt.« Er beugte sich über die Karte. Ich hätte eigentlich darauf vorbereitet sein müssen, dachte er. Für ein paar Augenblicke hatte er sich wieder in die Normandie versetzt gefühlt und sich unwillkürlich gekrümmt, weil er das Donnern der schweren Geschütze und das Tackern der Maschinenwaffen erwartete. Und dann kam die Explosion, und er hatte wieder zwischen den grotesk verstümmelten Leichen gelegen – den Leichen seiner Männer!

Der Hafenmeister blies eine Rauchfahne in die Luft. »Guter Stoff!« Leise fuhr er fort, so daß Evans oder Silver ihn nicht verstehen konnten: »Haben Sie schon mal versucht, mit jemandem darüber zu sprechen?«

Marriott ballte die Fäuste. »Sie glauben also auch, daß bei mir eine Schraube locker ist?«

Der Mann schüttelte den Kopf. »Ich glaube nur, daß Sie es sich schuldig wären.« Er neigte den Kopf, als unten Gelächter erklang. »*Die* machen sich keine Gedanken, warum dann Sie?«

»Weil ich mein Hirn nicht abstellen kann!« Er kannte nicht mal den Namen dieses Mannes, und trotzdem brach es aus ihm heraus: »Und weil ich verdammt noch mal mit niemandem drüber sprechen kann.«

Stimmen erklangen am Fuß der Treppe. Paget-Orme zog sich wieder auf den Brückenstuhl und betupfte sich den Mund.

»Ausgezeichnet! Ganz ausgezeichnet!«

Marriott konstatierte, daß er keinen Blick über die Seite geworfen hatte. Er ging auf die andere Brückenseite. Würde Heimaturlaub etwas für ihn ändern?

»Auf ein Wort, Marriott!«

Er drehte sich um und sah, daß Meikle ihn scharf musterte.

»Es gibt da etwas, das ich Sie fragen wollte.« Meikle studierte Marriotts Gesichtsausdruck, als ob er ihm Zeit geben wollte.

Marriott spürte, wie heißer Zorn durch seine Adern pulsierte. Jetzt noch eine dumme Frage darüber, wie es an der Front war, und wir sehen uns vor dem Kriegsgericht wieder, mit mir als Angeklagtem, dachte er.

»Sir?« Die Schärfe in seiner Stimme ließ den Commodore zusammenzucken.

»Möchten Sie ein paar Tage Heimaturlaub? Natürlich nur kurz, aber Sie könnten mir in England einen Gefallen tun . . .«

Marriott nickte verdutzt. »Danke, Sir. Das würde mich freuen.«

Die Augen blinzelten nicht mal. »Gut. Ich muß ein paar Dokumente sicher nach England bringen lassen. Und Sie könnten wahrscheinlich ein paar Ersatzteile für Ihr Boot brauchen, oder?«

Marriott blickte noch auf die vorbeigleitende Küste, als Meikle schon längst wieder bei den anderen stand und in eine Unterhaltung über den Wiederaufbau vertieft war.

Der Hafenmeister klopfte mit dem Pfeifenstiel in seine schwielige Hand. Er hatte einen Teil der Unterhaltung verstanden, den Rest dachte er sich. Später kam er zu dem Schluß, daß er einer Rettung beigewohnt hatte.

Wie in alten Zeiten?

Frühling in England. Marriott blieb im warmen Sonnenlicht stehen und sah zu, wie sich der Zug aus dem Bahnhof schob. Die Eindrücke stürmten auf ihn ein, aber sie waren angenehm, so lind wie sanfte Wellen am Strand. Wie grün alles war! Die Bäume stießen fast über den alten Straßen zusammen. Wie oft war er hier zur Bahnstation gelaufen, um zur Schule zu fahren, zu seiner ersten Arbeitsstelle, zur Beerdigung seines Großvaters und schließlich auf sein erstes Schiff.

Marriott stellte den kleinen Koffer ab, stopfte gemächlich seine Pfeife und lauschte dabei den Vogelstimmen. An diese Straße hatte er in den letzten Jahren oft gedacht. Ging man langsam, brauchte man fünfzehn Minuten von seinem Elternhaus bis hierher. Wie oft war er den ganzen Weg gerannt! Das Frühstück hatte ihm dabei förmlich noch aus dem Mund gehangen, die Hausarbeiten für die Schule waren unvollständig gewesen, erst im Zug hatten die Jungen ihre Ergüsse untereinander ergänzt, um die Lehrer auszutricksen. Dort drüben auf der kleinen Wiese hatte Penny ihre ersten Reitstunden auf dem Pony bekommen und gelernt, wie hart der Boden sein kann. Die Luftschutzgräben waren schon von Gras und Narzissen überwuchert, keine dumpfe Drohung hing mehr über ihnen.

Die Straße wirkte seltsam verlassen, sogar die Kneipe schien im Schein der Nachmittagssonne zu schlafen. Wie oft hatte er dort mit Stephen gesessen . . . Aber er verdrängte die Erinnerungen und dachte statt dessen an Dover, wo er tags zuvor mit seinem Boot angekommen war und eine bewaffnete Eskorte Meikles hochgeheime Stahlbehälter übernommen hatte. Der rege Schiffsverkehr im Hafen und auf der Reede hatte ihn überrascht. Er kannte das alles nur leergefegt, denn Dover war ein bevorzugtes Ziel der Luftwaffe und der weitreichenden deutschen Artillerie gewesen. Aber auch ein Symbol des britischen Verteidigungswillens, genauso wie die weißen Klippen von Dover.

Fairfax würde ihn in Dover vertreten, aber er konnte sich nicht vorstellen, daß in den beiden Tagen etwas Weltbewegendes geschah. Auch ein paar von der Besatzung hatten Heimaturlaub bekommen, allerdings keiner aus dem Norden Englands oder aus Schottland. *Daheim zu sein, welch ein Gefühl!* Wieder hielt er an und dehnte seine Schultern in der warmen Sonne. Von Dover aus hatte er zu Hause angerufen. Sein Vater war am Apparat, und der unerwartete Besuch hatte ihn aufgewühlt. Da hatte er ihm lieber nicht gesagt, daß es nur für zwei Tage war. Sein Vater hatte nicht die stärkste Konstitution und litt immer stärken an Arthritis, einer Krankheit, die er verschwiegen hatte, um in die Heimwehr aufgenommen zu werden.

Der Briefträger radelte vorbei und winkte ihm zu. »Schön, daß Sie wieder da sind!«

Marriott lächelte. Der Briefträger radelte zur Hintertür des Pubs. Offiziell war es natürlich geschlossen, aber Ted würde dort wie immer seinen Halben bekommen. Der Himmel mochte wissen, wie viele Briefe der Mann in den letzten Jahren ausgetragen hatte, die ihren Empfängern das Herz gebrochen hatten. Sicherlich hatte er viele gut gekannt, deren Schicksale er in Händen trug: tot, vermißt, in Gefangenschaft, verkrüppelt.

Dumpfe Befürchtungen quälten Marriott, als er das Ende der Straße erreichte. Auch an diesem scheinbar so friedlichen Ort war der Krieg nicht spurlos vorübergegangen. Ein großer Trichter war in die Fahrbahn gerissen worden. Häuser waren durch den Luftdruck der V-Waffen beschädigt worden oder hatten ihre Dächer schon früher bei überraschenden Luftangriffen verloren.

Trotzdem sah die Straße erheblich besser aus, als er erwartet hatte. Er beschleunigte den Schritt. Fotos von Churchill mit dem Siegeszeichen, von dem König und der Königin zierten viele Fenster. Ein paar Flaggen flappten lustlos im Wind. An einem Hauseingang hing das wohlbekannte Schild, daß hier ein Luftschutzwart wohne. Vor der Tür standen ein paar Löschpumpen, ein alter Hund lag dösend daneben. Die Fenster der Häuser sahen anders aus, stellte Marriott fest. Die Verdunklungsrollos waren verschwunden, und auch die kreuz und quer geklebten Haftstreifen fehlten. Sie hatten verhindern sollen, daß sich die Scherben der Fenster in fliegende Dolche verwandelten.

Vor seinem Elternhaus blieb er stehen. Es war sauber, aber ein wenig schäbig, wie alle anderen in der Nachbarschaft auch. Der Fußweg war ordentlich geharkt – etwas anderes hatte er auch nicht erwartet.

Die Tür öffnete sich, bevor er sie erreicht hatte, und er lag in den Armen seiner Mutter.

»Wenn das keine Überraschung ist, Vere!« Schnell entzog sie sich seiner Umarmung und schloß die Tür hinter ihm. Marriott fiel wieder ein, daß sich seine Mutter nie überschäumende Gefühlsausbrüche leistete. Schämte sie sich ihrer Gefühle? Hatte er das von ihr geerbt?

Er hörte Stimmen, und schon war er im Wohnzimmer. Bei seinem letzten Besuch hatte noch der massive Stahlträger in der Mitte des Raumes gestanden, der verhindern sollte, daß die Bewohner bei einem Luftangriff verschüttet wurden. Jetzt stand wieder der alte Tisch an seinem Platz. Das Fenster war offen, und er roch den Garten. Eine Hälfte war mit Gemüse bepflanzt, aber der Geruch war derselbe wie früher.

Sein Vater schüttelte ihm die Hand, seine Augen glänzten vor Freude.

Dann starrte Marriott den Fremden an, der sich aus dem Sessel neben dem Radio in der Ecke hochstemmte. »Darf ich dir Chris vorstellen?« sagte seine Mutter.

Marriott wartete ab. Der Mann war etwa in seinem Alter, hatte ein rundes Gesicht und starke Brillengläser. Er trug trotz der Wärme einen dicken grünen Pullover und eine Krawatte.

Seine Mutter erläuterte: »Chris ist beim Ministerium beschäftigt. Er wohnt in Stephens Zimmer.«

Befremdet schüttelte Marriott die Hand, die ihm entgegengestreckt wurde. Welches Ministerium? Nicht daß es eine Rolle gespielt hätte. Der Mann war ein Eindringling in diesem Haus, in seinem Geburtshaus!

Der Fremde sagte: »Freut mich, Sie kennenzulernen. Ich habe schon viel von Ihnen gehört!«

Marriotts Vater sagte fast bittend: »Wir hatten das Zimmer frei, Vere. Auch Penny ist jetzt außer Haus, niemand weiß wie lange . . .«

Seine Mutter blickte ihn streng an. »Ich mache noch eine Kanne Tee.«

Der Fremde schloß sich ihr an. »Ich helfe Ihnen, Mrs. Marriott.«

Vater und Sohn standen sich eine kleine Ewigkeit wortlos gegenüber. Schließlich brach Marriott das Schweigen. »Ich habe eine Stange Zollfreie mitgebracht, Dad.«

Sein Vater setzte sich und streckte sein krankes Bein aus. »Sei nicht so sauer, Vere. Chris ist ganz in Ordnung. Er hilft deiner Mutter, wenn er nicht im Büro ist.«

Marriott fühlte seine Augen feucht werden und wandte sich ab. »Ich will mich waschen, bevor wir Tee trinken.« Fast hätte er hinzugesetzt: ›Falls mein altes Zimmer noch frei ist.‹ Aber die stille Sorge auf dem Gesicht seines Vaters brachte ihn zum Verstummen.

»Du hast ja kaum an deinem Tee genippt!«

Marriott starrte die Dosenpfirsiche auf seinem Teller an. Bestimmt hatte seine Mutter sie für diesen Tag aufgespart. So wie er den Brandy für den Morgen in Kiel.

Sein Vater beschwichtigte: »Der Junge braucht Ruhe, er ist sehr müde. Wie ist es in Deutschland, Vere?«

»Wir haben noch viel Arbeit vor uns – und keine kleine Aufgabe.«

Er hatte oben nur einen schnellen Blick ins Zimmer seines Bruders geworfen und die Tür sofort wieder geschlossen. Nur die Tapete war dieselbe geblieben. Die Bücher und der häßliche Tisch, den Stephen von seiner ersten Übung bei der RNVR mitgebracht hatte, waren verschwunden. Auch alle anderen Möbel waren weg.

Wie oft hatten sie hier zusammengesessen! Hatten kleine Geheimnisse ausgetauscht, waren zusammen aufgewachsen, hatten Pennys ständiges Flehen nach ein paar Shillingen abgewehrt, mit denen sie ihr Taschengeld aufbessern wollte.

Ich hätte an Bord bleiben sollen, dachte er.

Chris, der mit Nachnamen Pooley hieß, unterbrach seinen Gedankenfluß. »Ist Hitler wirklich tot? Von dieser Gewißheit hängt vieles ab. Denn bald wird gewählt werden.« Er blickte gewichtig um sich. »Das Volk will es wissen!«

»Welches Volk?« fragte Marriott ruhig. Sogar der Name Pooley paßte zu dem Typ.

»Nun, das Volk, das zu entscheiden hat!«

Seine Mutter beugte sich mit der Teekanne vor. »Chris arbeitet im Erziehungsministerium, mußt du wissen.« Sie lächelte ihn an. »Wenn man da Arbeit findet, ist man aus dem Gröbsten raus. Ich kann mich noch gut an die letzte Nachkriegszeit erinnern: all die armen Männer auf der Straße, ohne Arbeit – ohne Geld.«

Marriott fühlte, wie sich seine Hände unter dem Tisch verkrampften.

»Ich arbeite auch mit Menschen. Vielleicht sollten wir uns noch keine Gedanken über die Probleme der Zukunft machen. Falls ihr es vergessen haben solltet, im Fernen Osten haben wir nach wie vor Krieg.«

Sein Vater unterbrach ihn: »Aber du wirst doch nicht dahin versetzt? Nicht nach all dem, was du schon durchgemacht hast?«

Traurig blickte ihn Marriott an. Wieder versuchte sein Vater, den Familienfrieden zu wahren, seiner Frau Kummer zu ersparen, sie von der Realität fernzuhalten. Müde erwiderte er: »Jedenfalls nicht sofort.«

Hartnäckig fuhr Chris fort: »Man muß den Krieg unter zwei Gesichtspunkten sehen . . .«

Kühl unterbrach Marriott: »Der, unter dem ich ihn gesehen habe, hat mir eigentlich gereicht.« Das war unfair, ja unhöflich, aber er konnte es nicht unterdrücken.

Glücklicherweise klingelte das Telefon. Marriott sagte schnell: »Ich gehe ran.« Wahrscheinlich war es Fairfax. Es machte ihn fast krank, daß er einen Rückruf durch Fairfax erhoffte. Aber es war eine Mädchenstimme, die sich vor Freude fast überschlug.

»Vere? *Ich* bin's doch, du Idiot! Penny! Du bist also wirklich zu Hause!«

Marriott umklammerte den Hörer, bis seine Knöchel schmerzten. »Woher wußtest du's?« Er spürte, daß die anderen ihn beobachteten.

In ihrer üblichen hektischen Art fuhr Penny fort: »Ich habe eine Freundin bei den Nachrichtenhelferinnen in Dover. Sie sagte, daß du . . .« Sie schniefte. »Sie sagte, daß du da bist! Ach, mein guter, alter Vere. In einer Stunde bin ich bei euch. Ich will dich sehen, mit dir sprechen . . .« Die Verbindung brach ab.

Er sah die anderen an, hatte seine Stimme wieder unter Kontrolle: »Das war Penny. Sie kommt her.«

Seine Mutter klapperte mit den Tellern und blickte auf die Uhr. »Mir sagt ja niemand was. Von *dem* Besuch wußte ich auch nichts!«

Sie eilte aus dem Zimmer. Nach kurzem Zögern folgte ihr der Vater, blieb aber in der Tür nochmals stehen.

»Deine Mutter ist voll damit beschäftigt, alles vorzubereiten: Wo sie euch unterbringt, was es zum Essen gibt, du weißt schon.« Er ließ die Augen auf dem Sohn ruhen. Verdirb ihr die Freude nicht, bettelten sie stumm. »Wieder eine Familie, fast wie in alten Zeiten.«

Marriott öffnete sein Jackett und nahm seine Pfeife heraus. »Wollen Sie auch eine rauchen?«

»Ich . . . ich rauche nicht.«

Marriott sah den Rauchwolken nach, die durch das offene Fenster abzogen. Er fühlte sich an den Rauch über Kiel erinnert, an die verstörten Gesichter, den abgerissenen Arm des Soldaten, dem man die Uhr gestohlen hatte.

»Gefällt Ihnen die Arbeit?«

Chris lächelte leicht. »Ich bin dabei, mich zu verändern, vielleicht finde ich etwas, das mehr einbringt.« Dann brach es aus ihm hervor: »Ich bin vom Wehrdienst zurückgestellt worden. Mein Gewissen erlaubte es nicht, zur Waffe zu greifen.«

Marriott erhob sich. Es ging einfach nicht. Und *mein* Gewissen erlaubt mir nicht zu bleiben, dachte er.

Kurz angebunden sagte er: »Wir haben es auch ohne Sie geschafft. Allerdings nur knapp!« Damit ging er aus dem Zimmer.

Sub-Lieutenant Michael Fairfax saß bequem in einer Ecke der Offiziersmesse, einen Drink in Reichweite, und genoß den Frieden des Abends. Er fühlte sich wie die einzige lebende Seele an Bord. Nur die Geräusche des Wassers an der Bordwand waren zu hören.

Es war eigenartig, so in Ruhe planen zu können. Die Männer waren entweder an Land oder auf Heimaturlaub. Die Wache bestand nur aus dem Obermatrosen Craven, einem Heizer und einem Matrosen namens Farmer, der auf längere Zeit keinen Landgang zu erwarten hatte, weil er gleich beim ersten Mal in eine Wirtshausschlägerei verwickelt war. Ihm war im Kanal zweimal das Boot unter dem Hintern weggeschossen worden, er hatte nur knapp überlebt. Nun war er in eine Diskussion mit zwei Jungs vom Nachschub geraten, die ihn von ihrer Auffassung überzeugen wollten, daß *sie* den Krieg gewonnen hätten. Irgendwie hatte Farmer dafür nicht das rechte Verständnis aufgebracht und die beiden vertrimmt. Fairfax hatte in Abwesenheit des Skippers kurz und kernig die nötige Disziplin wieder hergestellt.

Er blickte auf die Uhr. Bald war es Zeit für die Runde mit Craven. Er griff nach seinem Gin und seufzte. Er hätte auch Landurlaub nehmen und sich den Dienst mit Lowes teilen können, aber er war froh, mal allein für das Boot verantwortlich zu sein. Wenigstens hatte er mit seiner Mutter telefoniert. Natürlich war sein Vater im Krankenhaus gewesen – wie immer. Er war ein bekannter Chirurg und hatte gute Erfolge mit plastischen Gesichtsoperationen bei abgeschossenen Piloten. Auch Fairfax' Bruder war Chirurg. Vermutlich war seine Familie sehr enttäuscht gewesen, als er in die Marine eintrat, und das eher deshalb, weil er mit der Familientradition brach, als aus Sorge, daß er fallen könnte. Sein Vater hatte jovial getönt: »Das mit der Marine ist ja sehr ehrenhaft, Mike, aber die Zeit geht dir für deine Facharztausbildung verloren.« Niemandem war aufgefallen, daß er gar nicht im Sinn hatte, Arzt zu werden.

Er fragte sich, wie es wohl Marriott ging, ob ihm der kurze Urlaub guttat. Seit dem Zwischenfall mit dem torpedierten Frachter hatte er sich noch mehr in sich selbst zurückgezogen. Aber die Tatsache, daß er ihn zur Beförderung eingereicht hatte, zeigte, daß die alte Verbundenheit zwischen ihnen noch bestand. Sobald der Krieg endgültig vorbei war, auch hinten im Fernen Osten, würde man den Personalbestand der Navy drastisch verringern. Aber Fairfax wollte in der Marine bleiben. Er hatte gehört, das sei sehr schwierig, besonders wenn man nur ein »Gentleman auf Zeit« mit den wellenförmigen Ärmelstreifen war. Aber mit einer wohlwollenden Beurteilung durch Marriott und einen

Stabsoffizier sollte er zumindest einen Gesprächstermin beim Personaloffizier bekommen.

Schritte dröhnten durch den Gang, Obermatrose Craven nickte ihm zu. »Ronde, Sir?«

»Möchten Sie einen Gin?«

Craven grinste. »Zu einem Bier würde ich nicht nein sagen, Sir.«

»Alles klar an Deck?« Er sah zu, wie sich Craven eine Flasche aus der sogenannten Bar nahm und sie mit seinen riesigen Händen mühelos öffnete.

»Es wird ein paar Besoffene geben, wenn die Landgänger zurückkommen.« Er nahm einen langen Zug Bier und zwinkerte dabei zur Lampe an der Decke empor. »Sie wissen ja, wie das ist, Sir.«

»Na ja, vielleicht wär's besser, wenn wir mal wieder aus diesem verdammten Hafen herauskämen.«

Craven streichelte den schweren Knüppel, den er am Handgelenk trug, um uneinsichtigen Sündern den rechten Weg zu weisen. Wieder mußte er an den Jungen im verdreckten Hafenwasser denken, und wie ihn der Zeigefinger gejuckt hatte. Darüber brach ihm der Schweiß aus, obwohl es keinen vernünftigen Grund dafür gab.

Fairfax erhob sich und griff nach seiner Mütze. »Ich höre den ersten kommen. Lassen Sie uns nach dem Rechten sehen.«

Sie verließen die Messe, und Fairfax prallte am Fuß der Treppe mit einer schwankenden Gestalt zusammen: Lowes.

»Mein Gott, warum sind Sie denn schon wieder zurück? Sie haben doch erst übermorgen Dienst!«

Craven hielt sich zurück, er spürte instinktiv, daß hier etwas gewaltig schief gelaufen war. Er war zu vorsichtig, um offen zu lauschen, aber nicht dumm genug, um sich diese Chance entgehen zu lassen.

Lowes stöhnte. »Ich dachte . . . ich dachte, ich komme einfach zurück. Vielleicht kann ich mich nützlich machen.« Im Abendlicht sah er verzweifelt aus. Verletzt und verzweifelt.

Fairfax ergriff seinen Arm. »Was ist los, John? Vielleicht kann ich Ihnen helfen?«

Lowes schüttelte die Hand ab. »Ich sage doch, mir geht es gut!« Er schlurfte in die Messe und knallte die Tür hinter sich zu.

Fairfax knurrte: »Na, dann prost!« Aber er war nach wie vor besorgt. Ihm war, als hätte er soeben eine völlig fremde Person gesehen und nicht Lowes.

Craven kletterte hinter ihm die Treppe hinauf, auch er machte sich Gedanken über Lowes' seltsames Verhalten. Seit Ginger ihm erzählt hatte, daß er Lowes an ihren Unternehmungen beteiligen wollte, war er besorgt gewesen. Falls der Subbie ausflippte, landeten sie alle im Knast.

Lowes saß allein in der Offiziersmesse, drehte seine Mütze in der Hand und starrte auf den alten, ausgefransten Teppich. Sein Herz klopfte so heftig, daß es schmerzte.

Er war in der Nähe des U-Bahnhofs in ein Pub gestürmt, ohne wirklich zu wissen, was er tat. Der Wirt hinter dem Tresen hatte ihn mißtrauisch angeschaut, aber Lowes war zu aufgeregt gewesen, um es zu bemerken. Er hatte einen doppelten Gin bestellt, und erst nachdem er ihn hinuntergeschüttet hatte, war ihm aufgefallen, daß die Kneipe voller Matrosen war. Einige waren mit ihren Freundinnen da, andere hatten sich die örtlichen Flittchen geangelt. Es war totenstill geworden, alle hatten den Offizier angestarrt, als ob er gerade vom Mars heruntergefallen sei.

Nach dem puren Gin wurde es Lowes übel. Er hatte einen schmalen Häuserdurchgang gefunden und sich übergeben. Danach war ihm besser geworden. Er hatte seine Ausgehuniform kontrolliert und festgestellt, daß nichts zu sehen war. Irgendwie hatte er danach zum Boot zurückgefunden.

Nun sah er Gingers Ginflasche und griff nach ihr wie ein Ertrinkender nach dem Wasserbecher. Er hielt sich nicht damit auf, nach einem frischen Glas zu suchen, sondern kippte das von Fairfax voll. Gierig schluckte er den puren Gin. Seine Augen waren voll düsterer Erinnerungen.

Er hatte als Junge immer im Schatten seiner Mutter gelebt. Aber im großen Stil, wie er glaubte. Sie hatten die eine Hälfte eines ehemaligen Herrenhauses in den Außenbezirken Guilfords bewohnt. Immer wenn er aus der Schule abgeholt worden war und träumend die Auffahrt hinaufschlenderte, hatte er sich vorgestellt, daß ihm das ganze Haus gehöre. Es würde dann voller Menschen und schöner Mädchen sein. Und natürlich voller Hunde. Lowes liebte Hunde.

Die andere Hälfte des Hauses wurde bald nach Dünkirchen vom Militär übernommen und als Erholungsheim für Offiziere genutzt, deren Verwundungen so schwer waren, daß sie nie mehr auf fremde Hilfe würden verzichten können. Lowes hatte sie oft in ihren blauen Hausmänteln in der Sonne sitzen sehen oder zugeschaut, wie sie in Rollstühlen durch den Garten geschoben wurden. In seiner neuen Fähnrichsuniform war er stramm an ihnen vorbeimarschiert und genoß die forschenden Blicke der Veteranen.

Er nahm einen großen Schluck Gin. Hustend fragte er sich, wie Cuff Glazebrook davon soviel schon vor dem Frühstück trinken und trotzdem ziemlich normal wirken konnte. Er wußte, daß er aufhören mußte, aber seine Hände schienen das Glas selbsttätig nachzufüllen.

Lowes hatte immer einen eigenen Schlüssel gehabt, schon als Junge. Es war ein warmer Nachmittag gewesen, vor der Tür hatte eine khakifarbene Stabslimousine gestanden. Das war nicht ungewöhnlich, denn manchmal reichte der Parkplatz vor der anderen Gebäudehälfte für die Sankas und Besucher nicht aus. Das Haus hatte einen verlassenen Eindruck gemacht, obwohl er wußte, daß jemand daheim sein mußte. Seine Mutter verbrachte einen großen Teil ihrer Zeit damit, sich zu pflegen, das Haar zu waschen oder ihre umfangreiche Garderobe zu sortieren. Er hatte ihr Zigaretten geschickt, obwohl er wußte, daß sie zuviel rauchte, aber er hatte ihr noch nie einen Wunsch abschlagen können. Sie hatte ihn geboren, als sie einundzwanzig Jahre alt war. Jetzt war sie noch keine vierzig und wurde noch immer wegen ihres guten, ja aristokratischen Aussehens bewundert.

Er war die Treppe hochgelaufen und hatte liebevoll das Geländer gestreichelt. Sie hatte sogar sein altes Schaukelpferd aufgehoben. Es stand jetzt auf dem Treppenabsatz wie eine Reliquie.

Lowes stöhnte laut, dann blickte er sich erschrocken um. Aber auf dem Boot blieb alles ruhig, nur vorn hörte er Schritte, wahrscheinlich kontrollierte Fairfax die Vorleinen.

Der Rest der Geschichte war ein einziger Alptraum für ihn gewesen. Die Tür des Schlafzimmers war aufgeflogen, und eine Gestalt kam wütend herausgestürmt: ein großer dicker Mann und völlig nackt. Er hatte gebrüllt: »Wer zum Teufel sind Sie?«

Schreckensbilder waren ihm durch den Kopf geschossen: Seine Mutter war überfallen worden, vielleicht sogar ermordet, und jetzt stand dieser Eindringling vor ihm ... Aber diese Gedanken waren schnell verflogen, als seine Mutter mit zerwühltem Haar in der Tür erschien. Sonst achtete sie immer darauf, daß jede Strähne an ihrem Platz saß. Sie versuchte, ihre Nacktheit mit einem Hauch von Negligée zu verhüllen, das Lowes noch nie gesehen hatte.

»Schlag ihn nicht, Ralph! Er ist mein Sohn!«

Der Mann wirbelte keuchend herum. »Warum zum Teufel hat er sich dann nicht angekündigt?« Er verschwand im Schlafzimmer, eine Stabsuniform lag verstreut auf dem weißen Teppich. So als ob der Mann direkt aus der Uniform in die wartenden Arme der Frau gesprungen sei.

Seine Mutter hatte die Arme ausgestreckt. »Schau mich nicht so entsetzt an, Johnnie! Ich hatte doch vor, es dir zu sagen. Ich liebe ihn . . .«

Der Mann namens Ralph hatte aus dem Schlafzimmer gegrollt: »Steh nicht so dämlich rum, sag ihm lieber, er soll sich verpissen, solange wir uns anziehen. Unten werden wir ihm dann alles erklären. Mein Gott, er ist doch kein Säugling mehr!«

Flehend ging sie weiter auf ihn zu. »Bitte, Johnnie!«

Noch nie hatte Lowes seine Mutter so gesehen. Genaugenommen hatte er bis dahin noch nie eine Frau ohne Kleider gesehen. Alles war so unglaublich schrecklich gewesen, daß er die Treppe hinuntergestürmt war und hinaus, die Auffahrt hinab, nur weg von diesem Haus. Er hatte ihr kein einziges Wort gesagt.

Jetzt starrte er die Flasche an, die schon fast leer war. All diese Briefe, die er ihr geschrieben hatte, die Gedanken und Hoffnungen, die sie geteilt hatten . . . Und jetzt gestattete sie diesem Fremden, diesem Ralph, Dinge mit ihr zu tun . . . Er hatte ihr immer vertraut, sie war immer für ihn dagewesen. Aber jetzt war da nur ein riesiges Loch. Er zitterte und war kurz davor, sich wieder übergeben zu müssen. Dieser große nackte Affe hatte sich wie ein Wilder aufgeführt. *In unserem Haus!*

Lowes langte nach der Flasche, fiel aber dabei vornüber. Sein Kopf schlug auf die Tischplatte. So lag er noch da, als Fairfax zurückkam.

Der Erste schloß die Tür, dann rollte er Lowes auf die Bank. Er öffnete ihm das Jackett und löste seine Krawatte. Was war bloß vorgefallen? Er mußte John wieder zusammensetzen, bevor der Alte zurückkam. Ihn trennten von Lowes nur zwei Lebensjahre, aber eine Welt an Erfahrung.

Als er versuchte, Lowes das Jackett auszuziehen, fiel seine Brieftasche heraus. Er hob sie auf und wollte sie wieder in die Tasche stecken, dabei fiel ihm eine Fotografie in die Hände: Lowes' Muter. Fairfax kannte das Foto, Lowes hatte es oft voll Stolz und Liebe herumgereicht. Mit etwas wie Schuldgefühl schob Fairfax das Foto wieder in die Brieftasche. Besser gesagt, die beiden Teile des Fotos. Lowes mußte es zerrissen haben.

Das also war es.

Fairfax ging in die winzige Pantry und schüttelte die Thermoskanne mit Kaffee. Hätte er nicht darauf bestanden, daß Lowes in Urlaub fuhr, dann hätte das arme Schwein nie die Wahrheit über seine Mutter herausgefunden, was es auch war.

Willkommen zu Hause, Kameraden!

Die Bar war nur halb gefüllt, als Marriott hineinschlenderte, um etwas Flüssiges fürs Abendessen zu kaufen. Penny mußte jeden Augenblick ankommen, und es waren daheim nur noch zwei Fingerbreit Sherry in der Flasche, die seit Weihnachten auf diesen Abend wartete.

Er knirschte mit den Zähnen. Vielleicht trank der gute Chris lieber statt zu rauchen? Er blickte sich in der gemütlichen kleinen Bar um, in der jetzt alle Lichter angingen. Draußen wurde das Wirtshausschild von einem Scheinwerfer angestrahlt. Schon in Dover war Marriott aufgefallen, daß die Fenster in der Heimat wie strahlende Augen funkelten – ein ungewohnter Anblick nach der jahrelangen Verdunkelung.

Der Wirt betrachtete ihn nachdenklich. Marriott erinnerte nur noch schwach an den überschwenglichen jungen Leutnant, der sich vor ein paar Jahren hier einen letzten Drink vor seinem ersten Einsatz genehmigt hatte. Er murmelte: »Natürlich habe ich keinen schottischen Whisky, den werden wir wohl noch jahrelang nicht zu Gesicht bekommen. Ich habe aber noch zwei Flaschen Rotwein im Keller. Wenn die ausreichen?«

Marriott zog seine Pfeife hervor und stopfte sie sorgfältig. »Na klar. Geben Sie mir inzwischen einen Gin.«

Der Wirt langte unter den Tresen. »Den haben Sie damals auch . . .«

Sorgfältig vermieden sie, einander anzusehen. *Damals* – das war gewesen, als er sich hier mit Stephen zu einem letzten Schluck getroffen hatte.

Der Wirt verschwand im Keller, und Marriott blickte sich in dem gemütlichen Raum mit dem rußgeschwärzten Kamin und den Abzeichen an der Wand um. Jedes hatte seine eigene Geschichte. Die Welsh Guards hatten während des Krieges ein Ausbildungslager auf dem Rennplatz unterhalten, ihre Männer waren gekommen und gegangen – und nur zu oft in Nordafrika oder Italien geblieben. Es gab auch viele kanadische Abzeichen, diese Soldaten hatten hier so etwas wie ein zweites Zuhause gefunden. Die örtliche Flakabteilung, die Sperrballonkompanie, die Militärpolizei – alle hatten im Pub eine Erinnerung zurückgelassen. Und nun waren sie buchstäblich über Nacht verschwunden. Die Sandsackwälle und Tarnnetze für die schwere Flak, die Teil des Abwehrrings um London gewesen war, hatten sich schier in Luft aufgelöst. Die dicken Sperrballone, die wie fette Hummeln am Himmel gestanden hatten, waren nur noch Erinnerung – genauso wie die endlosen Nächte in den Luftschutzbunkern.

Marriott blickte in sein Glas. Es war leer. Wurde er langsam verrückt, daß er trank, ohne es zu merken?

Der Wirt kam zurück und stellte die Rotweinflaschen auf den Tresen. »Wohl bekomm's!« Er blickte zur Tür, als ob ein neuer Gast eingetreten sei, dann grinste er. »Na, da ist sie ja endlich!«

Penny lief quer durch den Raum auf Marriott zu und achtete nicht auf die paar Gäste, die vor ihren Gläsern saßen. Sie fiel ihm um den Hals und küßte ihn herzhaft, drückte sich dann an seine Brust und blickte ihm strahlend in die Augen.

»Ich war zu früh dran und dachte mir schon, ich würde dich hier finden. Du siehst großartig aus!«

Penny hatte sich verändert, stellte er fest. Ihr Haar sträubte sich zwar immer noch gegen die Uniformkappe, und die großen Augen leuchteten so widerspenstig wie früher. Aber als er ihren Körper an seinem spürte, erkannte er den Unterschied: Sie war eine Frau geworden.

Untergehakt gingen sie durch die Grünanlagen zurück.

Plötzlich sagte sie: »Ich wollte in Ruhe mit dir sprechen.« Er fühlte, daß sie seinen Arm fester packte. »Alles ist plötzlich so anders geworden, nicht wahr?«

»Du merkst es also auch.«

Sie nickte stumm, ohne ihn anzusehen. »Es wäre schön, wenn du meinen Freund kennenlernen würdest.«

»Ist er der Richtige?«

Leise antwortete sie: »Ich hatte ein paar Affären, aber nichts Ernstes. Wenn man mit jungen Männern zusammen dient, deren Namen bald auf den Verlustlisten stehen werden, kann man einfach nicht unbeteiligt bleiben.«

»Erzähl mir von deinem Jack.«

»Es ist ganz einfach: Ich liebe ihn. Ich wünschte nur, du hättest auch jemanden gefunden.«

»Bleib beim Thema. Wenn er dich ebenfalls liebt, wo ist dann das Problem? Die Eltern werden dich zwar vermissen, aber so ist das Leben . . .«

Sie unterbrach ihn abrupt: »Er hat mich schon gebeten, ihn zu heiraten. Ich trage seinen Ring in der Tasche, denn ich hatte nicht den Nerv, ihn wie eine Kriegstrophäe mit nach Hause zu bringen. Ich will kein dummes Gerede, aber es ist mir sehr wichtig, daß du es als erster erfährst.« Sie lehnte den Kopf an seine Schulter. »Was wirst du tun, wenn ich weg bin?«

»Wann fährst du?«

»Er hat seine Rückberufung nach Kanada in der Tasche. Sobald ich ihn geheiratet habe, kann ich mit ihm gehen.« Sie blickte ihn fest an, in ihren Augen glänzte die untergehende Sonne. »Spätestens in drei Monaten.«

»Willst du's *wirklich*?«

Sie nickte. »Ich werde den Dienst quittieren müssen, aber meine Aufgabe ist ja auch erfüllt. Ja, ich will mit ihm leben, und es ist mir völlig gleichgültig, wo. Nur du wirst mir fehlen.«

Er umarmte sie so heftig, daß die Flaschen zwischen ihnen protestierend klimperten. »Ich freue mich für dich.«

Sie sah ihn an. »Einer für alle, alle für einen – wie in alten Zeiten?« Das war ihr Spruch gewesen.

Er lächelte und konnte sich plötzlich über ihr Glück ehrlich freuen. »Alles für *eine*!«

Ein Notruf

Sub-Lieutenant Fairfax betrat die Messe und wartete, bis Marriott von seinem provisorischen Schreibtisch aufblickte. Sie waren gerade die Liste der Gesuche durchgegangen, die von den Männern gestellt worden waren. Marriott war zufrieden gewesen, daß er keine Bestrafungen aussprechen mußte. Diesmal nicht – vermutlich aus Mangel an Gelegenheit.

»Das war's, Sir.«

Marriott lehnte sich zurück und knöpfte seine Jacke auf. Sie waren wieder in Kiel, der kurze Urlaub schien schon eine Ewigkeit zurückzuliegen. Von draußen konnte er das Rattern der Preßlufthämmer hören. Eine ferne Unterwasserdetonation erschütterte das Boot. In der kurzen Zeit, die MGB 801 weggewesen war, hatten sich viele neue Schiffe eingefunden: Bergungsschlepper, bewaffnete Fischkutter, Bagger und zwei elegante Zerstörer. Auch einige Frachter waren eingetroffen und in schwimmende Verwaltungsbüros und Unterkünfte für das schnell anwachsende Marinepersonal umfunktioniert worden.

Aber der Gestank hing immer noch in der Luft. Und wenn man das Klobecken lenzte, schoß kohlrabenschwarzes Wasser durch die Spülung.

»Es war richtig, daß Sie die Ausschreitungen des Matrosen Farmer in Dover nicht an die große Glocke gehängt haben. Er hat seine Medaille für gute Führung schon oft genug aufs Spiel gesetzt.«

Fairfax sah ihn an und mußte an die Männer denken, die er so gut kannte. Obermatrose Arthur Townsend war zum diensttuenden Unteroffizier ernannt worden – er war schon immer in vieler Hinsicht die »Mutter der Kompanie« gewesen. Der scharfäugige Maschinengewehrschütze Rae war zum Obermatrosen befördert worden. Beide hatten es verdient.

Marriott sagte: »Lassen Sie Townsend schon heute in seinem neuen Rang Dienst tun, auch wenn er noch nicht die korrekte Uniform hat. Sobald er zum Lehrgang abkommandiert wird, werden wir ihn wohl verlieren.« Er blickte auf und setzte hinzu: »Das gilt auch für Sie.« Er schob einen Umschlag über den Tisch. »Das kam mit der Post an Bord. Herzlichen Glückwunsch, Herr Oberleutnant!«

Fairfax konnte seine Freude nicht verbergen. »Ich würde gern einen Drink ausgeben, Sir.«

Marriott klappte seine Bücher zu. Es war schön, zur Abwechslung mal keinen Ärger auf dem Schreibtisch zu haben. »Nur noch eines: Schicken Sie mir den Bootsmann rein.«

Evans trat ein und stand sehr steif in der Mitte der Messe.

»Ich habe hier eine Anfrage, Bootsmann.« Marriott betrachtete Evans' ausdrucksloses Gesicht. »Von Commander Meikle. Er hat mich beauftragt, Sie zu fragen, ob Sie in seinem Stab arbeiten wollen.«

»Ich verstehe, Sir.«

Marriott hatte Erstaunen, ja Abwehr erwartet, aber Evans ließ sich nichts dergleichen anmerken.

»Es scheint, daß wir an den Grenzen unserer Leistungsfähigkeit stehen. Der Militärregierung fehlt es an Übersetzern. Schleswig-Holstein war der letzte größere Teil Deutschlands, der kapitulierte, deshalb stehen wir wohl am hinteren Ende der Schlange, aber daran sind wir ja inzwischen gewöhnt.« Marriott blickte aus dem geöffneten Bullauge, als der Mast eines kleinen Fahrzeugs wie eine Lanze vorbeiglitt. »Sie haben eine ausgezeichnete Personalakte und zwei im Feuer verdiente Orden. Sie haben bei den Special Services gedient, und Sie kommen auch mit dem Heer zurecht, wenn es sein muß. Sie sprechen deutsch und natürlich französisch – folglich wären Sie für den Commander eine wichtige Hilfe. Aber es muß Ihre freie Entscheidung sein, das habe ich ihm klargemacht.«

Evans starrte über ihn hinweg, das Gesicht maskenhaft.

Langsam fügte Marriott hinzu: »Selbstverständlich würde ich Sie vermissen, aber denken Sie in der augenblicklichen Situation an den alten Seemannsspruch: ›Mir nach, ich mach den Letzten!‹ Denken Sie also an Ihre Zukunft.« Er sah, daß Fairfax grinste, doch Evans Gesicht blieb versteinert.

»Ich nehme das Angebot des Commanders an, Sir.«

»Gut. Sie können Unteroffizier Townsend schon in Ihre alten Aufgaben einweisen.« Was hatte er erwartet? Evans war, ganz gleich, was in seinem Soldbuch stand, genausowenig Waliser wie er selber. Wahrscheinlich gehörte er zu de Gaulles Streitkräften des freien Frankreich und hatte von den Kanalinseln aus auf die richtige Seite gewechselt. Trotzdem war Marriott enttäuscht.

Bedächtig meinte Evans: »Wenn ich noch etwas bemerken darf, Sir: Ich habe noch nie einen verständnisvolleren Engländer kennengelernt oder unter einem besseren Kommandanten gedient.« Er streckte die Hand aus. »Aber ich gehöre jetzt nach Deutschland. Das Boot wird wahrscheinlich nach England zurückkehren oder für den Einsatz im Fernen Osten aufgemöbelt.« Er nickte so langsam, als ob er seine Worte nochmals überdacht hätte. »Ich bin jetzt hier an Land von größerem Nutzen.«

Sie sahen ihm nach, und Fairfax murmelte: »Das war ein Abgang wie im Film!« Sorgsam stopfte Marriott seine Pfeife. »Ich werde den alten Fuchs vermissen.«

Durch die Schotten drang eifriges Hämmern. Fairfax erklärte: »Die Leute suchen nach Lecks. Die Messe war ein einziger Regenwald, als wir durchs Kattegat fuhren.«

Es klopfte, die Gangwaywache trat ein.

»Ein Besucher, Sir.«

Marriott dachte noch immer an Bootsmann Evans. Das Wort *Gefahr* schien ihn greifbar zu umgeben. Er wollte gehen, denn hier in der Messe war er als Kommandant nur Gast. »Wir sprechen uns später, Nummer Eins.«

Aber der Wachtposten fügte hinzu: »Ein Besucher für *Sie*, Sir.«

Marriott blickte zur Tür, als ein schlanker, tiefgebräunter Leutnant eintrat. Er mußte sich dabei erheblich zusammenfalten. Fasziniert beobachtete Fairfax, wie Marriott über den zerschlissenen Teppich eilte und den langen Leutnant umarmte.

»Beri-Beri! Ausgerechnet du! Was zum Teufel führt dich hierher?«

Leutnant John Kidd, der von Bekannten nur mit seinem Spitznamen angeredet wurde, den er wegen seiner unzähligen Injektionen und Impfungen bei Einsätzen im Ausland erhalten hatte, grinste. »Ach, ich hatte Burma ziemlich über. Da dachte ich, ich sollte euch hier vielleicht etwas zur Hand gehen.«

»Einen Drink?«

Beri-Beri warf seine Mütze in eine Ecke. Seine Haare waren durch die Sonne so gebleicht, daß sie wie Silber glänzten.

»Ich fürchtete schon, daß du niemals fragen würdest.« Er gähnte verhalten.

Marriott suchte die Flaschen durch. Es war erfrischend, den alten Freund wiederzusehen. Er hatte sich kaum verändert, gähnte immer noch ständig vor sich hin. Es war schon vorgekommen, daß er in einer lauten Messe oder beim Vortrag eines Vorgesetzten eingeschlafen war. Aber Marriott wußte, daß Kidd schon mehrfach schwer krank gewesen war. Nach Burma hätte man ihn niemals schicken dürfen.

Über die Schulter fragte er: »Hast du noch ein eigenes Kommando? Zuletzt war es doch ein Schnellboot, oder irre ich mich?«

»Kein Boot mehr.« Er hielt sein Glas gegen das Licht. »Ich bin jetzt Sprengstoffguru, hat man mir gesagt.« Er kicherte.

Fairfax wußte, daß er einen besonderen Moment miterlebte. Dieser Kidd war aber auch ein merkwürdiger Typ. Er hatte das DSC erster Klasse und einen anderen Orden, den er nicht kannte. Also noch ein Veteran in Marriotts Alter.

Plötzlich blickte ihn Kidd an, die hellen Augen schienen sich so schlagartig scharf einzustellen wie bei einer Katze, die aus dem Schlaf aufschreckt. Da gab es keine Schläfrigkeit mehr.

»Wir sind einen langen Weg zusammen gegangen, Ihr Kommandant und ich. Eigentlich hatten wir nicht damit gerechnet, so weit zu kommen.«

Wieder dieser schnelle Austausch von Blicken. Beide wußten, was hinter dieser lässig hingeworfenen Bemerkung stand.

Marriott erwiderte: »Viele gute Jungs sind auf der Strecke geblieben.«

Beri-Beri hielt ihm sein Glas zum Nachfüllen hin. »Wenn ich aus dieser Firma entlassen werde, suche ich mir eine ruhige Ecke in England, wo ich allein sein kann. Kein Meer, keine verdammten Schiffe und keine Erinnerung an diese verfluchte Scheiße.«

Fairfax hatte mal gehört, daß Männer, die soviel durchgemacht hatten wie Kidd, selten das Rentenalter erreichten.

Der Besucher wurde dienstlich. »Du läufst heute nachmittag aus, richtig?«

Marriott nickte. »Ich habe einen Passagier nach Neustadt zu bringen.«

Beri-Beri lächelte. »Stimmt, altes Haus: mich. Ich soll dort mit den

Jungs vom Heer ein paar Hindernisse wegsprengen. Dein Commander Meikle wollte mich auf dem Landweg hinschicken, aber ich erklärte ihm, daß die Stabilität der Sprengstoffe bei dem Zustand der Straßen dann nicht gewährleistet sei.«

»Willkommen an Bord.«

»Dann hole ich mal meine Klamotten.« Kidd blickte sich in der schäbigen Messe um. »Erinnert mich stark an mein letztes Kommando.«

Marriott rief ihm nach: »Was ist damit passiert?«

Kidd meinte bedächtig: »Du weißt, wie es so geht. Manchmal hat man plötzlich kein Glück mehr.«

Sie hörten ihn übers Deck poltern, wo er mit Lowes sprach, der O.v.D. war.

Marriott sortierte seine Papiere und dachte über Kidd nach. Wie Cuff war er einer der wenigen aus den ersten Kriegsjahren, der noch lebte. Die alte Gang aus Felixstowe, die später dann zusammen im Mittelmeer gekämpft hatte. Aber bei der Navy konnte man plötzlich Freunde aus den Augen verlieren, die einem wie Brüder gewesen waren. Man mußte vergessen können, besonders jene, die man nie wiedersehen würde.

Um sich abzulenken fragte er Fairfax: »Was ist eigentlich mit Lowes los?«

Fairfax dachte noch immer über die Freundschaft der beiden Männer nach, von der er ausgeschlossen war. »Ach, mit dem ist soweit alles in Ordnung, Sir.«

»Heißt das, Sie möchten es mir nicht erzählen?«

»Nein, Sir, das nicht.« Fairfax zuckte die Schultern. »Er war völlig durcheinander, als er vom Urlaub zurückkam. Er war nur einen Tag daheim.«

Marriott hörte das Zwitschern der Bootsmannspfeife: Besanschot an! Bald würde es hier kräftig nach Rum duften. Also auch Lowes. Er wäre besser an Bord geblieben.

»Ich weiß, daß wir nicht mehr jeden Tag unter Beschuß geraten, Nummer Eins, aber wir müssen uns trotzdem aufeinander verlassen können. Besonders jetzt, da wir so knapp an Personal sind.«

Fairfax wand sich unter den forschenden grauen Augen. »Lowes hat doch oft an seine Mutter geschrieben, wie Sie wissen.« Er kam sich wie ein Verräter vor.

»Ja, ich erinnere mich.« Er hatte bemerkt, daß Lowes seine Pflichten vernachlässigte, und angenommen, daß der Erste ihn schon wieder zurechtstauchen würde. Statt dessen wurde Lowes immer noch von Evans und den Obermatrosen mit durchgezogen.

Fairfax fuhr fort: »Mit der Post gestern hat er mindestens zwei Briefe bekommen. Ich glaube, daß es die Handschrift seiner Mutter war. Sie hat ihm ja oft geschrieben.«

Plötzlich mußte Marriott an das Abendessen mit seinen Eltern und dem unmöglichen Chris denken. An das Gesicht seiner Mutter, als Penny von ihrem kanadischen Freund erzählt und den Ring herausgezogen hatte.

Sie hatte hervorgestoßen: »Du – du bist doch nicht etwa ...?«

Penny war verletzt. »Nein, ich bin nicht schwanger, wenn du dieses Thema schon vor einem Fremden anschneiden mußt.«

Später hatte er Penny in ihrem Zimmer schluchzen gehört.

Fairfax mißverstand sein Schweigen als Mißbilligung und sagte schnell: »Lowes hat die Briefe nicht gelesen. Sie lagen ungeöffnet im Abfallkorb.«

»Gut, daß Sie's mir erzählt haben.« Es mußte für den Jungen furchtbar sein, aber Commodore Paget-Orme würde es unter »Kriegsfolgen« abbuchen.

Er brauchte frische Luft. »Machen Sie es Beri-Beri so bequem wie möglich, Nummer Eins. Ich gehe mal kurz zu Cuff hinüber.«

Fairfax begleitete ihn an Deck, wo ein paar Matrosen auf den Knien herumkrochen und nach undichten Nähten suchten. Es war warm und sonnig, und der blaue Himmel kontrastierte zu den Ruinen und zerstörten Schiffsrümpfen. Überall arbeiteten Männer in Staub und Rauch, marschierten erschöpfte, abgezehrte Gefangene zum Einsatz, schaufelten Schutt oder warteten geduldig vor den Lastwagen auf ihre Sandwiches und die großen Becher mit süßem Tee.

Es würde eine willkommene Abwechslung sein, hier wieder rauszukommen. Marriott drehte sich um, als Fairfax an die Reling trat.

»Ich vergaß – Sie wollten mich doch noch etwas fragen?«

Fairfax errötete überrascht. »Das kann warten, Sir.«

»Sie wollen bei der Marine bleiben, wenn der ganze Mist hier vorbei ist, richtig?« Marriott sah, daß er ins Schwarze getroffen hatte.

Fairfax trat von einem Fuß auf den anderen. »Richtig. Ich wollte Sie fragen, wie Sie meine Chancen einschätzen.«

»Ausgerechnet mich?« Er faßte sich an den Kopf. »Ich bin der letzte, den Sie danach fragen sollten. Denken Sie erst mal alle Konsequenzen durch, dann sprechen wir darüber.«

Fairfax salutierte, als Marriott über die Gangway davonschritt.

Ginger Johnson trat zu ihm. »Gratulation, Mr. Fairfax. Das war schon lange fällig.«

Fairfax sah, daß der Steward Townsends beste Jacke über dem Arm trug. »Der Bordklatsch funktioniert offenbar verläßlich. Wo wollen Sie denn hin?«

Ginger antwortete nicht direkt. »Wenn Sie mir Ihre Uniformjacke geben, sorge ich dafür, daß Ihr neuer Streifen gleich mit aufgenäht wird.«

»Wieso kennen Sie hier einen Schneider? Sie dürfen doch noch gar nicht in die Stadt!«

Ginger tippte an seine Nase. »Es gibt hier einen gleich in der Werft. Keine Sorge, Sir.«

Fairfax lächelte skeptisch. »Na dann, geht in Ordnung.«

»Der O.v.D. hat mir erlaubt, an Land zu gehen. Aber vorher hole ich noch Ihre Uniformjacke.« Leise pfeifend schlenderte Ginger davon.

Fairfax sah Lowes bei den arbeitenden Seeleuten stehen. Sein Gesicht war erschreckend fahl. Ich wette, daß sogar Ginger weiß, was mit ihm los ist, dachte er.

Er fragte Lowes: »Haben Sie die Seekarten gecheckt, Pilot?«

»Karten?« Lowes starrte ihn verdutzt an. »Welche Karten?«

Fairfax zog ihn aus der Hörweite der anderen. »Wir laufen heute um 16.00 Uhr aus, verdammt! Was ist bloß in Sie gefahren?« Er wurde etwas milder, als er sah, wie Lowes' Lippen zitterten. »John, kommen Sie zu sich! Schauen Sie sich diese fürchterliche Scheiße hier an und erzählen Sie mir nicht, daß *Sie* Probleme haben!«

Lowes wurde steif. Widerspenstig erwiderte er: »Mein Privatleben geht Sie nichts an.«

Ruhig meinte Fairfax: »Das will ich nicht gehört haben. Jetzt gehen Sie und suchen Sie die Karten für die Lübecker Bucht heraus. Danach komme ich, und wir arbeiten gemeinsam den Kurs aus, okay?«

Lowes nickte langsam, seine Energie und Widerstandskraft waren verpufft. »Jawohl, Nummer Eins. Übrigens hat mich Ihre Beförderung ehrlich gefreut.«

Fairfax grinste. »Also, Kopf hoch! Sie sehen aus wie Spülwasser im Regen.«

Ginger erschien wieder mit den Uniformjacken und wurde von Townsend gefragt: »Was ist denn mit unserem Greenhorn los, Ginger?«

Ginger legte die Stirn in Falten. »Mit dem? Ist doch klar! Er hat spitzgekriegt, daß es irgendein Kerl mit seiner Alten treibt.«

Townsend seufzte. »Wenn mir doch nur einer *meine* abnehmen würde!«

Beide lachten so herzhaft, daß Unteroffizier Evans von der Brücke zu ihnen hinunterblickte.

Er hatte gerade in der Zeitung die schrecklichen Fotos aus den KZs gesehen – all diese verzerrten Gesichter von gebrochenen Menschen – und nun das Gefühl, daß das Boot unter ihm schaukelte. Aber es lag völlig ruhig.

Eines davon hätte seiner jüngeren Schwester gehören können.

Exakt um 16.00 Uhr verließ MGB 801 seinen Liegeplatz und grummelte langsam aus dem Hafen. Fairfax stand mit der angetretenen Besatzung auf der Back und lauschte dem Schrillen der Pfeifen, als sie einen Zerstörer mit dem breiten schwarzen Ring eines Captain (D) am großen Schornstein grüßten.

»Aufklaren vorn und achtern!«

Er drehte sich um und grüßte in Richtung Brücke. Es würde in Zukunft merkwürdig sein, zur Brücke zu blicken und dort nicht mehr Evans zu sehen. Wo Marriott immer allein zu stehen pflegte, sah er jetzt zwei Gesichter. Das andere gehörte Kidd. Fairfax grinste. Oder Beri-Beri. Vielleicht würde er von ihm mehr über den Skipper erfahren.

Beide lachten. Noch nie hatte er Marriott so entspannt gesehen. Was war geschehen, das ihn so verändert hatte?

Marriott und Kidd standen Seite an Seite am Kartentisch. Das Boot rollte, und der Rumpf schüttelte sich.

Marriott studierte die mit Bleistift eingezeichnete Kurslinie und die zahlreichen Ortsangaben. »Wir werden zur ersten Wache im Fehmarnbelt stehen. Aber ich will mich gut von Fehmarn freihalten, bevor ich in die Lübecker Bucht eindrehe, um dann bei Tagesanbruch vor Neustadt zu sein. Die Minensucher sind hier draußen ständig im Einsatz, und ich möchte mit denen in der Nacht nicht unklar kommen.«

»Wie war's bei Cuff?«

Marriott überlegte sich die Antwort. Er hatte Cuff Glazebrook in der Messe hingeflegelt gefunden, eine halbleere Ginflasche als einzige Gesellschaft. Er hatte über seine Vorladung zum N.O.I.C geschimpft, aber irgendwie hatte ihm der alte Biß gefehlt.

»Er hat sich an diesen verdammten Wasserbomben hochgezogen! Ich bin immer noch der Meinung, daß ich richtig gehandelt habe, denn die Fischer machten keine Anstalten zu stoppen.« Cuff schüttete den restlichen Gin in sein Glas. »Jedenfalls werde ich doch nicht denen in den Hintern kriechen, die ich gestern noch umbringen sollte – auf Befehl!«

»Aber er hat keine Disziplinarmaßnahmen angedroht?«

»Wie sollte er?«

Cuff beugte sich vor, um ihn zu fixieren. »Der verdammte Krieg entwickelt so ein Tempo, daß wir gar nicht mehr in den Fernen Osten kommen werden. Rangun ist wiedererobert worden. Unsere Pazifikflotte war nach Zeitungsberichten letzte Woche in eine große Seeschlacht verwickelt. Ich sage dir, alter Junge, das große Schlachten dort läuft ohne uns ab. Und hier muß sich die Neunte Armee der Yankees über die Elbe zurückziehen, weil sonst die Russen beleidigt sind!« Er grinste mühsam. »Aber es freut mich, daß der alte Beri-Beri wieder bei uns ist. Er wird diesen Arschgesichtern, die hier den großen Max spielen, zeigen, was eine Harke ist!«

Fast hätte ihn Marriott bedauert. »Was wirst du nach dem Krieg machen, Cuff?«

»Nicht so werden wie mein Vater, *das* jedenfalls ist sicher! Sein Anspruch ans Leben gipfelt in einem Wochenende in Blackpool mit einem Schneckenessen für seine Geschäftsfreunde.«

Jeder, der es nicht besser wußte, mochte Cuffs Vater für einen armen Spießer halten, aber tatsächlich verhielt es sich genau umgekehrt. Sein Vater war Millionär und produzierte Autos. Der Krieg hatte ihn reich gemacht. Es gab nur wenige Heereseinheiten, die seine Fahrzeuge nicht benutzten.

Aber Cuff sah die Sache anders. »Sollte der verrückte Alte denken, daß ich das Geschäft wie er von der Pike auf lerne, dann hat er sich geirrt. Nach allem, was hinter mir liegt ...« Seine rotgeäderten Augen funkelten im Sonnenlicht. »Ich werde oben anfangen, ob mit seiner Hilfe oder ohne!«

Nun blickte Marriott seinen Freund Beri-Beri an. »Du kennst doch Cuff, das alte schnaubende Schlachtroß. Ich glaube, der Gedanke an Frieden behagt ihm nicht.«

Sie lachten noch, als Fairfax in den Kartenraum kam.

»Wir haben zwei Minensucher gesichtet, Sir. Abstand drei Meilen, Erkennungssignale wurden soeben ausgetauscht.«

Marriott blickte in die Karte. »Ändern Sie Kurs. Lassen Sie 045 Grad steuern, bis wir gut frei von ihnen sind, dann sagen Sie mir Bescheid. Ich lasse die Umdrehungen erhöhen, damit wir durch den Umweg keine Zeit verlieren.«

Fairfax blickte schnell von einem zum anderen. »Ginger macht gerade frischen Kaffee, Sir.«

»Danke. Wir kommen, sobald Sie Kurs geändert haben.«

Kidd gähnte. »Ein guter Erster.«

»Unter uns gesagt: Er möchte Aktiver werden.«

Um Kidds Augen bildeten sich Lachfältchen. »Geschieht ihm recht!«

Beide standen wieder auf der Brücke, als das Kanonenboot in den Fehmarnbelt einfuhr und schwer durch eine ablandige Dünung stampfte. Das Blinken eines frühen Leuchtfeuers reflektierte kaum auf dem dunklen Wasser.

Die Wache wechselte, und die beiden Leutnants beobachteten die tiefer werdenden Schatten an Land. Weiße Möwen umschwebten das Schiff, tauchten in der Heckwelle nach Fischen. Mitunter leuchteten sie im Abendlicht rosa auf.

Marriott befahl: »Scharf Ausguck halten heute nacht! Es sollen mehrere schwedische Schiffe in der Nähe sein.«

Evans wartete beim Signalschapp. »Verdunkelung, Sir?«

»Ja. Ich möchte nicht wieder von fremden Schiffen genarrt werden, weil sie uns zuerst gesehen haben.«

Ein paar Ausguckposten lachten. Die *Ronsis* war nur noch eine Erinnerung.

»Kommst du mit nach unten, Beri-Beri?«

Fairfax, der W.O. war, hüstelte dezent. »Ich glaube, er ist weggetreten, Sir.«

Kidds blondes Haar flatterte unordentlich im Wind. Er war im Brückenstuhl eingeschlafen, ein Arm schwang im Takt der Schiffsbewegungen hin und her.

»Lassen Sie ihn schlafen, er hat's verdient.«

Damit verschwand Marriott nach unten. Als er die Messe durchquerte, um in seine kleine Kammer zu gehen, sah er, daß Lowes auf einer Bank lag und tief atmete. Was sollte er nur mit dem Jungen anfangen? Seit dem Auslaufen hatte er kaum etwas gegessen.

Marriott setzte sich in seine winzige Kammer und beobachtete, wie sein Ölzeug an der Tür hin und her schwang. Wie gut, daß Beri-Beri an Bord war. Jedenfalls für einige Zeit. Und in der Navy war einige Zeit schon eine Menge.

Er fuhr herum, als das Telefon klingelte.

»Entschuldigen Sie die Störung, Sir.« Das war Fairfax. »Aber Sparks hat einen Funkspruch aufgefangen. Einen Notruf, Sir.«

»Ich komme hinauf. Lassen Sie den Bootsmann holen.«

»Der ist schon hier, Sir.«

Marriott polterte die Leiter zur Brücke hoch. Kidd war hellwach, Fairfax duckte sich hinter die Schutzkappe, unter der die aktuelle Seekarte bereitlag.

Dann hob er den Kopf. »Aus dem Radio kommt nur unverständliches Gepiepse, Sir. Aber es ist einer von uns, da ist Sparks ganz sicher.«

Long John Silver glitt auf seinen angestammten Platz im hinteren Teil der Brücke. Sie waren immer noch ein Team.

Marriott blickte seinen Freund an. »Was hältst du davon?«

»Ich vermute, daß es die Motorbarkasse ist, die vor uns auslief. Das Boot, auf dem ich eigentlich fahren sollte.«

Unruhig lief Marriott hin und her. Beri-Beri mußte es ihm nicht vorbuchstabieren: Die Barkasse beförderte den größten Teil der Sprengladungen für den Job in Neustadt, MGB 801 hatte nur Zünder an Bord.

Wie immer stand Rae hellwach neben den Sprachrohren, nach wie vor erstaunt darüber, daß er seinen Winkel bekommen hatte. Aber das würde seiner Familie zeigen, daß er auch was wert war.

Er meldete sich am Sprachrohr: »Brücke!« Dann richtete er sich wieder auf. »Sie müssen an Bord Feuer haben, Sir. Jemand hat auf den Notruf geantwortet, vermutlich ein Versorger hinter uns.«

Beri-Beri beobachtete, wie Marriott unentschlossen auf und ab ging.

»Das Feuer könnte ja schon wieder gelöscht sein, Sir.« Das war Fairfax.

»Es war ein *Mayday* und keine Partyeinladung!« Der Kommandant lenkte jedoch sofort wieder ein: »Suchen Sie sein Rufzeichen heraus.« Er hörte Silver hinter sich blättern. »Wir versuchen es über Sprechfunk.«

Stimmen und das Piepsen von Morsezeichen waren aus den Sprachrohren zu vernehmen. Sie übertönten die Geräusche der See. Im Kartenraum starrte Marriott auf die vorbereiteten Berechnungen, bis ihn der Kopf schmerzte.

Fairfax meinte: »Ich vermute, die Barkasse steht hinter dem nächsten Kap, Sir.« Er deutete auf die Küstenlinie. »Dort ist noch ein Leuchtfeuer. Wahrscheinlich klappt auch deshalb die Funkverbindung so schlecht.«

Im Licht der Kartentischlampe blickte ihn Marriott an. »Gut mitgedacht. Vielleicht helfen uns auch die Leuchtturmwärter mit einer genauen Position.« Er traf seine Entscheidung. »Rufen Sie den Chief an, Nummer Eins, ich brauche volle Umdrehungen in drei Minuten!«

Fairfax nickte, erfreut über das Lob, und eilte zur Leiter.

Beri-Beri sah ihn aufmerksam an. Sein Körper schwankte im Takt der Schiffsbewegungen, sein Schatten wanderte am Schott hin und her.

»Wenn du jetzt dicht unter Land gehst, stehen wir mitten im Räumgebiet, das weißt du. Bei dem geringen Tiefgang sollten wir keine Probleme haben, aber es könnten ein paar Treibminen rumliegen.« Er drückte Marriotts Arm. »Aber du suchst den kürzesten Weg, stimmt's?«

Marriott wandte sich wieder der Karte zu, studierte die Küstenlinie und die eingezeichneten Markierungen. Es war entschieden. Er konnte die Jungs nicht hängen lassen, ohne es wenigstens probiert zu haben. Nicht die eigenen Leute.

Silver kam mit der Liste der Rufzeichen. »Es ist Leutnant Duncans Motor Launch, Sir, Codename *Vagrant.*«

»Danke.« Marriott sah den Skipper vor sich, einen freundlichen, rundgesichtigen Mann aus Devon. Er hatte die ganze Zeit bei den Coastal Forces gedient, und seit zwei Jahren kommandierte er die ML. Jetzt war er irgendwo da draußen mit Feuer an Bord. Das war der Notfall, der von Seeleuten am meisten gefürchtet wurde.

Von oben rief Fairfax: »Fertig, Sir! Neuer Kurs wäre 120 Grad!«

»Danke. Gehen Sie auf den neuen Kurs! Halbe voraus! Ich bin im F/T-Raum.«

In dem winzigen Verschlag mit seinen leuchtenden Armaturen blickte sich Funker White überrascht um. »Nichts mehr, Sir.«

»Versuchen Sie es über Sprechfunk.« Marriotts Kehle war trocken. Er beobachtete, wie »Knocker« Whites Finger geschickt an den Knöpfen drehte, während er nach dem anderen Sender suchte.

»*Vagrant*, hier *Otter.* Hören Sie mich?«

Er fühlte, wie der Rumpf zu zittern begann, als die Propeller fester ins Wasser bissen und eine weiße schäumende Hecksee erzeugten. Die Schiffsbewegungen wurden angenehmer, MGB 801 war in seinem Element.

»Nichts, Sir.«

»Versuchen Sie's weiter.« Marriott kletterte zurück auf die Brücke, wo jeder Platz mit stillen, aufmerksam Ausguck haltenden Männern besetzt war.

»Voraus voll!« Er bahnte sich seinen Weg zum Brückenstuhl. Beri-Beri klammerte sich an einen Handlauf, seine Haare wehten waagrecht aus, als das Boot plötzlich nach vorn schoß. Wie ein Windhund, den man von der Leine ließ.

»Leuchtfeuer gut an Steuerbord, Sir!«

Alle sahen den wandernden Schein blitzen und wieder schwächer werden, als der weit entfernte Lichtstrahl den nächsten Umlauf vollendete: regelmäßig und verläßlich. Kein Wunder, daß die alten Navigatoren Leuchttürme als Zeigefinger Gottes bezeichnet hatten.

Rae meldete: »Kein Funkverkehr mehr, Sir.«

Marriott packte die Armlehnen des Brückenstuhls fester. Vor seinem inneren Auge sah er die treibenden Minen lauern, die von den Minensuchern, die sie vorhin gesichtet hatten, im Morgengrauen geräumt werden sollten. Er hob sein Glas. Vom scharfen Bug flog ein breiter weißer Schaumpfeil achteraus. Wo zum Teufel waren sie?

Silver hatte Rae an den Sprachrohren abgelöst, damit der seine Katzenaugen konzentriert einsetzen konnte.

Jetzt rief er: »Funkspruch vom HQ, Sir! Unverschlüsselt!«

Marriott konnte sich den Inhalt vorstellen, trotzdem fragte er: »Was steht drin?«

»Südlich von Staberhuk ist ein Feuer gesichtet worden. Keine weiteren Informationen. Sie weisen darauf hin . . .«

Marriott unterbrach: »Das reicht! Wir müssen bald was sehen.«

Irgend jemand erbrach sich, wahrscheinlich Lowes. Wieder eine harte Nuß für ihn.

Der helle Lichtbalken des Leuchtturms wanderte über das dunkle Wasser. Es war ein gefährliches Gebiet für Schiffe mit zu viel Tiefgang und zu wenig Power in der Maschine.

»Recht voraus: Feuer auf dem Wasser!«

Zwischen Fairfax und Beri-Beri eingeklemmt, starrte Marriott stumm nach vorn. Durch ihre starken Nachtgläser erkannten sie das Flackern gelber und roter Flammen. Es war, als würden sie gegen ihren Willen in einen Abgrund gezogen.

Fairfax rief: »Feuerstoßtrupp auf Station! Klar bei Rettungsflößen und Wurfleinen!«

Marriott versuchte seine Lippen zu befeuchten. »Kurs halten! Wir müssen in Luv bleiben.«

Männer polterten in der Dunkelheit an Deck, geblendet vom gleißenden Licht des Leuchtturms.

»Voraus halbe – alle!« Die deutschen Leuchtturmwärter mußten das Feuer telefonisch gemeldet haben, obwohl da ein ehemaliger Feind brannte. Aber der ungeschriebene Kodex der Bruderschaft auf See war stärker.

Der Bug von MGB 801 schien sich in die See zu bohren, Spritzwasser flog bis hinauf zur Mastspitze. Männer mit Taschenlampen suchten sich ihren Weg auf dem glitschigen Deck. Andere riefen nach Unterstützung oder fluchten fürchterlich, wenn sie über ein Hindernis stolperten.

»Alles klar zur Aufnahme von Überlebenden, Sir!« Fairfax erschien keuchend auf der Brücke.

Langsam hob Marriott das Fernglas und beobachtete das Feuer voraus. Er konnte jetzt die Umrisse der Barkasse erkennen, einen schwarzen Schatten unter den flackernden Flammen und dem Dampf. Letzterer stammte offensichtlich von Löschversuchen.

Beri-Beri flüsterte: »Das bekommen die nicht mehr unter Kontrolle. Wahrscheinlich ist der Brand im Maschinenraum ausgebrochen. Wir sollten rangehen, bevor es zu spät ist.«

Marriott hörte ihn kaum. Er hatte ein paar Gestalten im Flammenschein gesehen, sie wirkten klein und hilflos.

»Blinken Sie sie an! Sie sollen wissen, daß wir kommen!« Wahrscheinlich war drüben niemand mehr im F/T-Raum. Silvers Aldislampe klapperte los. Wenigstens würden sie jetzt wissen, daß sie nicht mehr allein waren. Männer waren dort verletzt, vielleicht gestorben, andere beteten um Rettung. Aber alles, was Marriott sah, war sein altes Boot, wie es brannte und brannte, und die fürchterlichen Schreie gellten ihm wieder in den Ohren.

»Achtung, Back!«

Marriott hörte, wie jemand unterhalb der Brücke ein paar Leute anbrüllte, die nicht spuren wollten. Er wäre am liebsten selbst hinuntergestürmt und hätte den Mann geschüttelt. Beri-Beris Worte fielen ihm wieder ein: Manchmal hat man plötzlich kein Glück mehr . . .

»Voraus ganz langsam!«

Er räusperte sich, schmeckte jetzt zum ersten Mal den Rauch.

Beri-Beri murmelte: »Lieber nicht zu nahe.«

Marriott nickte. Er hatte es also auch gemerkt, der alte Instinkt arbeitete noch. Im Hintergrund der Brücke hörte er Lowes aufschluchzen, vermutlich war ihm schon alles egal, auch was die anderen von ihm dachten.

Aber ausnahmsweise ging es Lowes diesmal nicht um sich. Er hatte gehört, wie der Kommandant der brennenden Barkasse hieß: Leutnant Duncan. Bei seiner Geburtstagsfeier war Lowes gewesen, als der deutsche Junge aus dem Wasser gezogen wurde.

»Backbord fünfzehn!«

Die Flammen spiegelten sich auf dem dunklen Wasser, als ob das Feuer vom Meeresgrund heraufleuchtete.

Leise fragte Beri-Beri: »Warum verläßt er das Boot nicht? Er muß uns doch gesehen haben!«

Marriott drückte auf den Knopf des Lautsprechers.

»Achtung, hört ihr mich? Geht von Bord! Ich hole euch raus ...«

Weiter kam er nicht. Eine Stichflamme schoß senkrecht in die Höhe, dann breitete sie sich aus und hüllte den ganzen Rumpf ein. Die Explosion folgte sofort; sie klang seltsam gedämpft, war aber so mächtig, daß das gesamte Deck und große Teile der Brücke glühend durch die Luft flogen. Bruchstücke klatschten unmittelbar neben MGB 801 zischend ins Wasser.

Fairfax hielt sich an der Reling fest. Ungläubig starrte er auf die herabfallenden Trümmer. Er hörte, daß etwas Schweres auf das Vordeck knallte und sofort mit einem Feuerlöscher bespritzt wurde. Im Lichtschein sah er, daß Leutnant Kidd einen Arm um die Schultern des Skippers gelegt hatte, und fürchtete schon, daß Marriott von Trümmern getroffen worden war.

Als er nach vorn stürmen wollte, erlosch das Feuer so plötzlich, daß er einen Augenblick wie blind war. Nur der wandernde Lichtbalken des Leuchtturms tauchte die treibenden Reste in einen silbrigen Schein.

Fairfax fragte: »Sind Sie in Ordnung, Sir?«

Langsam wandte sich Marriott um. Er wußte, ohne Beri-Beris stützenden Arm wäre er umgefallen.

»Gehen Sie nach vorn, Nummer Eins. Sie kennen Ihre Aufgabe.«

Beri-Beri knurrte: »Und nehmen Sie diesen jungen Offizier da mit. Sehen Sie zu, daß er sich ruhig verhält.«

Aber als Fairfax zu Lowes trat, sah er, daß Obermatrose Craven schon mit ihm sprach. Seine Stimme klang ungewohnt milde.

»Im Krieg kann es jeden erwischen, Sir. Ich habe es verdammt oft erlebt.« Er nickte zum vorderen Teil der Brücke. »Unser Skipper ist auch mal verdammt dicht dran gewesen, verstehen Sie?«

Lowes wischte sich das Gesicht. »Ja, ja, ich verstehe ...«

Als er verschwand, seufzte Craven: »Das tust du nicht, nicht mal in tausend Jahren.«

MGB 801 glitt langsam durchs Wasser. Taschenlampen und der Brückenscheinwerfer suchten die Oberfläche zu beiden Seiten ab.

Beri-Beri murmelte: »Normalerweise hätte ich dort an Bord sein sollen.«

Marriott schreckte aus seinen Gedanken hoch, als Fairfax meldete: »Keine Überlebenden, Sir!«

»Weitersuchen!«

Beri-Beri beobachtete ihn mitleidig und hätte ihm gern geholfen. Er war dabei gewesen, als Marriotts Boot in die Luft flog, genauso nahe, wie sie jetzt der Barkasse gewesen waren.

Zweifelnd fragte Evans: »Noch einen Kreis, Sir?«

»Ja.« Marriott schluckte. »Man kann nie wissen. Wie würden Sie sich fühlen, wenn Sie da trieben und Ihr Retter würde einfach davonfahren?«

Beim ersten Morgenlicht kreisten sie immer noch über der Untergangsstelle. Die Sonne enthüllte, was die Dunkelheit so lange barmherzig verborgen hatte: Leichen und Menschenteile, Uniformen und Wrackteile, angesengt und voller Blut.

Silver beobachtete Marriott, der ins Wasser starrte. »Minensucher achteraus, Sir!« Fragend blickte er Beri-Beri an, denn Marriott hatte offenbar nichts gehört.

»Blinken Sie an den kommandierenden Offizier: Keine Überlebenden!« Er hatte die langen Metallröhren schon häufig gesehen, mit denen die Minensucher und Bergungsschlepper ausgerüstet waren, um für makabre Anlässe wie diesen gerüstet zu sein. »Er kann weitermachen!«

Er blickte seinen Freund an. »Sie hatten keine Chance.«

Marriott drehte sich um, als Silvers Aldislampe zu klappern begann.

»Sag dem Ersten, er kann den Löschtrupp wegtreten lassen.« Er ging zum Brückenstuhl hinüber und stützte sich auf die Rückenlehne. Er wußte, daß Beri-Beri jetzt die Karte studierte und das Kanonenboot in wenigen Minuten auf dem Weg nach Neustadt sein würde. Zu jeder anderen Zeit hätte er sich die Einmischung und Hilfe eines anderen verbeten. Aber er konnte sich kaum bewegen, die letzte, alles auslöschende Explosion hatte sich zu tief in sein Hirn eingebrannt.

Das Deck begann unter seinen Füßen zu zittern, das Boot erwachte wieder zum Leben. Evans wurde am Ruder abgelöst, Townsend übernahm seinen Platz.

Beri-Beri trat neben Marriott, blickte ihn aber nicht an. »Weißt du, was ich glaube, Vere? Ich glaube, daß *wir* die Überlebenden sind.«

Marriott zog seine Pfeife heraus und biß fest auf den Stiel. Er war den Tränen näher, als er es je für möglich gehalten hatte.

»Du hast ganz recht, Beri-Beri. Wenn man keinen Spaß verträgt, darf man bei dieser Reederei nicht anheuern.«

Aber keiner von beiden wagte zu lachen. Sie wußten, daß es ihnen sonst unmöglich gewesen wäre, jemals wieder aufzuhören.

Der Feind von gestern

Marriott ging die betonierte Slipbahn hinunter und betrachtete sein Boot. Ein ungewöhnlicher Anblick, es nach so langer Zeit an Land zu sehen. Der hölzerne Rumpf sollte gereinigt und ausgebessert werden. Jetzt tropfte noch das Wasser vom Algenbewuchs.

Nur zwei Tage hatte Meikle für die Überholung angesetzt. Irgendwie hatten es die Arbeitskommandos mit Hilfe der Royal Engineers geschafft, zwei Slipbahnen zu räumen. Für viele kleine Fahrzeuge war das ein wahres Gottesgeschenk, denn sie waren pausenlos im Einsatz gewesen, um den Hafen zu räumen. In der Zwischenzeit war die Besatzung von MGB 801 auf eines der neu eingetroffenen Wohnschiffe verlegt worden, eine ehemalige Motoryacht, die auch durch den grauen Marineanstrich nichts von ihrer Schönheit verloren hatte.

Marriott sah den Chief mit einem untersetzten Mann im Overall sprechen, seine Anweisungen wurden von einem früheren deutschen Unteroffizier übersetzt. Es war seltsam: Keiner der ehemaligen deutschen Mariner, die bei den Briten arbeiteten, durfte Rangabzeichen tragen, trotzdem waren die Rangunterschiede klar erkennbar. Sogar die wenigen deutschen Offiziere, die hier beschäftigt waren, schienen sich kaum verändert zu haben. Fast fühlte sich Marriott als Eindringling und nicht als Besatzer.

Chief Adair erkannte ihn und salutierte: »Sehen Sie sich das an, Sir.« Mit einem öligen Finger deutete er auf den äußeren Backbordpropeller. Er war schlimm mitgenommen. »Das haben wir uns wahrscheinlich in Neustadt eingefangen, Sir, an einem dieser Unterwasserwracks.« Er deutete auf den untersetzten Mann im Overall. »Klaus meint, daß er ihn wieder hinkriegt. Er hat schon wieder eine gut funktionierende Werkstatt hier in der Werft.«

»Das überlasse ich Ihnen, Chief.« Marriott blickte an dem kastenförmigen Rumpf entlang. Jetzt war man also schon bei Vornamen – trotz des Fraternisierungsverbots. Er sah, daß Adair dem Deutschen eine Zigarette gab, der nickte grinsend, bevor er sie sorgfältig in einer kleinen Dose verstaute: die neue Währung.

Seine Gedanken wanderten zurück nach Neustadt. Es war alles reine Zeitverschwendung gewesen. Die Pioniere hatten das störende Wrack längst gesprengt, ohne auf den Spezialisten und das Material der Royal Navy zu warten. Irgend jemand hatte da wohl eine Nachricht nicht weitergegeben. Das übliche Chaos.

Zwei Tage waren sie in Neustadt geblieben, um auf neue Befehle zu warten, dann waren sie nach Kiel mit seinen unerwarteten Slipmöglichkeiten zurückgekehrt. Neustadt war beunruhigend gewesen. Mehrere Infanteriekompanien waren an der Küste stationiert und beobachteten die Bucht. Sie versuchten, die antreibenden Wrackteile und Leichen zu identifizieren, die noch aus den letzten Kampfhandlungen gegen die Russen herrührten. Es war ein grausiges Puzzle. Die Stadt war verwüstet, aber anders als in Kiel stand die schwere britische Artillerie nicht lässig herum oder wurde abgezogen. Im Gegenteil, die britischen Artilleristen bauten zusammen mit deutschen Arbeitstrupps neue Stellungen aus. Und alle Kanonen zeigten nach Osten, zur russischen Zone, nicht ins Inland.

Als er an einer zerbombten Kirche vorbeifuhr, von der nur die großen Spitzbogenfenster erhalten geblieben waren, hatte er zuerst klassische Orgelmusik vernommen, dann war richtig heißer Jazz zu hören gewesen. Inmitten des eingefallenen Dachs fand er einen Artilleristen, der ganz in seine Musik versunken war. Sie hatten sich die Hände geschüttelt und festgestellt, daß sie in dieselbe Schule gegangen waren. Die Launen des Schicksals hatten sie in dieser bizarren Umgebung wieder zusammengeführt.

Fairfax kam und meldete: »Ich habe unsere Leute alle untergebracht.« Er starrte zu Adair hinüber, der gestikulierend mit seinen beiden Deutschen verhandelte.

Marriott nickte. »Ja, es dauert etwas, bis man sich daran gewöhnt.«

Er mußte an die letzten Sekunden der Motorbarkasse denken und stellte sich den Briefträger vor – vielleicht ein Typ wie ihr Ted zu Hause –, der Duncans Familie das Telegramm bringen mußte. Später würde der Beileidsbrief eines höheren Offiziers folgen, der wahrscheinlich den Leutnant aus Devon gar nicht gekannt hatte. Beweisstücke, von den Minensuchern aufgefischt, hatten ergeben, daß das Feuer tatsächlich im Maschinenraum ausgebrochen war. Die Instabilität des Sprengstoff war nicht die Ursache gewesen.

Nach der Rückkehr hatte Marriott Meikle Bericht erstattet. Der war gerade wieder mal dabei, sein Hauptquartier zu wechseln, diesmal auf eine ehemalige Luxusyacht. Immerhin hatte er sich die Zeit genommen, ihm zu sagen: »Da hat kein Mensch schuld, Marriott. Sie hatten Glück, daß Sie nicht längsseits lagen, sonst hätte ich *Sie* ersetzen müssen!«

Oberschreiber Lavender hatte kurz von seinem Schreibtisch aufgeblickt. »Gemäß Verordnung haben auch alle Engländer, die vor dem Ende der Feindseligkeiten mit Japan ums Leben kommen, ein Anrecht, auf den öffentlichen Denkmälern genannt zu werden.«

Meikle hatte gezischt: »Das wird den Betroffenen aber eine große Freude sein!« Doch Sarkasmus prallte an Lavender ab.

Fairfax beobachtete seinen Kommandanten. »Ginger Jackson hat Ihre Sachen auf das Wohnschiff geschafft, Sir. Dort können wir zur Abwechslung mal die Beine ausstrecken.« Plötzlich starrte er fassungslos über Marriotts Schulter. »Was in aller Welt ist denn *das*?«

Das entpuppte sich als pompöser offener Mercedes-Benz. Marriott hatte noch nie ein größeres Auto gesehen. Es besaß riesige, chromblitzende Scheinwerfer und trug auf jeder Seite einen Metallstander, dessen frische Farbe nur teilweise die SS-Runen und das Hakenkreuz des früheren Besitzers verdeckte.

Ein trauriger kleiner Mann in Feldgrau saß hinter dem Steuer, und Beri-Beri räkelte sich im Fond. Er versuchte erst gar nicht, seine Freude über die allgemeine Überraschung zu verbergen. Sie liefen staunend um den Wagen, und Beri-Beri erklärte voller Stolz: »Der Maintenance Commander bestand darauf, daß ich mir einen Dienstwagen aus dem Fuhrpark aussuchen sollte. Na dann ...«

Maintenance Commander? Fuhrpark? Marriott schüttelte den Kopf. »Hier scheint sich einiges verändert zu haben, seit wir ausgelaufen sind.«

Beri-Beri öffnete den Schlag. »Komm, wir machen eine Spritztour. Es wird Zeit, daß du hier rauskommst.«

Marriott blickte auf seine Uhr. »Du kannst mich beim HQ absetzen. Danach habe ich Zeit.« Er blickte Fairfax an. »Übernehmen Sie hier, Nummer Eins.«

Fairfax sah dem großen Wagen nach und brummte: »Soviel Verantwortung auf meinen schwachen Schultern drückt mich zu Boden.«

Gelangweilt lehnte Beri-Beri sich im Fond zurück. »Ich wollte schon immer mal einen Bus wie diesen haben. Eins muß man sagen: Die Herren Nazis wußten zu leben.« Er deutete auf den Chauffeur. »Leider darf ich die Kiste nicht fahren. Die da oben haben sich überlegt, wenn wir einen von diesen armen Hunden über den Haufen fahren, bekommt so der deutsche Fahrer die Schuld. Stimmt doch, Fritz?«

Der Deutsche mit dem melancholischen Gesicht grinste. »Jawohl, Herr Leutnant! Pretty damn good!«

Zufrieden lächelte Beri-Beri. »Mehr sagt er nie.«

Sie hielten vor dem Wohnschiff, wo das HQ untergebracht war, und Marriott musterte es bewundernd. Das Segeltuchkleid der Gangway war weiß gepönt. Der Rettungsring war ebenso strahlend weiß und mit einer Krone sowie den Kennziffern der Marineeinheit beschriftet. Ein Posten wie aus dem Bilderbuch stand an der Gangway, Sturmriemen unter dem Kinn, Gurte und Gamaschen so weiß wie der Rettungsring, Gewehr mit aufgepflanztem Bajonett an der Seite.

»Mein Gott, das ist ja wie auf der Kadettenschule!«

Ihre Annäherung wurde vom Posten exakt abgeschätzt. Im richtigen Moment schlug er die Hacken zusammen und präsentierte das Gewehr. Der Geruch des Putzmittels umgab ihn wie eine Wolke.

Ein Schreiber führte sie in einen frischgestrichenen Raum unter Deck, der voller Telefonapparate und Fernschreiber war. Es herrschte emsige Geschäftigkeit.

Schnell sagte Beri-Beri: »Ich warte draußen auf dich. Cuff wird auch bald auftauchen, wir sollten einen Schluck zusammen trinken.« Er stöhnte, als ein großer deutscher Ex-Mariner ohne Rangabzeichen aufsprang und Haltung annahm.

»Mein Name ist Werner, Herr Leutnant. Herr Meikle wird in Kürze hier sein.«

Sein Akzent erinnerte Marriott an britische Schauspieler, die in den Filmen der Kriegszeit Nazioffiziere spielten. Herr Werner war offensichtlich mit seiner Arbeit sehr zufrieden – und mit sich selbst. Er hatte neue Herren, aber den alten sicheren Arbeitsplatz.

Hinten im Raum saßen mehrere junge Frauen vor Aktenordnern und Stapeln gelber Karten. Marriott bemühte sich zu vermeiden, daß sein Blick an der zierlichsten von allen hängenblieb. Sie hatte schwarzes, seidiges Haar, das hinten am Kopf zu einem Knoten zusammengesteckt war. Ihre Jacke, jetzt mit zivilen Knöpfen, erinnerte ihn an die Uniform einer britischen Nachrichtenhelferin. Sie blickte auf und sah ihn an.

Werner bemerkte den Blickkontakt und sagte scharf: »Meine Angestellten, Herr Leutnant, sortieren – äh, *Soldbücher*, äh ...« Er schnippte mit den Fingern, weil ihm das englische Wort dafür entfallen war.

Ruhig ergänzte das Mädchen: »*Paybook distribution*, Sir. Für die hier arbeitenden Gefangenen.«

Marriott lächelte. Ihre Augen waren dunkelbraun, und ihr Englisch klang ausgezeichnet. Allerdings hatte sie einen kaum hörbaren Akzent, den er aber nicht einordnen konnte. Werner starrte ihn an, ein paar Mädchen schienen sich heimlich anzustoßen.

Die Tür öffnete sich, und Meikle kam herein. Er nickte kurz. »Ist Ihr Boot aufgeslippt? Gut! Halten Sie sich ran, Sie müssen in die russische Zone fahren. Wenn jemand von höherem Rang dort auftauchen würde, könnte es schon ein Politikum werden, und genau das wollen wir nicht.«

Werner kam mit einem Aktenordner auf Meikle zu, und dieser blickte den großen Deutschen kalt an. »Nur zu Ihrer Information: Die Militärregierung hat gestern die Erschießung zweier Plünderer befohlen.«

Werner wich einen Schritt zurück. »Mein Gott!«

»Es sind zwei Polen ohne Wohnsitz. Wahrscheinlich wollten sie sich an den Deutschen rächen. Doch wie dem auch sei, *Herr* Werner, auch wir können hart durchgreifen, nicht nur die Russen!«

Er geleitete Marriott hinaus. »Nützlicher Mann, dieser Werner. Wenn ich möchte, daß sich eine Nachricht möglichst schnell verbreitet, muß ich sie ihm nur unter dem Siegel der Verschwiegenheit mitteilen. Klappt immer.« Er sah ihn scharf an. »Passen Sie auf, wenn Sie mit dem verrückten Kidd Einsätze fahren. Wäre schade, wenn Sie hopsgingen. Jedenfalls solange ich noch keinen Ersatz für Sie gefunden habe.« Er brüllte los, als hinter ihm ein Telefon klingelte: »Ich komme ja schon! Schließlich kann ich nicht überall gleichzeitig sein!«

Beri-Beri erwartete Marriott am Wagen, Cuff saß bereits neben dem Chauffeur.

»War's schlimm, Vere?«

Er schüttelte den Kopf, in Gedanken noch bei dem zierlichen Mädchen, das er gerade gesehen hatte. Es war jung, höchstens achtzehn Jahre. Und er war verrückt, wenn er sich einbildete . . .

Der Wagen schoß vorwärts, zwei Staubsäulen blieben zurück. Das Tor schloß sich hinter ihnen.

Fröhlich verkündete Cuff: »Ich habe ein paar Flaschen mitgebracht.«

Beri-Beri gluckste. »Ach, meinst du, wir kennen nicht genug Flaschen in dieser Gegend?«

Marriott stimmte in ihr Gelächter mit ein. Endlich waren sie wieder zusammen. Und am Ende der Reise – fast.

Unteroffizier Townsend hielt seinen Ärmel vor den Spiegel und grinste stolz. »Das hat dein Schneider gut hingekriegt, Ginger.« Die gekreuzten Anker mit der Krone darüber waren sein Schlüssel zu einer neuen Welt.

Ginger Jackson grinste breit und blickte sich in ihrem Domizil auf Zeit um. »Hier hätten sie uns schon längst einquartieren sollen. Sieht ja aus wie auf der verdammten *Mauretania*!«

Craven trat ein, und zusammen gingen sie auf das perfekt gescheuerte Teakdeck hinaus.

»Nun mach dir nicht gleich in die Hose! Wir ernten nur die Früchte des Sieges.« Mißtrauisch blickte er den Obermatrosen an. »Kriegst du etwa kalte Füße, weil du jetzt befördert bist?«

»Ich hab' nur nachgedacht. Hab' keine Lust, für ein paar blöde Uhren im Knast zu landen.«

»Bei Uhren wird es nicht bleiben, Kumpel.« Ginger mußte an die Kaffeedosen denken, die er beiseitegeschafft hatte, an die Zigarettenstangen und die Schokolade. Für den Anfang reichte es. Er packte den Freund am Arm. »Und kein Wort zu unserem neuen Unteroffizier, verstanden?«

»So blöd bin ich nun auch wieder nicht, Ginger. Er gehört doch jetzt zu denen da oben.«

Ginger grinste. »Na, dann isses ja gut. Wir treffen jetzt meinen ›Ich-hab'-von-nichts-gewußt‹-Nazi und suchen uns einen sicheren Platz zum Schieben.«

In einem der Büros im Wohndeck blickte Unteroffizier Evans aus dem Bulleye, als er ihre Stimmen hörte. Craven und Jackson waren wieder auf dem Kriegspfad, wenn er sich nicht täuschte. Es fiel ihm schwer zu akzeptieren, daß ihn das nicht mehr zu kümmern hatte. Achselzuckend wandte er sich wieder seinen Akten auf dem Schreibtisch zu. Meikle hatte ihn der Fahndungsabteilung zugeteilt. Es konnte eine lange Suche werden, aber er hatte Zeit und Geduld.

Er verglich die Fotografien: besondere Kennzeichen, Name, Rang, Erkennungsnummer, Parteizugehörigkeit, Dienstjahre, Einheit. Die Arbeit war endlos und ermüdend. Wehrmacht, SS, Sicherheitsdienst oder Gestapo? Es war nur zu leicht, in diesem Chaos eine neue Identität anzunehmen. Man sagte, daß sich viele hohe Offiziere schon nach Südamerika und sogar in die USA abgesetzt hätten.

Evans fühlte plötzlich sein Herz klopfen, obwohl ihm das leere Gesicht auf dem Foto nichts sagte. Es waren die Worte in der Beschreibung, die wie Feuer vor seinen Augen brannten: Dienst auf den Kanalinseln, Sicherheitsabteilung, St. Helier, Jersey.

Es war nicht das Gesicht, das er suchte. Vielleicht existierte es gar nicht mehr. Aber nach dem Dienst auf den Kanalinseln war der Mann zuerst in Kopenhagen, dann in Lübeck eingesetzt gewesen. Evans hämmerte auf seinen Schreibtisch, bis seine Fäuste schmerzten.

Lübeck lag nur fünfzig Meilen entfernt, außerdem war Kiel ein Durchgangsplatz für Gefangene, die in Lager eingewiesen oder freigelassen wurden.

Evans begann zu schwitzen. Freigelassen? Für das, was jener andere seiner Familie angetan hatte, verdiente er nicht die Freiheit, sondern den Tod. Dieses Gesicht hier zu finden, konnte ein Anfang dazu sein.

Inzwischen standen Ginger Jackson und seine beiden Kumpel in ihren besten Uniformen vor dem Haupttor und blickten sich suchend um.

Überall Hinweisschilder. Hinweise auf Divisionen und Bataillone, die Bürgermeisterei, die Militärpolizei, das Hospital oder die NAAFI-Kantine. Schilder gaben die Entfernungen nach Lübeck, Hamburg, Eutin und Schleswig an. Ganz oben hatte ein Spaßvogel ein Schild mit der Aufschrift befestigt: *To Canada – 3000 Miles!*

Ein Jeep mit rotbemützten Militärpolizisten rollte an den Gehsteig. »Paßt auf, wo ihr hingeht, Jungs. Sollten wir euch in verbotenen Zonen erwischen, bekommt ihr Ärger!«

Ginger war an den Umgang mit der Polizei seit seiner Jugend in Kentish Town gewöhnt. »Warum, Chef? Sind da etwa schon die Offiziere?«

Erstaunlicherweise lachten die Rotmützen und fuhren in einer großen Staubwolke davon.

»Verbotene Zone – von wegen. Dort treffen wir unsere neuen Partner.« Er kniff ein Auge zusammen.

Craven fiel neben den anderen beiden in Schritt. »Das wäre typisch: Mein erster Landgang und gleich von den Rotkäppchen ins Loch gesteckt!«

»Mach dir nicht ins Höschen! Hier ist schon unser Kontaktmann.«

Ein großer hagerer Deutscher in schäbigem, aber sorgfältig gebügeltem Anzug trat aus einem Hauseingang. Ginger unterhielt sich leise mit ihm.

»Das ist Oskar«, sagte er dann zu seinen Kameraden. »Er war früher bei der HAPAG Chefsteward, deshalb kann er fließend Englisch.«

Oskar deutete eine Verbeugung an. »Haben Sie die Tauschware?«

Ginger hob eine Hand. »Na, das klingt ja, als ob du uns nicht trauen würdest.«

Oskar lächelte mit gelben Zähnen. »Tut mir leid, Herr Ginger, aber hier ist alles sehr schwierig geworden.« Er blickte sich um. »Natürlich traue ich Ihnen.«

»Gut!« Ginger zwinkerte seinen Kameraden zu. »Gehen wir irgendwohin, wo man in Ruhe quatschen kann. Und sich auch ein paar Drinks reinziehen.«

Der Mann betrachtete sie nachdenklich. Er konnte erkennen, daß sie in ihren engen Ausgehuniformen keine Tauschware versteckt hatten.

»Kommen Sie!« Damit verschwand er in eine Gasse und stieß eine schiefe Tür auf. Sie überquerten mehrere Hinterhöfe voll herabgefallener Dachziegel und verbrannter Balken. Fast alle Häuser waren Ruinen. Die drei Seeleute bewegten sich vorsichtig, um ihre guten Uniformen nicht zu ruinieren.

Nach einer weiteren Tür standen sie in einem Raum, der mit Bauholz und Eisenträgern abgestützt war. Ein paar Möbelstücke täuschten Wohnlichkeit vor.

Eine Frau kam hereingewuselt. Sie hatte gefärbtes blondes Haar, und ihr Make-up war so dick wie mit einem Malerquast aufgetragen. Sie lächelte. »Hallo! Wie wär's mit 'ner heißen Nummer?«

Aber Oskar knurrte sie an, und sie verschwand im Inneren des Hauses.

Craven stöhnte: »Guter Gott, Ginger! Die würde ich nicht mal mit *deinem* Pimmel anrühren. Sie muß weit über sechzig sein.«

Fröhlich erwiderte Ginger: »Was hast du erwartet, eine verdammte Nonne?«

Rae seufzte. »Nein, aber Zivilisation!«

An der letzten Tür machte Oskar eine knappe Verbeugung. »Meine Wohnung. Bitte treten Sie ein.‹

Craven packte sein scharfes zweischneidiges Seemannsmesser in der Jackentasche – nur für alle Fälle. Aber es war unnötig. Eine hübsche Frau von etwa dreißig saß am Tisch und spielte mit einem schäbigen Teddy. Sie lächelte freundlich.

Oskar setzte sich. »Ich sage Ihnen jetzt, wo wir uns das nächste Mal treffen. Heute war es für mich sehr riskant. Aber beim nächsten Mal müssen Sie Ware mitbringen!«

Ginger blickte auf die Frau. »Ihre?«

Oskar nickte, aber seine Augen blieben leer. »Sie können in ihrer Gegenwart ruhig sprechen.«

Craven rutschte unbehaglich auf seinem Stuhl. »Da bin ich mir nicht so sicher, Ginger. Wenn er so ungern Risiken eingeht, warum läßt er sie dann zuhören?«

Oskar nahm die Hand seiner Frau und drückte sie. Schließlich sagte er: »Der Teddy hat unserer kleinen Tochter gehört.« Er blickte in ihr leeres Gesicht, als hoffe er auf eine Regung darin. »Meine Frau wartet immer noch darauf, daß sie nach Hause kommt. Aber sie starb beim großen Bombenangriff.«

Ginger erhob sich energisch und packte Oskar an der Schulter. »Laß gut sein, Oskar, alter Junge, wir kümmern uns schon um dich. Sag uns Bescheid, wenn du die Ware haben willst.«

Beim Hinausgehen drehte sich Oskar zu seiner Frau um und sagte: »Ich komme gleich wieder.« Der Teddy winkte ihm nach.

Der Deutsche führte die drei Seeleute zur Hauptstraße zurück, dann verließ er sie. Craven grunzte: »Also bleibt uns mal wieder nur die verdammte NAAFI-Kantine.«

Ginger murmelte: »Armes Schwein. Es ist verdammt unfair, wenn es die Kinder trifft.«

Rae zündete sich eine Zigarette an. »Mir kommen gleich die Tränen!«

Ginger wurde wieder fröhlich. »Wenn wir es richtig anstellen, haben wir es nur mit Oskar zu tun.« Aber trotz seines lockeren Tonfalls fühlte er sich unbehaglich. Irgendwie schmutzig.

Durch Beri-Beris Deutschkenntnisse und eine Karte der Royal Marines geleitet, holperte der schwere Wagen schließlich über das Kopfsteinpflaster einer Allee, die sich zwischen Feldern hinzog. Von fern grüßten friedliche Seen.

Nach den Ruinen von Kiel war es eine fast unwirklich schöne Gegend. Auch unterwegs hatten sie überall Wracks gesehen: Kettenfahrzeuge, deren Balkenkreuze durch Geschützfeuer oder Granaten geschwärzt waren; Autos und Lastwagen, zum Teil mit Holzkohlenbrennern ausgerüstet, um Benzin und Diesel zu ersetzen. Vermutlich lagen noch Leichen in ihren Trümmern.

Obwohl Beri-Beri erst ein paar Tage in Deutschland war, hatte er erstaunlich viele Informationen parat. Er war der Länge nach durch Schleswig-Holstein gefahren, von Dänemark bis Kiel. Es schien eine andere Welt zu sein: verwunschene Katen, verschlafene Dörfer, Gasthöfe mit niedrigen Balkendecken, Plätze mit Kopfsteinpflaster.

Marriott fragte: »Wo sind wir eigentlich?«

Beri-Beri antwortete: »Eine Meile weiter liegt ein Tanklager an der Straße. Es hat die Bombardierung überstanden, und die Navy hat es übernommen, damit unsere Pferdchen was zu saufen bekommen.« Er tätschelte den Wagen. »Die sind alle ziemlich durstig.«

Sie kamen vor einem Tor zum Stehen, das mit Sandsäcken und Stacheldraht gesichert war. Daneben stand ein Wachhäuschen mit kleinen Sehschlitzen. Ein Posten salutierte, überprüfte ihre Ausweise und die blaue Marke an der Windschutzscheibe. Alles schien routinemäßig zu laufen.

Der Wagen passierte das Tor. Auf dem Gelände warteten mehrere Autos darauf, von deutschen Hilfskräften betankt zu werden. Weil Diesel und Benzin per Hand gepumpt werden mußten, dauerte das einige Zeit.

»Kann ich Ihnen behilflich sein, Gentlemen?« Ein Unteroffizier mit den Abzeichen der Versorgungsabteilung kam aus der Tür eines Büros.

»Wie wäre es mit etwas Tee?«

»Bitte hier entlang.« Der Unteroffizier fügte hinzu: »Übrigens, mein Name ist Hemmings. Ich leite diesen Laden hier.«

Cuff knurrte: »Ich bleibe im Auto. Tee ist mir zu dünn.« Durchs Fenster sah er eine Frau im Büro stehen, die ihm den Rücken zukehrte. Sie hatte breite Hüften und tiefgebräunte Arme und schien zu spüren, daß sie beobachtet wurde. Cuff gefiel, was er sah. Als er ins Sonnenlicht hinaustrat, kicherte er. Old Chief Hemmings führte hier wohl ein bequemes Leben.

Cuff sah seinen Fahrer auf einen großen Schuppen zugehen. Eine Segeltuchpersenning verdeckte den Eingang.

Ein Mann im Overall winkte energisch: »Kein Zutritt! Gehen Sie da weg!«

Der Fahrer zuckte die Achseln und wandte sich ab. Cuff grinste. Wahrscheinlich suchte der kleine Kerl nur eine ruhige Stelle zum Pinkeln. Cuff rückte seinen Gürtel über dem Bauch zurecht und schlenderte nun selbst auf die Persenning zu.

Der Mann im Overall wollte auch ihn zurückweisen, aber Cuff grinste gefährlich. »Verpiß dich, ober ich schmeiße dich über die Mauer dort!«

Im Büro tranken Marriott und Beri-Beri ihren Tee aus.

»Danke, Chief«, schnurrte Beri-Beri.

Marriott blickte Hemmings nachdenklich an. Es war ziemlich kühl im Büro, aber der Mann schwitzte erheblich und schien froh, sie wieder gehen zu sehen.

Cuff lehnte am Wagen. »Alles vollgetankt. Wir können weiter.«

Sie steuerten schon aufs Tor zu, da klopfte Cuff auf seine Taschen. »Anhalten! Ich habe meine Zigaretten drin vergessen.«

Er lief zurück und stürmte ins Büro. Die Frau darin blickte ihn erschrocken an und drückte ihren Hintern gegen den Schreibtisch.

»Haben Sie etwas vergessen, Sir?« Hemmings war aufgesprungen, ihm fielen ein paar Formulare aus der Hand.

Cuff fauchte: »Ja, das Wichtigste. Was halten Sie von einer Kontrolle?«

Hemmings wurde blutrot. »Ich muß protestieren, Sir!«

»Nur zu, dann landen Sie um so schneller im Loch!« Cuff langte hinaus in den Flur und zog einen langen Peilstab aus seiner Halterung. Als Hemmings erbleichte, wußte Cuff, daß er einen Treffer gelandet hatte.

»An dem Stab fehlt mehr als ein Zoll, Hemmings.« Er erntete keine Proteste mehr. »Bei all dem Treibstoff, der hier unter Ihrer Aufsicht durchläuft, muß eine Menge davon an Ihren Händen kleben bleiben! Der Schwarzmarkt wird Sie lieben.«

»Ich habe das Recht auf eine faire . . .«

»Sie haben gar nichts! Wenn ich will, kann ich Sie sofort festnehmen.« Er blickte die Frau an, deren Brüste sich unter der straffen Bluse hoben und senkten. »Und was Sie angeht – für Sie wäre es noch unangenehmer.«

Die Hupe des Mercedes draußen erklang fordernd.

»Drüben im Schuppen habe ich außerdem ein paar nette Dinge gefunden, die sehen ganz nach Ersatzteilen der Armee aus.« Es ging so leicht, daß er fast lachen mußte. »Ich bin keiner von diesen weichen Federfuchsern, Freunde, sondern einer von den Jungs, die diesen verdammten Krieg gewonnen haben!« Die Hupe plärrte wieder. »Ich komme bald wieder. Wenn ihr spurt, können wir ins Geschäft kommen.«

Er durchquerte den Raum und hob das Kinn der Frau prüfend an.

»Jetzt hab' ich keine Zeit, aber . . .« Er schob die Hand in ihre Bluse. Ihr warmes Fleisch preßte sich gegen seine Finger. Sie blinzelte nicht einmal, als er sie berührte.

»Kurz gesagt, Chief, Sie wissen doch, eine Hand wäscht die andere!« Er strich der Frau noch einmal leicht über die Bluse, dann wandte er sich ab. Das Blut pochte ihm so in den Schläfen, daß er kaum verstand, was Hemmings brabbelte.

Draußen begrüßte ihn Beri-Beri indigniert. »Das hat aber gedauert, Cuff!«

Cuff stieg ein und war sich bewußt, daß Marriott ihn mißtrauisch musterte.

»Ich habe eben ein Exempel statuiert, wie es der große Meikle befohlen hat.«

In der Bürotür stand Hemmings und sah dem großen Wagen nach. Über die Schulter sagte er zu der Frau: »Du Hure! Dir werd' ich's zeigen!«

Langsam ließ sie die Kante des Schreibtischs los, ihre Hände waren naß von Schweiß. Das war knapp gewesen. In sorgfältigem Englisch erwiderte sie: »Kaum. Jetzt nicht mehr, du Trottel!«

Damit ging sie ins andere Zimmer und musterte sich im Spiegel. Der britische Offizier war groß, häßlich und brutal gewesen. Sie leckte sich die Lippen. Aber er war mit Sicherheit *ein Mann.*

Alte Narben

Dieses Mal wollte der Alptraum ihn nicht aus den Klauen lassen, die schrecklichen Bilder wollten nicht verblassen. Marriott kämpfte mit seiner Bettdecke. Schließlich saß er aufrecht in der Koje, in seinem Kopf hallten die Schreie nach, die Bilder, die eigentlich längst verblichen hätten sein müssen.

Mehrere Sekunden starrte er in das unbekannte Gesicht, das besorgt auf ihn herunterblickte. »Herr Leutnant? Was ist mit Ihnen?«

Marriott fühlte, wie sich sein Herzschlag beruhigte. Das unbekannte Gesicht gehörte dem deutschen Steward, davon gab es mehrere auf dem Wohnschiff. Sein weißes Jackett wies jetzt ein paar braune Kaffeeflecken auf, wahrscheinlich hatte sich der Steward erschreckt, als er ihm das Frühstück bringen wollte.

Marriott streckte die Hand aus, um ihn – und sich – zu beruhigen. »Schon gut.« Er warf einen schnellen Blick auf das andere Bett. Erleichtert stellte er fest, daß sein Mitbewohner nicht anwesend war. Der Kapitänleutnant hatte eine undurchsichtige Aufgabe im Stab des N.O.I.C. und war eigentlich schon zu alt für seinen Rang.

Der Steward schien erkannt zu haben, daß Marriott kein gefährlicher Wahnsinniger war, und bot ihm höflich Kaffee an.

Marriott schob die Beine aus der Koje, ging hinüber zum Bulleye und öffnete es. Sonnenschein ohne Wärme, aber es war ja auch erst fünf Uhr morgens. Er zog sich seinen Mantel über und trat auf das perfekt gelegte Teakdeck hinaus.

Er lehnte sich an die Reling und musterte den verwüsteten Hafen. Nur ein Boot der Militärpolizei war unterwegs, doch die Ankerlieger auf dem »Hindenburgfriedhof« wurden immer zahlreicher. Dorthin wurden die geborgenen Schiffe geschleppt und versenkt.

Marriott rieb sich die Stirn, er fröstelte. Wie lange würde das noch so weitergehen? Mißbilligend blickte er auf die Tasse in seiner Hand.

Sie enthielt den üblichen Kaffee, den er in tausend verschiedenen Situationen getrunken hatte: vor und nach einem Gefecht oder in einer Offiziersmesse an Land. Aber den Deutschen schien echter Kaffee wie ein Wunder vorzukommen. Jahrelang hatten sie mit Ersatz gelebt, der aus geröstetem Getreide gemacht wurde. Marriott hatte gehört, daß die Stewards den Kaffeesatz sammelten, um ihn nochmals zu verwerten.

Sogar ihre Uniformen hatten Überraschung ausgelöst, und ein deutscher Leutnant hatte es Marriott erklärt: »Meine Männer dachten zuerst, daß für die Engländer besondere Uniformen ausgegeben wurden, damit wir beeindruckt sind.«

Wie hatte die deutsche Kriegsmaschinerie so lange funktionieren können? An der endlosen russischen Front, gegen die Alliierten in Frankreich, in harten Rückzugsgefechten in Italien, wenn doch alles nur Ersatz war? Trotzdem hätte der Krieg leicht anders enden können. Marriott nippte an seinem heißen Kaffee. Selbst hier im Hafen war immer noch der Beweis dafür zu sehen. Die Schlacht im Atlantik war von der Navy erst nach Jahren gewonnen worden, Tausende von Tonnagetonnen waren jede Woche verlorengegangen. Trotz der Bombardierung waren die deutschen U-Boote immer wieder ausgelaufen. Die Ersatzbauten wurden in Teilen über das ganze Land verstreut hergestellt und erst hier montiert. Den britischen Experten, die erst jetzt die neue U-Boot-Klasse zu Gesicht bekommen hatten, war vor Staunen der Mund offen geblieben.*

Irgendwo plärrte ein Horn, und auf einem Minensucher in der Nähe schrillte eine Bootsmannspfeife. Dann ertönte die Stimme des Quartermasters, unerbittlich für diejenigen, die noch in der warmen Koje lagen: »Reise, reise! Alles in die Hufe! Hand vom Schwanz und in die Socken!«

Trotz seiner Anspannung mußte Marriott grinsen. Was hielten die Deutschen wohl von dieser rauhen Sprache? Er gähnte und beschloß

* Der Autor bezieht sich hier auf die Walther-U-Boote, die für die damalige Zeit ungewöhnlich hohe Unterwassergeschwindigkeiten erreichen konnten.

zu duschen, bevor die anderen Offiziere vor dem Waschraum Schlange standen.

In seiner Kammer zog er sich um und sah dabei eine Zeitung auf der sorgfältig gebauten Koje des anderen Offiziers liegen. Eher zufällig blickte er darauf.

Mit plötzlich weichen Knien sank er auf den Stuhl, seine Hände zitterten. Die Zeitung trug das Datum vom Vortag, das bedeutete, daß heute vor einem Jahr . . . Die Kammer schien sich um ihn zu drehen. Heute war der Tag! Genau ein Jahr war vergangen!

Er hatte alles noch klar vor Augen: Ein schöner Morgen wie dieser, das Sonnenlicht aber wurde durch den Rauch gedämpft. Er rührte nicht von schwelenden Feuern her, sondern vom Pulverdampf der Geschütze. Überall brüllten die Kanonen, auf See bis hinter den Horizont. Leichter spien Tausende an die Küste der Normandie, alle Häuser an Land standen in Flammen. Im flachen Wasser drängten sich die Soldaten, die ersten Truppen waren schon irgendwo weiter im Binnenland. Panzer rollten an den Granattrichtern vorbei, die abgeschossenen blieben brennend zurück. Andere lagen im flachen Wasser, die Besatzungen waren darin eingeschlossen.

Trotz der hohen Verluste und der Zerstörung vermittelte die Masse der Schiffe, die aus allen Rohren feuerten, um die Landungstruppen zu unterstützen, das sichere Gefühl, daß ein Sieg nun endlich möglich war. Das Warten und die Rückschläge lagen hinter ihnen. Alle Einheiten hatten ihre Landungsstreifen erreicht und Brückenköpfe gebildet. Tausende von Fahrzeugen, große und kleine, waren mit ihrer Ausrüstung an Land gerollt. Der Rest lag nun bei den Generälen und Luftmarschällen. Marriotts Boot war vor Arromanches eingesetzt gewesen und operierte zwischen den Briten am Gold Beach und der Dritten Kanadischen Division am Juno Beach.

Bis zu diesem Tag war Marriott nicht sicher, was nach der Kollision passiert war. Die Ebbe hatte eingesetzt, und der Artilleriebeschuß hatte es ihm fast unmöglich gemacht, einen klaren Gedanken zu fassen. Vielleicht *wollte* er das aber auch nur glauben. Die Brücke war gedrängt voll gewesen, denn neben der üblichen Besatzung waren fünf kanadische Offiziere anwesend, um zu entscheiden, wo sie die Verstärkung für die Panzertruppen anlanden sollten. Die Boote glitten durch das ölige Wasser, Vollblüter inmitten des Treibgutes.

Beri-Beris Boot war am dichtesten bei ihnen gewesen, als Tim, Marriotts Erster, gebrüllt hatte, daß voraus im Wasser ein Hindernis sei. Eine große Panzersperre, die von den Froschmännern übersehen oder ignoriert worden war, obwohl sie vor der Landung alle Sperren hätten zerstören sollen. Marriott hatte es sofort gespürt. Er verlangte die volle Kraft der Propeller, um das Boot von dem stählernen Hindernis freizubekommen. Aber es war bereits zu spät.

Es heulte in der Luft, dann kam der trommelfellzerreißende Knall, der gefährliche Gestank von Kordit. Eiskalte Wasserfontänen überschütteten sie. Beri-Beri hielt mit hoher Fahrt auf sie zu, auch ein Kriegstrawler hatte bereits Kurs geändert.

Tim hatte gerufen: »Wir sitzen fest, Sir!«

Marriott konnte sich erinnern, daß er unten übers Vordeck gestürmt war und die Fangzähne der Panzersperre unter Wasser deutlich erkannt hatte: Wie das Bild eines Monsters im Horrorfilm. Nicht mit aller Zeit der Welt würde er das Boot da runterbekommen. Das Wasser lief zu rasch ab.

Mit halbem Ohr hörte er einen Lautsprecher übers Wasser plärren: »Steigt aus, Jungs! Sie haben euch eingegabelt!«

Aber er wollte noch einen letzten Versuch machen, das Boot mit höchsten Umdrehungen vom Hindernis zu reißen. Danach würde es in die Werft müssen, aber . . .

Dann war es vorbei.

Er hatte gerade einen Fuß auf die Brückenleiter gesetzt, um wieder hochzuklettern, als die Granate oben einschlug. Benommen hatte er sich hochgezogen und hätte sich bei dem Anblick fast übergeben. Die Brücke stand in Flammen, Signalmunition und ein Maschinengewehrgurt detonierten zwischen den Leichen. *Leichen?* Noch nicht mal das waren sie gewesen. Nur blutige Bündel in Blau oder in Khakifetzen. Einer zuckte noch und schrie eine Ewigkeit lang, er hatte keine Arme mehr, auch das Gesicht war verschwunden. Marriott wußte nicht, wer das war.

Die nächste Granate traf die Bordwand, und noch immer glaubte Marriott, daß er sie flach übers Wasser hatte kommen sehen. Zeugen bestätigen später, daß es ein Direktschuß war, wahrscheinlich von einem schweren Panzer abgefeuert.

Marriott konnte sich nicht erinnern, die Detonation gehört zu haben. Flammen waren aus dem Maschinenraum geschossen, er hatte Gestalten gesehen, die über Deck hasteten oder einfach über die Seite verschwanden, als lebende Fackeln.

Das Boot war schnell gesunken. Aus dem Rumpf entwich zischend Dampf, der sich durch den Brand unter Deck entwickelt hatte. Marriott fand seinen Ersten unter dem Ladebaum wieder, dessen Stahl glatt in zwei Hälften gespalten war. Die Flammen züngelten schnell auf sie zu.

Tim Elliott war sein Erster Offizier und Freund gewesen, seit sie das Boot gemeinsam in Dienst gestellt hatten. Marriott wollte es nicht glauben. Wie konnte das passiert sein? Er schüttelte Tim und rief seinen Namen, obwohl dessen Augen schon gebrochen waren. Unterhalb der Hüfte war kaum noch etwas von ihm übrig.

Zwei Matrosen hatten Marriott weggezogen und waren zusammen mit ihm über Bord gesprungen. Der Rest war nur ein verschwommenes Kaleidoskop: eine letzte heftige Explosion, dann helfende Hände, die an seiner verbrannten Haut und der zerrissenen Kleidung zerrten, ein Boot, das sich rückwärts von den brennenden Überresten entfernte.

Dann Beri-Beris Gesicht dicht vor seinem: »Beruhige dich, Alter, du kannst nichts mehr ändern!« Er hatte versucht, ihn mit einem Duffelcoat zuzudecken.

Jetzt hielt sich Marriott an der Koje fest und versuchte, seine zitternden Hände wieder unter Kontrolle zu bekommen.

Die Tür ging auf, und sein ältlicher Mitbewohner tapste über das Süll. Er blickte Marriott an und schluckte. »Entschuldigung, alter Junge, hoffentlich störe ich nicht? Aber ich war die ganze Nacht bei einer Pokerpartie bei den Guards drüben.«

Marriott blickte den Älteren kühl an. Er schämte sich, wußte aber, daß der ihn nicht blamieren würde. »Schon gut, Sir. Ich konnte nur nicht schlafen.«

Der andere Mann setzte sich und schien Marriotts Nacktheit gar nicht wahrzunehmen. Allerdings hatte er die Brandnarben an seinen Handgelenken, Beinen und Schultern bestimmt sofort entdeckt. Den Rest konnte er sich denken.

»Ein kleiner Morgentrunk?« Der Offizier zog einen silbernen Flachmann aus der Tasche. »Wodka, vom russischen Verbindungsoffizier.«

Marriott ließ den scharfen Schnaps über die Zunge rinnen. Wurde er vielleicht ein Säufer wie Cuff? »Danke, Sir.« Er fühlte, wie sein Magen protestierte, seine Augen brannten. »Das tut gut.«

Sie grinsten sich an wie Verschwörer, dann reichte ihm der Kapitänleutnant den alten Mantel. »Gehen Sie duschen. Sicherlich wird Ihnen danach besser.«

Der andere wartete, bis sich die Tür hinter Marriott geschlossen hatte. Er hatte viele getroffen wie diesen jungen Leutnant. Sie waren bis an ihre Leistungsgrenze getrieben worden und oft darüber hinaus. Seufzend zog er ein Schubfach auf und nahm das gerahmte Bild seiner Frau heraus. Sie war vor vier Jahren bei einem Bombenangriff umgekommen.

Er dachte an Marriotts Zusammenbruch. »Auch ich bin noch längst nicht darüber hinweg, mein Liebling«, flüsterte er.

Marriotts alte Seestiefel klapperten über Stahlplatten, die die Pioniere zurückgelassen hatten, dann erreichte er das Kopfsteinpflaster. Es war ein heller, aber erstaunlich kalter Morgen. Der Anblick der verbogenen Stahlträger und fensterlosen Ruinen war ihm mittlerweile so vertraut, daß er genauer hinblicken mußte, um zu erkennen, ob schon wieder geräumt worden war.

Männer in Overalls arbeiteten zwischen den Staubwolken. Auf dem Wasser leuchteten grell die Schneidbrenner. Das Aufräumen ging ohne Unterbrechung weiter, Tag und Nacht, rund um die Uhr.

Er sah die eleganten Masten der HQ-Yacht über die Schuppen ragen und beschleunigte seine Schritte. MGB 801 lag wieder im Wasser, die Besatzung hatte übellaunig ihre alten Quartiere bezogen. In so kurzer Zeit war keine Grundüberholung möglich gewesen. Sogar der sonst immer optimistische Adair hatte den Kopf geschüttelt.

»Zu viele Schäden unter Wasser, Sir. Diese verdammten Holzrümpfe können nicht viel vertragen.«

Wieder fröstelte Marriott. Es war sechs Uhr morgens. Warum fing bei der Navy immer alles so früh an?

Er dachte über seine Befehle nach. Zwei Tanker sollten den Russen übergeben werden, und sein MGB würde als Begleitschiff deren deutsche Besatzungen übernehmen, nachdem die Russen »quittiert« hatten, wie Meikle es nannte.

Er hatte Fairfax schon instruiert. Es würde nicht einfach sein, mit den zusätzlichen Passagieren klar zu kommen.

Beim Hauptquartier erwiderte er den Gruß der Gangwaywache und lief den Landgang hinauf. Zwei Matrosen in weißen Gamaschen sortierten Briefe und Zeitungen. Es war immer dasselbe: Die Schlagzeilen drehten sich nur noch um das Für und Wider einer schnellen Unterhauswahl oder um die Streiks in der Industrie. Der Krieg im Fernen Osten fand erst auf der zweiten Seite statt: Luftangriffe auf japanische Inseln, erbitterter Widerstand gegen jede Invasion. Immer war es ein Abschlachten ohne Pardon, auf beiden Seiten, niemals kapitulierten die Japaner ehrenvoll. Es konnte noch ein langer Krieg werden.

Einer der Postsortierer blickte auf und grüßte lässig. »Noch'n Brief, der mit soll, Sir?«

Marriott lächelte. Er hatte nicht an Penny geschrieben. »Nein, diesmal nicht.«

Drinnen war der behelfsmäßige Kommandoraum ungewöhnlich leer. Ein junger Sub-Lieutenant kam hinter einem Schreibtisch hervor und stammelte: »Mein Name ist Gilmour, Sir.«

Marriott schüttelte ihm die Hand. Mein Gott, dachte er, der sieht ja noch jünger aus als Lowes. Er ging zum Tisch und blätterte die Wetterberichte durch. Es war tatsächlich für die Jahreszeit zu kalt. Verstohlen blickte er zu dem langen Tisch hinüber, wo die Mädchen gesessen hatten. Vermutlich kamen sie erst später zum Dienst.

Der junge Subbie beobachtete ihn die ganze Zeit, er konnte förmlich seine Blicke fühlen.

»Wo ist Leutnant Glazebrook, Sub? Er befehligt doch die Eskorte.«

»Oh . . .« Gilmour wurde rot. »Es – es tut mir leid, Sir, aber Leutnant Glazebrooks Boot hat Maschinenschaden.« Er suchte nach einem Umschlag. »Sie müssen seine Aufgabe übernehmen, Sir.«

Stirnrunzelnd schlitzte Marriott den Umschlag auf. Die Nachricht war kurz und knapp, ganz im Stil der Marine: Cuff blieb in Kiel. Eine Barkasse kam dafür zur Unterstützung mit.

»Na, es wird ihm noch leid tun, daß er diese Schau verpaßt.« Aus Cuff wurde man eben nie richtig schlau. »Wo sind die anderen?«

Der Subbie überlegte. »Commander Meikle ist nach Plön gefahren. Er wird das Hauptquartier dort hinverlegen, sobald die Pioniere mit den Aufräumarbeiten fertig sind. Aber der Operationsoffizier ist da, Sir. Er wollte informiert werden, wenn Sie . . .«

Er brach ab, als drei Mädchen eintraten und sich an ihre Plätze setzten. Marriott hörte kaum, was Gilmour sagte. Die zierliche Dunkle sah noch genauso hübsch aus, wie er sie in Erinnerung hatte. Aber im harten Sonnenlicht bemerkte er Ringe unter ihren Augen. Ihm fiel auf, wie müde sie in ihren Ordnern blätterte.

»Fangen Sie immer so früh an?«

Sie blickte ihn an, als hätte sie ihn noch nie gesehen.

»Jawohl, Herr Oberleutnant. Es gibt viel zu tun.« Dann fragte sie: »Sie laufen heute aus?«

Er fühlte, daß die anderen sie beobachteten, obwohl sie scheinbar weiterarbeiteten.

»Ja.« Es war, als müsse man sich in einem vollbesetzten Restaurant unterhalten. Von draußen näherten sich Stimmen. Der Ops-Offizier würde bald hier sein, ohne Zweifel auch der imposante Werner. »Wir bleiben ein paar Tage draußen.« Er blickte auf die Uhr. Zum Glück bekam er die Barkasse als Ersatz für Cuffs Boot, sonst wäre es für die deutschen Besatzungen sehr eng geworden. Als er die Kleine wieder ansah, war sie mit einem Aktenordner beschäftigt. Mit der anderen Hand hob sie den Telefonhörer ab und sprach schnell hinein, erst deutsch, dann englisch.

Der Ops-Offizier kam hereingeschlendert, die Pfeife kalt im Mundwinkel. »Morgen, Marriott. Schöner Tag für einen Ausflug, nicht wahr?«

Gilmour nahm ein Telefon ab, bevor es zum zweiten Mal läuten konnte. »Für Sie, Sir.«

Der Ops-Offizier ergriff den Hörer. »Ja? *Golf*? Wo haben Sie denn einen Platz gefunden?«

Marriott drehte ihm den Rücken zu. »Leben Sie hier in der Gegend?«

Sie blickte sich um. »Bitte, Herr Leutnant, stellen Sie mir nicht solche Fragen. Das schadet mir.«

Plötzlich spürte er den starken Drang, ihre Hand zu drücken und ihr alles zu erklären.

Er mußte an Penny denken und stellte sich seine Reaktion vor, wenn der Krieg anders ausgegangen wäre und er sie mit einem deutschen Besatzungsoffizier hätte schwatzen sehen. Es traf ihn wie ein Schlag ins Gesicht. Er fühlte sich beschämt.

»Tut mir leid, Fräulein. Ich wollte nicht . . .« Hastig wandte er sich ab, um seine Verwirrung zu verbergen.

Der Ops-Offizier stieß Rauchschwaden aus und diskutierte noch immer über die neue Möglichkeit, Golf zu spielen. Marriott ergriff den Aktenordner, den eigentlich Cuff hätte bekommen sollen, und schritt hinaus.

Der Ops-Offizier legte den Hörer auf und klopfte seine Pfeife aus. Für Marriott schien ja wieder mal alles schiefzulaufen, dachte er. Armes Schwein.

»Kennen Sie ihn, Sir?« fragte Gilmour.

Sein Vorgesetzter dachte darüber nach, während er seine Pfeife neu stopfte. »Vere Marriott? Ja, ich kenne ihn flüchtig. Ein verdammt tapferer Offizier. Er hat sein altes Boot kurz nach der Landung in Frankreich verloren. Es gab nur drei Überlebende. Ich fürchte, er macht sich Vorwürfe, daß er einer davon ist.« Er deutete mit dem Pfeifenstiel auf den Unterleutnant. »Marriott ist das, was man so schön einen Helden nennt. Aber bei einem Blick hinter die Kulissen sieht man, was es ihn gekostet hat.«

Niemand achtete auf das dunkelhaarige Mädchen an seinem Schreibtisch, bis der Bleistift, den es in den Fingern hielt, mit einem lauten Knacken zerbrach.

Das Tanklager lag ruhig da, bis Lieutenant Cuff Glazebrook seinen Jeep lautstark durch das Stacheldrahttor röhren ließ. Außer dem Wachposten war niemand zu sehen, also stampfte Cuff ins hell erleuchtete Büro.

Ein Leading Supply Assistant – in der ganzen Navy wurde dieser Dienstrang nur »Jack Dusty« genannt – sprang nervös auf. Sein zerlesenes Magazin mit einem Pin-up-Girl auf dem Titelblatt fiel zu Boden. Der Junge stotterte: »Ich fürchte, Sir, daß ich keinen Diesel und kein Benzin mehr ausgeben darf. Nach Einbruch der Dunkelheit . . .«

Cuff unterbrach ihn barsch: »Ich will Chief Hemmings sprechen!«

»Der ist nach Hamburg gefahren, Sir.«

Cuff nickte. Er hatte schon davon gehört, wollte es aber nochmals bestätigt haben. »Als ich vor ein paar Tagen hier war, gab es da eine Frau . . .«

»Yessir! Frau Ritter. Sie wohnt im hinteren Teil des Gebäudes, der Rest ist für uns beschlagnahmt.«

Cuff wartete und runzelte die Stirn. Aus diesem Dummkopf konnte er bestimmt noch einiges herausquetschen.

»Sie und ihr Ehemann hatten hier eine Autowerkstatt mit Tankstelle für die Landwirtschaft. Später hat die Wehrmacht das Tanklager dazu gebaut.«

»Was ist mit Mr. Ritter?«

Der Jack Dusty zuckte die Achseln. »Das weiß keiner genau, Sir.«

Cuff verließ das Büro und blickte am Haus hinauf. Licht brannte hinter einem der oberen Fenster, das sich prompt öffnete. Frau Ritter blickte auf ihn herunter.

»Was wollen Sie?« Irgendwo im Schatten hüstelte ein Wachposten. »Kommen Sie herein!« sagte sie hastig in fließendem Englisch.

Oben schloß er die Tür hinter sich und wartete. Lange Zeit blickten sie einander an. Es war ein unordentlicher Raum, vollgepackt mit allerlei Krimskrams. Schließlich sagte sie: »Er ist nicht da.«

Er beobachtete sie. Ihre vollen Brüste wurden durch das dünne

Hemd kaum verhüllt. »Ich weiß, er ist in Hamburg. Darum bin ich ja hier, Frau Ritter.« Er sah, daß ihre Hände zur Knopfleiste ihres Hemdes hochkrochen. »Wo ist die hübsche Bluse?«

Sie sah ihn überrascht an. Es erstaunte sie wohl, daß er sich daran erinnerte. »Es ist meine einzige.«

Cuff fühlte das Blut in seinem Kopf dröhnen, sein Kragen erwürgte ihn fast. Er ging über den Teppich auf sie zu und packte ihre Handgelenke. »Ich mußte oft an dich denken.« Er zerrte an ihrem Hemd.

Mit erstaunlicher Stärke riß sie sich los. »Nicht hier! Es könnte jemand kommen . . .«

Er folgte ihr ein paar Stufen hinauf und fand sich in ihrem Schlafzimmer wieder. Eine hohe Stuckdecke, Chintzvorhänge, Kiefernmöbel und ein großes Bett. Cuff zog sein Jackett aus und warf es auf einen Stuhl. Dann begann er, ihr das Hemd aufzuknöpfen. Als ein Knopf sich nicht öffnen ließ, riß er ihn ab. Die ganze Zeit preßte er sie an sich, damit sie sein Verlangen spürte.

Sie wehrte sich nicht. Ihre nackten Schultern schimmerten im Licht. Er murmelte leise in ihr Haar, während er sie weiter entkleidete. Schließlich stieß er sie aufs Bett und ließ seine Augen über ihren nackten Körper gleiten, die festen Schenkel. »Wie heißt du?«

Sie legte sich zurück und sah zu, wie er mit seinen Kleidern kämpfte. »Hertha.«

Dann war er über ihr.

Es gab keinen Widerstand, im Gegenteil. Cuff war überrascht von der tierhaften Wildheit, mit der sie sich ihm hingab.

Cuff hatte noch nie eine Frau wie sie kennengelernt. Ganz gleich, was er tat, sie konnte ihn immer wieder aufs neue erregen. Wenn er erschöpft auf dem Rücken lag, reizte sie ihn wieder, bis er bat: »Um Himmels willen, ich bin fertig! Laß mir Zeit.« Aber das tat sie nicht.

Als er schließlich im Schlaf der Erschöpfung lag, beugte sie sich über ihn und ließ ihre Finger über seinen Bauch wandern. Sie hatte sein Gesicht gesehen, als er gekommen war: Da hatte er sie begehrt und sich danach wieder aus dem Staub machen wollen. Aber nun hatte sich das geändert. Sie fuhr fort, ihn zu streicheln, und er grunzte im Schlaf. Jetzt brauchte er sie, und sie wußte, daß er immer wiederkommen würde.

Trotzdem konnte schon morgen alles anders sein. Schließlich lebte man jetzt in Deutschland nur von einem Tag zum anderen.

Wodkadiplomatie

Marriott rutschte vom Brückenstuhl, als Lowes zum Wechsel der Mittelwache auf der Brücke erschien.

»Übernehmen Sie, Sub. Kap Arkona liegt drei Meilen an Steuerbord. Wir steuern rechtweisend 90° mit zehn Knoten Fahrt.« Er bemühte sich, geschäftsmäßig zu sprechen, aber sogar in der Dunkelheit spürte er Lowes' Verzweiflung.

Die Rückmeldungen liefen ein wie immer.

»Ausguck besetzt, Sir.«

»Obermatrose Rae übernimmt das Ruder, Sir!«

Aber es kamen keine Klarmeldungen von den Geschützen – das war neu.

»Rufen Sie mich in einer Stunde, wenn Sie den Kurs ändern müssen. Ich gehe eine Tasse Kaffee trinken.«

Marriott blickte auf den grünen Schimmer der Steuerbord-Seitenlaterne. Achteraus folgten die Lichter der Tanker gehorsam in ihrem Kielwasser. Weit hinten sicherte die Barkasse den Konvoi.

Der Tag war besser gelaufen als erwartet. Nur anfangs hatte es ein paar Verzögerungen gegeben, als die beiden Tanker, die in Swinemünde den Russen übergeben werden sollten, eingewiesen wurden. Dann hatte Fairfax mit ein paar bewaffneten Seeleuten das Kommando auf dem vorderen Tanker übernommen. Zwar war nicht mit Zwischenfällen zu rechnen, aber kein Deutscher fuhr gern in die russische Zone, auch nicht unter britischer Flagge.

Der Erste Offizier der Barkasse nahm auf dem anderen Tanker eine ähnliche Aufgabe wie Fairfax war. Um Sabotageakte zu verhindern, mußten Brücke und Maschinenraum die ganze Zeit bewacht werden.

Der Zwischenfall mit Lowes hatte sich gegen Ende der zweiten Hundewache ereignet. Bis dahin war die Sicht ziemlich gut gewesen, aber dann war der typische Ostseenebel aufgekommen. Marriott war im Kartenraum gewesen, um anhand der russischen Informationen ihren Kurs zu überprüfen. Dabei mußte er immer wieder an das deutsche Mädchen in der Operationszentrale denken. Wenn sie ihn geschlagen hätte, wäre er nicht beschämter gewesen. Nun kam er sich mies vor, aber damit hätte er eigentlich rechnen müssen.

Plötzlich hörte er ungewöhnlich hektisches Gemurmel aus den Sprachrohren und eilte die Leiter zur Brücke hoch. Ein großer Frachter kreuzte ihren Kurs von Steuerbord bei stehender Peilung.

Er war hell beleuchtet, an seiner Bordwand glänzte groß die blau-gelbe schwedische Flagge.

Noch bestand keine unmittelbare Kollisionsgefahr, aber ein paar Minuten später, und die Katastrophe wäre nicht mehr abzuwenden gewesen. Marriott hatte das Kommando übernommen und den Kurs geändert. Silver hatte den entsprechenden Befehl mit der Aldislampe an die anderen Schiffe übermittelt. Und die ganze Zeit über hatte ihn Lowes nur angestarrt, die Fäuste geballt, den Tränen nahe.

Als sie wieder auf Kurs waren und das schwedische Schiff weit achteraus stand, hatte sich Marriott Lowes im Kartenraum vorgenommen. Craven war am Ruder, wahrscheinlich hatte er den untätigen Lowes vorhin zum Ausweichen bewegen wollen.

Marriott hatte seinen Ärger nicht unterdrücken können. »Was zum Teufel ist los mit Ihnen?« fuhr er Lowes an. »Wird die Seestraßenordnung in der Kadettenschule nicht mehr gelehrt? Oder waren Sie scharf darauf, in die Zeitung zu kommen?« Er sah, wie sich Lowes wand. »Die alte Regel gilt immer noch: Sieht man ein rotes Licht an Steuerbord, muß man ausweichen – erinnern Sie sich?«

Lowes nickte. Er war so zerknirscht, daß er nicht antworten konnte.

»Zu einem guten Offizier gehört mehr als eine schmucke Uniform und die Anrede ›Sir‹, verstanden?«

Marriott blickte zum Himmel auf, um sich zu beruhigen. Ein paar Sterne blinzelten durch den Nebel und die niedrigen Wolken.

Leise sagte er: »Wenn Sie Sorgen haben, John, dann lassen Sie es mich wissen. Vielleicht kann ich helfen. Wie Ihnen sicherlich bekannt ist, gehört auch das zu meinem Job.«

Er sah, daß ihn Lowes in der Dunkelheit anstarrte. Entweder war er überrascht, daß er ihn mit Vornamen angeredet hatte, oder er vermutete, daß er sein Problem bereits kannte.

Ausweichend murmelte er: »Es ist nichts Wichtiges. Ich werde schon damit fertig.«

»Freut mich zu hören.«

Marriott kletterte in die Messe hinab, wo sein Passagier bequem in einer Ecke saß und eine neue Nummer der *Times* studierte, die er irgendwo aufgetrieben hatte. Neben ihm stand ein Glas: sein Bettnachbar vom Wohnschiff, Kapitänleutnant Arthur Durham. Als »Mädchen für alles« im Stab des N.O.I.C. eingesetzt, sollte er die Übergabe der Tanker an die Russen abwickeln. Er hatte es vorgezogen, auf dem MGB mitzufahren, obwohl die Kabinen auf den Tankern sicherlich bequemer gewesen wären. Oder hegte Meikle die Befürchtung, daß Mar-

Marriott zog den Duffelcoat an. Was hätte der nette Durham gesagt, wenn er ihm von dem deutschen Mädchen im Hauptquartier erzählt hätte?

Es schadet mir. Diese Worte wollten ihm nicht aus dem Kopf. Was hatte sie damit gemeint? Würde sie ihren Job verlieren, wenn man herausfand, daß sie gegen das Fraternisierungsverbot verstieß? Oder hegten ihre Angehörigen einen tiefverwurzelten Haß auf die Sieger? Vielleicht hatte sie sogar direkt im HQ einen eifersüchtigen Freund?

Er verbot sich das Grübeln und sagte: »Ich muß wieder auf die Brücke, Sir. Übrigens gibt es heute ein zeitiges Frühstück, ich will, daß die Leute etwas im Magen haben, wenn wir auf die Russen treffen.« Er lächelte. »Besonders seit ich von Ihnen weiß, daß England bald zu Karl Marx überläuft.«

Durham lehnte sich in die verschlissenen Polster zurück und genehmigte sich ein Glas aus seiner privaten Flasche. Zuerst war es Horse's Neck gewesen, inzwischen war es fast reiner Brandy. Unbehaglich blickte er auf seine Uhr und fluchte. Sie war stehengeblieben.

Ginger Jackson, der das Kaffeegeschirr abräumte, fragte beiläufig: »Kaputt, Sir?«

»Wohl ein wenig rostig – wie der Besitzer.«

Ginger dachte an die Beute, die er dem traurigen Oskar verdankte: Zehn gute Uhren, zwei Leicas und etwas Schmuck, der allerdings auch völlig wertlos sein konnte.

»Ich könnte Ihnen eine neue besorgen, Sir.«

»Tatsächlich?« Sie blickten sich in die Augen und verstanden. »Ich denke darüber nach.«

»Ich würde schon dafür sorgen, daß Sie nicht übervorteilt werden, Sir.« Beschwingt schwebte Ginger davon. Morgen oder übermorgen würde das Geschäft über die Bühne gehen. Der Kapitänleutnant schien seinen alten Maklerberuf nicht verlernt zu haben.

Auf der Brücke konsultierte Marriott die Karte. »Klar zur Kursänderung, Sub. Neuer Kurs 160°.«

»Aye, aye, Sir.« Die Antwort klang immer noch beleidigt.

»Fertig, Bunts?«

Er konnte das Lächeln in Silvers Antwort förmlich hören: »Fertig, aye, Sir.«

»Blinkspruch an den Konvoi: ›Klar zur Kursänderung in Kiellinie!‹«

Marriott lehnte sich gegen das Kompaßhaus. Die Oerlikon unten glänzte im Schein der Seitenlaternen. Es war immer noch seltsam, das Geschütz unbesetzt und mit einer Segeltuchplane abgedeckt zu sehen.

»Steuerbord fünfzehn! Recht so! Kurs 160!«

»Kurs liegt an, Sir.«

Marriott überquerte die Brücke, um die anderen Schiffe zu beobachten. Weiße, rote und grüne Lichter schwangen nacheinander herum.

»Alles klar, Sub?«

»Jawohl, Sir.«

»Rufen Sie mich, wenn nötig.« Er stieg in die muffige Wärme des Niedergangs hinunter. Die Messe war leer. Durhams Glas rutschte im Gleichtakt mit den Schiffsbewegungen hin und her.

Er warf sich auf die Bank und zog sich den Dufflecoat übers Gesicht. Als Ginger Jackson eintrat, um die Deckenbeleuchtung auszuschalten, hielt er inne und blickte auf die schlafende Gestalt. Er war dankbar, daß er nicht auf einem Schlachtschiff oder Kreuzer diente, wo die Distanz zu den Offizieren groß war. Hier konnte man sie noch als menschliche Wesen erleben.

Marriott blieb auf dem Ponton stehen und sah zu, wie seine Männer die letzten Festmacher ausbrachten. Es war ein merkwürdiges Gefühl: Man war noch in Deutschland, dem sogenannten Dritten Reich, aber die Anwesenheit der Russen hatte vieles geändert. Swinemünde wirkte einfach fremdartig. Es war überraschend warm, die Mittagssonne brannte vom wolkenlosen Himmel.

Er sah Lowes salutieren, als Kapitänleutnant Durham mit einem russischen Offizier, der sie hereingelotst hatte, von Bord ging. Weiter hinten lagen die beiden Tanker vor Anker, hoch aus dem Wasser ragend, weil sie nur Wasserballast fuhren. Die Barkasse lag bei dem einen längsseits. Sie wurden von Booten umschwärmt, welche die deutschen Überführungscrews abholten und die russischen Besatzungen an Bord brachten.

Marriott hatte Lowes angewiesen, ein scharfes Auge auf alles zu haben. Er hatte ihm jeden einzelnen Punkt eingehämmert, bis das jugendliche Gesicht ganz versteinert war. Dieselben Anweisungen hatte er auch Townsend und Adair gegeben. Sie waren nicht in Chatham oder Felixstowe, sondern in Rußland.

Durham diskutierte mit dem Russen, einem Leutnant, der wie ein Schulmeister aussah. Sein Name war Butusow, und Ginger Jackson hatte ihn gleich in »Boots-off« umgetauft, »Stiefel-weg«.

Den ganzen Morgen hatten sie mit der Abnahme auf den beiden Tankern zu tun gehabt. Butusow hatte alle Einwände und Beschwerden übersetzt. Es lief genauso ab, wie Durham vorausgesagt hatte.

Der russische Angriff auf Swinemünde mußte verheerend gewesen sein. Es war kurz vor Kriegsende, die deutschen Truppen waren auf der Flucht oder eingekesselt. Sie hatten keinen Treibstoff mehr und kaum noch Munition, um sich zu verteidigen. Große Teile der Wohngebiete waren durch Raketenwerfer, die berüchtigten Stalinorgeln, ausradiert worden. Danach waren die Flammenwerfer gekommen, die die Verteidiger von Haus zu Haus, von Zimmer zu Zimmer niederkämpften.

An einer halb eingestürzten Pier lag ein alter russischer Zerstörer der *Woikow*-Klasse. Er war schwer bewaffnet. Posten mit Maschinenpistolen standen an den Landgangsbrücken und an beiden Enden des Schiffes. Die drei Schornsteine verliehen dem Schiff ein antiquiertes Aussehen, aber seine Geschütze und Torpedorohre wirkten alles andere als veraltet.

»Was passiert jetzt, Sir?« fragte Marriott.

Sie schritten eine Gangway hinauf und grüßten die Flagge mit Hammer und Sichel.

Durham flüsterte: »Wir werden weiterverhandeln, aber erst wird gesoffen.«

Marriott konnte den Blick nicht vom Achterdeck des Zerstörers losreißen. Es war voller Fahrräder und Kinderwagen.

Über einen Niedergang erreichten sie die Messe. Auch dort war kaum noch Platz. Überall standen Radios, Plattenspieler, Uhren aller Art, Koffer mit Kleidern platzten aus ihren Nähten, Pelze lagen darüber.

»Was ist denn hier los?«

Durham folgte dem Übersetzer, der eine weitere Tür öffnete und sie hineinwinkte. »So machen sie ihre Einkäufe. Mit der Pistole in der Hand.«

Der Kommandant des Zerstörers wurde ihnen vorgestellt, dann trat ein Offizier mit vier goldenen Streifen auf dem Ärmel vor und schlug Durham auf die Schulter. Es war ein schwerer Mann mit krausem schwarzem Haar und buschigen Augenbrauen. Marriott fiel seine legere Kleidung auf. Sein Jackett stand offen und ließ ein nicht übermäßig sauberes Hemd sehen. Der Leutnant, den Marriott für sich nur noch Boots-off nannte, stellte ihn als Kapitän Sakulkin vor.

Man setzte sich um einen großen Mahagonitisch. Von der Werft war der bestimmt nicht eingebaut worden, dachte Marriott. Ein russischer Matrose goß Wodka in kleine Gläser, dann stellte er die Flasche neben eine zweite in einen Eiskübel.

Danach begannen die Toasts, die der gleichmütige Boots-off allen sorgfältig übersetzte: auf Stalin und Churchill, auf den Sieg, auf die völlige Niederwerfung des faschistischen Deutschlands.

Trotz seiner Zurückhaltung fühlte Marriott, daß ihm der Wodka in den Kopf stieg. Er blickte zu Durham hinüber. Dessen Brillengläser waren beschlagen, aber sonst sah er völlig unbeteiligt aus.

Marriott zuckte zusammen, als sein Name fiel. Der Leutnant übersetzte gelangweilt: »Kapitän Sakulkin entbietet Ihnen einen Willkommensgruß.« Der Kapitän hob grinsend sein Glas. »Er freut sich, daß Sie am großen Sieg der Roten Armee teilhaben.«

Marriott lächelte und hob ebenfalls sein Glas. »Sagen Sie ihm, daß auch wir ein wenig dazu beigetragen haben.«

Brüllendes Gelächter quittierte seine Bemerkung.

Dann meinte der Leutnant müde: »Wir kommen jetzt wieder auf Artikel drei des Verteilungsplans für deutsche Schiffe zu sprechen.«

Schweiß stand auf Marriotts Stirn. Im Raum war es heiß wie in einem Ofen, jedes Bulleye dicht verschlossen. Wollten die Russen so ihren Standpunkt durchsetzen?

Ein Arm erschien über seiner Schulter, der Matrose füllte sein Glas mit Wodka auf. An seinem Handgelenk trug er drei Armbanduhren. Marriott mußte an die strengen Vorschriften in Kiel denken, die von Marineinfanterie und den scharfäugigen »Rotkäppchen« überwacht wurden. Was ging dagegen hier vor? Beraubten sie die Zivilisten und plünderten ihre Häuser? Empfanden das alle hier als normal?

Durham hatte seine Brille in die Stirn geschoben, er sah aus wie eine weise alte Eule.

»Ich weise den Kapitän auf den Bericht hin, der von Ihren Schiffsbesichtigern vor drei Tagen in Flensburg erstellt wurde. Darin wird der gute Zustand der Schiffe bestätigt. Gleiches wurde für zwei weitere Tanker erklärt, die erst noch fahrbereit gemacht werden.«

Noch mehr Übersetzungen.

»Kapitän Sakulkin bedauert, daß Sie es am nötigen Vertrauen zwischen Verbündeten fehlen lassen.«

Diskret klopfte es, ein bewaffneter Posten stand steif in der Tür. Ein paar kurze Sätze wurden gewechselt, dann nickte Sakulkin kurz.

Boots-off erklärte: »Es geht um einen Ihrer Offiziere, Leutnant Marriott. Der Kapitän wird Sie entschuldigen.«

»Danke.« Marriott ging vorsichtig durch die Tür und stieg dankbar an die frische Luft. Er hatte vermutet, daß Lowes Probleme bekommen hatte, aber es war Fairfax.

»Die Russen haben einen Deutschen aus der Überführungscrew gefangengenommen, Sir.«

»Was?« Er packte ihn am Arm und zog ihn von der Gangwaywache fort. »Erzählen Sie!«

»Wir hatten die Besatzungen fast schon auf unser Boot gebracht, da pickten sie sich plötzlich einen Jungen heraus. Es hieß, daß er nicht die richtigen Papiere hatte. Alle anderen sind in Ordnung.«

»Verdammter Mist! Da hat doch wieder einer gepennt!« Er blickte Fairfax scharf an. »Das war aber noch nicht alles, oder?«

»Nein. Der Junge gehörte zu meiner Tankerbesatzung, Sir. Hinterher hat mir der deutsche Kapitän erzählt, daß er der Sohn eines hohen deutschen Marineoffiziers aus Kiel ist. Ich glaube, der Name war von Trips.«

In Marriotts wodkavernebeltem Gehirn lichtete es sich. Trips war Werftkapitän in Kiel gewesen und hatte mit den Engländern zusammengearbeitet, da seine Kenntnisse und Erfahrungen als unersetzlich galten. Er war ohne Probleme entnazifiziert worden, ein Mann von Ehre. Jetzt befand sich sein Sohn in der Hand der Russen.

Wachsam blickte ihn Fairfax an. »Wir könnten einen Funkspruch absetzen . . .«

»Das ist zu spät. Bei dem Fall sind für meinen Geschmack zu viele Zufälle im Spiel.«

Er fühlte, daß kalte Wut in ihm hochstieg. Die Überheblichkeit der Russen, das Gerede vom Teilhaben an ihrem Sieg hatte das Faß zum Überlaufen gebracht. Bilder erschienen vor seinem inneren Auge: der letzte Drink mit Stephen, dann die Schlagzeilen über den Untergang der *Repulse.* Außerdem Alexandria, Malta, Nordafrika, Sizilien und Salerno. Und das war nur der Teil, wo er dabeigewesen war. Schließlich die Normandie.

»Verdammt, diesmal gibt's Ärger!«

Ein Posten wollte ihm den Weg versperren, als er ins überhitzte Unterdeck stürmte, aber ein Blick in sein Gesicht ließ ihn zurückweichen.

Sie saßen noch immer um den Tisch herum. An der Lage der Dokumente hatte sich nichts geändert.

Kapitän Sakulkin bellte seinen Untergebenen an, worauf der Übersetzter fragte: »Was bedeutet diese Störung?«

Marriott ignorierte ihn. Zu Durham sagte er: »Sie haben einen

Mann aus der Überführungscrew gekidnappt, Sir!« Er wunderte sich selbst, daß er so ruhig blieb. »Sie behaupten, daß er keine korrekten Papiere hatte, aber das ist eine verdammte Lüge. Seine Name ist von Trips, Sir.«

Einen Augenblick fürchtete er, daß Durham ihn nicht verstanden hatte oder zu betrunken war, um etwas zu unternehmen. Aber dann nahm dieser langsam seine Brille ab und verstaute sie sorgfältig in seiner Brusttasche.

Zum Dolmetscher sagte er: »Angesichts dieser neuen Entwicklung werden Sie Ihrem Vorgesetzten das Folgende erklären: Wir reisen umgehend ab. Die Dokumente stehen nicht länger zur Diskussion.« Er schob die Papiere sehr präzise zusammen.

Leutnant Butusow lockerte seinen Kragen. »Kapitän Sakulkin läßt Ihnen sagen, daß eines nichts mit dem anderen zu tun hat.«

Gleichmütig erwiderte Durham: »Keine Diskussion.«

»Ihre Admiralität wird davon unterrichtet werden!«

Marriott wartete. Es war wie ein Match zwischen Profis.

»Er kann sicher sein, daß auch Moskau davon erfahren wird!« konterte Durham.

»Er sagt, daß Sie ihm drohen!«

Durham blickte ihn kalt an. »Nein, es ist ein Versprechen.«

Plötzlich warf Kapitän Sakulkin den Kopf in den Nacken und brüllte vor Lachen.

Boots-off murmelte: »Er sagt, es war ein Mißverständnis.« Das klang förmlich. »Sobald wir für die Übergabe der beiden *hervorragenden* Schiffe quittiert haben, kann Ihr Leutnant den dummen Jungen wieder an Bord nehmen.«

Marriott sah ihn ruhig an. »Ich habe von Trips' Alter nie erwähnt.«

Der Übersetzer schwieg, und Durhams Augen signalisierten: »Belassen Sie es dabei!«

Es wurde eine schweigsame Prozession zum Ponton zurück. Die Motoren des MGB brüllten sofort auf, als ob Adair durch ein Astloch ihren Anmarsch beobachtet hätte. Das Deck war mit ängstlich blikkenden Deutschen überfüllt. Durham murmelte: »Nur ein kleiner Sieg, Marriott, aber immerhin einer.«

Marriott fragte Fairfax an der Reling: »Haben Sie ihn, Nummer Eins?«

Fairfax nickte. »In der Messe, Sir.«

Durham drehte sich um und verabschiedete die russischen Offiziere, die sie begleitet hatten. Zu Marriott sagte er: »Jetzt lassen Sie uns hier wie ein geölter Blitz verschwinden.«

»Klar zum Ablegen! Übernehmen Sie, Nummer Eins!« Marriott stürmte den Niedergang hinunter. In der Messe lag ein halbnackter Junge in schmutziger weißer Drillichhose auf dem Tisch und wurde von Ginger Jackson mit einem Schwamm gewaschen. Der Junge drehte sich um und blickte Marriott an. Er versuchte zu sprechen, aber die Angst saß ihm noch in der Kehle. Tränen liefen ihm über das Gesicht und näßten die Schwellungen, wo man ihn geschlagen hatte. Er konnte nicht viel älter als sechzehn Jahre sein.

»Kommen Sie klar, Ginger?«

Ginger funkelte Marriott an. »Sehen Sie nur, was die Hunde mit ihm gemacht haben!«

Marriott legte eine Hand auf die nackte Schulter des Jungen, sie war wie Eis. Auf der anderen Schulter hatte man ihm mit einem Messer ein Hakenkreuz eingeritzt.

»Geben Sie ihm einen ordentlichen Schluck Rum, Ginger.« Er versteckte seine Wut hinter einem Lächeln. »Und gönnen Sie sich auch einen.«

Ginger wusch den Schwamm in rosafarbenem Wasser aus. »Danke, Sir.« Sorgfältig legte er einen Verband an. »Das scheint eine größere Veranstaltung gewesen zu sein.«

Marriott fuhr herum, als er Fairfax' Stimme hörte: »Alles klar zum Auslaufen, Sir!« Er nickte und wandte sich wieder dem Verletzten zu. Der Junge starrte ihn an, wortlos versuchte er, ihm seine Dankbarkeit zu zeigen.

»Ich weiß nicht, ob Sie Englisch verstehen, mein Sohn«, sagte er. »Aber ich verspreche Ihnen, ich bringe Sie nach Hause, denn da gehören Sie hin.«

Fünfzehn Minuten später liefen die beiden Boote aus und hielten auf den funkelnden Horizont zu. Marriott lauschte mit einem Ohr auf die röhrenden Motoren. Keine ungewohnten neuen Geräusche. Andernfalls wäre bald eine Reparatur fällig gewesen.

Fairfax kam auf Wache, als sie frei vom Land waren. Marriott setzte seine Mütze ab und zog die Jacke aus. Sorgfältig steckte er im Schutz der Brückenverkleidung seine Pfeife in Brand.

Dabei machte er eine merkwürdige Entdeckung: Zum ersten Mal, seit er in Kiel an Land gegangen war, hatte er den Eindruck, daß er etwas Sinnvolles geleistet hatte.

Pechsträhne

Beri-Beri blickte sich bewundernd um, als sein Fahrer den schweren Wagen auf der Grasnarbe am Rand der Pflasterstraße ausrollen ließ. Er deutete auf die Stadt in der Ferne. »Das ist Preetz, wenn ich meiner Karte trauen kann, Vere. Rings um das neue Hauptquartier sollen ein paar wunderschöne Seen liegen.«

Marriott musterte das eher abweisend wirkende Haus auf der anderen Straßenseite. Warum war er eigentlich mitgefahren?

Auch dieses große Haus war nicht ohne Schäden davongekommen. Arbeiter ersetzten auf dem Dach Ziegel und entfernten behelfsmäßige Segeltuchabdeckungen.

Es war die frühere Dienstwohnung für den Werftkapitän, jetzt teilweise von der britischen Armee beschlagnahmt. Neben einem Rasenmäher stand ein leichter Panzer.

Beri-Beri gähnte. »Ich warte hier draußen. Ich habe die Schnauze voll von Stabsoffizieren, von unseren wie von ihren. Der Unterschied scheint sowieso nicht groß zu sein.«

Marriott kletterte aus dem Wagen. Der Posten am Tor riß die Hakken zusammen.

»Es wird nicht lange dauern, Beri-Beri.« Auf der anderen Straßenseite blickte er sich noch einmal um und sah, daß sein Freund auf dem Sitz bereits eingeschlafen war.

Er mußte an ihre Rückkehr nach Kiel denken, an die ängstlichen Gesichter der Angehörigen, die schon das Schlimmste für die deutschen Besatzungen befürchtet hatten und jetzt nach den vertrauten Gesichtern Ausschau hielten. Der junge Willi von Trips steckte in einer Navy-Uniform, die ihm die Matrosen von MGB 801 gestiftet hatten. Er schüttelte verschiedene Hände, bevor er von Bord ging, auch wenn ihn die verletzte Schulter sichtlich noch schmerzte. Ein Wagen der Navy mit einem RNVR-Arzt und einem weiteren Offizier holte ihn ab.

Marriott erwiderte den Gruß des Wachpostens und musterte die imposante Villa. Der deutsche Ex-Kapitän von Trips schien immer noch eine Menge Einfluß zu besitzen.

Innen war das Haus jedoch dunkel und wenig einladend.

Ein dicker Diener in weißer Jacke führte Marriott durch die hohe Halle. Helle Flecken zeigten, wo früher Gemälde gehangen hatten. Jetzt waren dort die üblichen Hinweisschilder der Militärverwaltung angebracht.

Nach ein paar großen Doppeltüren betrat Marriott wieder deutsches Terrain, ein geräumiges Zimmer, an dessen Grandeur auch die staubigen Vorhänge nichts ändern konnten.

An einer Wand hing ein großes Bild von Admiral Hippers Schlachtkreuzern, die in die Skagerakschlacht dampften. Marriott hatte schon viele Reproduktionen dieses Gemäldes gesehen, aber er wußte, daß er jetzt vor dem Original stand.

Der Mann saß in einem hohen Lehnstuhl vor dem kalten Marmorkamin, deshalb sah ihn Marriott zunächst nicht: Manfred von Trips, noch vor zwei Monaten Kapitän zur See in Hitlers Marine. Obwohl er von kleinem Wuchs war, strahlte er Autorität und Seriosität aus.

Er musterte Marriott von Kopf bis Fuß, wie er es wohl auch bei seinen Offizieren gemacht hatte. Dann sagte er: »Bitte stehen Sie bequem, Leutnant Marriott.« Ein kurzes Schulterzucken. »Sie sind hier der Sieger, nicht ich.« Er deutete auf einen Stuhl. »Tut mir leid, daß ich Ihnen keine Erfrischung anbieten kann, aber Sie wissen ja ... Ich bin froh, nein, ich bin dankbar, daß Sie meine Einladung angenommen haben.«

Marriott versuchte, den blonden Jungen mit dem eingeritzten Hakenkreuz auf der Schulter in dem kleinen Kapitän wiederzuerkennen. Vielleicht war er früher blond gewesen, aber jetzt war er grau. Er trug einen sauber gestutzten Bart, wie er in der kaiserlichen Marine Mode gewesen war. Marriotts Blick glitt zu dem großen Ölgemälde von der Skagerakschlacht.

Er setzte sich auf einen Stuhl, der niemals als bequemer Sitz gedacht gewesen war. Vielleicht wurde so etwas extra für Dienstvillen hergestellt, schoß es ihm durch den Kopf.

Von Trips fragte: »Ohne unhöflich zu sein: Wie alt sind Sie?«

»Sechsundzwanzig, Sir.« Es war der absolute Wahnsinn: Er saß hier mit dem Mann zusammen, der wahrscheinlich den Nachschub und die Reparaturen für die U-Boote organisiert hatte, damit sie wieder im Atlantik wüten konnten. Und er nannte ihn *Sir.* Trotzdem war es ihm anders kaum möglich. Zögernd fügte er hinzu: »Ich fühle mich aber viel älter.«

Zum ersten Mal lächelte sein Gegenüber. »Ich kenne die Verantwortung, die einen Kommandanten vorzeitig altern läßt.«

Marriott beobachtete ihn, wie er zu einem großen Schrank hinüberging. Es wunderte ihn nicht, daß die Deutschen den Kapitän zur See von Trips noch immer verehrten. Sein Vater war Kommandant des berühmten Handelsstörers *Kobra* gewesen, in jenem fernen ersten Krieg, in dem die Offiziere noch an ihre Ideale glaubten.

Von Trips kam mit einer gerahmten Fotografie zurück. »Ich habe es wegen der Uniform weggepackt«, murmelte er. Der junge Offizier, der da in die Kamera lächelte, war ungefähr so alt wie Marriott. Aber seine Uniform mit dem Eisernen Kreuz und dem Adler auf der rechten Brustseite machte ihn zum Feind. Und dieses Gefühl würde nicht so schnell vergehen.

»Mein Sohn Walter.« Von Trips legte das Bild wieder in sein Schubfach zurück. »Er ist von seinem ersten Einsatz im Atlantik als Kommandant eines Unterseeboots nicht zurückgekehrt.« Er drehte sich um und blickte Marriott an. »Mein zweiter Sohn Willi ist mir deshalb besonders lieb. Das müssen die Russen gewußt haben. Sie haben versucht, mich über ihn unter Druck zu setzen.«

Marriott mußte an eine Warnung Meikles denken, daß die Deutschen alles tun würden, um die Alliierten zu spalten, besonders wenn es um die Russen ging. Unverbindlich meinte er: »Ihre Familie hat wohl eine alte maritime Tradition?«

»Richtig. Davon soll es ja auch in England einige geben.« Er lächelte traurig. »Willi war Kadett auf der *Gorch Fock* bis . . . Bis wir kapitulierten.« Er zog eine Taschenuhr hervor. »Ich habe eine Verabredung mit Ihrem Commodore Paget-Orme. Dazu sollte ich mich besser nicht verspäten.«

Marriott stand auf. Das Gespräch war vorbei.

»Sollte ich jemals etwas für Sie tun können, Leutnant, lassen Sie es mich wissen.« Wieder dieses kleine Lächeln. »Auch wenn Sie jetzt noch den Eindruck haben, daß es eher umgekehrt ist.«

»Danke, Sir. Ich freue mich, daß ich Ihrem Sohn helfen konnte.« Er spürte, daß er diese Floskel ernst meinte. »Er hat sein ganzes Leben noch vor sich.«

»Nochmals vielen Dank.« Von Trips reichte ihm die Hand. »Und vergessen Sie nicht, daß ich jederzeit für Sie da bin. Mein Vater sagte immer: Im Krieg hat man Feinde, danach gibt es nur noch Überlebende.«

Marriott verließ das Haus und trat erleichtert in den warmen Sonnenschein hinaus. Wie kalt es drinnen gewesen war! Die Kälte alter Erinnerungen.

Beri-Beri reckte sich. »Na, wie war er?«

Der Wagen schoß auf das Kopfsteinpflaster hinaus. »Ich mag ihn. Er ist ganz in Ordnung – für einen Deutschen.«

Beri-Beri studierte sein Profil. »Du bist schon ein komischer Kauz, mein Freund.«

Auf der Rückfahrt nach Kiel dachte Marriott über von Trips und andere Deutsche seines Kalibers nach: Ehrenmänner, die vom Vorwurf der Beteiligung an Kriegsverbrechen freigesprochen worden waren. Wie aber hatten sie unter einem Regime überleben können, das solche Greueltaten befahl?

Er grübelte noch immer, als der Wagen vors Werfttor rollte.

»Wie wär's mit einem Schluck?«

Aber Beri-Beri blickte auf die ungewöhnlichen Aktivitäten am Tor. Mehr Militärpolizei als sonst und ein paar Frauen im Kampfanzug, dazu Marineinfanteristen in weißen Gamaschen und Koppelzeug.

»Was ist da los?«

Ein Sergeant salutierte grinsend.

»Sicherheitsüberprüfung, Sir.« Dem Akzent nach hätte er ein Bruder von Ginger Jackson sein können. »Die Kleine da würde ich auch gern durchsuchen.«

Marriott sah zur Wachbaracke hinüber, deren Tür wegen der Hitze offen stand. Ein junges Mädchen war aus der Schlange der Arbeiter herausgefischt worden, die ihre Schicht beendeten. Zwei Soldatinnen hatten den Mantel der Kleinen geöffnet und durchsuchten flink Taschen und Futter. Ein Arbeiter im Overall wurde aus der Reihe gewinkt und in eine andere Baracke gebracht, wo ihn Militärpolizisten erwarteten.

Als er sich wieder umwandte, sah Marriott, daß eine der Soldatinnen dem Mädchen die Bluse geöffnet hatte und ein Päckchen aus dem Rockbund fischte.

Er blickte den Wachposten an, als das Mädchen enttäuscht zu weinen begann.

»Vermutlich Kaffee, Sir. Dafür machen sie alles.«

»Fahren wir weiter!« Marriott erkannte die beiden Masten der HQ-Yacht über den Dächern und mußte an die zierliche Brünette denken, die dort arbeitete.

Beri-Beri boxte ihn freundschaftlich, als er aus dem Wagen kletterte. »Belaste dich nicht auch noch damit, Alter. Du weißt, wie das Leben ist.« Seufzend sah er Marriott nach, der langsam zum Hauptquartier ging.

In der Operationszentrale blickte sich Marriott erstaunt um. Die Leere überraschte ihn. Nebenan klingelten Telefone, aber hier waren Aktenordner und Schreibtische verschwunden.

Die Tür eines Schrankes stand halb offen. Als ein Schiff vorbeifuhr und seine Bugwelle die Yacht zum Schaukeln brachte, ging die Tür ganz auf. Eine blaue Umhängetasche fiel heraus.

In diesem Moment betrat sie den Raum, Handtuch und Zahnbürste in der Hand. Hastig sagte sie. »Das ist meine Tasche, Herr Leutnant!« Beim Zurücktreten sah Marriott darin ein paar Schokoladenriegel und eins der kleinen Stofftiere, die man jetzt bei der NAAFI kaufen konnte.

»Wo ist Commander Meikle?« Das klang kürzer als beabsichtigt.

Sie blickte ihn an. »Es – es tut mir leid. Man hätte Sie informieren sollen. Er ist in Plön, um das neue Hauptquartier zu inspizieren.«

Marriott nickte. Er erinnerte sich, das schon von Beri-Beri gehört zu haben.

Das Mädchen straffte sich. »Ich möchte Ihnen sagen, daß ich bewundere, was Sie für Willi von Trips getan haben.« Sie wurde rot. »Aber jetzt muß ich gehen.«

Marriott trat zu einem offenen Bulleye. Die Erkenntnis traf ihn wie ein Tiefschlag: Schokolade und Spielzeug – sie hatte ein Kind. Wer der Vater war, spielte keine Rolle. Aber es erklärte, warum sie so zurückhaltend war und Angst vor seinen Annäherungsversuchen hatte. Er starrte durch das Bulleye und sah plötzlich wieder die Verzweiflung des Mädchens, dem man die Bluse vor aller Augen geöffnet hatte. »Dafür machen sie alles«, hatte der Posten gespottet.

Da riß er die Tür auf und rannte ihr nach. Aber es war zu spät. Keuchend drängte er sich durch die Reihen der langsam gehenden Arbeiter, als wären sie nicht vorhanden. Zu lange im Hospital und auf See, schoß es ihm durch den Kopf. Seine Kondition war mies und das Tor noch fünfzig Meter entfernt. Wo war bloß Beri-Beri mit seinem Wagen?

Da sah er sie. Sie ging mitten auf der Straße, die Schultertasche schlug dabei gegen ihre Hüfte. Eine kleine Kappe saß keck auf dem schwarzen Haar.

Sie war im Augenblick die einzige Frau auf dem Weg zum Tor, und er sah, wie die beiden Soldatinnen sie schon fixierten. Nickend verständigten sie sich.

Marriott fiel neben dem Mädchen in Schritt. »Halten Sie sich neben mir. Bleiben Sie ruhig, und lassen Sie sich auf keinen Fall in eine Diskussion ein.«

Der massige Sergeant am Tor packte sie am Ellbogen. Sie wurde steif, bemerkte wahrscheinlich erst jetzt, in welcher Gefahr sie sich befand.

»Fräulein Geghin ist in meiner Begleitung, Sergeant!« Glücklicherweise hatte der Idiot Werner ihren Namen erwähnt. Aus dem Augenwinkel sah Marriott, daß jemand auf sie zukam, aber der Sergeant schüttelte den Kopf. »Geht in Ordnung, Sir.« Ihre Blicke trafen sich. »Ich werde ihre Stechkarte für sie lochen und ins Fach werfen.«

Vor dem Tor blieb sie stehen, dicht neben ihm und doch durch Welten getrennt. Schließlich flüsterte sie: »Warum haben Sie das für mich getan?« Sie preßte die Tasche an sich. »Ich hätte meine Arbeit hier verloren! Von der Kontrolle hab' ich nichts gewußt . . .«

»Vergessen Sie's. Ich wollte nur nicht, daß man auch Sie . . .«

Sie schien ihn nicht zu verstehen. »Ich wollte die Sachen bezahlen, aber . . .«

»Ich glaube Ihnen ja. Aber die Vorschriften . . .«

Ein grauer Bus fuhr vor. Ratternd stand er an der Haltestelle, um die Wartenden aufzunehmen.

»Seien Sie in Zukunft lieber vorsichtig.« Er sprach leichthin, dabei drängte es ihn, sie in den Arm zu nehmen und mit ihr weit weg zu laufen, egal wohin. Aber dann stellte er sich vor, wie sie zu Hause ihre Schätze auspacken und sich mit ihrem Kind darüber freuen würde. Vermutlich würde sie über die Dummheit dieses englischen Leutnants nur lachen.

»Mein Bus wartet, Herr Leutnant.« Sie drehte sich um und blickte ihm voll ins Gesicht. Für einen Augenblick waren sie auf dem belebten Platz völlig allein. »Sind Sie nur gekommen, um mir Ärger zu ersparen?«

Er nickte. »Vergessen Sie's.«

Sie ging zum Bus mit dem Schild »Eutin« und reichte ihm die Hand. »Dort wohnen wir.« Damit stieg sie ein.

Der Bus setzte sich holpernd in Bewegung und kurvte auf die Straße hinaus.

Eutin. Dort wohnen *wir.*

Nachdenklich kehrte Marriott zurück auf das Werftgelände. Das Ganze war verrückt und konnte ihm eine Menge Ärger eintragen. Trotzdem wußte er, daß es kein Zurück mehr gab.

Aus dem Schatten des Torbogens beobachtete ihn der Sergeant und seufzte. Er hatte schon an mehr Kriegsgerichtsverhandlungen wegen Fraternisierung teilgenommen, als ihm lieb war, und hoffte nur, daß er nicht gerade wieder zu einem Zeugen für die nächste geworden war.

Der Militärpolizist öffnete eine Tür und deutete auf einen kahlen Tisch, an dem sich zwei Stühle gegenüberstanden. »Nicht viel Platz, Kumpel. Aber ich will wenigstens versuchen, Kaffee aufzutreiben.«

Unteroffizier Robert Evans nahm seine Mütze ab und legte sie mit der üblichen Sorgfalt beiseite. Unruhig ging er in dem spartanischen Büro auf und ab. Draußen auf dem ehemaligen Schulhof konnte er Stiefel stampfen hören. Griffe wurden geklopft, Unteroffiziere brüllten ihre unverständlichen Befehle.

Er blieb vor einem langen Wandbrett mit Zetteln stehen. Das waren keine Kinderzeichnungen, sondern Fotos mit Dienstgraden und Nummern: Kriegsverbrecher, Nazis und andere, die aus vielerlei Gründen gesucht wurden. Einige kannte Evans schon aus seinen Akten. Ein paar waren ins Netz gegangen, andere tot oder als vermißt gemeldet. Die Säuberung würde noch viele Jahre dauern.

Die Tür öffnete sich wieder, aber es war nicht der Militärpolizist mit Kaffee, sondern ein anderer Sergeant in einem sauberen Kampfanzug ohne besondere Abzeichen. Ein schlanker Mann ungefähr in Evans Alter, der müde wirkte.

Er streckte die Hand aus. »Ich bin Thornhill vom Fahndungsdienst.« Er setzte sich Evans gegenüber. »Und ich weiß inzwischen, was Commander Meikle von Ihnen hält.« Er lächelte. »So wie ich ihn kenne, verschwendet er sonst nicht gerade seine Komplimente.«

Evans entspannte sich. Er konnte sich nicht daran gewöhnen, an Meikle als seinen kommandierenden Offizier zu denken. Nicht nach Vere Marriott.

Der Sergeant fuhr fort: »Ihre Geschichte interessiert mich. Mein Boss meint, daß Sie uns beim Sortieren der Gefangenen und Verdächtigen helfen können. Meine Männer sind zwar erfahren, waren aber nie an der Front. Sie waren im Untergrund, bevor Sie in die Marine eintraten?« Das klang eher wie eine Feststellung.

Evans nickte. »Wir hatten Boote. So konnten wir auch nach der deutschen Besetzung der Kanalinseln Kontakt zum Widerstand halten.«

»Verstehe.« Der Sergeant blickte auf seine Hände nieder. »Ich weiß, was Ihrer Familie und besonders Ihrer jüngeren Schwester von Sturmbannführer Helmut Maybach angetan worden ist. Für die Gefühle, die Sie hegen müssen, fehlen mir die Worte.«

Der Militärpolizist kam mit zwei Teebechern herein. Er lächelte Evans an, mied aber den Fahnder wie eine gefährliche Klapperschlange.

Thornhill rührte seinen Tee mit einem Bleistift um. »Ihre Erfahrungen sprechen für sich: erst im Untergrund, dann bei der Special Boat Squadron, Agentenführung im Feindgebiet. Sie wußten, was die Deutschen mit Ihnen machen würden, falls sie Sie erwischten.« Sein Blick blieb an Evans linker Brustseite hängen. »Ihre Orden verraten, daß es für Sie kein gemütlicher Krieg war.«

»Maybach soll kurz vor der Kapitulation in Lübeck gewesen sein.« Es fiel ihm schwer, den Namen auszusprechen.

»Ich muß Ihre Hoffnungen enttäuschen. Sturmbannführer Helmut Maybach ist tot, bewiesenermaßen tot. Es wird kein Gerichtsverfahren, keine Strafe für diesen Menschenschinder geben.«

Evans schluckte trocken. Das durfte nicht sein, nicht nach all den Jahren, in denen er dieses Gesicht immer vor Augen gehabt hatte. Ein schmales Gesicht mit langer Oberlippe und fliehendem Kinn. Ein Sadist, der seine Opfer folterte, auch wenn er wußte, daß sie unschuldig waren. Besonders gerne widmete er sich Frauen und Kindern. Nein, Maybach durfte nicht wie jeder andere Mensch einfach gestorben sein. Das war zu ungerecht.

»Es passierte bei Flensburg, sein Auto lief auf eine Landmine und wurde völlig zerrissen. Niemand weiß genau, wie es dazu kam, aber wahrscheinlich hatten dänische Widerstandkämpfer die Grenze überquert.« Er las aus seinen Akten vor: »Ein Stabsmercedes mit normalen Wehrmachtskennzeichen. Maybachs Leiche wies schwere Brandverletzungen auf – Teile von ihm lagen auf der anderen Straßenseite.« Er zog eine Grimasse. »Ich habe die Fotos gesehen, nicht gerade appetitlich.« Er blickte Evans scharf an. »Also vergessen Sie Maybach. Der Bastard ist tot.«

»Sind Sie ganz sicher?«

»Völlig. Er trug eine besondere Uhr.«

Evans nickte. An die Uhr erinnerte er sich.

»Auf ihrer Rückseite waren sein Name und die Erkennungsnummer eingraviert. Die Uniform stimmte, und es wurden auch ein paar angesengte Briefe darin gefunden.«

Irgendwo begann ein Telefon zu läuten. Entschuldigend meinte der Sergeant: »Tut mir leid, aber was uns angeht, ist die Akte geschlossen.«

»Keine Zeugen?«

Der Sergeant wollte das Gespräch beenden. »Keine.«

»Was ist mit dem Fahrer?«

Der Sergeant lauschte auf das Telefon. »Auch kein Fahrer.« Er begleitete Evans aus dem Zimmer. »Nehmen Sie's nicht zu schwer.«

Zu seinem Erstaunen lächelte Evans. »Das tue ich nicht. Vielen Dank.« Er setzte seine Mütze auf und ging in den staubigen Sonnenschein hinaus. Mehrere Minuten sah er zufrieden den exerzierenden Soldaten zu.

Es war also doch keine Zeitverschwendung gewesen.

Denn er erinnerte sich nicht nur an Maybachs Uhr, sondern auch an die Tatsache, daß der Sturmbannführer nicht Auto fahren konnte und es auch nicht lernen wollte.

Ende Juli kam aus Großbritannien die Nachricht, daß die Labour Party die Wahlen gewonnen hatte. Es war nicht bloß ein Sieg für Clement Atlees Partei, es war ein Erdrutsch. Kapitänleutnant Durham hatte ihn auf der Fahrt nach Swinemünde richtig vorhergesagt. Nur die Höhe des Wahlsiegs überraschte alle – am meisten die neue Regierung selbst.

MGB 801 war gerade von Flensburg zurückgekommen, wo es Taucher mit ihrer Ausrüstung abgesetzt hatte. Beim Auslaufen aus der Förde hatte Marriott einen Konvoi gesehen, den angeblich Beri-Beri befehligte. Irgend jemand hatte ihm das erzählt und auch, daß die Schiffe ausgeschlachtet und versenkt werden sollten. Aber eigentlich machten sie gar keinen so schlechten Eindruck. An Bord sah Marriott durchs Fernglas nur ein paar bewaffnete Wachposten.

Die Nachricht mit dem Wahlausgang war im Radio gesendet worden, gerade als Fairfax den Kurs änderte, auf das ihnen jetzt schon vertraute Marine-Ehrenmal von Laboe zu. Die Männer im Messedeck hatten gejubelt. Aber Marriott konnte sich England nur schwer ohne Churchill, Old Winnie, am Steuer vorstellen. Er war der Fels in der Brandung gewesen, auf ihn hatten sich das Land und die Alliierten während der sechs Kriegsjahre verlassen können.

Fairfax weigerte sich, pessimistisch in die Zukunft zu blicken. Vielleicht gab ihm sein zweiter Streifen diese Zuversicht. »Bald werden sie von Labour genug haben. Ich wette, daß Churchill nach kurzer Zeit wiederkommt.«

Silver kam aus dem F/T-Raum. »Wir sollen im Hauptbecken anlegen, Sir.«

»Bestätigen!«

Commander Meikle mußte mit dem Hauptquartier inzwischen in Plön sein. War das Mädchen mit umgezogen? Es hieß, daß englische Nachrichtenhelferinnen einen Teil der deutschen Schreibkräfte ersetzen sollten.

»Ich übernehme!« Er wechselte einen Blick mit Fairfax. Wie oft war dieses Ritual schon abgelaufen? Er brauchte sich nicht umzusehen, um zu wissen, daß Fairfax für diesen Anlaß ihre beste Kriegsflagge hatte setzen lassen. Lowes kam auf die Brücke. Er wirkte immer noch sehr zurückgezogen, vielleicht sogar eher mehr, seit Fairfax seinen zweiten Streifen hatte.

Marriott nickte Lowes zu. »Sobald wir fest sind, kümmere ich mich um Landurlaub, Pilot.«

Er blickte aufs Deck hinunter, wo die Besatzung angetreten war. Sie hatte sich gut gemacht, besser als gedacht. Alles in allem ein verdammt feines Boot, dieses MGB 801.

Long John Silver setzte sein Fernglas ab. »Von Leutnant Glazebrooks Boot ist nichts zu sehen, Sir. Wir hätten ihn eigentlich passieren müssen.«

Marriott blickte zur Seite. Wahrscheinlich hatte es Cuff wieder mal geschafft, sich zu drücken. Etwas lief da an Land mit einer Frau. Sollte Meikle es herausfinden, würde Cuff bis zum Hals im Schlamassel sitzen. Der gute alte Spruce Macnair hatte es einmal so ausgedrückt: »Cuff benutzt seinen Kopf nur als Periskop für seinen Schwanz.« Mochte Gott die Nachrichtenhelferinnen schützen, sollten sie wirklich nach Kiel kommen.

Während sich das Boot einen Weg zwischen Wracks, Ankerliegern und Bergungsschleppern suchte, staunte Marriott wieder einmal, wieviel hier in knapp drei Monaten geschafft worden war. Der »Hindenburgfriedhof« war zu einem stattlichen Wald aus Masten, Ladebäumen und schiefen Aufbauten angewachsen, ein Beweis für den harten Einsatz der Taucher und Pioniere.

Automatisch legte er die Hand an die Mütze, als die Pfeifen schrillten und ein Hornist antwortete. Ein neu verankertes Schiff, ein weiterer ehemaliger HAPAG-Liner, hob sich positiv vom Schiffsfriedhof ab. Die britische Kriegsflagge flatterte achtern. Marriott nahm an, daß das Luxusschiff das neue Werftmanagement aufnehmen sollte, das jeden Tag aus England eintreffen mußte.

Er beschattete seine Augen, um nach den deutschen Festmachern auszuschauen, die ihre Leinen wahrnehmen sollten. Noch vor ein paar Monaten hatten sie U-Boote festgemacht, die aus den Jagdgründen des Atlantiks zurückkamen.

Er hob sein Fernglas. Da war auch Cuffs MGB, mehrere Männer in Overalls liefen an Deck herum. Ein Offizier, den er nicht kannte, sprach mit Cuffs Erstem.

Eine Wurfleine ringelte sich zur Pier hinüber, und einer der Deutschen fing sie auf.

»Maschinen stopp! Rückwärts langsam Backbord außen!«

Fender quietschten zwischen Holz und Stein, weitere Leinen wurden schnell übergeben.

»Maschine abklingeln!« In der plötzlichen Stille blickte sich Marriott um. Nur das Brummen des Generators wurde von der Betonpier zurückgeworfen.

Fairfax kletterte auf die Brücke. »Boot ist fest, Sir.« Er zögerte. »Stimmt was nicht, Sir?«

»Möglich.« Er musterte die gelangweilten Seeleute an der Reling. »Irgendwas ist hier anders . . .« Er konnte es sich nicht erklären. »Ach, wahrscheinlich trampelt nur jemand auf meinem Grab herum. Ich werde es überstehen, Nummer Eins.«

Fairfax lächelte, aber seine Augen blieben wachsam. Er hatte von Marriotts Alpträumen gehört, von den Erinnerungen, die ihn quälten.

Ein Matrose rief: »Melder, Sir!«

Ein smarter junger Seemann mit Koppelzeug und Gamaschen kletterte an Bord. Er wäre zwischen Boot und Pier gefallen, wenn ihn nicht Obermatrose Rae festgehalten hätte.

»Was bist du denn? Lebensmüde?«

Fairfax seufzte. »Sehen Sie sich den an, Sir, so grün wie Gras.«

Marriott klopfte auf seinen Arm. »Gesprochen wie ein richtiger alter Salzbuckel.«

Aber es stimmte, der junge Matrose sah in seiner neuen Uniform wie verkleidet aus. Auf der Brücke hatte er gleich das nächste Problem: zwei Leutnants! Wer war nun der Kommandant?

Marriott half ihm. »Ich habe hier das Kommando. Was gibt's?«

Der Junge blickte ihn ehrfürchtig an. »Jawohl, Sir. Commander Meikle ist hier – im Büro, bei den Ingenieuren . . .« Er holte Luft und begann von neuem: »Er läßt sich Ihnen empfehlen und . . .«

». . . und will mich umgehend sehen, richtig?«

Erleichtert nickte der Junge. »Yessir!«

»In Ordnung.« Marriott blickte Fairfax an. »Kommen Sie mit hinunter. Wir können reden, während ich mir Schuhe anziehe.« Aber er erstarrte auf der Leiter, als er Lowes fragen hörte: »Wie lange sind Sie schon dabei – sechs Monate? Mein Gott, da hätten Sie mal bei *uns* sein müssen!«

Marriott kicherte. »Na, für Lowes scheint es ja noch Hoffnung zu geben.«

Das Büro der Werftingenieure lag hinter einer der großen Werkhallen, in denen wieder gearbeitet wurde. Die gemeinsamen Anstrengungen der alten und der neuen Besitzer hatten es möglich gemacht. Es stank wie auf allen Marinewerften der Welt nach Öl, Schmutz und Lötzinn. Ein falscher Schritt konnte ihn auf die Helling hinunterstürzen oder gegen einen der schweren Flaschenzüge laufen lassen, die von der Decke hingen. Schneidbrenner tauchten die Figuren mit den Masken in grelles Licht. Der Lärm machte jede normale Unterhaltung unmöglich.

Ein Matrose öffnete die Tür zum Büro, und Marriott war erstaunt, wie wenig von dem Lärm draußen zu hören war, als sie sich wieder schloß.

Der Ingenieuroffizier, ein rundlicher Commander mit rotem Tuchbesatz zwischen den angelaufenen goldenen Streifen, paffte hinter dem mit Plänen und Blaupausen übersäten Schreibtisch eine Pfeife. Commander Meikle wirkte in dieser Unordnung wie eine hehre Lichtgestalt. Er trug seine schmucke Mütze unter dem Arm, in der anderen Hand hielt er ein Dokument. Oberschreiber Lavender saß auf einem Feldstuhl und machte sich Notizen.

Kurz fragte Meikle: »Gute Reise gehabt?«

»Jawohl, Sir.« Marriott blickte zu dem vierten Mann hinüber, der an der Wand lehnte: ein großer Offizier in schmutzigem weißem Overall.

Knapp stellte ihn Meikle vor: »Das ist Kapitänleutnant Dobell.«

Langsam sagte der andere: »Schade, daß es so enden muß, Marriott.«

Marriott blickte von einem zum anderen. »Wie denn?«

Meikle legte seine Mütze weg und verschränkte die Arme über der Brust. »Ihr Boot wird nach England zurückkehren, das von Leutnant Glazebrook ebenso.«

»Verstehe, Sir.« So war das also. Was lag in der Luft, eine Grundüberholung? Ein neuer Einsatz?

»Wann soll ich auslaufen, Sir?«

Dobell wollte etwas sagen, aber Meikle war schneller. »Sie nicht, fürchte ich. Eine kleine Überführungscrew unter Kapitänleutnant Dobell wird die Boote nach Hause bringen.«

Marriott hatte plötzlich das Gefühl, daß sich der Raum um ihn drehe. Aber er hatte sich bestimmt verhört. Das konnte doch nicht wahr sein!

Kühl ergänzte Dobell: »Ihr Boot ist nicht mehr einsatzfähig. Ich kenne die Schwächen dieser alten Packard-Motoren. Und der Rumpf ist pflaumenweich, das wissen Sie doch.«

Meikle blickte ihn an. »Das war's also, Marriott. Tut mir leid. Die Boote werden hier in Kiel außer Dienst gestellt.« Er mied seinen Blick. »Kümmern Sie sich darum.«

Marriott nickte, er fand keine Worte. Sie nehmen mir mein Boot weg! Dieser Gedanke verdrängte alles andere.

»Eine Woche sollte dazu reichen. Geben Sie mir Bescheid, wenn Sie fertig sind.«

Draußen lehnte sich Marriott gegen die Wand. Der Lärm der Maschinen rief sein Hirn langsam wieder in die Gegenwart zurück. Fairfax würde schon auf ihn warten.

Als er an Bord ging, rief Fairfax erleichtert aus: »Gut, daß Sie wieder da sind, Sir! Da ist so ein Verrückter von der Werft, der will alle Reparaturberichte sehen. Ich habe ihm gesagt . . .«

Marriott blickte hinauf zum Wimpel im Masttopp seines Bootes.

»Es ist vorbei, Nummer Eins. Sie verschrotten uns!«

Ungläubig starrte Fairfax ihn an. »Ich verstehe nicht, Sir . . .«

Marriott mußte an Beri-Beris Worte denken. »Unsere Glückssträhne ist zu Ende.«

Der letzte Appell

Lieutenant Cuff Glazebrook warf seine Zigarettenkippe auf den Boden und trat sie mit dem Stiefel aus. Sein deutscher Fahrer packte den Wagenheber weg und kickte prüfend gegen den Reifen, den er gerade gewechselt hatte. »Alles klar, Herr Leutnant!« Sein Blick fiel gierig auf die zerdrückte Kippe.

»Wird auch Zeit!« Cuff hievte sich in den Jeep und wartete ungeduldig darauf, daß der Fahrer startete.

Der Sonnenuntergang war noch fern, trotzdem war es dunkler als sonst. Es hatte genieselt, Straße und Hecken glänzten feucht im grauen Abendlicht.

Cuff blickte den Fahrer an. Wahrscheinlich war es gut, daß er dabei war. Als es ihm unmöglich gewesen war, sich einen Wagen zu »leihen«, hatte Cuff zuerst fast durchgedreht. Inzwischen hatte er Zeit gehabt, darüber nachzudenken.

Er hatte im neuen Hauptquartier in Plön einen Drink genommen, den ersten von vielen. Es war ein arbeitsreicher Tag gewesen. Die Ausrüstung seines außer Dienst gestellten Kanonenbootes mußte von Bord geschafft und die Männer untergebracht werden. Dann war er nach Plön gefahren, wo er in einer Kaserne, die vor kurzem noch von der deutschen Kriegsmarine belegt gewesen war, ein Zimmer zugewiesen bekam.

Er war so beschäftigt gewesen, daß er kaum darüber nachdenken konnte, daß ihm sein Boot weggenommen wurde. Cuff war grundsätzlich nicht sentimental, ein Gefühl des Verlustes hatte ihn nicht gequält. Aber er sah klar die Veränderungen, die nun auf ihn zukommen würden. Sein Boot und er hatten eine Menge zusammen durchgemacht – mehr als die meisten anderen.

Er seufzte, als der Jeep durch eine enge Kurve schleuderte. Wahrscheinlich war es sein übliches Glück gewesen, daß er nüchtern gewesen war, als der Anruf aus dem Treibstofflager kam. Es war Frau Ritter, und ihre Stimme hatte sehr nervös geklungen. »Ich wollte dich nicht anrufen, aber ... Hemmings ist wieder da. Ich glaube, er säuft ... Er ist ganz außer sich.«

Cuff versteifte sich. Er hatte Hemmings seit ihrer kurzen Diskussion nur einmal getroffen. Auch sie hatte er bisher nicht wiedersehen können. Nun packte er die Windschutzscheibe und rekapitulierte, was sie genau gesagt hatte: Hemmings hatte den Kopf verloren, weil das Depot von der Sicherheitsabteilung überprüft werden sollte. Nüchtern hätte Hemmings damit fertig werden können, aber in seinem jetzigen Zustand nicht.

Cuff sah den Zaun des Treibstoffdepots in der Ferne auftauchen und knurrte: »Langsamer!«

Alles sah aus wie immer. Der Wachposten kam aus seiner Hütte und schulterte das Gewehr. Das Tor war geschlossen, keine deutschen Arbeiter waren zu sehen. Das Depot war offensichtlich zu normalen Geschäftszeiten zurückgekehrt.

Cuff fragte den Posten: »Wo ist CPO Hemmings?«

»Keine Ahnung, Sir. Aber das Lager ist geschlossen.«

»Dann schließen Sie es wieder auf. Ich will Hemmings sprechen!« Er funkelte den Seemann an.

Der Wachposten seufzte und machte eine Staatsaktion daraus, das Tor zu öffnen. Aber schon jetzt konnte Cuff sehen, daß das Büro im Dunkeln lag. Gleichmütig legte der Fahrer den Gang ein, er hatte mit der ganzen Sache nichts zu tun.

Ein Schuß fiel, und dem Knall folgte ein Schrei. Der Wachposten erstarrte, der Fahrer blickte sich um, als ob er eine russische Invasion erwarte.

Ein zweiter Schuß, dann Stille.

Cuff öffnete sein Holster und zog den schweren Smith-and-Wesson-Revolver hervor.

Der Posten japste: »Was, was . . .«

»Rufen Sie die Wache, dann umstellen Sie das Gebäude!«

Cuff wußte, daß die Schüsse in *ihrem* Haus gefallen waren. Schaukelnd lief er los, während hinter ihm der Posten nach seinen Kameraden rief.

Die Haustür war nur angelehnt. Cuff trat sie auf und fiel fast in den Raum. Hertha kauerte am Fuß der Treppe, die zu ihrem Zimmer führte. Sie starrte ihn wild an, die Haare hingen ihr ins Gesicht, ihre Brüste hoben und senkten sich keuchend. Chief Petty Officer Hemmings war an die Wand geschleudert worden. Er hielt die Pistole noch in der Hand, obwohl sein Kopf zur Hälfte weggerissen war. Blut und Knochensplitter klebten an der Tapete. Aber alles, was Cuff sah, war der verschlossene Brief.

Sie stammelte: »Er versuchte, in mein Zimmer einzudringen. Wahrscheinlich hörte er, daß ich mit dir telefonierte. Er war wie verrückt! Er brüllte, daß er in dem Brief da seine Frau um Verzeihung gebeten hätte, und behauptete immer wieder, daß sein anderer Brief an Meikle dich vernichten würde.«

»Was hast du mit dem gemacht?«

Es gab Dinge, die er wissen mußte, und zwar sofort. Jeden Augenblick konnten die Wachsoldaten hereinplatzen, dann war es zu spät.

»Ich habe ihn vernichtet.«

Cuff hatte schon so viele Tote gesehen, daß ihm Hemmings nichts ausmachte, der ihn entsetzt aus seinem einen verbliebenen Auge anstarrte.

»Es waren aber zwei Schüsse.«

Sie nickte. »Er hat zuerst auf mich geschossen.« Sie wies zitternd auf ein gezacktes Loch neben der Treppe. »Danach . . .«

Cuff ging zu ihr hinüber. Nun war ihm alles klar. Er nahm sich sogar die Zeit festzustellen, daß sie ihre beste Bluse angezogen hatte.

Heiser knurrte er: »Die Wache wird jeden Augenblick hier sein.« Er sah, wie sich ihre Augen vor Angst weiteten, als er ihre Bluse packte und sie von der Schulter bis zur Taille aufriß. Sie wich zurück, aber er schlug ihr mit voller Kraft vor die Brust. Bevor sie es verhindern konnte, klatschte seine Rückhand auf ihren Mund.

Etwas explodierte in ihr. Er mußte ihre Handgelenke packen, damit sie ihn nicht wie eine gereizte Katze anfiel. Blut lief von ihren Lippen auf die zerrissene Bluse.

Er wartete, bis sie sich seinem festen Griff ergab, dann sagte er knapp: »Da klebt Blut an deiner Schläfe, das kann nicht durch den ganzen Raum gespritzt sein. *Du* hast ihn getötet, nicht wahr?«

Sie senkte den Blick, als er seinen Griff lockerte. »Ich mußte es tun. Für dich – für uns!«

Cuff trat zurück und steckte seine Waffe weg. Sie beobachtete alle seine Bewegungen so genau, als erwartete sie einen neuen Angriff. Eindringlich sagte er: »Folgendes: Du hast mich um Hilfe gebeten, weil du herausbekommen hast, daß Hemmings hier krumme Geschäfte treibt. Ich bin der einzige britische Offizier, den du kennst. Alles andere erzählst du ihnen wortwörtlich so wie mir. Klar?« Er blickte auf seine großen Hände nieder; jetzt zitterten sie nicht. »Halte dich daran, Hertha. Dann geht alles klar.«

Ein Sergeant der Infanterie und zwei Militärpolizisten polterten durch die Tür. Die Augen des Sergeanten funkelten im Lampenlicht, während er die Situation mit einem prüfenden Blick erfaßte.

»Mein Name ist Glazebrook, Sergeant. Frau Ritter hat mich angerufen.«

Der Sergeant nickte und beugte sich zu dem zerfetzten Kopf des Toten hinunter. »Walther P38, neun Millimeter, aus kürzester Entfernung.«

Cuff bemerkte, daß einer der Rotmützen ein Notizbuch herausgeholt hatte und eifrig mitschrieb. Wie ein Bobby in Manchester. Er fühlte Lachreiz in sich aufsteigen.

So nebenbei warf der Sergeant hin: »Ich heiße Thornhill, Sir, und bin von der Fahndung.« Dann blickte er die Frau an. »Hat er versucht, Sie zu vergewaltigen?«

Sie schlug die Augen nieder. »Nein, er . . .«

»Verstehe.« Er nahm den Brief und öffnete ihn mit einem Finger.

Cuff sah, wie seine Augen die Seiten überflogen. Hoffentlich hatte sich Hertha nicht über den Inhalt geirrt. Aber der Sergeant schien zufrieden zu sein.

»Das war wohl eine nette kleine Ratte, Sir. Bittet seine Frau um Vergebung und so weiter.« Scharf blickte er auf. »Und Frau Ritter hier hat Sie angerufen, um Ihnen zu sagen, daß sich Hemmings umbringen wollte?«

»Nein, sie bat mich um Hilfe, als er sie schlug. Ich bin der einzige Offizier, den sie kennt. Hemmings hatte gehört, daß das Depot kontrolliert werden sollte.« Er zwang sich zu einem Lächeln. »Wahrscheinlich von Ihrer Abteilung.«

Der Sergeant zuckte die Achseln. »Schon möglich.« Er schien zu einem Entschluß zu kommen. »Ich bleibe mit meinen Männern die ganze Nacht hier, Lieutenant – äh – Glazebrook.« Er blickte die beiden Polizisten an. »Schafft die Leiche weg und sorgt dafür, daß dieser Schweinkram weggeputzt wird.« Er musterte die Frau, die roten Flecken auf ihrer Schulter, den geschwollenen, blutenden Mund. Dann wanderte sein Blick zum Loch in der Wand. »Sie haben Glück gehabt, Frau Ritter. Am besten ziehen Sie sich erst mal was Ordentliches an.«

Cuff sah das Erschrecken in ihren Augen, aber sie ging gehorsam die Treppe hinauf. Thornhill zog eine Schublade auf und schloß sie wieder. »Morgen werden wir hier alles gründlich untersuchen. Schade, daß er diesen Abgang gewählt hat. Er hätte uns zum nächsten Glied in der Kette führen können.«

»Was wird mit Frau Ritter geschehen?«

Thornhill drehte sich um, als zwei Sanitäter mit einer Tragbahre und Gummitüchern eintraten.

»Das ist ihr Haus, Leutnant. Sie wird hier respektiert, man könnte sogar sagen: gefürchtet. Wenn sie mit uns zusammenarbeitet, könnte sie sehr nützlich sein.«

Cuffs Kehle war wie ausgedörrt. Er blickte der Leiche nach, die eingewickelt aus dem Raum getragen wurde. Er hatte die Ambulanz nicht vorfahren kören.

»Was ist mit ihrem Mann? Kriegsgefangenschaft?«

Thornhill nahm die Tatwaffe und steckte sie in einen Umschlag, den er dem Corporal aushändigte. »Nichts dergleichen, Sir. Er war in Schwarzmarktgeschäfte verwickelt und flog vor achtzehn Monaten auf.« Er zündete sich eine Zigarette an. »Die Gestapo hat ihn abgeholt. Ende der Geschichte.«

»Wollen Sie sagen, daß seine Frau ihn verpfiffen hat?«

»Ich will gar nichts sagen, Sir. Aber sie blieb anschließend hier, und die Herren in Schwarz haben sie nie belästigt.«

Hertha kam wieder die Treppe herunter und vermied es sorgfältig, die dunklen Flecken auf der Tapete anzusehen. Sie trug nun ein sauberes Hemd und einen Ledergürtel über dem Rock.

»Ich habe noch ein paar Fragen, Frau Ritter.« Thornhill blickte Cuff bedeutungsvoll an. »Sie brauche ich nicht mehr, Sir. Vielen Dank, daß Sie Schlimmeres verhindert haben. Hemmings hätte Frau Ritter wahrscheinlich getötet, wenn er Sie nicht am Tor gehört hätte und in Panik geraten wäre.«

Cuff zuckte die Achseln. »Ziemlich dramatisch.« Er ging zur Tür, gefolgt von Hertha.

Aus dem Mundwinkel flüsterte er ihr zu: »Entschuldige, daß ich dich so hart anfassen mußte.«

Sie schien ihn nicht zu hören. »Kommst du mich bald wieder besuchen?«

Cuff blickte auf sie herab. »Sobald ich kann.« Er vergewisserte sich, daß die Tür geschlossen war. »Sei vorsichtig. Bleib bei deiner Aussage, was auch passiert. Dann kann ich dich unterstützen.« Er griff nach ihren Brüsten. Trotz allem, was passiert war, erregte ihn das sofort. »Am liebsten würde ich bleiben.«

Sie blickte ihm nach, wie er an der Ambulanz und einigen Militärpolizisten vorbeiging, dann kehrte sie in den Raum zurück und frohlockte innerlich: Hemmings Brief an seine Frau war der perfekte Abschluß gewesen. Den anderen Brief, den an Meikle, hatte sie natürlich nicht verbrannt, wie sie Cuff vorgelogen hatte. Er war ihre Versicherung für die Zukunft.

Thornhill stand auf und bot ihr einen Stuhl an.

»Gleich bringt man uns Kaffee, später können Sie auch etwas zu essen bekommen, wenn Sie wollen.« Er beugte sich vor und untersuchte ihren Mund. »Das kann unser Arzt behandeln.«

»Schon gut, vielen Dank.«

Thornhill kannte die Berichte über Fehlbestände an Treibstoff in diesem und einigen anderen Lagern. Trotzdem konnte er sich, auch unabhängig vom Abschiedsbrief des Unteroffiziers, ein ganz anderes Motiv für den versuchten Mord und die anschließende Selbsttötung vorstellen. Er wußte, wie der gefährlich virile Leutnant Glazebrook mit seinen Orden auf eine attraktive Frau wirken mußte, die sexuell wahrscheinlich genauso ausgehungert war wie er selber.

Er seufzte, als Kaffee und Sandwiches hereingebracht wurden.

»Meine Männer bleiben in Reichweite, falls Sie uns benötigen, Frau Ritter.« Damit griff Thornhill nach seinem Barett. Völlig zusammenhanglos mußte er plötzlich an den dunkelhäutigen Unteroffizier namens Evans denken, der ihn nach dem toten SS-Sturmbannführer Maybach gefragt hatte.

Nachdem sich die Tür geschlossen hatte, wandte Frau Ritter den dunklen Blutflecken den Rücken zu und begann unkontrolliert zu zittern. Zur Beruhigung streichelte sie ihre Brüste, wie *er* es getan hatte und wieder tun würde.

Diesen Tag mußte sie noch durchhalten, dann hatte sie gewonnen.

Commander Meikle blickte von seinem Schreibtisch auf und fragte irritiert: »Was ist denn, Lavender? Ich bin sehr beschäftigt!«

Lavender sah beleidigt auf seine Uhr, ganz das weiße Kaninchen. »Leutnant Glazebrook, Sir, wie bestellt.«

Meikle blickte sich zufrieden in seinem neuen geräumigen Büro um. Hier konnte er endlich arbeiten, da gab es nichts Behelfsmäßiges mehr. Durchs Fenster hatte er einen schönen Blick auf den gepflegten Garten, wo Arbeiter die Blumenbeete harkten. Der weite Spiegel des Plöner Sees bildete den glitzernden Hintergrund dazu. Das war schon ein erheblicher Unterschied zu der zerstörten Werft in Kiel.

»Na gut«, murmelte er, »dann haben wir es hinter uns.«

Glazebrook kam in den Raum gestürmt, sein Kopf schien fast den Türrahmen oben zu streifen. Er sah wütend aus, aber das tat er eigentlich immer, fand Meikle.

»Sie wurden hergebeten, um . . .«

Cuff unterbrach ihn grob: »Ich habe noch nichts von meiner Beförderung gehört, Sir!«

»Richtig.« Meikle lehnte sich in seinem neuen Stuhl zurück, der früher von einem Stabschef benutzt worden war. »Sie können natürlich dagegen Einspruch erheben.«

»Aber Sie sind der Meinung, daß es nur eine verdammte Zeitverschwendung wäre.«

Meikle blickte ihn kalt an. »Sollte sich Ihr Benehmen nicht augenblicklich ändern, lasse ich Sie unter Arrest stellen.« Er zog ein paar Papiere heran und blätterte darin, obwohl er ihren Inhalt auswendig kannte. Aber das gab dem bulligen Leutnant Zeit, sich abzukühlen. Schließlich meinte er ruhig: »Ihre vorzeitige Beförderung zum Kapitänleutnant ist leider nicht bestätigt worden. So geht es jetzt vielen.«

Cuff glotzte ihn an und wußte, daß er verloren hatte. Er hatte es in dem Augenblick gewußt, als er den formellen Brief der Admiralität bekommen hatte. »Aber dann verlange ich wenigstens ein neues Boot! Nach allem, was ich geleistet habe, wäre das doch nur recht und billig!«

Meikle mußte an Marriott denken. Wie konnten zwei Männer, die soviel Gleiches durchgemacht hatten, so verschieden sein? Marriott war dreimal bei ihm vorstellig geworden und hatte sogar ein Gesuch an die Admiralität geschickt. Er hatte jeden bekniet, der ihm zuhörte, nicht für sich, nur für das Boot. Daraufhin war Meikle die Werftberichte noch einmal persönlich durchgegangen. Er war kein erfahrener Seemann, aber selbst ihm war schleierhaft, weshalb MGB 801 noch nicht abgesoffen war.

Glazebrook erwähnte sein altes Boot mit keinem Wort, ihm kam es nur auf ein neues und seine Beförderung an.

»Unsere Arbeit hier ist von entscheidender Bedeutung«, dozierte Meikle. »Zwar scheint alles jetzt wie geschmiert zu laufen, aber der nächste Winter kommt schnell. Noch sind die Eisenbahn- und Hafenanlagen eine Katastrophe. Auch der beste Wille wird die Zivilbevölkerung nicht retten, sollte es uns nicht gelingen, rechtzeitig Verpflegung und Nachschub heranzubringen.« Er hob eine Hand, als Glazebrook ihn unterbrechen wollte. »Sie haben im Krieg tapfer gekämpft und mit Glück überlebt. Aber das ist nun vorbei. Jetzt müssen wir für das Überleben anderer sorgen – egal, welche privaten Gefühle wir hegen.«

Oberschreiber Lavender plierte durch die Tür. »Es wird Zeit, Sir.«

Meikle atmete erleichtert auf. Lavender kam wie immer im richtigen Augenblick.

»Ich fürchte, mehr kann ich nicht für Sie tun, Glazebrook. Ich hatte gehofft, daß Sie es schlucken und mir weiterhin Ihre Erfahrung zur Verfügung stellen würden.« Er beobachtete Cuff, wie er vor Gericht einen Angeklagten studiert hätte. »Besonders nach der guten Arbeit, die Sie in diesem Treibstofflager geleistet haben, als Sie das Leben der Frau dort retteten. Die Militärpolizei war für Ihre Hilfe sehr dankbar.« Er blickte auf seinen Terminkalender. »Falls Sie bei meinem Stab bleiben, sehe ich keinen Grund, warum ich Ihre Beförderung nicht bald wieder ins Gespräch bringen sollte.«

»*Sie*, Sir?«

Meikle nickte. »Natürlich.«

»Nun, in diesem Fall, Sir ...« Cuff war durch den Wechsel der Taktik offensichtlich überrascht. »Dann ist es mir einen Versuch wert.«

»Sehr gut.« Meikle stand auf und strich seine Uniform glatt. »War das alles?«

Cuff schluckte seinen Ärger. »Für heute ja, Sir.« Hastig marschierte er am Oberschreiber vorbei und schoß wie eine Rakete aus dem Gebäude.

Wie zu sich selber sagte Meikle: »Ich kann mir nicht vorstellen, was das für ein Offizier war. Wie hat er überhaupt ein Offizierspatent bekommen?«

Oberschreiber Lavender erlaubte sich keinen Kommentar. »Kann ich Sie irgendwo erreichen, Sir?«

Vor dem Spiegel blieb Meikle stehen und richtete seine Krawatte.

»Der Operations-Offizier kann hier alles erledigen.« Nachdenklich fügte er hinzu: »Ich muß zu jemandem, der heute vor seiner schwierigsten Aufgabe steht.«

»Stillgestanden!«

Fairfax wirbelte auf dem Absatz herum und salutierte smart.

»Besatzung zum Appell angetreten, Sir!«

Marriott blickte ihm fest in die Augen. »Danke, Nummer Eins. Lassen Sie rühren.«

Er wartete, bis Fairfax den Befehl brüllte, dann musterte er die angetretenen Männer, die er so gut kannte. Alle trugen ihre besten blauen Uniformen mit den roten und goldenen Abzeichen. Auch einige Streifen für gute Führung waren zu sehen, die man schon bekam, wenn man drei Jahre lang nicht unangenehm auffiel. Die alten Hasen nannten es drei Jahre unentdecktes Verbrechen.

Lowes stand vor den Matrosen, Chief Adair vor seinen Heizern und Mechanikern. Vom Kommandanten bis zum grünen Rekruten waren es neunundzwanzig Mann, seit Evans sie verlassen hatte.

Ein solcher Appell im Hafen war bisher eine Routine gewesen, die sie zusammenschweißte. Zwar hatten die Offiziere und Unteroffiziere dabei immer etwas zu meckern, im Geheimen aber hatten sie die Musterung genossen, weil kein Außenstehender daran teilhaben konnte.

Aber diesmal war es anders. Marriott ballte die Fäuste. Er hatte versucht, diesen Tag aus seinem Bewußtsein zu verdrängen, hatte sich mit dem endlosen Papierkram und der Übergabeverhandlung beschäftigt. Dennoch hatte er in dieser letzten Woche das Kanonenboot mit anderen Augen gesehen. Ihm war, als versuche er, ein ganzes Leben in diese sieben Tage zu drängen. Nun war alles vorbei. Es hieß nicht mehr »nächste Woche« oder »morgen«. Der Abschied war jetzt!

Erfolglos hatte er versucht, bei Commander Meikle einen Aufschub zu erwirken. Er hatte ihm einen Stapel von Eingaben vorgelegt, in denen er auf seine ständigen Bemühungen um Ersatzteile oder eine längere Werftliegezeit hinwies, die ihm nie gewährt worden war. Vergeblich.

Für die Leute an Land sah das Kanonenboot jetzt wahrscheinlich nicht anders aus als sonst. Nur daß die Besatzung schmucker angezogen war. Cuffs Boot war schon gestern an die Außenpier gegangen, was die Unabänderlichkeit des Ablaufs nur verdeutlichte.

Es standen eine ganze Menge Zuschauer im hellen Sonnenlicht. Einige kamen von den Schiffen im Hafen, aber auch Cuffs Crew war da.

Einmal hatte Marriott Meikles Mütze in der Ferne gesehen, der Commander schien ein Zuschauer wie alle anderen zu sein.

Erschreckt stellte er fest, daß Fairfax ihn wartend anblickte. Er mußte es hinter sich bringen. Viele dieser Gesichter hatte er im Guten wie im Bösen gesehen. Augen, die in Flammen starrten, Stimmen, die Unverständliches schrien. Viele hatte er bestrafen müssen: verletzte, unschuldige, reuige Delinquenten und viele Unruhestifter wie Scouse Arkright, der jetzt seine Mütze gegen die flatternde Hose preßte. Die Mütze verbarg seine Pranken, für die er eigentlich einen Waffenschein hätte haben müssen.

»Bedauern Sie, daß es vorbei ist, Arkright?«

Die Augen wanderten zu einem Punkt über Marriotts Schulter. »Nee, Sör. Es geht ja bald auf die alte überschwemmte Wiese daheim zurück.«

Da war der Funker Knocker White. Er hatte sie mit der Außenwelt, mit Hoffnung und Unterstützung verbunden, aber auch die traurigen Nachrichten übermitteln müssen, wenn Angehörige zu Hause bei einem Luftangriff ums Leben gekommen waren. Er war blasser als die anderen, weil er selten aus seinem kleinen F/T-Raum in die Sonne kam. Er war zur Fernmeldekompanie nach Plön versetzt worden. Als Marriott ihm das mitteilte, hatte er gemurrt: »Ich werde diesen alten Eimer vermissen, Sir.«

Da war Heizer Gilhooly, der in so viele Schlägereien verwickelt gewesen war, daß seine Nase und Augenbrauen entstellend vernarbt und geschwollen waren. Er antwortete Marriott ähnlich sauer wie der Funker: »Ich wollte eigentlich auf dieser Schüssel aufhören und nich' noch mal in eine verdammte Kaserne kommen.«

Also würde er bald wieder im Loch brummen, dachte Marriott. Ein Schläger, der aber einen Kameraden aus dem zerschossenen Boot gerettet hatte, als es lichterloh brannte.

Unteroffizier Arthur Townsend grinste kurz. »Ich gehe zum Lehrgang, Sir.« Er hob die Schultern und brachte es auf den Punkt: »Aber wofür? Alles ist vorbei, nirgends wird man mich gebrauchen können.«

Obermatrose Rae äußerte sich ganz ähnlich. Er war ein guter Maschinengewehrschütze und einer der besten Seeleute, die Marriott kannte. Vor dem Krieg war er Laufbursche für einen Gemüsehändler gewesen und für fünfzehn Shillinge in der Woche mit einem Korb voller Grünzeug auf dem Fahrrad herumgesaust. Unwahrscheinlich, daß er sich nach allem, was er erlebt hatte, in diesem Job wieder wohlfühlen würde.

Am Ende der Reihe stand merkwürdig isoliert Ginger Jackson. Ihn kannte Marriott neben der Brückencrew am besten.

»Ich habe erreicht, daß Sie bei uns bleiben können, Jackson.« Das feuerrote Haar über dem vertrauten Gesicht flatterte in der Brise. »Nun liegt es an Ihnen.«

Ein kurzes, trauriges Lächeln. »Ich will nicht nach Kentish Town zurück, Sir, nicht in tausend Jahren. Und nicht nach 801.«

Während er das zweite Glied abschritt, sah er auch die Menschen auf der Pier an. Unteroffizier Evans war unter ihnen, aber das hatte er erwartet. Früher einmal hatte er Evans für gefühlskalt gehalten. Aber als dann Leuchtspurgeschosse über die Brücke fegten und Silvers Flaggleinen wie Bindfäden zerrissen, hatte Evans die Fassung verloren und einen Strom französischer Flüche ausgestoßen.

Marriott blieb stehen und blickte den Signalmeister an. Wie die meisten in seinem Job hatte er alles mitbekommen, was auf der Brücke geschah. Im Gefecht war er immer exponiert gewesen und genauso wichtig wie jeder andere. Die dünne Panzerung konnte kein MG-Feuer abhalten, geschweige denn eine Granate.

»Und was werden Sie machen, Bunts? Geht's wieder zurück auf die Hunderennbahn?«

»Sollte mich nicht wundern, Sir. Die Leute brauchen gerade jetzt Ablenkung.« Er lächelte traurig. »Trotzdem werde ich den Rum und Kakao vermissen. Natürlich auch den Landgang in Alex.«

Fairfax folgte Marriott auf dem Fuß. Ihm entging nichts. Er war gerade mit einem Werftoffizier durch das Boot gegangen – zum letzten Mal. Für Fairfax war es ein bewegender Abschied gewesen. Auch wenn sie in Deutschland weiter zusammenarbeiten sollten, würde es niemals mehr dasselbe sein.

Die Messe, neben dem Maschinenraum der größte Raum im Boot, war jetzt völlig kahl. Verschwunden waren all die nackten Pin-up-Girls; die Tische, auf denen sie ihre Briefe gekritzelt, ihre Kleidung ausgebessert hatten, waren leer. Oft genug hatten sie darauf auch geschlafen, wenn das Wasser auf dem Boden zu hoch hin und her schwappte. Nur im F/T-Raum herrschte Leben, aber ein fremder Funker hatte in Whites Metallstuhl gesessen.

Hatten Boote wirklich eine eigene Persönlichkeit? Konnte man sie verletzen? Jetzt wußte Fairfax: man konnte.

Wieder dachte er an sein Gespräch mit Commander Meikle in dem neuen Büro. Alles roch nach frischer Farbe und erst kürzlich bearbeitetem Holz. Hoffnungsvoll hatte er seinen Wunsch auf Übernahme als

Berufsoffizier vorgebracht, aber Meikles Haltung war eine Enttäuschung für ihn gewesen. So hart und kompromißlos, hatte er Fairfax an seinen Vater erinnert, und das schmerzte am meisten.

»Wissen Sie, Fairfax, was ich glaube? Ich glaube, daß es eine Vergeudung Ihrer Zeit und Ihrer Erfahrung wäre. Selbst wenn Sie übernommen werden sollten, wäre es wahrscheinlich nur für kurze Zeit, denn die Navy wird bald auf Friedensstärke schrumpfen.« Fairfax wunderte sich über Meikles besorgten Ton. »Und wo stehen Sie dann? Sie stehen im Regen: kein Job und wenig Aussichten, es sei denn, Sie gehörten zur Seilschaft der ›Old Boys‹.« Scharf fragte er: »Gehören Sie etwa dazu?« Ohne eine Antwort abzuwarten, riet er abschließend: »Denken Sie darüber nach, ob Sie nicht Ihrem Vater folgen und Arzt werden sollten. Wir werden immer gute Mediziner benötigen.«

Jetzt sah Fairfax Marriott auf sich zukommen. »Fertig, Sir?«

»Ja!« Nur dieses eine Wort.

Fairfax wandte sich an Lowes: »Weitermachen!«

Die Männer nahmen eine neue Aufstellung ein, sie blickten jetzt nach achtern. Silver stand bei den leeren Wasserbombenwerfern und löste die Leine der Kriegsflagge. Am Bug machte der Funker dasselbe mit der Gösch.

Marriott stieg auf eine Kiste. Er wandte den Leuten an Land den Rücken zu, schloß sie damit aus. Über die Köpfe seiner Besatzung blickend, begann er.

»Das wird keine lange Rede, Männer.« Er war überrascht, wie weit seine Stimme trug. Als ob sich die Werft mit ihren Kränen und ihrem Lärm verflüchtigt hätte. »Wir haben zusammen viel durchgemacht. Nur wenige an Land werden je wissen, wieviel.« Zum ersten Mal wagte er, die Männer anzusehen. Ihre Gesichter schienen zu verschwimmen, andere tauchten dahinter auf. »Ich werde euch alle vermissen, und ich werde auch das Boot vermissen, mehr als ich je gedacht hätte. Später, vielleicht viel später, werden wir uns gern daran erinnern. Wir sollten es jedenfalls tun, wenn wir Probleme haben, gleichgültig, wie die Dinge jetzt weitergehen und wo wir landen. Jeder behält seine Erinnerungen und wird daraus Kraft beziehen.«

Er drehte sich zu seinem Ersten um. Dort stand nicht Fairfax, der ihn beobachtete, sondern Tim Elliott und sah ihn unter dem Schatten des Mützenschirms hervor an. Die Toten waren zurückgekommen, um dabei zu sein.

Fairfax merkte, daß ein paar Männer unruhig wurden. »Bei Flaggen ist alles klar, Sir!«

Marriott nickte. »Danke, Nummer Eins. Weitermachen!«

Die Pfeifen schrillten, dann sanken die weiße Kriegsflagge und die Gösch langsam an ihren Flaggenstöcken herab. Sie hielten dabei perfekten Gleichtakt.

»Wegtreten!«

Die Bootsmannspfeifen zwitscherten das entsprechende Signal, der kleine Wimpel am Mast verschwand.

Marriott hörte, daß auf einer Barkasse der Motor angelassen wurde. Die Überführungscrew hatte in der Nähe gewartet. Jetzt würden sie kommen wie die Totengräber und ihre traurige Pflicht hoffentlich ordentlich tun.

Signalmeister Silver kam heran und salutierte. »Hier ist Ihr Kommandowimpel, Sir.« Er übergab ihm das ausgefranste Stückchen Tuch. »Ein unzulängliches Symbol für das, was Sie geleistet haben, Sir.«

Marriott nahm den Wimpel und erwiderte Silvers Gruß. Dann stieg er von der Kiste und schritt zum Landgang. Nur noch einmal blickte er zurück. Männer in Kesselpäckchen wuselten schon über das Deck, sie hatten es eilig, abzulegen. Er ging an gesichtslosen Personen vorbei und erkannte Beri-Beri erst, als der sich ihm in den Weg stellte. »Ich habe den Mercedes draußen stehen. Wir sollten uns heute mal gewaltig besaufen.«

»Danke, daß du gekommen bist.«

Zusammen gingen sie zur Straße, die Menschen wichen zurück und ließen sie passieren. Marriott spürte Neugierde, Gleichgültigkeit, Mitgefühl. Nur Beri-Beri hatte es zusammen mit ihm erlebt. Er wußte, was der Verlust seines Bootes für den Freund bedeutete, hatte es schon selbst durchgemacht.

Beri-Beri blickte zu Fräulein Geghin hinüber, die hier im HQ gearbeitet hatte. Sie sah mit ihrem hochgesteckten schwarzen Haar und den braunen Augen sehr schön aus. Sie war ihm schon an der Pier aufgefallen, weil sie sich die Augen wischte, als auf dem MGB die letzte Abschiedszeremonie ablief. Ein paar Deutsche hatten sie gebeten, Marriotts Worte zu übersetzen, aber sie schien es nicht zu hören. Es war ihm vorgekommen, als wolle sie Marriott Kraft suggerieren, damit er diese Sekunden durchstand.

Jetzt bemerkte sie seinen Blick und reckte das Kinn, wie um ihm zu zeigen, daß es ihr wieder gutging. Aber ihre Augen verweilten auf Marriott und erzählten eine andere Geschichte.

Ohne Ansehen der Person

Marriott stützte sich auf die Tischplatte und blickte aus dem nahen Fenster. Das kleine Büro roch wie Meikles ganzes neues Hauptquartier nach Farbe und Bohnerwachs.

Widerspenstig meinte er: »Ich sehe nicht ein, warum ich einen deutschen Fahrer brauche. Wo liegt da der Sinn?«

Beri-Beri blickte ihn über den Rand seiner Zeitung ernst an. »Es ist Vorschrift für alle.« MGB 801 hatte vor zwei Tagen auf seiner letzten Fahrt ins Nirwana aller Schiffe Kiel verlassen, und Marriott trug noch immer schwer daran. Vielleicht ließ ihm Meikle deshalb so wenig Zeit, sich in Plön einzurichten. Aber auch Meikle selbst schien buchstäblich rund um die Uhr zu arbeiten.

Unten goß ein Mann die Blumenbeete. Er blickte hoch, als fühle er, daß er beobachtet wurde. Dachte er noch an die deutschen Offiziere, die hier vor drei Monaten stationiert waren?

Ein hoher weißer Mast mit Gaffel hatte den alten ersetzt, der beim letzten Luftangriff zerstört worden war. Eine große Marineflagge blähte sich träge an der Gaffel. Commodore Paget-Ormes Breitwimpel darüber war ein weiterer Beweis, daß hier neue Herren übernommen hatten.

Marriott wandte sich wieder den sechs Aktenordnern zu, in denen die ehemaligen deutschen Matrosen beschrieben wurden, die als Fahrer zur Verfügung standen. Die anderen waren schon von seinen Vorgesetzten und den Beamten der Militärregierung mit Beschlag belegt worden. Sie mußten politisch eine reine Weste haben, gut englisch sprechen und alle Militärfahrzeuge sowie beschlagnahmte Privatwagen fahren können. In Meikles Stab hatte man ihm knapp erklärt: »Aber die letzte Entscheidung liegt bei Ihnen, alter Junge.« Marriott war lange genug in der Navy, um zu wissen, daß er somit auch die letzte Verantwortung hatte. »Sie sind alle überprüft, es ist kein in der Wolle gefärbter Nazi dabei. Aber natürlich kann man nie ganz sicher sein.«

Beri-Beri unterbrach seine Gedanken. »Du wirst mit mir zusammenarbeiten, *deshalb* brauchst du einen Fahrer, der sich in ganz Schleswig-Holstein auskennt.«

Das war auch so ein Rätsel, dachte Marriott. Für seinen neuen Job waren ein nautisches Patent und Erfahrung als Kommandant Voraussetzung gewesen.

»Sieh dir mal den nächsten an«, fuhr Beri-Beri fort. »Das war ein Berufssoldat.«

Marriott drückte auf einen Klingelknopf, und ein großer, breitschultriger Mann im üblichen Räuberzivil trat ein. Aus den Akten wußte Marriott, daß er Heinz Knecht hieß und neunundzwanzig Jahre alt war. Bei Kriegsende war er Unteroffizier gewesen und auf einem Lehrgang in Kiel, wo er nun mit seiner jungen Frau und einem Kind lebte. Er galt als zweifelhafter Kandidat, weil er Mitglied der Partei gewesen war und auf U-Booten gekämpft hatte, meist im Atlantik. Er hatte auch eine Versenkung überlebt, als eine Sunderland sie mit Wasserbomben überraschte. Bei den hohen Verlusten in der U-Boot-Waffe hatte er Glück, überhaupt noch am Leben zu sein.

Knecht sah aus, wie sich viele den typischen deutschen Seemann vorstellten: helles, sauber gestutztes Haar und blaue Augen, die jetzt etwas besorgt blickten, aber nicht ohne Humor waren.

»Sie sprechen gut englisch?« begann Marriott.

»Ich wollte in der Marine Karriere machen, Herr Leutnant.« Knecht zuckte die Achseln. »Schließlich hofften wir zu gewinnen. Englischkenntnisse waren deshalb eine große Hilfe bei der Beförderung.«

Marriott blickte ihn scharf an. In den blauen Augen lag keinerlei Aufsässigkeit.

»Ich habe hier schon verschiedene englische Wagen gefahren, außerdem bin ich ein guter Mechaniker.«

Marriott sah zu Beri-Beri hinüber, der am anderen Tisch saß und Zeitung las, den Kopf in die Hände gestützt. Kaum jemand hätte bemerkt, daß er dabei schlief.

»Hier steht, daß Sie in der Nazipartei waren, Knecht.«

Ein Schatten glitt über das Gesicht. »Das stimmt, Herr Leutnant.«

Die anderen hatten sich alle selbst entnazifiert, hatten beteuert, daß sie nichts von den Greueltaten gewußt hatten.

Marriott befahl: »Warum? Erzählen Sie!«

Wieder das Schulterzucken. »Da gibt es wenig zu erzählen. Ich ging als Berufssoldat zur Marine und wollte vorwärtskommen, also trat ich in die Partei ein. Wer das jetzt leugnet ...« Er blickte zu Boden und schwieg.

»Haben Sie Familie?«

»Wir haben ein kleines Mädchen, sie heißt Friedel und ist drei Jahre alt, Herr Marriott.«

Marriott runzelte die Stirn. »Woher kennen Sie meinen Namen?«

Knecht lächelte düster. »Ich war am Tag Ihrer Ankunft auf der Werft, bei den hungernden Matrosen. Ich stand neben dem Mann mit dem weißen Taschentuch und habe alles gehört. Als ich dann noch die Geschichte mit dem jungen von Trips erfuhr, wurde ich neugierig und sah mir an, wie Sie Ihr Boot außer Dienst stellten.«

Beri-Beris Ellenbogen rutschten weg. »Was? Wie war das eben?«

Marriott stand auf und streckte seine Hand aus. »Nichts. Ich habe nur soeben meinen Fahrer gefunden.«

Der Deutsche blickte auf die Hand nieder, dann breitete sich ein breites Grinsen auf seinem Gesicht aus. »Vielen Dank, Leutnant Marriott!« Mit dem Handrücken wischte er sich über die Augen. »Danke!«

»Melden Sie sich morgen früh bei mir. Mal sehen, was für einen Rolls-Royce die Navy für uns übrig hat.«

Die Tür schloß sich leise hinter ihm, und Beri-Beri flüsterte: »Na prima! Endlich hast du wieder einen, um den du dir Sorgen machen kannst.«

Zusammen verließen sie das karge Büro und überquerten die Grasfläche unter Paget-Ormes Breitwimpel. Ein kleines Schild wies darauf hin, daß der Platz ab sofort das »Achterdeck« genannt wurde; also salutierten sie.

Beri-Beri kicherte. »Man merkt doch sofort, wo die Royal Navy das Sagen hat: Was sich bewegt, wird gegrüßt. Was sich nicht bewegt, wird weiß angemalt.«

Sie liefen die Stufen zur neuen Offiziersmesse hinauf und hängten ihre Mützen neben die anderen. Drinnen spürte Marriott, daß etwas nicht stimmte. Durch die offene Tür sah er, daß die anderen Offiziere an der Bar saßen oder herumstanden, aber niemand sprach. War er plötzlich stocktaub geworden?

Dann hob das Stimmengewirr wieder an. Meikle kam heraus und nahm seine Mütze. »Ich fürchte, Sie haben die Nachricht verpaßt.« Sein Blick wanderte zwischen Beri-Beri und Marriott hin und her. »Es ist gerade bestätigt worden: Die amerikanische Luftwaffe hat heute eine Atombombe auf die japanische Stadt Hiroshima geworfen.«

Marriott begriff noch nicht ganz. »Was bedeutet das, Sir?«

Meikle wischte den Mützenschirm mit dem Ärmel ab, bevor er antwortete. »Die Stadt wurde vollständig ausradiert. Kein Stein blieb auf dem anderen. Wahrscheinlich hat auch kein Mensch überlebt.« Er holte so tief Luft, als ob er eine fürchterliche Last loswerden wollte. »Es bedeutet, Gentlemen, daß der Krieg vorbei ist!«

Marriott und sein Freund standen sekundenlang reglos da, nachdem Meikle verschwunden war. Schließlich murmelte Marriott: »Das ist schwer zu glauben, verdammt schwer zu glauben.«

In der Messe brandeten Hochrufe auf. Beri-Beri meinte: »Das werden die neuen Subbies sein, die gestern aus England kamen. Sie haben noch nie einen scharfen Schuß gehört, und jetzt markieren sie die Helden!«

Marriott blickte in Beri-Beris scharfgeschnittenes Gesicht mit dem abstehenden, ausgebleichten Haar. Es war ein Gesicht, das man sich merkte: jugendlich, aber mit alten Augen.

Beri-Beri fragte müde: »Wann werden sie endlich lernen, nachzudenken? Es hätte auch London oder meine Heimatstadt Manchester treffen können.« Er sprach so wütend und verbittert, daß Marriott seine Stimme kaum erkannte. »Ausgerechnet unsere Seite muß eine so schreckliche Waffe einsetzen!« Er griff nach seiner Mütze. »Laß uns spazierengehen, da drin würde ich jetzt wahrscheinlich jemanden umbringen.«

Marriott fiel neben ihm in Schritt, als sie über die breite Schotterauffahrt gingen.

Bestimmt würden hier viele die Bombardierung Hiroshimas als gerechte Vergeltung begrüßen, die einen Gegner traf, der sich nicht viel um das Genfer Abkommen geschert hatte. Die Amerikaner würden geltend machen, daß sie damit das Leben vieler Soldaten gerettet hätten, die im Pazifik noch gefallen wären. Und es erstaunte Marriott, daß Beri-Beri nicht zu den Befürwortern gehörte. Er hatte lange im Fernen Osten, besonders in Burma, gekämpft und dort auch ein Boot verloren. Aber der hellsichtige Vergleich zwischen London oder Manchester und dem unbekannten japanischen Hiroshima hatte ihn tief berührt.

Sie erreichten das Ufer des Plöner Sees. Beri-Beri zog seine abgenutzte Pfeife hervor und wartete, bis ihm Marriott seinen Tabaksbeutel reichte. »Das werden wir noch als alte Männer so machen.« Er hielt schützend die Hände über den Pfeifenkopf, während er den Tabak mit einem Streichholz entzündete. Unvermittelt fuhr er fort: »Du hast viel für mich getan, Vere, im Lauf der Jahre, meine ich.«

Marriott umklammerte seine kalte Pfeife. »Das beruht auf Gegenseitigkeit.«

»Vielleicht. Jedenfalls ist der Krieg endlich vorbei. Wir wußten, daß es irgendwann so kommen würde, trotzdem wird es schwerfallen, sich daran zu gewöhnen. Wir hatten Glück.«

Marriott blickte auf die schimmernde Wasserfläche hinaus. »All die Jungs, die es erwischt hat. Und die anderen, die im Hospital liegen und lieber tot wären. Im Vergleich zu ihnen hatten wir Glück.«

Beri-Beri nickte. »Und ich glaube, aus einem bestimmten Grund. Nicht weil wir den Krieg gewonnen haben, nicht als Belohnung, sondern damit wir die zweite Chance, die wir bekommen haben, richtig nutzen.« Er lächelte. »Deshalb werde ich angeln gehen und mir vielleicht einen Labradorhund zulegen oder auch zwei. Mehr brauche ich nicht.«

»Kein Mädchen?«

»Nun ja, vielleicht später.« Wie fragend fügte er hinzu: »Dieses Mädchen aus dem HQ war bei der Außerdienststellung deines Bootes dabei.«

Marriott blickte ihn an. »Ich habe kaum mit ihr gesprochen. Sie ist doch eine Deutsche.«

Beri-Beri hob eine Augenbraue. »Du überraschst mich. Spielt das eine Rolle?«

»Für sie schon. Aber warum sollte sie sich für mich interessieren?«

»Das würdest du nicht fragen, wenn du sie gesehen hättest. Sie *war* interessiert.« Er schlug dem Freund auf die Schulter. »Komm, wir gehen in die Messe der Guards und ziehen uns einen Drink rein.« Er blickte den Freund an und fügte leise hinzu: »Ihr Name ist übrigens Ursula.«

Wie zu erwarten, war die Stimmung in der Messe widersprüchlich. Die schreckliche Wirkung der Atombombe und wie perfekt die Geheimhaltung gewesen war, bis der große Knall kam, lieferte brisanten Gesprächsstoff.

Kapitänleutnant Arthur Durham saß in einer Ecke hinter seiner *Times* und hörte mit halbem Ohr der Diskussion zu. Seine Hauptaufmerksamkeit galt aber den fallenden Börsenkursen.

Cuff lümmelte in einem tiefen Sessel. Er war bei seinem achten Gin und fühlte sich so entspannt wie lange nicht mehr. Thornhill hatte die Untersuchung über Hemmings' Tod beendet, das Treibstoffdepot war einem Leutnant übergeben worden, einem sorgenvollen jungen Mann, der hohe Schulden hatte, wie Cuff bald herausgefunden hatte. Eine sehr gelungene Kombination, fand er.

Dann war da noch Hertha Ritter, die er wieder besucht hatte. Für morgen abend hoffte er auf eine neue erregende Nacht. Cuff hatte in seinem ausschweifenden Leben alle möglichen Frauen ausprobiert, aber Hertha übertraf sie bei weitem. Was er auch versuchte, um sie zu besiegen, am Ende war immer er der Erschöpfte. Nach wenigen Minuten begann sie dann von neuem, bis er um Ruhe flehte.

Sie hatte in der nahen Stadt ein paar Freunde, die ihm bei den zu erwartenden Geschäften hilfreich sein konnten. Aber natürlich mußten sie jetzt doppelt vorsichtig sein.

Cuff wandte den Kopf, als ihn Durham über den Rand der Zeitung fragte: »Haben Sie das hier gelesen?«

Cuff runzelte die Stirn, sah aber keine Bosheit im Gesicht des ältlichen, eulenähnlichen Stabsoffiziers.

»In der *Times*? Ist nicht gerade meine Pornozeitung«, grinste er.

Durham blickte ihn über den Rand seiner Hornbrille an. »Sie kommen doch aus York, nicht wahr? Dann müßten Sie diesen Namen kennen. Charles Glazebrook von Glazebrook Engineering . . .«

Cuff verschluckte sich fast. »Ob ich ihn kenne? Das ist mein verdammter Vater! Was hat er angestellt, hat er sich erwischen lassen?«

Durham lachte. »Kaum. Die neue Labour-Regierung hat es für richtig befunden, ihn adeln zu lassen.«

Cuff griff nach der Zeitung und versuchte, seine Augen auf den Artikel einzustellen. »Das ist doch unglaublich!« Er sah seinen Vater vor sich: halb so groß wie er, das Idealbild des stiernackigen Nordengländers, alles Bierbauch und Kampfhundementalität. »Bei Gott, da muß er aber ein paar Leuten einen Gefallen getan haben! Dieser kleine Scheißer!«

Ein anderer Kapitänleutnant sagte scharf: »Zähmen Sie Ihre Zunge in der Messe!«

Cuff war immer noch von der Nachricht beeindruckt. »Sie können mich am Arsch lecken!«

Der andere Offizier sprang auf und kam durch den Raum auf ihn zu. »*Was* haben Sie da gesagt?«

Cuff starrte ihn an. »Nachdem ich Sie aus der Nähe gesehen habe, ziehe ich mein Angebot zurück.«

»Sie Schandmaul . . .«

Durham erhob sich und trat zwischen sie. »Bedenken Sie«, seine Stimme war milde, aber seine Worte klangen scharf, »es ist auch *meine* Messe, solange ich diese Uniform nicht ausgezogen habe. Also benehmen Sie sich bitte. Außerdem sind deutsche Stewards anwesend, nehmen Sie ihnen nicht *alle* Illusionen.«

Jemand lachte, und die Diskussion brandete wieder auf.

Cuff nickte, als sein Kontrahent davonstakste. »Jetzt geht er sich bei Meikle ausheulen.« Er gluckste. »Danke, Sir, und keinen üblen Nachgeschmack, bitte. Ich bin froh, daß Sie mir das von meinem Vater erzählt haben.« Er schüttelte den Kopf. »Trotzdem wird er sich niemals ändern.« Besonders, wenn ihm der Adelstitel nun hilft, sich noch schneller die Taschen zu füllen als im Krieg, ergänzte er im stillen.

Er mußte einfach mit jemandem darüber reden, und es gab nur eine Person, der er trauen konnte. Er blickte auf die Uhr. Vielleicht erwartete Hertha ihn schon.

Er kam mühsam auf die Füße und wankte zur Tür.

Einer der neuen Subbies sah ihm nach und stellte fest: »Mein Gott, was für ein fürchterlicher Typ!«

Sub-Lieutenant Gilmour, der Cuff und die meisten anderen kannte, die im Hauptquartier ein und aus gingen, warnte: »Sagen Sie das lieber nicht zu laut, mein Freund.«

Der Junge wandte sich um und fauchte: »Und warum nicht?«

»Weil er mehr Menschen getötet hat, als Sie mit Vornamen kennen.«

»Aber das war der Krieg!«

»Nein, junger Freund, das war Cuff Glazebrook. Sogar seine eigenen Männer sagen, daß es ihm Spaß macht zu töten. Also seien Sie vorsichtig.«

Sub-Lieutenant Lowes kam herein und suchte sich einen Stuhl in der Ecke, wo er fast von einer großen Kübelpalme verdeckt wurde. Er brauchte einen Drink, weil er dauernd an den Brief seiner Mutter denken mußte. *Liebster Johnnie* . . . Dieser Beginn hat ihm sonst immer das Herz gewärmt. Jetzt war ihm die Kehle so zugeschnürt, daß er dem herbeieilenden deutschen Steward kaum seine Bestellung nennen konnte.

Sie wollte diesen Kerl heiraten, dem er in jener fürchterlichen Nacht von Angesicht zu Angesicht gegenübergestanden hatte. Ihn heiraten, mit ihm schlafen. Er durfte an ihr herumfummeln . . . »O Gott!« Er wurde rot und blickte zu Boden, als sich ein paar Offiziere in der Nähe nach ihm umdrehten.

Der Steward brachte ihm einen Horse's Neck, so wie ihn auch Marriott zu trinken pflegte. »Noch einen, bitte!« Das hatte klingen sollen wie bei einem Mann von Welt, kam aber fast wie ein Schluchzen heraus.

Plötzlich mußte er an Ginger Jackson denken, den er am Morgen getroffen hatte. Wie andere junge Offiziere war Lowes jetzt zur Unterstützung des Offiziers vom Dienst eingesetzt, entweder am Haupttor oder bei den Ronden und der Postenüberwachung. Jackson hatte ihn gefragt, ob er nicht Zigaretten übrig habe. Er hatte genickt, denn seiner Mutter würde er keine zollfreien mehr schicken. Sollte sie wirklich diesen Affen heiraten, konnte *der* für sie sorgen.

Ginger Jackson war von seiner Bereitwilligkeit, mehr Zigaretten zu besorgen, ziemlich überrascht. Dann aber kam er zum eigentlichen Zweck ihrer »zufälligen« Begegnung.

»Der Typ, der mir bei manchen Geschäften hilft, hat uns was ganz Tolles angeboten, Sir.« Er beobachtete Lowes' verstörte Augen. »Von einer echten Lady, Sir, nich' weniger als 'ne Gräfin. Jede Menge Juwelen, echt, kein Straß!«

Lowes zögerte. »Was habe ich damit zu tun?«

Beinahe hätte Ginger Jackson gelacht. »Nun, Sir, Sie sollen mit ihr reden. Ein Offizier is' ein echter Gentleman, mit dem kann sie umgehen, das is' ihre Klasse.«

Lowes hatte die Idee verworfen, aber jetzt hatte er den zweiten Horse's Neck intus und änderte seine Meinung. Ich werde es ihnen schon zeigen! dachte er. Allen! Fairfax mit seinem zweiten Streifen, Marriott, der mich wie ein Kind behandelt, und diesem nackten Affen, der mir die Mutter stiehlt... Ohne auf den nächsten Drink zu warten, sprang er auf. Ja, er würde es ihnen zeigen!

In der großen Mannschaftskantine schoß Ginger Jackson auf einen Tisch voller Bierflaschen zu und grinste Rae und Craven aufmunternd an.

Craven starrte aus rotgeäderten Augen zu ihm hoch. »Na, was hat er gesagt?«

Rae blickte auf seine neue Uhr, ein Prunkstück mit Brillanten ums Zifferblatt. »Ja, Ginger, wie hat es unser Schneeweißchen aufgenommen?«

Ginger rieb sich die Hände und grinste breit. »Alles klar, Jungs, er hat den Köder geschluckt. Ich weiß nich', was ihm über die Leber gelaufen ist, jedenfalls ist unser Kleiner sprungbereit.«

Düster nickte Craven. »Dann helfe uns Gott!«

Ginger funkelte ihn an. »Sieh bloß nich' so schwarz, Bill. Oskar wird uns nich' verladen. Wenn der sagt, daß die Hure 'ne Gräfin is', dann stimmt das auch!«

Rae grinste träge. »Na, vielleicht fällt ja für uns alle was ab.«

Meikles Büroflügel lag dunkel da, nur ein einzelnes Licht brannte, als Fairfax aus der Messe kam. Ein Melder blickte von seinen Zetteln auf. »Commander Meikle erwartet Sie, Sir.« Er deutete auf die Tür, unter der Licht herausfiel.

Fairfax strich sein Jackett glatt und hoffte, daß sein Kragen noch sauber war. Es war ungewöhnlich, daß Meikle noch so spät nach ihm schickte. Er klopfte.

Der Commander saß hinter seinem großen Schreibtisch. Sein Haar war ungewohnt zerzaust, und er sah müde aus.

»Ah, Fairfax, nehmen Sie Platz.«

Auch das war ungewöhnlich.

»Ich habe Ihre Eingabe an den Commodore weitergereicht, aber Sie werden noch etwas Geduld haben müssen.«

Fairfax versuchte, seine Enttäuschung zu verbergen.

Meikle musterte ihn eingehend. »Ein Leutnant muß bereit sein, alle möglichen Aufgaben zu übernehmen, besonders in einem Gebiet, das erst kürzlich besetzt wurde.«

»Jawohl, Sir.«

»Einige dieser Pflichten sind schwer, andere sind sogar ausgesprochen unangenehm. Aber auch sie müssen erledigt werden, ohne Wenn und Aber.«

»Verstehe, Sir.« Wie hohl sich das anhörte!

»Es geht um zwei ehemalige Zwangsarbeiter, Polen, die der Plünderung und des versuchten Mordes angeklagt wurden.«

Meikle sortierte Papiere. Worauf wollte er hinaus? fragte sich Fairfax.

»Ein Militärgericht in Lübeck hat sie für schuldig befunden und zum Tode verurteilt.« Meikle blickte ihn fest an. »Beide werden nächste Woche erschossen. *Sie* werden das eine Erschießungskommando befehligen.«

Fairfax sprang von seinem Stuhl auf. Er spürte, daß ihm das Entsetzen trotz der warmen Nacht eiskalt über den Rücken lief.

»Ist das ein Befehl, Sir?«

»Sie können sich weigern – auf dem Dienstweg. Ihr Name wurde geheim ausgelost. Sollten Sie diese unerfreuliche Aufgabe aber ablehnen, fürchte ich, daß er nicht lange geheim bleiben wird.«

»Verstehe, Sir.« Ihm war übel, er wollte an die frische Luft.

»Das bezweifle ich, Fairfax. Wir werden in Deutschland nichts erreichen, wenn wir nicht für Recht und Ordnung sorgen. Die Tatsache, daß das Opfer eine Deutsche war und die Angreifer aus einem deutsch besetzten Land kamen, darf unsere Rechtsprechung nicht um einen Jota ändern.«

Er läutete, und die Ordonnanz erschien wie an der Schnur gezogen. »Wir urteilen ohne Ansehen der Person, Fairfax. Also halten Sie sich bereit.«

Draußen lief Fairfax im Schatten der Bäume auf und ab. Was machte es für einen Unterschied? Er hatte genug Männer fallen sehen, einige still, andere brüllend, bis der Tod sie endlich erlöste. Tausende Unschuldiger waren in Hiroshima auf einen Schlag getötet worden, viele würden noch an den Folgen der Bombe sterben. Warum sollte er sich wegen zweier Verbrecher Gedanken machen? Sie waren rechtskräftig verurteilt worden.

War das Meikles Feuerprobe für seine Übernahme in den aktiven Dienst?

Sie wünschte er sich mehr als alles andere – aber war das genug?

Der Stabsoffizier hatte die Arme vor der Brust verschränkt und blickte auf die große Wandkarte, die Schleswig-Holstein mit allen Details zeigte. Mit Wracks, die die Schiffahrt kaum behinderten, mit anderen, die noch gehoben oder gesprengt werden mußten. Dazu ein paar restliche Minenfelder, der Abfall des Krieges.

Marriott war noch nie im Lagezentrum gewesen und von seiner ruhigen Effektivität überrascht. Alles trug Meikles Handschrift und erweckte den Eindruck, daß hier seit Jahren, nicht erst seit Tagen gearbeitet wurde.

Der Commander befahl: »Sie fahren nach Flensburg und nehmen mit dem örtlichen Befehlshaber dort Kontakt auf, der Sie dann weiter informieren wird. Es geht um ein Schiff, das in die Ostsee geschleppt und versenkt werden muß. Wahrscheinlich nur eines von vielen, deshalb müssen wir uns beeilen, ehe sich das Wetter verschlechtert.« Meikle blickte ihn scharf an. »Man sagt, daß Sie ein guter Navigator sind, und gewöhnlich stimmt das auch bei den Offizieren der Schnellboote.«

Marriott lächelte. »Zwangsläufig, Sir. Darf ich fragen, warum das Schiff so weit draußen versenkt wird?«

»*Sie* dürfen, aber es ist sonst streng geheim. Das Heer hat mehrere deutsche Giftgaslager entdeckt, deren Inhalt zum Glück niemals zum Einsatz kam. Im letzten Krieg war das anders. Mein Vater erlebte den Gaskrieg in Flandern, er hat sich das Leben aus dem Leibe gekeucht.«

Marriott sah wieder die verlassenen, ausgeräumten Schiffe in der Flensburger Förde vor sich. Er hatte schon damals das Gefühl gehabt, daß sie unheimlich aussahen. Jetzt wußte er, bei *der* Ladung war das kein Zufall gewesen.

Commander Meikle fuhr fort: »Die Giftgasmunition ist sorgfältig gesichert, da brauchen Sie sich nicht zu sorgen. Leutnant Kidd ist vor Ort, ein Freund von Ihnen, wie ich hörte.«

Marriott wollte antworten, da hielt ein Signalgast Meikle den Telefonhörer hin und rief: »Für Sie, Sir!«

Gereizt runzelte der Commander die Stirn. »Ich habe doch gesagt, daß ich nicht gestört werden will, bis . . .«

»Es ist der N.O.I.C., Sir!«

Meikle lächelte Marriott entschuldigend an. »In dem Fall . . .« Er nahm den Hörer und meldete sich, sagte aber sonst nichts weiter. Schließlich legte er auf und befahl dem Signalgast: »Schicken Sie bitte einen Melder herum: Alle Offiziere zur Besprechung zu mir. Sofort!« Sein Gesicht wirkte plötzlich sehr müde.

»Schlechte Nachrichten, Sir?«

Meikle antwortete nicht gleich, sondern trat zum Fenster und öffnete es. »Anscheinend waren sie der Meinung, daß die eine Atombombe nicht ausreicht. Sie haben eine zweite abgeworfen, über Nagasaki. Mit demselben furchtbaren Ergebnis: Alles und jeder wurde ausgelöscht!« Er ballte die Fäuste. »Es ist empörend! Sind wir denn nicht besser als die, die wir bekämpft haben?« Mühsam faßte er sich. »Sie können gehen, Marriott.«

Marriott lief durch die frischgestrichenen Korridore. Ein paar Deutsche waren noch mit Kabellegen beschäftigt und sahen ängstlich auf, als er vorbeistürmte. Sie wußten es schon, dachte er. Wie auch hätten Hiroshima und Nagasaki lange ein Geheimnis bleiben können?

Eine Tür weiter unten im Korridor öffnete sich. Ursula trat heraus und runzelte die Stirn, als ihr eine Akte von dem Stapel, den sie trug, herunterfiel. Marriott hob sie auf und sah in ihr überraschtes Gesicht.

»Tut mir leid, Herr Leutnant«, stammelte sie.

Er nahm ihr den Aktenstapel ab. »Lassen Sie mich das für Sie tragen.« Zusammen gingen sie weiter, und er merkte, wie unbeholfen er sich in ihrer Gegenwart fühlte. Gleich würden sie sich wieder trennen.

»Ich muß nach Flensburg«, platzte er heraus.

Sie blickte zu Boden. »Ich weiß, Herr Leutnant. Ich habe die deutschen Akten übersetzt.«

Sie blieb vor einer Tür stehen, und er reichte ihr die Aktenordner. »Hat Ihrem Kind die Schokolade geschmeckt?« fragte er.

Sie nickte. »Sehr.« Wieder dieses Schulterzucken, das an Marriotts Herz riß. »Sie kennt solchen Luxus nicht.«

»Ich hoffe, daß wir uns mal in Ruhe unterhalten können. Ich will Sie nicht belästigen, aber . . .«

Sie antwortete nicht direkt. »Sie kehren bald nach England zurück, nicht wahr?«

»Vielleicht. Aber noch ist nichts gespleißt – bis jetzt.«

Sie lächelte, ihre Zähne blitzten weiß in dem gebräunten Gesicht. »Sie benutzen Ausdrücke, die ich nicht verstehe.«

»Sie sprechen doch ein perfektes Englisch.«

»Ich tue mein Bestes. Ich brauche die Arbeit hier.«

»Für die Familie?«

Sie blickte an ihm vorbei. »Mein Vater ist in Rußland vermißt, auch mein Bruder. Er hat seine kleine Tochter noch nie gesehen ...«

Marriott hätte sie am liebsten umarmt und getröstet. Es war also nicht *ihr* Kind ... In seinem Kopf ging alles durcheinander.

»Können wir uns treffen, wenn ich aus Flensburg zurück bin?«

Traurig blickte sie ihn an. »Das weiß ich nicht, Herr Leutnant.«

Kapitänleutnant Durham, seine Brille auf die Glatze hochgeschoben, ging an ihnen vorbei. Er wollte etwas sagen, ließ es dann aber sein, denn sie hatten ihn nicht mal bemerkt. Wahrscheinlich war sie die Frau, von der Marriott auf der Reise nach Swinemünde so beharrlich geschwiegen hatte.

Leise sagte Ursula: »Wenn wir uns treffen, werden die Leute Dinge vermuten und sagen ...«

»So muß es nicht kommen.« Er spürte ihre Wärme und roch ihr Haar. Aber sie entfernte sich schon von ihm.

Eine Tür öffnete sich, Meikles Stimme schnitt wie ein Messer in seine Gedanken. »Einige von uns müssen hier arbeiten, Marriott! Sie etwa nicht? Sie sollten längst auf dem Weg nach Flensburg sein.«

Marriott blickte ihr nach, wie sie durch den Flur davonging.

»Jawohl, Sir.«

Meikles Stimme klang warnend. »Ursula ist eine sehr gute Mitarbeiterin. Bevor sie eingezogen wurde, hat sie Englisch studiert. Die beste Übersetzerin, die ich im Moment habe.«

»Sie hat mir von ihrer Familie erzählt, Sir.«

»Natürlich streng dienstlich, nicht wahr?« Er blickte Marriott in die Augen. »Ihre Leute haben ein Gasthaus drüben in Eutin. Ein netter Ort, jedenfalls soviel ich davon gesehen habe.« Er sah auf seine Uhr. »Also fahren Sie nach Flensburg. Legen Sie alles andere ad acta und vergessen Sie's.« Im Fortgehen wandte er sich noch einmal um. »Ich habe gesehen, daß Sie sich diesen Knecht als Fahrer ausgesucht haben. Das wußte ich vorher, er ist genau Ihr Typ.«

Marriott ging die Treppe hinunter und blickte zum Himmel. Wahrscheinlich hatte Meikle recht: ad acta legen und vergessen!

Heinz Knecht wartete neben seinem alten Kübelwagen. Er war

blau gestrichen worden, und an beiden Seiten prangte ROYAL NAVY in weißer Farbe. Sein Inneres war spärlich und nicht gerade einladend, die Sitze waren sehr hart im Vergleich zu Beri-Beris Mercedes.

Knecht hatte an alles gedacht. Marriotts kleiner Koffer stand auf dem Rücksitz, daneben lagen eine Büchse mit Sandwiches aus der Offiziersmesse und eine Weinflasche in einem Gummisack voller Eis. Marriott hörte Knecht vor sich hin summen, als er den Wagen startete. Zumindest *er* war glücklich, zurückgekehrt in eine Welt, die er kannte, egal, wem sie gehörte.

Marriott versuchte es sich bequem zu machen. Bis nach Flensburg waren es achtzig Meilen, und auf diesem Sitz würde er jede einzelne spüren.

Während der Wagen zum Haupttor rumpelte, fragte er: »Wie lange würden wir nach Eutin brauchen?«

Erstaunt sagte Knecht: »Aber Herr Leutnant, das ist in der anderen Richtung!« Als er Marriotts Gesichtsausdruck sah, fügte er hinzu: »Fünfzehn Minuten, nicht mehr.«

Sie passierten das Tor. Marriott erwiderte den Gruß des Postens und sagte: »Also dann nach Eutin. Aber ich möchte dort *niemanden* besuchen, verstanden?«

»Jawohl, Herr Leutnant.« Knechts blaue Augen leuchteten im Rückspiegel. »Sie geben die Befehle, ich befolge sie.«

Er hält mich für verrückt, und vielleicht hat er recht, dachte Marriott, während die grüne Landschaft an ihnen vorbeiglitt. Aber ich will ja nur sehen, wo sie lebt – das ist alles.

Knecht entspannte sich auf der geraden Landstraße. Es war seltsam, einen ehemaligen Feind zu fahren, und noch merkwürdiger war, daß es ihm Spaß machte. Was wollte der Leutnant in Eutin? Er betrachtete sein Profil im Rückspiegel. Der Mann war anders als die Offiziere, unter denen er bisher gedient hatte. Sobald sie aus Flensburg zurück waren, mußte er seiner Frau davon erzählen.

Marriott stöhnte, als sie durch einen nachlässig zugeschütteten Bombenkrater holperten. Das riß ihn aus seinen Träumen von einem deutschen Mädchen, das er niemals näher kennenlernen würde. Dabei wurde er von einem ehemaligen U-Boot-Matrosen gefahren, der im Krieg britische Schiffe gejagt und versenkt hatte. Und bald würde er mit einer tödlichen Ladung Giftgasgranaten in die friedliche Ostsee hinausfahren, an deren Küste er einen deutschen Jungen aus den Klauen ihrer eigenen Alliierten gerettet hatte.

Eigentlich war der Krieg viel unkomplizierter gewesen, als sich der Frieden jetzt anließ.

Nicht mehr dieselben Männer

Marriott beugte sich über die Karte, regulierte das Licht und konzentrierte sich auf die letzten Eintragungen und Peilungen. Wenn er nach Steuerbord blickte, sah er in der Nock den Kapitän des Schleppers stehen, einen gedrungenen Berufsseemann mit zerfurchtem Gesicht. Auf dem Kopf trug er eine verbeulte Mütze, die Hände steckten tief in seinen Jackentaschen. Es war schwer vorstellbar, daß diese Pranken so feine Peil- und Kursstriche zeichnen konnten.

Er richtete sich auf und blickte zur Beri-Beri hinüber, der bei den Sprachrohren stand, eine kalte Pfeife zwischen seinen Zähnen. Es war ein ganz anderes Gefühl als auf einem Motorkanonenboot. Hier fehlten diese unkalkulierbaren Bewegungen, wenn man mit langsamer Fahrt gegen die See andampfte, und auch das Gleiten übers Wasser bei voller Fahrt. Dagegen vermittelte der große deutsche Bergungsschlepper *Herkules* das Gefühl, daß ihn nichts aufhalten konnte. Anders als an Land unterhielten sich hier alle auf deutsch, nur wenn Marriott jemanden direkt ansprach, übersetzte einer der Unteroffiziere.

»Noch ungefähr zwanzig Minuten.« Er schlenderte zum hinteren Teil der Brücke und blickte zur langen Schleppleine hinaus. Daran hing der Frachter, den sie mit konstanten fünf Knoten von Flensburg bis hierher geschleppt hatten. Während der Umschiffung der Untiefen und im dicht befahrenen Gebiet hatten sie einen zusätzliche Heckschlepper gehabt, der den Frachter mit einer weiteren Leine gezähmt hatte. In der Nacht hatten sie die Insel Bornholm passiert und danach den Kurs auf 45° geändert.

Kidd und Marriott gingen zusammen in die andere Brückennock und ließen den deutschen Kapitän allein. Zweifellos kannte er diese Gewässer gut und verstand sein Geschäft sowieso besser als zwei Offiziere der englischen Küstenstreitkräfte.

Beri-Beri knurrte: »Wir gehen drüben an Bord, dann führe ich dich unter Deck und erkläre dir alles. Es ist ganz einfach, auf der nächsten Tour mußt du es allein machen. Aber paß gut auf, denn ich möchte meinen alten Kumpel nicht schon wieder verlieren, nachdem ich ihn gerade erst wiedergefunden habe.«

Marriott hob das Glas und suchte den geschleppten Frachter. Er war bis zum letzten Kriegsjahr im Einsatz gewesen, dann hatte eine in unmittelbarer Nähe detonierende Fliegerbombe die Maschinenfundamente und die Wellenlager verschoben. Eine Reparatur wäre zu kostspielig gewesen. Man hatte den Frachter aufgelegt und für verschiedene Zwecke benutzt, darunter auch als Wohnschiff für russische Kriegsgefangene. Jetzt waren viele Tonnen Giftgas an Bord, in Granaten, Bomben und Kanistern, die Ladung seiner letzten Reise. Traurigkeit hing über dem Schiff. Alles Brauchbare war abgebaut worden, nur ein paar Rettungsflöße waren noch an Bord. Für die Überführungsmannschaft konnte es keine komfortable Reise gewesen sein. Sie würde erleichtert aufatmen, sobald die mächtige *Herkules* längsseits kam, um sie aufzunehmen.

Beri-Beri deutete nach achtern. Das Deck wurde unter dem Druck der Schlepptrosse fast überspült. »Sieh ihn dir an.«

Marriott nickte lächelnd. Der junge Willi von Trips saß auf einer Luke und beobachtete die Aktivitäten um sich herum. Er war barfuß, sein Haar flatterte im Wind, das überkommende Spritzwasser schien ihm nichts auszumachen. Er war durch Vermittlung seines Vaters hier.

Beri-Beri grinste. »Er folgt dir überall hin. Alle Jungen brauchen einen Helden, und im Augenblick bist du das für ihn.«

Marriott zuckte die Achseln. »Ich hätte gedacht, daß er nach den Erfahrungen vom letzten Mal genug von der Ostsee hätte.« Er mußte an das Hakenkreuz denken, das die Russen in die Schulter des Jungen geritzt hatten. Ob es noch zu sehen war? Er drehte sich um und rief durch die Brücke: »Klar zum Loswerfen, Kapitän!«

Der Schlepperkapitän, er hieß Horst Krieger, hob bestätigend eine Pranke und ging ohne Eile zu einem Sprachrohr. Die kleine Mannschaft des Schleppers kam an Deck und bereitete alles vor, um die Schleppleine einzuholen. Eine Signallampe klapperte, und die Antwort wurde umgehend vom Frachter zurückgeblinkt.

Marriott hörte die Winden anspringen. Der schwere Rumpf des Schleppers zitterte, als die Schrauben rückwärts liefen, um ihn zum Stehen zu bringen. Das Schiff fiel in ein langes Wellental. Nichts würde bleiben, nur ein Kreuz in der Karte. Wer würde sich je Gedanken darüber machen, was sie hier taten? Hier ging es fünfzig Faden in die Tiefe, dreihundert Fuß. Unten würde das Giftgas sicher liegen, harmlos für immer.

Beri-Beri drückte die Mütze fester auf sein ungebärdiges Haar. Die Schleppverbindung wurde gelöst, die Winschen holten heulend die schwere Leine ein. Marriott bewunderte das Zusammenspiel der

Mannschaft. Es waren kaum Anweisungen nötig, sie arbeiteten wie Roboter. Einem Mann fiel eine Spannschraube herunter. Willi von Trips fing sie auf und gab sie ihm, dann blickte er sich zur Brücke um, beifallheischend.

Beri-Beri lächelte leicht. »Was habe ich dir gesagt?«

Herkules änderte jetzt Kurs und stampfte heftig in den hohen, kurzen Wellen, um zum treibenden Frachter zurückzukehren. Fender waren ausgebracht und zwei Lotsenleitern gefiert worden. Sie verloren wirklich keine Zeit, dachte Marriott.

Dann eilte er mit Beri-Beri auf die Back und wartete, bis sich der Abstand zwischen den beiden Schiffen verringert hatte. Die Bordwand des Frachters ragte wie eine Klippe über ihnen auf.

»Na, dann los!« Beri-Beri paßte den richtigen Moment ab und sprang an die Lotsenleiter. Spritzwasser schoß zwischen den beiden Rümpfen in die Höhe. Marriott versäumte den richtigen Zeitpunkt. Sprang man zu früh, konnte man abstürzen – zu spät wurde man zwischen den Rümpfen zermahlen. Beim zweiten Anlauf schaffte er es.

Auf dem Deck des Frachters holten sie keuchend Luft und sahen sich um. Alles leer. Auf der Brücke suchte kein Ausguck mehr nach feindlichen Flugzeugen oder dem verräterischen Periskop eines angreifenden U-Boots. Stürme und eiskalte Nächte auf der Ostsee, Ängste und Hoffnungen, alles war vorbei.

Beri-Beri ging voran einen Niedergang hinunter und durch ein wasserdichtes Schott. Batteriegespeiste Lampen beleuchteten die Gänge. Immer tiefer stiegen sie hinunter in den Bauch des Schiffes, während die Geräusche der See immer leiser wurden. Seltsam, hier so allein über die Leitern zu klettern, wo früher ständig zahllose Seeleute gearbeitet hatten. Das Schiff hatte Verwundete von der Ostfront transportiert und mit Sicherheit viele Seebestattungen gesehen.

Beri-Beri öffnete ein Schott und richtete den Strahl seiner starken Stablampe hinein. Sie waren in einem der vier Laderäume des Schiffes und blickten auf Granaten und Bomben, fest in Zement eingegossen. Kein Wunder, daß das Schiff so ruhig in der See lag.

Beri-Beri hob einen Lukendeckel. »Endstation, alter Junge.«

Hier im Doppelboden schien alles noch unwirklicher, die See unendlich weit entfernt zu sein. Nur ein undeutliches Rauschen war zu vernehmen, übertönt vom Plätschern des Bilgenwassers.

Beri-Beri stieg auf der senkrechten Leiter hinab und studierte die aufgereihten Sprengkörper. Auch sie waren in Beton eingebettet, damit die Wucht der Explosion verteilt auf den Schiffsboden wirkte, ohne den Kiel zu brechen. Das Schiff sollte auf ebenem Kiel sinken, ohne daß die tödliche Fracht auf dem Meeresboden verstreut wurde. »Allerhand Feuerwerk, was hier so rumliegt«, meinte Beri-Beri.

Marriott kletterte über den ersten Stapel. Sie mußten sprengen, denn wenn sie nur die Seeventile öffneten, würde das Schiff zu lange unkontrolliert treiben. Die Sinkposition hätte in den Karten dann nur ungenau vermerkt werden können. Und eine Versenkung durch Geschützfeuer verbot sich von selbst.

Sie verglichen ihre Uhren, und oben auf seiner Brücke würde Kapitän Krieger dasselbe machen. Er kannte seine Befehle.

Plötzlich bemerkte Beri-Beri: »Wir treffen uns aber auch an den seltsamsten Orten, Vere.« Damit kam er herübergeklettert, ging in die Hocke und hob eine dick eingefettete Metallplatte an. »Es ist wirklich alles ganz einfach. Hier ist eine Auslöserleine, die zum Zeitzünder führt. Du ziehst daran, dann hast du fünfzehn Minuten Zeit ...« Er grinste. »Kein Problem!«

»Angenommen, sie funktioniert nicht?«

»Daneben ist eine zweite. Aber ich habe noch von keinem Versager gehört – jedenfalls bisher.«

Plötzlich begann der Rumpf zu rollen, Metall knirschte. Es klang wie ein Protest. Das Schiff schien zu leben.

»Wir wollen es hinter uns bringen.«

Beri-Beri nickte, plötzlich ernst. »Richtig.« Er riß an der Leine. Funken spritzten, und Rauch stieg empor.

»Zeit zum Gehen. Du zuerst.« Er erhob sich, packte die Leiter und wartete darauf, daß Marriott durch das ovale Mannloch kletterte, den Blick auf die massive Betonmasse gerichtet.

Marriott ergriff den Rand der Öffnung und zog sich hoch. Er war schon früher auf sinkenden Schiffen gewesen. Im Mittelmeer hatte er Sprengladungen auf Schiffen angebracht, die zwischen den griechischen Inseln für den Feind operiert hatten. Aber das hier war anders.

Unter ihm krachte es, und Beri-Beri rief: »Verdammt!« Dann verdrehte sich der untere Teil der Leiter, sie hing nur noch an einer Schraube. Als auch diese brach, stürzte Beri-Beri hinunter auf den Beton.

Er kam auf die Füße, sank aber sofort wieder zusammen. »Oh, Scheiße, mein Bein!«

Marriott klammerte sich oben an die Reste der Leiter und blickte hinab. »Nicht bewegen! Ich komme!«

Beri-Beri schrie: »Du kannst mir nicht helfen! Hier bekommst du mich niemals raus!« Schluchzend bat er: »Hau ab, Mann, so lange noch Zeit ist! Der ganze Mist fliegt gleich in die Luft!«

Marriott hing kurz an seinen Fingern, dann ließ er sich fallen und landete sanft auf dem Beton. Er beugte sich über seinen Freund. Beri-Beri wand sich vor Schmerzen, sein linkes Bein lag in einem unnatürlichen Winkel unter dem Körper.

»Hau ab! Um Gottes willen – verschwinde!« Er stöhnte vor Schmerz und Verzweiflung.

Marriott legte ihm einen Arm um die Schultern und kniete sich neben seinen Freund. Nach dem ersten Anfall von Panik war er jetzt ganz ruhig.

»Ich lasse dich doch nicht allein, du alter Sack.« Damit zog er ihn dicht an sich heran und versuchte, das Klatschen des Wassers in der Bilge zu überhören. Der Geruch der brennenden Lunte stach ihm wie eine Warnung in der Nase. Dann hörte er Stahl gegen Stahl prallen und das Dröhnen von Maschinen: Der Schlepper legte ab. Sie hatten ihre Zeit schon überschritten, warum sollte der Kapitän sein Schiff und seine Leute in Gefahr bringen? Noch vor ein paar Monaten hatten sie einander bekämpft. Krieger hatten keinen Grund zu zögern, selbst wenn er ihnen noch hätte helfen können.

Marriott mußte plötzlich an seinen Fahrer Heinz Knecht denken, dem er befohlen hatte, mit dem Auto bis zu seiner Rückkehr in Flensburg zu warten. Knecht hatte protestiert. »Sie könnten mich brauchen, Herr Leutnant! Mein Platz ist an Ihrer Seite!« Wie recht er gehabt hatte, dachte er.

Irgend etwas fiel einen Niedergang herunter, schließlich landete es an Deck über ihren Köpfen.

Beri-Beri stöhnte: »Noch ist Zeit . . . Du kannst die Leiter mit einem Sprung erreichen!«

»Und ich dachte schon, du wärst mal wieder eingeschlafen.« Er drückte den Freund fest an sich. »Vergiß es!«

Beri-Beri sagte heiser: »Denk an das Mädchen!«

»Welches Mädchen?« Aber der Gedanke an Ursula schmerzte. Er würde etwas verlieren, das er noch gar nicht besessen hatte. »Die Sache war sowieso hoffnungslos.«

Beri-Beri biß die Zähne zusammen. »Wieviel Zeit haben wir noch?«

Aber Marriott nahm den Arm nicht von seiner Schulter, um auf die Uhr zu sehen. Es würde schnell gehen, wenn die Ladung stark genug war, um den Schiffsboden aufzureißen.

Ungläubig blickte er auf eine Leine, die vor seine Füße fiel. Dann sah er das Gesicht des Jungen oben im Mannloch und dahinter eine andere schattenhafte Gestalt. Füße klapperten über Metall.

Marriott sprang auf und knotete die Leine um Beri-Beris Brust. Er wußte nicht, was er dabei sagte, die Worte strömten unkontrolliert aus ihm heraus. Er konnte nur daran denken, daß man sie nicht zum Sterben zurückgelassen hatte. Helfer waren gekommen. Es mochte schon zu spät sein, aber ... Er rief nach oben: »Hol weg!«

Beri-Beri schrie nur einmal auf, dann wurde er ohnmächtig, als sie ihn durch die Luke zogen. Marriott atmete tief ein und sprang das untere Ende der Leiter an. Helfende Hände zogen ihn hoch, schoben ihn über die schmalen Niedergänge nach oben. Verzögerungen gab es nur, wenn sie Beri-Beris schlaffen Körper durch die engen Luken hieven mußten. Schließlich sah Marriott Tageslicht und schmeckte salzige Luft. Ihm zitterten vor ungläubiger Erleichterung die Knie.

Der hohe Schornstein des Schleppers rollte neben der Bordwand hin und her. Der Kapitän blickte zu ihnen empor und verbarg seine Gefühle hinter einer Maske aus Konzentration.

Befehle wurden gebrüllt, Leinen losgeworfen. Kaum waren sie drüben, schor *Herkules* mit lässiger Kraft von der Bordwand des Frachters weg. Marriott sah, daß sein Freund in eine Decke gewikkelt wurde. Man hatte ihm eine Schwimmweste unter den Kopf gelegt.

Die Explosion klang erstaunlich gedämpft, aber die Luftblasen und die aufschwimmenden rostigen Bodenplatten zeigten, daß die Sprengsätze ganze Arbeit verrichtet hatten.

Marriott ging in den großen Kartenraum des Schleppers und beugte sich über die Berechnungen. Er trug ihre Position ein und las die Logge ab. Nur im Unterbewußtsein merkte er, daß der Schlepper wieder Fahrt aufnahm. Der Schatten des Kapitäns fiel über die Karte, und sie blickten einander lange an.

Mariott hatte dem Tod oft ins Angesicht gesehen und diese Tatsache seit langem akzeptiert. Aber heute hatte er sich selber überrascht.

Der Kapitän nickte langsam.

»Ich habe einen Funkspruch abgesetzt, Herr Leutnant, ein Arzt wird uns erwarten.« Ein kleines Lächeln legte das wettergegerbte Gesicht in tausend Fältchen.

»Jetzt weiß ich, daß der Krieg endgültig vorbei ist.« Marriott sah den barfüßigen Jungen in der offenen Tür stehen. »Sie sind ein großes Risiko eingegangen, Kapitän.«

Krieger schüttelte den Kopf. »Zur See fahren ist immer ein Risiko,

Herr Leutnant.« Er streckte die Hand aus. »Ich habe noch eine Buddel Schnaps. Ich glaube, der Augenblick verlangt danach.«

»Es könnte keinen besseren Anlaß geben.«

Beri-Beri wurde in den Schutz der Brücke getragen. Ihn zum Krepieren zurücklassen? dachte Marriott. Nicht in tausend Jahren!

Er sah nicht den Ausdruck im zerfurchten Gesicht des Deutschen und wußte auch nicht, daß er seine Gedanken laut ausgesprochen hatte.

Hauptmann Eric Whitcombe vom Fahndungsdienst des Heeres, dem Special Investigation Branch S.I.B., trank seine erste Tasse Tee und las dabei geruhsam die *Daily Mail*. Er war ein großer Mann mit sonnenverbranntem Gesicht und einem beeindruckenden roten Schnurrbart. Sein Kampfanzug war frisch und ordentlich gebügelt, aber noch immer hatte er sich nicht ganz an die komfortablen Unterkünfte und die deutschen Bediensteten gewöhnt, die ihm seit seiner Ankunft in Kiel zur Verfügung standen.

Er hörte, wie seine Abteilung zum Leben erwachte. Irgend jemand pfiff vor sich hin, draußen auf dem Hof versuchte ein Militärpolizist vergeblich, sein Motorrad zu starten.

Die Schlagzeilen waren riesig, vielleicht noch größer als am Tag der deutschen Kapitulation. Endlich war alles vorbei, auch offiziell. Der 15. August würde als Tag der Kapitulation Japans in die Geschichte eingehen. Whitcombe richtete sich auf und ging zum Fenster. Er bewegte sich wie ein Polizist, und genau das war er auch vor dem Krieg gewesen. Sein letztes Revier im Norden Londons hatte ihm ziemlich viel Arbeit gemacht. Es würde seltsam sein, dort wieder anzufangen: Schulkinderüberwege, Taschendiebe, jeden Sonnabend die Besoffenen . . . Das war Polizistenschicksal. Aber er würde es bedauern, hier auszuscheiden, diese Schattenwelt zu verlassen, die auch vielen Angehörigen der Besatzungstruppen unbekannt war: der schwarze Markt. Verpflegung und Treibstoff wurden im großen Umfang verschoben. Auch Offiziere machten einen schnellen Schnitt dabei, wenn es sich ergab. Dieses Geschwür saß tief und ließ sein Londoner Revier wie einen harmlosen Kindergarten aussehen.

Es klopfte, Sergeant Thornhill trat ein und salutierte. Er war unrasiert, an seinem Kampfanzug klebte an Knien und Ellbogen Schmutz.

»Na, wie war's, Jim?«

Der Sergeant schenkte sich Tee ein und unterdrückte ein Gähnen. »Wir haben die Burschen am Ravensburger Wasserturm aufgegriffen.

Wieder Polen. Sie hatten allerhand Ware bei sich, darunter auch gefälschte Lebensmittelkarten und Benzinbezugsscheine.«

»Hm ... Ein Jammer. Diese Polen versuchen sich schadlos zu halten, aber damit dürfen wir sie nicht durchkommen lassen. Heute werden zwei erschossen, vielleicht kühlt das die anderen ab.«

Thornhill runzelte die Stirn. Dann fuhr er fort: »Ich habe mir über diesen Unteroffizier von der Navy Gedanken gemacht, diesen Evans ...«

»Ah ja, ich kenne den Fall.« Der Hauptmann zog einen Aktendeckel heran.

Thornhill hob die dunklen Augenbrauen. »Ich dachte, die Sache ist abgeschlossen? Sturmbannführer Helmut Maybach ist doch tot und begraben.«

Hauptmann Whitcombe setzte seine Brille auf. »Ich habe die Gerichtsmediziner eingeschaltet. Sie haben den Leichnam exhumiert – oder besser das, was davon übrig war.« Er wußte, es war sinnlos, seinen Sergeanten schockieren zu wollen. »Sie haben einen guten Fingerabdruck bekommen, auch wenn es etwas unappetitlich war.« Er blieb völlig ungerührt. »Dieser Evans hatte recht, der Tote war nicht Maybach. Wir haben einen vollständigen Satz seiner Abdrücke bei den Akten, denn die SS war auch sehr methodisch bei ihren eigenen Leuten.«

Thornhill stellte seinen Becher ab. Die lange Nacht und die Vorfreude auf sein Bett waren vergessen. »Das heißt, Maybach ist noch hier? Dem Schwein möchte ich gern Handschellen anlegen!«

Whitcombe zog ein sauber getipptes Papier aus der Akte. »Sie kennen zwar Evans' Geschichte, aber das hier vielleicht noch nicht. Evans' Vater hat mit seinem Fischerboot Verbindung zum Widerstand auf dem Festland gehalten. Eines Tages brachte er ein halbes Dutzend Partisanen nach Jersey. Später wollte er sie unter dem Schutz seiner Fischerei-Erlaubnis nach England schaffen. Können Sie sich das vorstellen, in einem Acht-Meter-Boot? Hundert Meilen Kanal und überall deutsche Patrouillen.« Er seufzte. »Zuerst brachte er sie nach Guernsey, dort hatte er Freunde.«

Thornhill nickte langsam. »Und jemand hat ihn denunziert.«

»Ja. Auch auf den Kanalinseln gab es Kollaborateure. Maybach leitete das Verhör persönlich. Da er wußte, daß Evans' Vater nicht zusammenbrechen würde, folterte er dessen Frau vor seinen Augen. Er hörte auch nicht auf, nachdem ihr Mann alles gestanden hatte. Sie starb unter der Folter. Anschließend fuhr Maybach mit seinen Leuten nach Guernsey hinüber und holte sich die anderen. Mit ihnen verfuhr er ebenso. Mit den so erhaltenen Informationen konnte die Gestapo auf dem Festland weitere Widerstandskämpfer verhaften. Die meisten endeten durch Genickschuß.«

Ruhig fragte Thornhill: »Was geschah mit Evans' jüngerer Schwester?«

»Sie war damals erst sechzehn Jahre alt. Maybach ließ sie vor den Augen des Vaters vergewaltigen, dann brachten sie ihn hinaus und erschossen ihn. Seine Tochter wurde in ein Truppenbordell nach Frankreich überführt. Man sagt, daß sie dort verrückt wurde, also landete sie in einem Todeslager.«

Thornhill stellte sich Evans' beherrschtes Gesicht vor, seine sorgfältig überlegten Fragen und Antworten. »Sie glauben, Evans weiß das alles?«

Whitcombe nahm die Brille ab. »Darauf wette ich jede Summe. Sie müssen etwas gesagt haben, was ihm Hoffnung gemacht hat.«

»Wir sollten uns mit ihm unterhalten, Chef. Zusammen könnten wir ...«

»Nein. Ich habe da eine bessere Idee. Setzen Sie einen guten Mann auf ihn an, auch zwei, die ihn heimlich beschatten. Falls wir offiziell tätig werden, könnte Evans durchdrehen und Maybach untertauchen. Wahrscheinlich versucht er sowieso, zu seinen Freunden nach Südamerika zu entkommen. Wie Sie wissen, waren die Verbindungen zwischen Hamburg und Argentinien sehr gut – und werden es bald wieder sein.«

»Ich werde mich zusammen mit Taffy Hughes darum kümmern.«

»Gut. Aber nur verhaften! Wir wollen ihn unverletzt vor Gericht bringen. Das stünde uns gut an – besonders, weil wir ja wieder in unseren alten Job zurück wollen.«

Beide lachten. Bei ihrer Arbeit durfte man vor allem nicht die Übersicht verlieren.

Nicht weit entfernt vom Kieler Büro des S.I.B. standen Baracken, die ehemals der Artillerie gehört hatten, durch Mauern, Sandsäcke und Stacheldraht vor neugierigen Augen abgeschirmt. Das Gelände war für Zivilisten und Militärs, die hier nicht dienstlich zu tun hatten, *off limits*: ein schlimmer Ort, der nach verbranntem Holz und Verfall roch.

In einer dieser Baracken stand ein ehemaliger Offizier von MGB 801 stocksteif wie ein Schauspieler, der auf sein Stichwort wartet und den Text vergessen hat: Leutnant Fairfax, mehrfach wegen Tapferkeit vor dem Feind belobigt, immer noch erst einundzwanzig Jahre alt, sah dem schwersten Morgen seines Lebens entgegen.

Er kam sich vor wie in einer Falle. Es gab niemanden, mit dem er sich aussprechen konnte. Marriott hätte ihm wahrscheinlich helfen können, aber der war nicht da. Verzweifelt starrte er sein Spiegelbild im dunklen Fenster an. Er trug seine beste Uniform, als ginge es zu einer Parade. Bei jedem Geräusch zuckte er zusammen. Was waren das für Männer, die erschossen werden sollten? Er schluckte trocken. Sollte er sich übergeben müssen, war alles aus.

Die Tür schwang auf, ein massiger Oberbootsmann mit frisch geweißtem Koppelzeug und Gamaschen nahm stampfend Haltung an.

»Hawkins, Sir, Artillerieobermaat.« Sein Mund klappte mit der Präzision eines Geschützverschlusses auf und zu. Kritisch glitt sein Blick über Fairfax' Erscheinung, die Musterung schien zu seiner Zufriedenheit auszufallen. »Das Exekutionskommando ist draußen angetreten, Sir. Alles Artilleristen.«

Fairfax wandte den Blick ab. Der Mann war ein martialischer Roboter. In jeder Kaserne und auf jedem größeren Schiff gab es diese Typen. Sie brüllten und bellten, bis auch der dümmste Seemann eine Kanone bedienen oder Gewehr und Bajonett richtig handhaben konnte. Sie verstanden es, Ehrenwachen für wichtige Besucher vorzubereiten, Begräbniszeremonien zu arrangieren oder eben auch Exekutionskommandos zusammenzustellen.

Fairfax konnte diesen Typ Unteroffizier nicht leiden, er hatte ihn während seiner Ausbildung zu sehr schikaniert. Aber an diesem grauen Morgen war er so froh wie noch nie in seinem Leben, einen Mann wie Hawkins zur Seite zu haben.

»Wird es lange dauern, Chief?«

»Lange?« Er kaute auf dem Wort herum, dabei musterte er Fairfax und überlegte, ob der die Sache schmeißen würde. »Keine Sorge, Sir, es läuft alles genau nach Vorschrift ab. Ich habe die Leute eingewiesen, sie wissen Bescheid.« Er wiederholte: »Nur keine Sorge, Sir.«

»Haben Sie so was schon öfter gemacht?«

»Schon einmal, Sir. Es war ein Kanake, der beim Diebstahl von Heeresausrüstung erwischt wurde.« Das klang, als sei es ein Spaziergang gewesen. »Kleiner Tip erlaubt, Sir?«

»Immer, Chief.«

»Der Gerichtsoffizier, der hier das Kommando hat, ist, mit Verlaub gesagt, etwas schrullig, Sir.«

Die Sache wurde immer kurioser. »Inwiefern, Chief?«

Hawkins verzog keine Miene. »Eben ein bißchen blöd, Sir.« Er blickte zur Tür. »Das wird er sein.« Seine Daumen lagen exakt an den Hosennähten. »Lassen Sie sich von ihm nichts gefallen, Sir!«

Die Tür öffnete sich, und ein langgesichtiger Hauptmann mit der Armbinde der Militärpolizei trat ein, ein lederbezogenes Stöckchen unter den Arm geklemmt. Ein schwerer Revolver hing im Holster an seiner Hüfte. Er nickte kurz. »Sie sind Fairfax, vermute ich?«

Fairfax fühlte fast, daß der Artilleriemaat vor Wut kochte.

»Ja. Das Exekutionskommando ist bereit.«

Der Mann brummte unzufrieden. »Ich hatte wenigstens mit Marineinfanterie gerechnet. Na ja, man muß zufrieden sein . . .« Er blickte auf seine Uhr, sie sah teuer aus. Kriegsbeute? »Dann wollen wir anfangen. Hier entlang, äh – Fairfax.«

Sie verließen die Baracke durch ein schiefes Tor und kamen in einen leeren Hof, durchzogen von einer langen Planke, die in regelmäßigen Abständen von Pfosten gestützt wurde. Darauf konnten die Schützen in Schulterhöhe ihre Gewehre auflegen, um sorgfältig zielen zu können.

Hawkins marschierte über den Platz, seine Stiefel hinterließen saubere Abdrücke im Schmutz. Er berührte die Planke und schnaufte: »Etwas Farbe könnte ihr nicht schaden, Sir.«

Zum ersten Mal blickte Fairfax zur anderen Seite des Platzes hinüber. Dort standen zwei Pfähle, etwa acht Fuß hoch, und dahinter waren neue Sandsäcke aufgeschichtet.

Fairfax konnte die Augen nicht abwenden. So hatte er es sich vorgestellt: wie im Kino. Es war entsetzlich.

Der Provost gestikulierte mit seinem Stöckchen. »Ich habe die Gewehre mit Zeitungen abdecken lassen. Zwar erwarten wir keinen Regen, aber . . .«

Das klang gereizt und erinnerte Fairfax an Lowes. Er sah die schimmernden Kolben von zwölf Gewehren aus dem unordentlichen Zeitungspapier hervorlugen.

Der Hauptmann ergänzte: »Alle scharf geladen!«

Fairfax fühlte wieder dieses Würgen im Hals. »Ich verstehe«, preßte er hervor.

Unteroffizier Hawkins brummte: »Ich lasse die Leute antreten, Sir. Es wird Zeit.« Er grüßte zackig und schaffte es spielend, den Provost dabei zu ignorieren.

In einer Reihe marschierte das Erschießungskommando heran, die weißen Koppel und Gamaschen blitzten. An der Planke machten sie rechtsum und halt.

Hawkins schritt die Reihe ab. »Gleich werdet ihr einen Schritt nach vorn machen und die Gewehre aufnehmen. Jede Waffe hat eine Sicherung, und ich will, daß ihr Hornochsen das nicht vergeßt!« Er stützte sich auf die Planke. »Beim Kommando ›Zielen!‹ tut ihr genau das. Es sind Markierungen da, folglich hat niemand eine Entschuldigung, sollte er vorbeischießen. Ihr seid Artilleristen und keine Betschwestern, *verstanden*!«

Ein Seemann lief die Reihe entlang, sammelte das Zeitungspapier ein und knüllte es zusammen. Als er wieder an seinem Platz war, donnerte Hawkins: »Rührt euch!«

Er kam auf Fairfax zu und salutierte. »Alles klar, Sir. Einer wollte wissen, ob ein Gewehr mit einer Platzpatrone geladen ist.«

Der Provost tippte sich mit seinem Stöckchen ans Kinn und kicherte. »Der hat wohl zu viele Romane gelesen.« Aber er beantwortete die Frage nicht.

Fairfax wußte, daß die Matrosen von den verschiedensten Einheiten und Schiffen im Hafen kamen. Er kannte nur einen, den Obermatrosen Rae. Er sah fesch und sauber in seiner Uniform aus, die Mütze saß ihm knapp über den Augenbrauen. Auch er hatte Fairfax erkannt, ein kurzes Aufblitzen seiner Augen verriet es.

Der Hauptmann entfernte sich. »Ich sage Bescheid, daß Sie bereit sind.«

Wieso *bereit*? Die leicht hingeworfene Bemerkung trieb Fairfax den kalten Schweiß auf die Stirn. Verzweifelt blickte er Hawkins an. »Machen Sie weiter, Chief!«

Hawkins brüllte: »Erschießungskommando, stillgestanden! Waffen aufnehmen!«

Fairfax ging hinter der Reihe entlang, nachdem Hawkins wieder hatte rühren lassen. Die Leute flüsterten miteinander. Wollten sie damit beweisen, daß es ihnen nichts ausmachte? Oder wollten sie ihre wahren Gefühle verbergen? Nur Rae stand mit der Lee-Enfield in der rechten Hand gelassen am Ende der Reihe. Als Fairfax hinter ihm vorbeiging, konnte er sich vorstellen, was Rae von ihm dachte: Als Erster war er brauchbar gewesen, aber für derartige Jobs war er weich wie Pudding.

Rae fühlte seine neue goldene Uhr am Handgelenk drücken und dachte an ein Mädchen, das er kennengelernt hatte. Er würde sich von Ginger und Bill Craven absetzen müssen, um da mal nachzubohren. Eine Büchse Kaffee für sie sollte reichen. Er hörte den Unteroffizier zischen: »Sie kommen, Sir!« Fairfax räusperte sich, bevor er sie stillstehen ließ.

Die kleine Prozession schritt durch ein anderes Tor auf den Platz: Militärpolizisten, zwei Offiziere der Militärregierung, ein dicker Sergeantmajor und dann die Gefangenen, zwei bleiche junge Männer, die von Militärpolizisten geführt wurden. Als letzter folgte der Priester, sein Talar sah in dieser Umgebung ungewöhnlich sauber aus.

Der Provost stellte sich neben Fairfax.

»Nun ist es gleich vorbei.«

Das klang so gelassen wie eine Bemerkung über das Wetter.

Die Gefangenen wurden zu den Pfählen gebracht. Erst als ihre Arme hinten zusammengebunden wurden, schienen sie plötzlich zu begreifen, was passieren würde. Aber alles lief so schnell und effektiv ab, daß man kaum folgen konnte.

Einer der Offiziere von der Militärregierung las das Urteil vor, dann trat er zur Seite. Der Priester murmelte ein Gebet.

Die Gefangenen blickten starr geradeaus, aber sie schienen die Reihe der Schützen nicht zu sehen. Der Sergeantmajor hängte ihnen knallrote Scheiben um den Hals und zog sie sorgfältig zurecht, dann verband er ihnen routiniert die Augen. Damit war der Bann gebrochen. Die Gefangenen rüttelten an ihren Fesseln und begannen zu schreien. Offiziere, Militärpolizisten und der Sergeantmajor zogen sich zurück, nur der Gottesmann blieb noch bei den Pfählen.

In der plötzlichen Stille war das Schreien und Schluchzen überlaut zu hören.

Fairfax merkte, daß ihn alle anblickten. Nun ging auch der Priester langsam zum Tor. Er klappte seine Bibel zu und küßte sie.

Er mußte etwas tun.

»Exekutionskommando, Achtung! Legt an!« Aus den Augenwinkeln sah er, daß sich die zwölf Läufe über die Planke schoben. »Entsichern!« Gräßliche Bilder zuckten durch seinen Kopf. »Zielen!« Er dachte an den Beruf seines Vaters und an Meikles Rat, daß Mediziner immer gebraucht wurden. Und an seinen Bruder, der immer mit anderen Ärzten Golf spielte. Seine Muskeln verkrampften sich. »Feuer!«

Die Salve kam so gleichmäßig, daß sie wie ein einziger Schuß klang. Das Echo rollte durch den Hof. Der Rauch wirbelte in den dunklen Himmel.

Obermatrose Rae war schon immer ein guter Schütze gewesen, während der Ausbildung hatte er einer Marineauswahl angehört. Noch bevor Fairfax den Befehl gab, hatte Rae Druckpunkt genommen. Im letzten Augenblick hatte er das Visier leicht angehoben, bis er die Augenbinde seines Mannes genau über Kimme und Korn sah. So würde der Schuß genau treffen. Die anderen Kugeln zerfetzten die Körper mit der Wucht eines Kanonenschusses.

Es schien eine Ewigkeit zu dauern, bis der Befehl kam: »Gewehr bei Fuß!«

Rae blickte sich um. Der arme alte Fairfax hatte den Befehl nicht herausgekriegt. Es war Hawkins, der brüllte: »Rechts um! Im Gleichschritt, marsch!«

Nachdem er die Seeleute zum wartenden Lastwagen gebracht hatte, kam Hawkins zurück. »Alles in Ordnung, Sir?«

Fairfax blickte überallhin, nur nicht zu den Pfählen mit den großen roten Bündeln an ihrem Fuß.

»Danke, Chief, es geht schon.«

»Ich habe 'ne Buddel im Auto: Nelsons Blut.«

Fairfax würgte. »Nein, danke.«

Die beiden Offiziere der Militärregierung gingen vorbei. Der eine, ein Oberstleutnant, schnauzte irritiert: »Lernt man bei der Navy nicht mehr das Grüßen, Leutnant?«

Fairfax blickte ihm wie blind hinterher. Zum Glück konnte er nichts sagen, denn sonst hätte er jetzt schon unter Arrest gestanden.

Als er sich wieder umdrehte, waren die Pfähle leer. Ein paar Gefangene harkten den Sand wie Gärtner.

In der Baracke wartete Fairfax, bis der Unteroffizier mit seinem Flachmann zurückkam. War das alles wirklich geschehen? Oder würde er gleich aus einem Alptraum hochschrecken, aus einem von der Art, die Marriott peinigten?

Hatten sie sich so verändert? Waren sie noch dieselben Männer, die auf MGB 801 gekämpft hatten?

»Hier, Sir. Zum Wohl!«

Nun griff Fairfax doch nach dem kleinen Becher, den Hawkins ihm hinhielt. Ein paar Minuten später verließ er die Baracke. Ein paar Männer schoben zwei einfache Särge auf einer Karre vorbei.

Er blickte ihnen nach, bis sie außer Sicht waren. Dann stützte er sich gegen die Wand und erbrach sich.

Oberschreiber Lavender trat vor den großen Schreibtisch und meldete: »Leutnant Marriott hat gerade das Tor passiert, Sir.«

Meikle blickte auf die frischgemähte Rasenfläche hinaus. Das war ein zeitloser Genuß, dachte er, dieser Duft von frischgemähtem Gras. Dazu der Klang eines Kricketschlägers an einem Sommerabend . . .

Er seufzte. »Bringen Sie ihn herein.« Er blickte zur Wanduhr und verglich sie mit seiner Armbanduhr. Es war vorbei. Seit ein paar Minuten. Wie hatte Fairfax es verkraftet?

Die Tür öffnete sich, und Marriott kam herein. Er sah gut aus, besser, als Meikle erwartet hatte.

»Nehmen Sie Platz.«

Marriott setzte sich langsam und mit steifen Beinen. Zum Teil lag das an der flotten Fahrweise Knechts von Flensburg nach Plön.

»Wie geht es Leutnant Kidd?«

Marriott hätte gern gegähnt, statt dessen lächelte er. Ich werde Beri-Beri immer ähnlicher, dachte er. »Er liegt im Armeelazarett, Sir. Ein sauberer Bruch, wenn man den Ärzten glauben darf.«

»Sie haben sich viel Zeit gelassen.«

Marriott blickte ihm in die Augen. Typisch Meikle.

»Ich bin zwei Tage oben geblieben, bis alles klar schien, Sir.« Er erwartete einen scharfen Verweis und bereitete eine entsprechende Entgegnung vor.

»Ja, das war vermutlich richtig. Nach allem, was ich hörte, sind Sie diesmal verdammt knapp an Ihrer letzten Rasur vorbeigekommen.«

»Ohne die Deutschen wäre es aus gewesen . . .«

»Verschonen Sie mich damit. Die wollen Ihnen doch nur ein paar Gefälligkeiten aus den Rippen leiern.« Meikle lächelte müde. »Jedenfalls haben Sie den Job erledigt.«

Marriott mußte an Beri-Beris Gesicht denken, als er ihn zum letzten Mal im Lazarett besucht hatte. Es war ein trauriger Abschied gewesen, zuviel blieb ungesagt. Aber sobald Kidd transportfähig war, würde er nach Kiel verlegt werden, und dann würden sie ein Riesenfaß aufmachen.

»Irgendwelche Bemerkungen zur Versenkung des Frachters?« fragte Meikle.

Marriott beugte sich vor. »Jawohl, Sir. Ich meine, daß man die Sprengladungen aufteilen sollte.« Er zog ein Blatt Papier heran und skizzierte einen groben Entwurf. »Dadurch würde die Gefahr verringert, daß das Schiff durchbricht, bevor es auf dem Grund liegt.«

Meikle sah geduldig zu, wie Marriotts geschickte Hand die Zeichnung entwickelte. »Ach ja, ich hatte vergessen, daß Sie Bauzeichner sind.« Er verschränkte die Arme vor der Brust. Marriott machte sich Gedanken über seinen neuen Job, das war ein gutes Zeichen.

»Sie werden bald Heimaturlaub bekommen. Aber der Commodore wünscht noch ein paar Versenkungen, bevor das Wetter in der Ostsee zu rauh wird. Ihren Vorschlag leite ich weiter.«

»Danke, Sir.«

Meiklc erhob sich hinter seinem Schreibtisch. »Sie sollten sich um Ihren ehemaligen Ersten kümmern, wenn Sie Zeit haben. Er hat ein Erschießungskommando befehligt.« Wieder der Blick auf die Uhr. »Um genau zu sein, vor einer Viertelstunde.«

Marriott erstarrte. »Exekutionskommando? Wer ist denn auf diese Idee gekommen? Der Mann ist doch kein . . .«

»Kein *was*, Marriott? Wollten Sie *Henker* sagen? Wir müssen die Suppe alle zusammen auslöffeln. Andernfalls werden wir den Frieden so gründlich verspielen, wie wir den Krieg gewonnen haben.«

Er blickte auf, aber Marriott war bereits gegangen. Im Korridor rannte Marriott fast gegen das Mädchen, das ihn anstarrte, als sei er ein Geist.

»Was ist los? Ist was passiert?« fragte er.

Ursula stand immer noch still da und blickte in sein Gesicht, als hätte sie ihn nicht gehört. »Nein. Es ist nichts«, stammelte sie schließlich. »Ich dachte nur . . . Wir hörten, daß ein . . .« Sie senkte den Kopf, und er sah Tränen auf ihre Jacke fallen.

Da packte er ihre Schultern, obwohl er damit rechnete, zurückgestoßen zu werden. »*Was* haben Sie gehört?«

»Daß ein Leutnant auf dem Schiff verletzt wurde. Ich wußte doch nicht, daß noch ein Leutnant dabei war! Ich dachte – ich dachte . . .« Noch mehr Tränen quollen aus den dunklen Augen.

»Sie dachten, *ich* wäre es? Ich hätte gar nicht vermutet, daß es Ihnen etwas ausmachen würde.«

Sie riß sich los. »*Vermuten! Ausmachen!* Aber natürlich! Glauben Sie denn, daß ich keine Frau bin?« Sie stürmte in ihr Büro und schlug die Tür zu.

Meikle hörte den Knall und blickte von seinem Schreibtisch auf.

Vielleicht war es wirklich gut, wenn Marriott möglichst bald in Urlaub ging. Er schloß den Aktenordner und fuhr sich mit den Fingern durchs Haar. Gut für beide.

Bedrohte Unschuld

Der kleine Kübelwagen bog in die weite, mit Büschen bestandene Auffahrt und hielt vor dem beeindruckenden Portal. Während sie die Allee flott hinabbrausten, war das Schloß immer größer geworden. Es schien einem Märchen zu entstammen. Zwei Türme flankierten das hohe Dach, im Hintergrund schimmerte der Plöner See. Der Commodore hatte sich diese Unterkunft zweifellos selbst ausgesucht.

»Es wird nicht lange dauern, Heinz.« Erstaunlich, wie leicht es Marriott fiel, den Fahrer mit Vornamen anzureden, vielleicht wegen der gemeinsamen Fahrten nach Flensburg und zurück, die sie jetzt schon zweimal absolviert hatten. Beim letzten Mal hatte Marriott die Versenkung einer Hulk überwacht, die mit Waffen, unbrauchbaren Maschinenteilen und entschärften Bomben beladen war. Der Zeitzünder hatte perfekt funktioniert. Als er Beri-Beri danach im Lazarett besuchte, meinte der: »Was habe ich dir gesagt, alter Junge? Schließlich hast du beim Meister persönlich gelernt.«

Er hatte Beri-Beri von Fairfax und der Exekution erzählt.

Beri-Beri hatte den Kopf geschüttelt und ein Gähnen unterdrückt. »Es wird wahrscheinlich noch schlimmer werden. Sollte der Winter hart werden, nun, du weißt ja, was dann passiert.« Plötzlich lächelte er. »Hier war ein Kerl, der uns über die Demobilisierung aufgeklärt hat. Es wird ein Nummernsystem geben. Je länger man gedient hat, desto schneller kommt man raus.« Das hatte sich angehört, als ob er aus dem Knast entlassen werden sollte.

Marriott hatte wenig von Ursula gesehen. Trafen sie aufeinander, war sie höflich, nicht mehr, und er hatte die unsichtbare Barriere respektiert.

Ein Posten der Royal Marines salutierte zackig und öffnete eine der großen Türen. Er trat ein, kühler Marmor umgab ihn, eine breite Treppe führte hinauf. Die Eingangshalle wurde vom größten Kronleuchter beherrscht, den er je gesehen hatte. Er lächelte. Genau der richtige Platz für Errol Flynn und Basil Rathbone, um das letzte Duell auszufechten.

»Hier entlang, Sir.« Der schottische Steward wirkte völlig deplaziert.

Sie betraten einen langen Raum, der mit Geweihen und anderen Jagdtrophäen dekoriert war. Vor einer der hohen Glastüren, die in den großen Garten hinausführten, saß der Commodore.

»Nehmen Sie Platz, Marriott.« Paget-Orme rauchte eine dicke Zigarre, seine rosigen Finger lagen still im Schoß. »Na, was halten Sie von meinem neuen HQ?«

Marriott hob die Schultern. »Sehr beeindruckend, Sir.«

Der Commodore sah ihn fast enttäuscht an. Er stand auf und trat an die Glastür. »Ich meine, das Wort ›luxuriös‹ wäre angemessener.«

Marriott folgte dem untersetzten Commodore ein paar Stufen hinunter auf den Rasen. Um einen weißgestrichenen Eisentisch saßen Kapitän von Trips, Meikle und zwei Offiziere, die Marriott nicht kannte, wahrscheinlich aus Paget-Ormes Stab. Ein deutscher Diener in weißer Jacke goß Wein in schwere Kristallgläser.

»Eine Routinesitzung in schöner Umgebung«, meinte der Commodore.

Marriott blickte zu dem deutschen Kapitän hinüber. Wie mochte er sich fühlen? Er mußte hier schon zu Besuch gewesen sein, als über dem Schloß noch die Hakenkreuzflagge wehte. Aber der bärtige Deutsche lächelte nur leicht. Er schien seine Gedanken zu lesen und sich darüber zu amüsieren.

Zwei weitere Männer kamen über den Rasen geschlendert, beides ehemalige deutsche Marineoffiziere. Marriott sah die dunklen Stellen auf ihren Uniformen, wo der Adler aufgenäht gewesen war.

Paget-Orme blieb stehen und blickte dem Rauch seiner Zigarre nach. Genüßlich nippte er am Wein. Er war augezeichnet, Marriott hatte so etwas noch nie gekostet. Wie in England hatten wohl auch hier nicht alle den Gürtel enger schnallen müssen.

Meikle sagte: »Sie müssen noch einen Job erledigen, Marriott. Mein Schreiber wird Ihnen die Einzelheiten mitteilen. Sie werden wieder allein arbeiten, aber das ist Ihnen sicherlich nur lieb, nicht wahr?« Wie immer wartete er die Antwort nicht ab. »Die großen Gaskonvois werden bald auslaufen. Die Aktion läuft unter dem Codenamen *Scran.*« Er erklärte nicht, warum.

Paget-Orme winkte den Diener heran. »Ich bin mit Ihrem Einsatz sehr zufrieden, Marriott, und habe das auch dem Admiral gesagt. Schade, daß Sie kein Berufssoldat sind, aber vielleicht überlegen Sie sich das noch mal.« Er lächelte. »Das zivile Leben unter den Sozialisten wird nicht sonderlich angenehm werden, denke ich.«

Meikle fuhr fort, als sein Vorgesetzter geendet hatte: »Danach bekommen Sie Heimaturlaub. Ich habe erfahren, daß Ihre Schwester heiraten wird.«

»Jawohl, Sir.« Woher wußte Meikle das?

Er hielt den Atem an, als er hinter sich Schritte auf den Fliesen hörte. Seine Schwester und der Urlaub waren vergessen. Ohne sich umzudrehen, wußte er, daß *sie* es war.

Ursula kam zum Tisch, unter dem Arm einen Stapel Akten. Obwohl sie einfach gekleidet war, folgten ihr aller Augen. Nur Meikle beobachtete Marriott.

»Nun, Gentlemen, alles bereit?« Paget-Orme wandte sich an Marriott. »Ich wollte Ihnen nur sagen, daß ich mit Ihrer Arbeit sehr zufrieden bin.« Das war eine Entlassung.

Der schottische Steward hüstelte höflich. »Da ist ein Anruf für Ihre Sekretärin, Sir.«

Meikle schnappte: »Ein Anruf für *sie*? Also bitte, Fräulein Geghin, nehmen Sie ihn entgegen. Fürs erste haben wir hier alles, was wir benötigen.«

Sie eilte fort, und Meikle knurrte: »Wir warten noch auf den Kapitän der *Sea Harvester*, Sir.«

Alle blickten auf die Uhr und begannen dann in den Papieren zu blättern. Marriott ging in den kühlen Raum zurück und kam sich nach dem gleißenden Sonnenschein draußen fast blind vor. Durch ein Fenster sah er, daß sein Fahrer mit einem Gärtner schwatzte. Man hätte meinen können, daß hier niemals Krieg gewesen war.

Er hörte Ursulas Stimme und sah sie an einem goldfarbenen Tisch stehen, wo sie hastig in ein Telefon sprach. Dicht daneben wartete Dundas, der persönliche Steward des Commodore.

Marriott erschrak, als er ihr Gesicht sah. Es war kalkweiß und verzweifelt.

»Was ist passiert? Erzählen Sie es mir!«

Sie blickte ihn an, schien ihn aber nicht zu erkennen. »Bernadette ist überfahren worden! Ich weiß nicht, wie ...«

Marriott brauchte nicht mehr zu erfahren. Es ging um das Kind, von dem er gedacht hatte, es wäre das ihre.

»Wo ist sie?«

Es fiel ihr schwer, ihm zu antworten. Der Schock schien ihr Englisch zu beeinträchtigen. »Im Hospital. In Eutin.« Sie betupfte sich die Augen mit einem Taschentuch. »O Gott, sie ist doch erst drei Jahre alt!«

Marriott sah, daß sie wieder zur Glastür wollte. »Nein, kommen Sie mit. Denen da draußen können wir es später erklären. Jetzt bringe ich Sie erst mal nach Eutin, sofort!«

Stumm blickte sie ihn an, als er ihren Arm nahm und sie durch die große Tür hinausführte. Knecht nickte, sagte aber nichts. Er spürte, daß ein Notfall vorlag.

Marriott sah, daß der Steward angelaufen kam. Jede Sekunde konnten sie aufgehalten werden. »Gib Gas, Heinz!« befahl er. Der Kübelwagen schoß die Auffahrt hinunter. »Nach Eutin, Heinz, zum Krankenhaus.«

Heinz entspannte sich. Mit seinen großen Händen steuerte er das

Fahrzeug geschickt um zwei gaffende Frauen herum, die große Bündel auf dem Rücken trugen. Das war mal was Neues: Jemand war krank. Aber warum machte sich sein Offizier deshalb Sorgen? Er blickte Marriott schnell an. Weil es ihm wichtig war. Das Mädchen war ja auch zweifellos sehr attraktiv. Wer konnte es ihm verübeln?

»Achte auf die Straße, Mann!« knurrte Marriott. »Sonst landen wir noch alle im Krankenhaus.«

Die Kinderstation des Krankenhauses war in einem kleinen Kloster untergebracht. Schwarzgekleidete Nonnen glitten durch makellos saubere Korridore, beugten sich über kleine Betten und verrichteten die Arbeit von Krankenschwestern.

Obwohl die Hauptstraße nicht weit entfernt lag, war es hier ruhig, fast traurig.

»Warte auf uns, Heinz.« Marriott sah sein schnelles Begreifen. Für den Fall, daß das Kind tot ist.

Ursula eilte die Treppe hinauf. »Ich frage am Empfang . . .«

Ein junger britischer Soldat verließ das Hospital und grüßte Marriott lässig. Ein deutscher Polizist folgte ihm, er trug noch die alte Uniform mit dem altertümlichen Tschako. Beide kamen zum Kübelwagen, und der Polizist erklärte dem Fahrer etwas auf deutsch. Heinz übesetzte: »Er denkt, daß Sie wegen des Unfalls hier sind, Herr Leutnant.« Seine Stimme verriet Abscheu. »Sie sollen sich keine Sorgen machen, es war ein Lastwagen des Heeres, nicht der Marine.« Der junge Soldat nickte. Marriott wandte sich ab, als er ihre Hand auf seinem Arm fühlte.

»Bernadette wird überleben«, flüsterte sie.

Da ließ er die drei am Kübelwagen stehen und ging mit Ursula hinein. Eine Schwester führte sie durch die Korridore, die völlig überbelegt waren. In jeder nur möglichen Ecke standen Betten, teilweise nur kleine Gitterbetten. Der Platz reichte gerade, daß sich Schwestern und Besucher durchdrängen konnten. In einem Saal lagen besonders schwer verletzte Kinder; kleine, fahle, ernste Gesichter, manche mit Binden über den Augen oder amputierten Gliedmaßen.

Marriott fragte: »Was fehlt den Kindern da drin, Schwester?«

Entweder sprach sie kein Englisch, oder sie zog es vor, ihn nicht zu verstehen. Ursula übersetzte: »Es sind Opfer der letzten Luftangriffe. Sie sind jetzt . . .« Sie suchte nach dem richtigen Wort. »Waisen.«

Die Ordensschwester führte sie in einen kleinen Saal. Neben einem Bettchen saß dort eine junge blonde Frau und blickte auf das Gesicht eines kleinen Mädchens hinab.

»Das ist die Frau meines Bruders, Liesel.«

Bernadettes Mutter hatte sie offenbar nicht kommen gehört. Plötzlich sprang sie auf und blickte zuerst Ursula, dann Marriott und seine Uniform an. Sie ballte die Fäuste vor Wut. Wahrscheinlich dachte sie, daß er ihre Tochter überfahren hatte.

Aber dann lauschte sie der ruhigen Stimme ihrer Schwägerin und blickte wieder in das Bettchen hinunter.

Das Kind war sehr blaß und atmete schnell. Kopf und Schultern waren dick verbunden, ein Auge hinter einer blutigen Kompresse verborgen.

Ursula sagte leise: »Sie wird wieder gesund werden.« Sie biß sich auf die Lippen. »Bestimmt! Sie rannte aus der Tür, bevor Liesel sie zurückhalten konnte. Die Soldaten brachten sie sofort hierher, sonst ...«

Marriott mußte an den Soldaten denken, der ihn gegrüßt hatte. Er war höchstens neunzehn Jahre alt gewesen, so alt wie die meisten Jungen auf MGB 801. Vermutlich hatte er am Steuer des Lastwagens gesessen.

Ursula sprach mit der Mutter des Kindes, und er hörte den Namen Willi von Trips. Da blickte Liesel ihn zum ersten Mal offen an. Sie wirkte müde und erschöpft, und Marriott erinnerte sich, daß ihr Mann vermißt war und sein Kind noch nie gesehen hatte.

Zögernd sagte sie: »Ich danke Ihnen, Herr Leutnant, daß Sie Ursula so schnell hergebracht haben. Wir sind uns gegenseitig eine große Hilfe.« Sie wandte sich dem Bettchen zu, als das kleine Mädchen wimmerte, alles andere vergessend. Sofort war auch eine Nonne zur Stelle und beugte sich mit ihr über das Kind.

Ursula flüsterte: »Wir sollten jetzt gehen«, und strich ihrer Schwägerin abschiednehmend über das Haar. »Liesel bleibt noch.«

»Mein Fahrer kann sie später nach Hause bringen.«

»Wir sind hier zu Hause. Es sind nur ein paar Minuten zu Fuß.« Sie zögerte. »Wenn Sie möchten, Herr Leutnant, können wir bei meiner Mutter noch einen Kakao trinken ...«

Er blickte sie fest an. »Wenn es Ihnen wirklich recht ist?«

Sie nickte, das schwarze Haar fiel wie Seide in ihre Stirn. »Sie haben mir schon zum zweiten Mal geholfen. Ich möchte mich bedanken.«

Zusammen gingen sie in den Sonnenschein hinaus. Marriott schien es ungerecht, daß der Himmel so blau über diesem Haus strahlte, wo es soviel Leid Unschuldiger gab.

Ohne Widerspruch kletterte Ursula ins Auto, obwohl es bestimmt

Gerüchte geben würde, wenn man sie mit einem britischen Offizier sah.

»Hier ist es.« Heinz bog auf einen Platz mit Kopfsteinpflaster ein. Marriott sprang heraus und reichte ihr die Hand. Sie standen nicht vor dem Gasthaus, das er damals für ihre Wohnung gehalten hatte. Dieses Haus war kleiner und wahrscheinlich viel älter. Schläfrig lag es in der Sonne.

Ursula blickte ihn an. »Herzlich willkommen.«

Er drückte ihre Hand. »Ich freue mich, hier zu sein.«

Sie erwiderte den Druck nicht, aber entzog ihm auch nicht die Hand.

»Ich bleibe im Wagen, Herr Leutnant.« Heinz hatte wieder einmal schnell verstanden. So würde es offizieller aussehen: ein Offizier der Dienststelle, bei der sie arbeitete, kam, um die Familie nach dem Unfall zu unterstützen. Diese Frauenfamilie – wie kam sie wohl zurecht?

»Wie alt ist eigentlich Ihre Schwägerin?« fragte er, während sie auf die alte geschnitzte Tür zugingen. Ein doppelköpfiger Adler schmückte sie, wie er im zaristischen Rußland üblich gewesen war.

»Liesel ist fünfundzwanzig.«

Marriott hatte sie zehn Jahre älter geschätzt.

Hinter der Tür empfingen sie Möbel aus dunklem, poliertem Holz. Biergläser hingen in einer Reihe an einem Balken neben einem großen Kamin. Das Wohnzimmer mußte im Winter ein gemütlicher Platz sein.

Ursulas Mutter kam sie begrüßen. Die Tochter hatte ihre Gesichtszüge geerbt und dasselbe dunkle Haar, allerdings war das der Älteren mit grauen Strähnen durchsetzt. Sie lächelte höflich, als Ursula ihr alles erklärte, aber sie sprach kein Englisch. Dann ging sie in die Küche.

Ursula forderte ihn auf, Platz zu nehmen, und setzte sich auf eine lange, polierte Bank an dem glänzenden Tisch. Sie nahm seine Mütze und blickte auf das Abzeichen. »Meine Mutter ist Litauerin. Auch ich wurde dort geboren.«

»Wo?«

Zum ersten Mal lachte sie. »Das wird Ihnen nichts sagen, Herr Leutnant. Der Ort heißt Palanga. Mein Vater war dort Vertreter für Spirituosen – er stammte aus Schleswig. Er hatte geschäftlich in Litauen zu tun und verliebte sich in meine Mutter.« Sie machte eine ausholende Bewegung. »So kamen wir hierher.« Das Lachen verstummte. »Ich fürchte, wir sehen ihn nie wieder. Er war nicht sehr kräftig, trotzdem haben sie ihn zur Infanterie eingezogen. Wie meinen Bruder.«

Das mochte ihr dunkles Aussehen erklären, das sich so von der blonden Liesel unterschied. Jetzt waren die Russen in Litauen, und es hatte nicht den Anschein, daß sie jemals wieder abziehen wollten.

Ursulas Mutter brachte Wein und nicht den Kakao, den er erwartet hatte.

»Sie sagt, daß wir auf Bernadettes Genesung trinken sollen«, sie warf der Mutter einen prüfenden Blick zu, »und daß Sie hier immer willkommen sind.«

Marriott nickte und wartete, bis die Mutter den Raum verlassen hatte. »*Darf* ich denn wiederkommen? Wenn ich Ihnen Ungelegenheiten bereite, lasse ich es lieber.«

Sie antwortete nicht direkt. »In ein paar Tagen werden Sie nach England zurückfahren und uns vergessen. Ich hörte Herrn Meikle sagen, daß Ihre Schwester bald heiratet. Auch Sie werden jemanden finden und heiraten.« Ihre Augen schienen das ganze Gesicht auszufüllen. »Es ist für uns zu Ende, bevor es begonnen hat.«

Marriott umklammerte sein Weinglas. »Es muß nicht so enden, Ursula. Wir können jetzt nicht einfach wieder auseinandergehen.« Er sah, daß sie den Atem anhielt, als er sie mit Vornamen ansprach. »Ich werde Ihnen bestimmt nicht weh tun oder Sie nur ausnutzen . . .«

Sie schüttelte den Kopf. »Hören Sie auf! Sie tun mir schon weh, wenn Sie so sprechen. Sobald Sie mir die Hand geben oder lächeln, könnte ich weinen. Wie soll das erst werden, wenn Sie wieder weg sind?«

Marriott erhob sich. »Ich gehe jetzt und werde Meikle von dem Unfall unterrichten.« Er wußte kaum, was er sagte. »Er meint, daß Sie seine beste Übersetzerin sind.«

Sie reichte ihm seine Mütze und flüsterte: »Vielleicht wäre es besser, wenn ich kein Wort Englisch könnte. Oder schützt auch Schweigen nicht davor?«

Er nahm ihre Hand und küßte sie schnell. »Ich werde diesen Tag nie vergessen, Ursula. Niemals!« Er wußte nicht, wie er das Haus verlassen hatte und zum Auto zurückgekommen war. Einmal blickte er sich noch um. Der Vorhang in dem Zimmer, wo sie so kurz zusammengesessen hatten, bewegte sich.

Ursula blickte dem Auto nach, bis es außer Sichtweite war, und preßte die Hand an den Mund, wo seine Lippen sie berührt hatten.

Dann schob sie die Hand in ihre Bluse und legte sie auf ihre Brust. Ihr ganzer Körper brannte, als schäme er sich für ihre Gedanken. Dann setzte sie sich auf die Bank und begann leise zu weinen.

Sie weinte noch immer, als ihre Mutter den Arm um sie legte.

Jetzt war es kein Geheimnis mehr.

Die Stadt Neumünster lag nur etwa dreißig Kilometer südlich von Kiel, und die britische Armee mit ihren Hinweisschildern war dort allgegenwärtig. Selbst die Erholungsheime der Soldaten waren mit den Wappen der Regimenter und Divisionen geschmückt.

Die drei Seeleute in ihren blauen Regenmänteln und den weiten Hosen standen im Regen draußen. Von vorbeifahrenden Armeejeeps wurden sie mit schrillen Pfiffen bedacht.

Obermatrose Bill Craven lehnte sich in einen Hauseingang und maulte: »Jetzt werden wir auch noch naß. Wie kommen wir zur Kaserne zurück?«

Ginger Jackson seufzte. Warum hatte er bloß diese Pfeife ins Geschäft hineingenommen? Dem war doch nicht zu trauen.

»Ich hab' dich hergebracht, stimmt's? Also werd' ich dich auch wieder zurückbringen, klar?«

Obermatrose Rae zündete sich eine Zigarette an und grinste in sich hinein. Und das alles für ein paar Beutestücke! Doch schon der ständige Streit zwischen den beiden war es ihm wert, dabeizusein.

Craven hakte nach: »Aber er ist doch ein verdammter Offizier!«

Ginger verlor jetzt die Beherrschung. »Dann hat er ja wohl auch mehr zu verlieren, oder?«

Rae knurrte: »Da kommt Oskar.«

Der ehemalige Steward der HAPAG stieg aus einem überfüllten Bus und eilte über die Straße, die südwärts bis nach Hamburg führte.

»Noch nicht da?« Er trug einen Hut, den er tief ins Gesicht gezogen hatte.

Leichthin meinte Ginger: »Der kommt schon. Danach liegt's an dir, Kumpel.«

»Ich tue, was ich kann.« Oskar beobachtete die Straße. Sie glänzte im Nieselregen. »Vergeßt nicht, sie ist eine Gräfin. Uralte Familie aus Ostpreußen: von Lorenz.«

Das sagte Ginger und seinen Freunden nicht viel. Sie war eine Deutsche und brauchte sie mehr als umgekehrt, das reichte ihnen. Ein paar Geschäfte, tüchtig absahnen und dann raus aus der Navy, so hatten sie sich das ausgedacht.

»Bei Gott, er kommt!« Rae schien zur Abwechslung mal überrascht zu sein.

»Na also.« Ginger entspannte sich. Insgeheim hatte er schon befürchtet, er hätte die Sache versaut. Einmal war ein Jeep voll hochnäsiger Militärpolizisten auf sie zugekommen, da hatte er geglaubt, daß Lowes durchgedreht und Meikle alles gestanden hatte.

Der Wagen hielt, und Lowes stieg aus. Er sagte etwas zum Fahrer, lachte und winkte dem Auto nach. Als er sich umdrehte, grüßten sie, als sei das Zusammentreffen rein zufällig.

Craven flüsterte: »Verdammt, der is' ja voll wie 'ne Strandhaubitze!«

Ginger biß sich auf die Lippen. »Nur ruhig, Jungs, ich mach' das schon.«

Lowes rückte seine Mütze zurecht und blickte sie freundlich an. »Und wer ist das?«

»Das is' Oskar, Sir. Ein prima Junge, haßt die Nazis und hat vor britischen Offizieren Respekt.«

Lowes blickte Oskar fest an. »Recht so, Mann. Was ist mit der Gräfin?«

Ginger blieb keine Zeit, Lowes so lange aus dem Verkehr zu ziehen, bis er wieder nüchtern war. So voll hatte er ihn noch nie gesehen.

Aber Oskar sagte schnell: »Es ist das Haus um die Ecke, Sir. Ich führe Sie hin.« Er warf den anderen einen verstohlenen Blick zu. »Okay?«

Vorsichtig fragte Ginger: »Wohl etwas gefeiert, Sir?«

Lowes glotzte ihn aus glasigen Augen an. »Meine Mutter hat heute geheiratet.«

Das war's also. Ginger sah, daß Rae eine unpassende Bemerkung machen wollte, und schüttelte energisch den Kopf. Dafür war jetzt nicht der richtige Zeitpunkt.

Lowes nickte. »Weitermachen!« Er blickte die drei Seeleute an. Wie einfach war es doch, ihnen zu befehlen. Immer nörgelten sie herum, aber wenn es darauf ankam, brauchten sie doch einen Offizier.

Er dachte an den Offiziersklub, den er besucht hatte, aber er konnte sich nicht mehr erinnern, wie viele Drinks es gewesen waren. Egal! Er hatte Fairfax gesehen, aber nicht mit ihm gesprochen. Seit der Exekution führte sich Fairfax auf wie eine Ente im Gewitter. Der Vergleich ließ ihn kichern. Ich hätte die Hunde eigenhändig abgeknallt! dachte er, und in diesem Augenblick glaubte er es tatsächlich.

Er stellte fest, daß ihn Oskar die Treppe einer beeindruckenden

Villa emporführte. Die Hälfte des Gebäudes war wohl nach einem Bombenangriff ausgebrannt, aber die Haustür öffnete sich schnell genug, nachdem Oskar geklopft hatte. Ein bulliger Diener blickte sie mißtrauisch an. Oskar sagte etwas, und der große Mann führte sie in einen Raum, der bis auf das spärliche Tageslicht, das von draußen hereinfiel, im Dunklen lag. Es roch muffig. Lowes sah, daß Stühle und Sofa mit rotem Samt bezogen waren. Vorkriegsgeschmack, dachte er.

Seine Kehle war völlig ausgetrocknet, sein Kopf schmerzte scheußlich. Vorsichtig setzte er sich auf das nächste Sofa. Oskar tigerte auf und ab.

Lowes hörte ferne Musik. Das Haus mußte größer sein als angenommen.

»Sie kommt, Sir.«

Na, der Bursche hatte wenigstens Respekt. Lowes erhob sich und fiel beinahe um. Die Tür öffnete sich, und eine Frau kam herein, groß, schlank und ganz in Schwarz. Da sie auch einen großen Hut trug, war es unmöglich, ihr Gesicht oder ihr Alter zu erkennen. Das Haar schien blond, fast silbrig zu sein. Sie rauchte eine Zigarette, und selbst das sah bei ihr elegant und leger aus.

Die Gräfin bemerkte: »Sie sind noch sehr jung.« Ihr Akzent war stark, aber Lowes konnte ihr Englisch gut verstehen. »Wie darf ich Sie nennen? Wie ist Ihr Vorname?«

Lowes war erstaunt, er hatte mehr Förmlichkeit erwartet. »Ich heiße John, aber . . .«

»Setzen Sie sich, John.« Auch sie setzte sich und schlug die Beine übereinander.

Lowes sah echte Seidenstrümpfe, die man selbst in England nur noch vom Hörensagen kannte. Plötzlich wurde er sich der Nähe ihres Körpers bewußt und roch ihr Parfüm.

»Sie hatten es schwer im Krieg, nicht wahr?« Dabei legte sie ihm eine Hand aufs Knie.

Lowes konnte sich kaum rühren, er räusperte sich. »Ja, das stimmt wohl. Doch man lernt es, die Angst zu meistern . . .« Es war erstaunlich, wie leicht ihm die Lüge von den Lippen kam. »Ich habe schreckliche Dinge gesehen, Gräfin.«

Die Hand wanderte seinen Schenkel hinauf. »Aber nennen Sie mich doch Elisabeth!«

Lowes schluckte. »Ich möchte . . . Ich dachte . . .« Was passierte hier? Er konnte nichts dagegen tun, die Hand schien sich durch seine Uniform zu brennen. Ihre Augen lagen im Schatten der breiten Krempe.

Rasch stand sie auf. »Vielleicht möchten Sie einen Drink, John?«

Dumpf nickte Lowes. Das würde ihm Zeit zum Nachdenken geben. Er sah zu, wie sie sich elegant und leichtfüßig bewegte, Gläser und Karaffe aus einem Schränkchen holte.

Nachdem sie sich wieder gesetzt hatte, tastete er ungeschickt nach ihrem Arm, aber mit lässiger Eleganz wehrte sie seine Hand ab und füllte die Gläser. Dabei flüsterte sie: »Ich bin nichts für dich, John. Vielleicht werden wir aber Geschäftspartner, sobald wir uns erst besser kennen.« Sie reichte ihm das Glas und beobachtete die Enttäuschung in seinen geröteten Augen.

»Ich weiß aber jemand für dich, John, hier in meinem Haus.« Lowes wollte sein Glas abstellen, doch sie hob seinen Arm und wartete, bis er trank.

»Du mußt keine Angst haben, John. Vertrau mir, es ist *sicher*. Verstehen wir uns?«

Lowes trank. So etwas kannte er noch nicht: süß und doch feurig. Das würde seinen Kopf bald wieder klarmachen.

Die Gräfin hatte sich erhoben und geläutet. Die Tür öffnete sich sofort. Lowes hatte erwartet, Oskar zu sehen, aber der war wohl verschwunden. Der stämmige Butler kam herein.

»Karl wird Sie führen.«

Lowes schwankte und wäre gestürzt, hätte der Mann ihn nicht mit eisernem Griff gehalten.

Er fühlte sich betrogen. In Mutters Hochzeitsnacht ... Als der Butler ihn aus dem Raum führte, sah er draußen mehrere Offiziersmützen auf einem Tisch liegen, alle vom Heer. Das beruhigte ihn etwas.

Die Gräfin rief ihm nach: »Fühlen Sie sich wie zu Hause, John. Wir sprechen uns später.«

Es ging zwei Treppen aufwärts und dann durch einen langen Flur. Die Musik klang jetzt gedämpfter. Der Drink machte Lowes leichtfüßig.

Eine Tür wurde geöffnet und wieder geschlossen. Im Raum dahinter stand ein Mädchen am Fenster: sehr jung, mit kurzem blondem Haar. Die Augen waren stark geschminkt, so daß sie wie die eines Fauns aussahen. Sie trug einen dünnen Seidenmantel, von einer goldenen Kordel zusammengehalten. Die Füße waren nackt.

Lowes war noch nie mit einem Mädchen zusammengewesen. Seit seinem Eintritt in die Navy hatten ihn die Geschichten abgeschreckt, daß man sich etwas einfangen konnte. Die Seeleute machten ihre Späße darüber: sich den Schwanz verbrennen, nach Rose Cottage kommen, dem Lazarett für Geschlechtskrankheiten.

Er schluckte schwer, sein Puls raste. »Wie heißt du?«

Schweigend kam sie durch den Raum auf ihn zu und nahm seine Hand, so wie ein Kind ein anderes führt. Seite an Seite saßen sie auf der Bettkante. Dann umarmte sie ihn und küßte ihn auf den Mund. Er spürte ihre Schultern hart durch den dünnen Mantel und erwiderte den Kuß heftig. Sein Kopf schien zu explodieren, als sich ihre Zunge zwischen seine Zähne schob.

Sie kniete sich auf den Boden, und er spürte, daß sie ihm Schuhe und Socken auszog. Dann küßte sie seine Füße. Langsam entkleidete sie ihn und berührte ihn dabei fordernd. Sein Körper wölbte sich ihr entgegen. Es gab eine kleine Pause, als er völlig nackt auf dem Bett lag und zu erkennen versuchte, was sie machte. Sehr langsam kam sie auf ihn zu, ihre Augen fixierten ihn. Dann küßte sie ihn wieder.

Um Lowes drehte sich alles. Er riß an der goldenen Kordel und griff unter den Seidenmantel. Da fand er eine Erektion vor, die der seinen um nichts nachstand.

Er wußte, er hätte abgestoßen sein müssen und entsetzt, aber er war es nicht. Der blonde Junge warf den Mantel ab, sank aufs Bett und schmiegte sich an ihn. So erkundeten sie ihre Körper wie Liebhaber.

Auf der Straße standen die drei Matrosen und warteten, was Oskar zu berichten hatte.

Ginger fragte: »Wo ist er?«

Oskar schlug den Kragen seines Mantels in die Höhe und blickte in den Nieselregen. Er war froh, wieder hier draußen zu sein, obwohl ihn fror.

»Er bleibt bei der Gräfin.«

Craven brummte: »So war das aber nicht geplant!«

Ginger blickte den Deutschen mißtrauisch an. »Ist sie sauber?«

»Ja.« Oskar wirkte ausgesprochen unglücklich. »Und sie hat viel Einfluß. Aber der Offizier ist noch sehr jung, nicht wahr?«

Rae warf seine Zigarette weg und trat auf die Fahrbahn, als er einen Armeelastwagen aus dem Regen auftauchen sah.

»Es läuft alles wie geschmiert, und wir sollten jetzt abhauen.« Er begann zu rennen, als der Lastwagen abbremste. »Oskar meint, daß dein hochverehrter Offizier es mit einer Nutte treibt, während wir uns hier die Beine in den Bauch stehen wie Huren am Weihnachtsabend.«

Oskar ließ sie ziehen und hielt nach seinem Bus Ausschau. Es konnte nicht schaden, wenn sie meinten, daß Lorenz eine Frau war, dachte er.

Der Soldat, der den Lastwagen fuhr, rief: »Was ist los, Jungs, habt ihr euer Boot versenkt?« Er klopfte an die Tür. »Los, steigt auf, ich fahre nach Kiel.«

Ginger lehnte an der Seitenklappe und versuchte nachzudenken. Er sah, daß Craven ihn grinsend beobachtete. »Nur ein Wort, und du kannst deine Zähne sortieren, das schwöre ich dir!«

Rae wunderte sich laut über Lowes. »Hätte ich gar nicht von ihm gedacht. Ich war immer der Meinung, der ist vom anderen Ufer.«

Ginger streckte die Hand aus, als Rae seine Zollfreien rausholte. »Gib mir auch eine, Jack.«

Das Nikotin beruhigte ihn langsam wieder. Und auch Raes Bemerkung. Ohne es zu wissen, hatte Rae den Nagel auf den Kopf getroffen.

Wenn das stimmt, war noch nicht alles verloren.

»Bis wir uns wiedersehen!«

»Damit erkläre ich euch für Mann und Frau« . . . Marriott wollten diese Worte nicht aus dem Kopf gehen, als er mit den anderen Gästen zum Portal schritt. Der Tag hatte regnerisch begonnen, aber dann war die Vormittagssonne durchgebrochen, und jetzt war der Himmel blau und klar.

Die Kirche am Ententeich war fast voll gewesen, schließlich kannten die meisten Bewohner des Ortes Penny von klein auf. Marriott hatte sich gefragt, ob sie auch die Verwandlung gespürt hatten, die mit ihr vorgegangen war. Am Arm ihres Vaters war sie zum Altar geschritten, ganz in Weiß, mit einem etwas abwesenden Lächeln. Jeder kannte sie sonst nur in Uniform. Bei der Zeremonie hatte sie soviel Glück ausgestrahlt und eine Reife, die Marriott erstaunt und bewegt hatte.

Er hatte am Abend zuvor mit ihrem Jack den Abschied vom Junggesellendasein gefeiert. Der Kanadier war ein freundlicher Mann, den Marriott sofort mochte. Mit über dreißig Jahren bekleidete er den Rang eines Staffelkapitäns und war Wetteroffizier auf Pennys Flugplatz.

Nachdem sie sich bei ein paar Pints Bitter unterhalten hatten, begann Marriott zu verstehen, was Penny in ihm sah. Ein ruhiger, intelligenter Mann, der gut für sie sorgen würde.

Jetzt stand sie mit einem Strauß Teerosen in der Hand und begrüßte lächelnd die Gäste. Jack verbeugte sich neben ihr und schüttelte jede Hand. Einer der Flieger hatte es in der Kirche so ausgedrückt: »Er sieht aus wie ein Kater, der den Sahnetopf ausgeschleckt hat.« Die meisten Luftwaffenoffiziere waren Kanadier wie Jack. Bald würden sie aus England verschwunden sein. Marriott erinnerte sich an sein Erstaunen über die Veränderung, die ihm zu Hause seit seinem letzten Besuch aufgefallen war. Die wilde Freude über den Sieg war durch Apathie verdrängt worden. Es schien, daß all diese Menschen, die die Luftangriffe so tapfer ertragen hatten, plötzlich kein Interesse am nächsten Schritt nach vorne mehr hatten. Überall traf er auf Knappheit, Rationierung und Sparmaßnahmen, als ob der Friede ein Wunder sei, dem sie nicht trauen konnten.

Marriott blickte zu Chris hinüber, dem »Mann aus dem Ministerium«, den Penny nur den kriechenden Untermieter nannte. Er saß in einer Ecke, ein überlegenes Lächeln auf den Lippen. Und seine Mutter schien sich mehr für die kürzliche Verlobung des Untermieters zu interessieren als für die Heirat ihrer Tochter.

Liebevoll legte Marriott einen Arm um Pennys Hüfte und küßte sie. »Du warst großartig. Jetzt bist du ein altes Eheweib und nicht mehr meine jüngere Schwester.« Er hielt ihre Hand und studierte ihr Gesicht. »Wie hat es Mutter aufgenommen?«

Sie blickte zu ihrem großen Kanadier hinüber. »Jack wird nie wieder so eine Chance bekommen, Vere: Er kann in Toronto als Wetterberater für die Fluglinien arbeiten. Dieser Job war zu gut, um ihn auszuschlagen. Natürlich hat es Mutter hart getroffen. Aber wir müssen jeder unser eigenes Leben führen. Ich habe unbegrenzten Urlaub von der WAAF.« Sie deutete mit ihrem Blumenstrauß durch den Raum. »Mein Chef hat uns für unsere Hochzeitsreise sein Cottage in Dorset zur Verfügung gestellt. Danach werden wir verschwinden.«

Marriott preßte sie fest an sich. Sein Urlaub war in fünf Tagen vorbei. Es war also das letzte Mal für lange Zeit, daß er sie sah.

Sein Vater unterhielt sich mit alten Freunden von der aufgelösten Home Guard. Es war schön, den alten Herren so fröhlich zu sehen. Sein Leben war nicht einfach gewesen. Aber er selbst hatte das Gefühl, daß er nicht mehr hierher gehörte.

Er hatte viel darüber nachgedacht, seit er wieder daheim war. Wie er von der Besatzung und dem alten Kapitän der *Herkules* behandelt wurde. Jetzt wurde schon mal ein Scherz ausgetauscht, eine Pfeife zusammen geraucht, wenn sie durch die Ostsee fuhren. Es war irgendwie völlig natürlich. Der junge Trips, der sich immer in seiner Nähe hielt, die Leute in der Werft, die für ihn keine namenlosen Gesichter mehr waren. Sie schienen sich nicht mehr seinen Anordnungen zu widersetzen, denn er hatte bewiesen, daß er sich auch um sie sorgte.

Er hatte auch über den Verlust seines Bootes gegrübelt. Der Zusammenhalt der Besatzung war zerbrochen. Sie waren keine Bordgemeinschaft mehr, jeder war wieder ein Individuum. Anspannung und Gefahr schweißten sie nicht mehr zusammen. War es das, was jetzt auch in England passierte? Der Krieg war vorüber – aber wo blieb der Frieden?

Er mußte auch an den letzten, festen Handschlag von Kapitän Krieger denken, nachdem sie die *Herkules* wieder festgemacht hatten. Er hatte ihm eine Dose Pfeifentabak geschenkt.

Er hatte erwartet, daß er Ursula wiedersehen würde, und ihr in Flensburg ein Geschenk gekauft. Er hatte an kaum etwas anderes gedacht, seit sie ihren Schlepp losgeworfen hatten und in der stürmischen Ostsee heimwärts gedampft waren.

In der Offiziersmesse hatte ihn ein Päckchen von ihr erwartet, mit einer gepreßten Rose darin. Das Begleitschreiben hatte er so oft gelesen, daß er es auswendig konnte. Meikle war zu einer Kriegsgerichtsverhandlung nach Minden gefahren und hatte Ursula mitgenommen. Ein blöder Subbie hatte sich erwischen lassen, als er Militärgüter verschob. Kannte ihn Meikle so gut, daß er Ursula absichtlich von ihm fernhielt? Denn gleich nach der Rückkehr mit dem Schlepper *Herkules* hatte sein Urlaub begonnen.

Der Brief schloß mit den Worten: *Passen Sie gut auf sich auf – bis wir uns wiedersehen!*

Jemand reichte ihm ein Tablett mit Weißweingläsern. Er nahm ein Glas und sah, daß ihn Penny über die Gäste hinweg anblickte. Für sie wäre Champagner gerade gut genug gewesen.

Dann brachte sein Vater einen Toast auf das glückliche Paar aus. Penny blickte zu ihrem Mann auf und lächelte. Es folgten die Reden und die Telegramme. Alle waren sehr herzlich, und die von Jacks Staffel grenzten fast an Frechheit.

Plötzlich war alles vorbei. Die Leute strömten auf die Straße, Konfetti wurde geworfen, es wurde gelacht, alte Schuhe und Dosen waren an der Stoßstange des Mietautos befestigt. Das Paar würde ins Hotel fahren und dort die Kleider wechseln. Noch vor ein paar Sekunden hatten sich Penny und Vere in der Menschenmenge völlig vereinsamt angesehen. Jetzt warf sie ihm den Brautstrauß zu und lachte. Sie schien damit einen Abschnitt ihres Lebens beenden zu wollen.

»Nimm ihr die Rosen mit, Vere! Halt sie fest, wenn ...«

Der Rest ging im Geklapper der Büchsen unter, als das Auto abfuhr. Eine ganze Minute starrte Marriott danach auf die leere Straße hinunter.

Also hatte sie etwas geahnt. Er zog seine Uniformjacke glatt und faßte nach seiner Brieftasche. Jetzt wollte er spazierengehen, um in Ruhe nachdenken zu können.

Drinnen hörte er seine Mutter sagen: »Und das ist unser Chris – immer beschäftigt, aber immer da, wenn ich ihn brauche ...«

Marriott wandte sich ab und stand einem Wing-Commander mit einer beachtlichen Ordenssammlung auf der Brust gegenüber. Auch sein Schnurrbart war beachtlich.

»Ich bin Peter Winters.« Sein kanadischer Akzent und die Orden entlarvten ihn als einen von Pennys Fliegern. »Sie sind also Pennys Bruder. Ich habe eine Menge von Ihnen gehört.« Er wirkte nervös. »Kennen Sie einen Kanadier namens Bob Winters, der bei Ihrer Einheit gedient hat? Leutnant Bob Winters? Er war mein Bruder.«

Marriott blickte über die Schulter des Fliegers, als die Bilder wiederkamen: Ein MGB kenterte nach einem Volltreffer in voller Fahrt vor der belgischen Küste. Das Kreischen von Stahl, der auseinandergerissen wurde, aufzuckende Flammen ... Dann Stille. Marriott konnte sich noch sehr gut an den Bruder dieses Mannes erinnern. Er hatte immer ein großes Ahornblatt auf dem Rücken seiner Lederjacke getragen. Jetzt war nichts mehr von ihm da, genausowenig wie von Stephen und Tim Elliott.

Der Wing-Commander grinste melancholisch. »Schnauze voll?« Er blickte zur Tür. »Ich habe eine Flasche alten Canadian Club unten. Wollen wir sie uns teilen?« Während sie durch den Abendsonnenschein liefen, fuhr er fort: »Jack ist ein Glückspilz. Ein zauberhaftes Mädchen wie Penny im Bett und einen Superjob in Aussicht.« Er strich über seine Pilotenspangen und Orden. »Und was habe ich? Die Nase voll und Lametta statt Dollars!«

»Man darf bei dieser Firma nicht anheuern ...«

»... wenn man keinen Spaß versteht.«

Beide lachten.

Leutnant Mike Fairfax stand neben dem Kran und beobachtete, wie er Netze voller Nachschubgüter aus einem Landungsboot fachmännisch auf der Pier absetzte. Es war überwiegend Verpflegung in Dosen, nicht für das Militär, sondern für die deutsche Zivilbevölkerung bestimmt.

Fairfax versuchte, auf dem laufenden zu bleiben, denn er konnte jederzeit überraschend vor die Kommission gerufen werden, die über sein Übernahmegesuch in den aktiven Dienst zu beschließen hatte. Er mußte noch oft an das Exekutionskommando denken, an die schrecklichen Schreie der Todeskandidaten, die ihm noch in den Ohren gellten, als die Kugeln die Polen schon längst zerfetzt hatten. Aber in den letzten Wochen hatte er sich damit abgefunden. Niemand sprach mit ihm darüber. Es hatten weitere Hinrichtungen stattgefunden, ohne ihn. Andere hatten ähnliches mitgemacht wie er, dadurch wurde es für ihn erträglicher, redete er sich ein.

Eines wußte er genau: Sein Wunsch, in der Navy zu bleiben, war gestärkt worden, als ob er einen besonders harten Test bestanden hätte. Er sah dem Arbeitstrupp zu, der die Vorräte auf Lastwagen verlud.

Sobald der Nord-Ostsee-Kanal von Wracks und eventuellen Minen freigeräumt war, würden kleinere Schiffe den regelmäßigen Verkehr mit Dover aufnehmen und Verpflegung, Decken, Baumaterial nach Deutschland bringen. Irgend jemand in Whitehall sorgte für einen langen harten Winter vor. Fairfax fragte sich, wie es Marriott wohl in England erging. Meikle hatte auch ihm Urlaub in Aussicht gestellt, aber Fairfax hatte abgelehnt, denn vielleicht sollte er gerade in dieser Zeit vor die Kommission geladen werden. Außerdem fand er seinen Job hier ganz angenehm: das Kasinoleben in der Kaserne, die Abende im örtlichen Theater oder in einem Café. Er hatte ein paar neue Freunde in seinem Alter gefunden, aber es vermieden zu erwähnen, daß er bei der »Firma« bleiben wollte.

Was er wirklich wollte, war die Kommandierung auf ein richtiges Kriegsschiff, groß genug, um darauf Erfahrungen zu sammeln, aber klein genug, um gerade noch bemerkt zu werden. Ein Zerstörer wäre das richtige. Er bemerkte, daß ihn ein Unteroffizier an Deck des Landungsbootes fixierte.

»Was gibt's, Chief?«

»Ich bin jetzt *sechsmal* durch dieses verfluchte Boot gekrochen, Sir, aber die Liste stimmt immer noch nicht. Mein Jack Dusty hat alles gegengecheckt, es fehlen zwei Netzbrooken, das sind ungefähr sechzig große Fleischbüchsen.«

Fairfax dachte nach. »Sie sind ganz sicher?«

»Selbstverständlich, Sir! Nach den Papieren hat alles ordungsgemäß Dover verlassen, hier ist es unter meiner Kontrolle gelöscht worden, aber die beiden Netze fehlen.« Der Unteroffizier schob seine Mütze in den Nacken. »Sie haben sich in Luft aufgelöst.«

Fairfax blickte zu den Lastwagen hin. Mit sechzig dieser großen Fleischdosen konnte man eine Kompanie versorgen – oder ein kleines Vermögen auf dem schwarzen Markt machen.

»Ich werde die Torwache alarmieren.«

Der Mann blickte ihn bedauernd an. »Zu spät, Sir, die sind längst weg.«

Schwere Schritte erklangen an Deck, und Fairfax sah, daß Leutnant Cuff Glazebrook von der Brücke herunterkam und seine ölbefleckten Handschuhe auszog.

»Ich wußte gar nicht, daß Sie diese Schüssel kommandieren«, sagte Fairfax.

Cuff zog eine Grimasse. »So bleibt man in Übung. Und in Dover hatte ich heißen Landurlaub.« Er machte eine vulgäre Geste.

Der Unteroffizier ließ nicht locker. »Was diese fehlenden Dosen angeht, Sir – sie hätten eben zweimal gecheckt werden müssen.«

Cuff wandte sich ihm zu, als sähe er ihn zum ersten Mal.

»Sie wurden gecheckt. Von mir, wenn's recht ist.« Er reckte das Kinn vor. »Ich habe nach Dover telegrafiert, sie liegen dort noch im Schuppen und werden morgen oder übermorgen hier eintreffen.« Er starrte den Mann an. »Also, warum quengeln Sie hier herum? Haben Sie nichts Besseres zu tun?«

Der Mann lief rot an. »Ich habe nur meine . . .«

Cuff schnarrte verächtlich: »Pflicht getan? Hoffentlich nicht noch so ein Arschlecker! Ein Aktiver, wie?«

Der Unteroffizier stammelte etwas, dann setzte er sich schnell ab.

»War das nicht ein wenig hart?« fragte Fairfax. »Der Chief wollte sich doch nur Klarheit verschaffen.« Trotzdem war er erleichtert, denn er hatte schon befürchtet, daß man ihn für die verschwundenen Fleischdosen verantwortlich machen würde.

»Ach, der wollte sich doch nur anbiedern.« Cuff grinste breit. »Und natürlich habe ich ihm Quatsch erzählt. Die Dosen sind nämlich tatsächlich verschwunden – irgend jemand hat sie verschoben!« Er lachte über Fairfax' erstauntes Gesicht. »Vergessen Sie's, da spielen doch alle mit. Denken Sie daran, Sie sind hier im besetzten Deutschland.« Er fixierte Fairfax und fragte sich, ob er ihm von seiner letzten Ladung für Dover erzählen sollte. Zwischen geheimen U-Boot-Teilen, von Experten auf der Werft zusammengesucht, stand eine wunderschöne Fünfzehn-Tonnen-Yacht. Es gab keine Papiere, keine Erklärungen, nur daß die Yacht in Dover von einem Tieflader abgeholt werden würde. Damit war seine Verantwortung beendet.

Cuff war überrascht gewesen, daß es so einfach ging: ohne Zöllner, ohne Beamten, ohne lästige Fragen nach dem Eigner der Yacht, die ohne Verzug an eine Adresse in Hampshire gehen sollte. Diese Information war aus der Schreibstube des Commodore gekommen, und die Adresse war die von Paget-Orme.

Dieses Wissen konnte ihm eines Tages ganz nützlich sein, dachte Cuff. Bei der Navy war nur wichtig, wen man kannte.

So sagte er: »Halten Sie sich da raus. Besonders wenn Sie bei dieser Firma fest angestellt werden wollen.«

Ein Wagen polterte über die Gleise und bremste. Eine Frauenstimme fragte: »Sie können mir sicher sagen, wo ich die Operationsabteilung finde?« Die uniformierte Fahrerin beugte sich aus dem Fenster. Sie war blond, hatte leuchtendblaue Augen und war sehr hübsch. Fairfax erkannte, daß sie ein Dritter Offizier bei den WRENs war. Er hatte schon gehört, daß WRENs nach Schleswig-Holstein geschickt werden sollten, trotzdem war er überrascht.

Cuff war nicht so zurückhaltend. »Na, wenn das kein hübsches Stück Kalbfleisch ist! Steig nur aus, meine Hübsche, und komm in meine Arme.«

Schockiert stieß Fairfax hervor: »Um Himmels willen, was ist denn in Sie gefahren?«

Cuff hielt sich eine seiner großen Pranken vors Gesicht, mit der anderen machte er eine obszöne Geste. »Ich bin mehr daran interessiert, in sie hineinzufahren!«

Aber die Fahrerin lächelte noch immer. »Wer ist denn Ihr fetter Freund? Mit *dem* Schwangerschaftsbauch käme er gar nicht nahe genug an mich heran, um Schaden anzurichten.«

Zu Fairfax' Überraschung drehte sich Cuff um und stürmte zurück aufs Boot.

»So habe ich ihn noch nie erlebt«, sagte Fairfax, noch immer empört über Cuffs grobe Worte. »Ich bin Mike Fairfax und muß selbst zur Operationsabteilung hinüber. Ich kann sie einweisen.« Er zögerte. »Hier sind nicht alle wie er.«

Sie beobachtete ihn, als er in den Wagen kletterte. »Ich bin Jill Wheatley, und Sie können mir die Landmarken während der Fahrt erklären.« Wieder lächelte sie. »Ich *kenne* den Unterschied, wissen Sie.«

Er bewunderte, wie das Sonnenlicht auf ihrem Haar spielte, und sah die Schweißflecke auf ihrem Uniformhemd. Sie mußte schon lange unterwegs sein.

»Willkommen in Deutschland, äh . . . Jill.«

Die fehlenden sechzig Fleischdosen waren vergessen.

Der mit Tarnfarben bemalte Bedford mit den Divisionsabzeichen vorn und hinten parkte kurz vor einer Straßenkreuzung in Neumünster. Auf seiner offenen Ladefläche stapelte sich Sportausrüstung: Markierungsfähnchen, Maschinen zum Ziehen weißer Linien, Bänke und Kisten mit allerlei Gerät. Alles war durch ein straffes Netz gesichert. Nur zwei Männer saßen im Führerhaus, der eine trug einen leuchtend bunten Fußballpullover, der andere einen Kampfanzug des Heeres. Beide rauchten und tranken Tee aus einer Thermosflasche.

Fahrzeuge wie dieses waren häufig auf den Straßen um Hamburg unterwegs, denn in Kürze sollte in der Stadt ein großes Turnier stattfinden. Zum ersten Mal würde ein Spitzenteam aus England herüberkommen, um gegen die Mannschaften der verschiedenen Waffengattungen anzutreten. Für die gelangweilten Soldaten würde es das Ereignis des Jahres werden.

Der Mann im Fußballpullover war Sergeant Thornhill, der andere sein Assistent Sergeant Hughes.

Thornhill murmelte: »Viel länger können wir nicht mehr warten, sonst wird noch jemand mißtrauisch. Für morgen habe ich uns einen Bäckerwagen besorgt.«

Der andere Mann streckte sich. »Ich glaube, diesmal sind wir fündig geworden. Jedenfalls ist es mehr als ein simpler Puff.«

»Mir ist allerdings nicht klar, wie unser Freund davon Wind bekommen hat. Pures Glück?«

Hughes hatte Evans' ernstes Gesicht vor Augen, die ständige Anspannung dieses Mannes. »Nein, das ist nicht der Typ, der sich auf Glück verläßt.«

Thornhill setzte sich auf. »Da, noch einer.«

Ein Heeresoffizier verließ das Gebäude. Nach einem schnellen Blick die Straße hinauf und hinunter eilte er davon, die Mütze tief in die Augen gedrückt.

»Es ist ein Major, Sanitätskorps. Ob die Gräfin auch im Drogengeschäft tätig ist?«

Thornhill nickte. »Mit Sicherheit, Taff. Aber wo ist die Verbindung? Unteroffizier Evans hat das Haus beobachtet, das wissen wir. Wenn er Informationen über Maybach sucht, warum geht er dann nicht einfach hinein und holt sie sich von der alten Vettel?«

Sein Assistent tippte ihm aufs Knie: »Wer ist denn *das*?«

Thornhill sank in den Sitz zurück. »Das ist ja ein richtiges Familienfest.«

Sub-Lieutenant Lowes ging vorbei, sah sich nach allen Seiten um und eilte die Stufen zur Villa empor. Die Tür öffnete sich schnell, dann hatte das Haus ihn verschluckt.

»Ich kenne den Mann. Er ist auf Marriotts Boot gefahren, zusammen mit dem anderen, der das Erschießungskommando befehligt hat. Den hat die Gräfin wohl fest an der Angel.«

»Allmächtiger, die könnte dieses Baby doch zum Frühstück verspeisen!«

Thornhill berührte seinen Arm. »Fahr los. Es wird Zeit, daß wir ein paar ernste Worte mit unserem Freund wechseln. Sonst wird Evans noch in eine Sache verwickelt, die ihm über den Kopf wächst.« Der Bedford sprang an, aber Thornhills Gehirn arbeitete weiter. »Wir werden die ganze Abteilung brauchen und noch ein paar Leute aus Hamburg zur Reserve.« Er betrachtete die Villa, als sie vorbeirumpelten. »Ich muß den Chef informieren.«

Hughes lächelte. Ganz wie in alten Zeiten. Sturmbannführer Maybach würde noch etwas warten müssen. Erst kam diese Razzia dran, bei der sie eine ganze Schwarzmarktgang ausheben und deren Kontakte erfahren würden. Der blasse Subbie, der am Lastwagen vorbeigegangen war, sollte bestimmt erpreßt werden, wenn er in der Falle der Gräfin zappelte. Mein Gott, dachte Hughes, wie haben wir es bloß geschafft, mit solchen Leuten den Krieg zu gewinnen?

Ein Maler in weißem Overall, der an die Wände Plakate für das bevorstehende Fußballspiel klebte, beobachtete den abfahrenden Lastwagen unter seinem Mützenschirm hervor.

Evans lächelte. Thornhill war gut, aber nicht gut genug. Schließlich hatte er es auch noch nie mit der Gestapo und der SS zu tun gehabt.

Erschreckt stellte er fest, daß er das Plakat verkehrt herum angeklebt hatte. Kein Wunder, eigentlich. Denn Maybach war hier, nur fünfzig Meter entfernt, in der Villa dort drüben. Seine Mission würde bald vorüber sein. Stirnrunzelnd malte er ein großes V über das Plakat, wie es einige seiner Kameraden auf den Kanalinseln an Mauern und Häuserwände gemalt hatten. Sie hatten blutig dafür bezahlen müssen, wenn sie Maybach in die Hände fielen.

Die Kinderstation in Eutin hatte sich seit Marriotts letztem Besuch nicht verändert. Er hatte Heinz beim Wagen gelassen und ging nun durch die Korridore – hastig, denn er würde Ursula gleich wiedersehen.

Er mußte an Pennys Hochzeit denken, an sein Gefühl, nicht mehr dorthin zu gehören. Fast fühlte er sich in Deutschland heimischer.

Besucher drängten sich in den engen Gängen zwischen den Betten. Endlich sah er Ursula vor dem Bett von Bernadette stehen. Ihre Schwägerin sprach mit einer Nonne, ihre Gesten wirkten heftig, ihr Gesicht war gerötet.

Ursula blickte auf und erkannte ihn. Sie griff sich an die Kehle, als ob ihr der Atem stocke.

Marriott drängte sich an zwei Frauen vorbei, die auf ein schlafendes Kind hinunterblickten, dann gab er ihr über das Bett hinweg die Hand.

»Ich hörte, daß Sie hier sind. Ich konnte nicht länger warten, also kam ich gleich her.«

Sie blickte mit ernsten, dunklen Augen in sein Gesicht. »Aber Sie sind doch höchstens erst eine Stunde wieder zurück?« Plötzlich lächelte sie. »Es ist schön, Sie wiederzusehen.«

Um sie herum drängten sich Menschen, einige hielten kleine Geschenke umklammert, Spielzeug und Bilderbücher. Marriott fragte sich, wer die Waisen besuchte, die mit ihren Schmerzen und Ängsten allein in dem großen Saal lagen.

Er hielt ihre Hand in der seinen und blickte auf das leere Bett hinunter. »Wo ist Bernadette?«

Ihre Augen mieden seine. »Wir nehmen sie mit nach Hause.«

»Ist sie denn schon genesen?« Es war fast unmöglich, sich normal zu unterhalten, zu groß war das Gedränge der Besucher, zu laut das Weinen oder Lachen der kleinen Patienten.

»Fast.« Ursula zuckte die Achseln. »Sie brauchen das Bett, deshalb . . .«

Sie entzog ihm ihre Hand nicht. Marriott wußte, daß es ihr egal war, was die Leute dachten. Aber etwas stimmte nicht. Er spürte es ganz deutlich, wie eine ferne Bedrohung.

»Was ist mit Liesel? Sie ist so aufgeregt.« Er spürte, wie sich die Hand unter seinem Griff versteifte. »Was ist passiert, Ursula?«

Wieder blickte sie ihm lange ins Gesicht und schien mit sich zu kämpfen, als ob sie ihm etwas verheimlichen wollte.

Schließlich sagte sie heiser: »Ein Mann kam auf seinem Weg nach Hause über Eutin.« Nun konnte sie nicht mehr aufhören. »Ein Soldat . . . Er war ein Jahr bei den Russen in Gefangenschaft. Er sah aus wie ein Skelett. Ich habe ihn nicht erkannt, obwohl er früher als Zimmermann bei uns gearbeitet hat.« Sie hob den Kopf und sammelte sich. »Dieser Soldat hat uns erzählt, daß er Lothar, meinen Bruder, im

Gefangenenlager getroffen hat. Er lebt. Er ist krank, aber er lebt!« Ihre Stimme versagte fast. »Aber er wird in ein Arbeitslager an die Ostsee verlegt. Das muß ihn umbringen.«

Marriott drängte sich durch die Menschen und legte die Arme um sie. Ein paar Sekunden vergaßen sie die neugierigen Blicke um sich herum. Marriott fühlte, daß sie weinte, ihre Tränen näßten sein Hemd. Nie wieder wollte er sie loslassen. Nie wieder!

»Sobald ihr hier fertig seid, wird euch Heinz nach Hause fahren«, sagte er.

Sie befreite sich und zog ihr Taschentuch hervor.

»Selbst die Russen können nicht alle Gefangenen für immer festhalten.«

Sie blickte ihn wieder an. »Ja, ich weiß. Aber der Winter wird ihn umbringen. Der Soldat hat erzählt . . .«

Er nahm ihren Arm, als zwei Nonnen Bernadette aus einem anderen Raum hereinführten. Eine weitere Nonne begann das Bettchen abzuziehen, ohne sie weiter zu beachten.

An der Tür sagte Ursula: »Aber ich bin zu selbstsüchtig. Jetzt erzählen *Sie* mal, am besten von der Hochzeit. Es war doch bestimmt ein großartiges Ereignis!«

Sie schauspielerte, dachte Marriott, und das nicht zum ersten Mal.

Großartiges Ereignis? Er mußte an die kleine Kirche denken, an den Untermieter Chris, an den Commander, der seinen Bruder in der Nordsee verloren hatte. Zum Glück würde Penny mit ihrem Jack bald in Kanada sein. Sie machte es richtig. Zu viele würden nach England zurückkommen, um dort wieder anzufangen, wo sie vor dem Krieg aufgehört hatten. Dabei hätten sie lieber an die Zukunft denken sollen und nicht an die Vergangenheit.

Als sie neben dem Wagen standen, gab Marriott Ursula sein Geschenk. »Es ist Parfüm.« Er zögerte. »Sollte es Ihnen nicht recht sein . . .«

Sie öffnete es langsam und hielt den kleinen geschliffenen Glasbehälter ins Licht. »Es ist sehr schön. Danke!«

Marriott beobachtete sie und genoß jede Sekunde. Heinz, der mit verschränkten Armen am Auto lehnte, verfolgte alles genau. Auf der Rückfahrt von Flensburg hatte Marriott ihn in Schleswig vor dem großen NAAFI-Laden anhalten lassen und war mit eben diesem Päckchen und einer riesigen Tüte herausgekommen.

Als er ihn vor der Kaserne abgesetzt hatte, war er sehr erstaunt gewesen, als ihm Marriott die große Papiertüte reichte und verlegen dazu sagte: »Für die Familie.« Dann war er schnell fortgegangen. Die Tüte hatte Kuchen und Gebäck von der Sorte enthalten, die Engländer offenbar so liebten. Dazu Spielzeug und Schokolade für die kleine Friedel. Es war wie ein um drei Monate vorverlegtes Weihnachtsfest.

Jetzt beobachtete Heinz die dunkeläugige Deutsche und den ernsten jungen Leutnant und hatte das sichere Gefühl, daß das Schicksal die beiden gegen alle Widerstände zusammenführen würde.

Als er später am Abend zu dem alten Gasthof zurückkehrte, wußte Heinz, daß er sich nicht geirrt hatte.

Marriott stand mit ihr vor der Tür und blickte gen Himmel. Es war jetzt schon viel kühler.

»Ich muß nach Hamburg, in den Hafen.« Er nahm sie zärtlich in den Arm und fühlte die Spannung ihres Körpers, ihre Angst. Da flüsterte er in ihr Haar: »Ich werde dir nie weh tun, Ursula, das verspreche ich.«

Sie hob langsam den Kopf, und er roch das neue Parfüm auf ihrer Haut.

»Ich weiß. Sei bitte nicht böse, aber . . .«

Sanft küßte er sie auf die Wange und ließ seine Lippen auf ihrer Haut ruhen. Da drehte sie den Kopf, bis sich ihre Lippen berührten. Er fühlte, daß sie zitterte. Als er sie fester hielt, wandte sie sich schnell um und verschwand ins Haus.

»Hoffentlich sehen wir uns bald wieder!«

Grüßend hob sie eine Hand und sah ihm nach, als er in den Wagen kletterte. Er will mich und weiß, daß ich ihn auch will, dachte sie. Aber es darf nicht geschehen. Es kann niemals sein.

Trotzdem wußte sie, daß sie es kaum erwarten konnte, ihn wiederzusehen.

Opfer des Krieges

Marriott stand in der Brückennock und blinzelte durch den eisigen Schneeregen, der ihre Sicht auf wenige Meter reduziert hatte. Neben ihm versteifte sich der Kapitän des Schleppers *Herkules*, als der schrägliegende Rumpf der *New York* wie ein Riff aus dem Grau vor ihnen auftauchte. Irgendwie fühlte Marriott, daß Krieger seine Ortskenntnisse von Kiel bewunderte, wohin der Schlepper von Flensburg beordert worden war.

Wahrscheinlich wartete ein weiteres Schiff auf sie, das hinausgeschleppt und versenkt werden sollte. Marriott fröstelte. Er hätte nie gedacht, daß sich die Ostsee so schnell verändern könnte. Die Luft war so schneidend kalt, daß einem der Atem wegblieb. Es war erst Mittag, aber in dem dicken Schneegestöber schien es schon Abend zu sein. Eine grüne Wrackboje blinzelte aus dem Grau, ihre Glocke klang so traurig wie Totengeläut.

Vielleicht konnten sie jetzt eine Weile in Kiel bleiben? Dann würde er zu Ursula fahren, sobald es sein Dienst zuließ. Dienst? Er zog eine Grimasse. Er fühlte sich mehr als Straßenkehrer oder Alteisenhändler.

Dankbar dachte er an ihren gemeinsamen Spaziergang, bevor die *Herkules* ihn wieder auf die Ostsee entführt hatte. Am Ufer des Plöner Sees, im dichten grünen Wald, hatten sie einen alten Reitweg gefunden, eine Erinnerung an bessere Tage.

Als sie einen kleinen Bach überqueren mußten, nahm er ihre Hand und ließ sie auch nicht wieder los, als ihnen zwei Forstarbeiter begegneten.

Ursula hatte ihren Bruder nicht wieder erwähnt, obwohl er nach ihm fragte. Zuerst hatte er gedacht, daß sie sich zu große Sorgen mache, um darüber zu sprechen, aber später hatte er das Gefühl, daß sie mehr wußte, als sie zu erkennen gab.

Eine Lampe blinkte sie durch den Schneeregen an, und der Kopf der Pier erschien an Steuerbord voraus. Wahrscheinlich hielten ihn die Matrosen, die auf der Back mit Leinen und Fendern bereitstanden, für ein navigatorisches Wunderkind. Aber Marriott war heilfroh, daß ihnen der Himmel erst auf den Kopf gefallen war, als das Schiff schon in der Förde war. Bei stockdunkler Nacht hätte er die Ansteuerung unter diesen Umständen kaum geschafft.

Er wußte, daß Kapitän Krieger ihn beobachtete, als er ans Sprachrohr zum Ruderhaus ging. »Rückwärts voll! Ruder mittschiffs!« Der Rumpf erzitterte unter der zunehmenden Kraft der Maschine, die die Vorwärtsfahrt aus dem Schiff nahm. Ein paar Männer kamen auf der Pier herangelaufen.

»Voraus ganz langsam!«

Er fragte sich, wie die Mannschaft des Schleppers sein gebrochenes Deutsch verstand. Er hatte die wichtigsten Kommandos durch Zuhören und Zuschauen von Krieger gelernt. Zuerst hatten die Seeleute auf der Brücke ihn erstaunt angesehen, aber jetzt schienen sie sich daran gewöhnt zu haben.

»Maschine stopp! Festmachen!«

Nach dem Klingeln des Maschinentelegraphen erstarb das Zittern der mächtigen Maschine. Die Leinen schlängelten sich an Land, und der dicke Schlepper legte sich gemächlich auf die Fender. Marriott drehte sich um und blickte den Kapitän an. Krieger nickte. »Gut gemacht, Herr Leutnant! Schade, daß Sie im Krieg nicht auf unserer Seite waren.«

Beide lachten erleichtert.

Die Brücke wurde plötzlich in kalten, wäßrigen Sonnenschein getaucht. Die Schlechtwetterfront zog sich wie ein Vorhang über das unruhige Wasser zurück. Auf Kriegers zerfurchtem Gesicht gefror das Lächeln, als er zur Pier blickte. »Commander Meikle«, seufzte er.

Bei den neuen Kränen sah Marriott den langen Kühler eines Stabswagens warten, dann kam Meikle über die nassen Steine heran. Den Kragen seines Regenmantels hochgeschlagen, sah er zu, wie die Matrosen den Schlepper festmachten. Nachdem der Landgang hinübergeschoben und gesichert war, kam Meikle vorsichtig an Bord.

Der deutsche Bootsmann des Schleppers bellte: »Stillgestanden!« Dann salutierte er schneidig. Meikle erwiderte Marriotts Gruß und bemerkte: »Sie vergessen es nie, nicht wahr? Für uns ist das nur ein nützlicher Schlepper, aber für sie immer noch eine Einheit ihrer Kriegsmarine.«

Marriott führte ihn in die kleine Kammer hinter dem Ruderhaus. Der Commander nahm seine Mütze ab und strich sich über das eisgraue Haar.

»Ich hatte auf der Werft zu tun und dachte, ich könnte Ihnen eine Mitfahrgelegenheit anbieten.« Er blickte in den Schneeregen. »Nach den Wetterberichten dürfte sich in diesem Jahr draußen auf der Ostsee nicht mehr viel abspielen.«

Ein großes Schiff rauschte vorbei, und der Schlepper ruckte heftig an seinen Leinen. Meikle schluckte. »Ich verstehe nicht, was so schön daran sein soll, auf kleinen Schiffen zu fahren.« Er setzte seine Mütze wieder auf. »Sind Sie soweit, Marriott?«

Marriott folgte ihm an Deck und wunderte sich, daß Meikle eine menschliche Schwäche wie Seekrankeit zugab.

Draußen beobachtete der Commander, wie Marriott mit Kapitän Krieger einen festen Händedruck tauschte. »Sie pflegen aber auch die merkwürdigsten Bekanntschaften, Marriott.« Der Biß war wieder da.

Sie stiegen in den schmucken Humber. Ein Marineinfanterist lud Marriotts kleinen Seesack ein, öffnete und schloß die Türen mit der würdevollen Eleganz eines Chauffeurs aus Mayfair.

Meikle lehnte sich zurück und blickte aus dem Fenster, während sie sich ihren Weg durch das Werftgelände suchten.

»Außerdem können wir uns hier in Ruhe unterhalten.« Plötzlich drehte er sich um und blickte Marriott ins Gesicht. »Sie waren in letzter Zeit oft mit Fräulein Geghin zusammen?«

Marriott antwortete nicht, weil es keinen Sinn hatte zu wiedersprechen. Darum ging es also. Kam nun eine Rüge oder eine Warnung?

Ruhig fuhr Meikle fort: »Sie hat mich um eine Unterredung gebeten. Es ging um ihren Bruder, der in russischer Gefangenschaft ist.«

Diesmal antwortete Marriott. »Ja, sie hat mir von ihm erzählt. Niemand weiß, wo er ist.«

»O doch.« Gleichmütig fuhr Meikle fort: »Fräulein Geghins Bruder ist in Swinemünde. Sie berichtete mir, daß sie diese verläßliche Auskunft von einem anderen Gefangenen bekommen hat.«

»Wollte sie Hilfe von Ihnen?«

»Nein.« Er registrierte seine Überraschung. »Sie bat mich, Sie nicht nach Swinemünde zu schicken, weil sie befürchtet, daß Sie etwas Unüberlegtes tun könnten, um ihren Bruder zu befreien. Anscheinend kennt sie Sie recht gut.« Sein Ton wurde schärfer. »Hätten Sie etwas Derartiges versucht?«

Marriott blickte ihn an. »Wäre ich ein Privatmann, könnte ich das nicht ausschließen, Sir. Da ich aber die Verantwortung für die *Herkules* und deren Besatzung trage, könnte ich sie nicht in diese Angelegenheit verwickeln. Dazu kämen noch die unvermeidlichen Schwierigkeiten zwischen unseren Regierungen.«

Meikle betrachtete ihn. »Ich hatte gehofft, das zu hören. Freut mich, daß für Sie die beiden Streifen mehr als nur Rangabzeichen sind.«

»Aber was können wir tun, Sir?« Er mußte an Ursulas Gesicht denken, als er sie zum letzten Mal gesehen hatte. Sie liebte ihren Bruder und versuchte trotzdem, ihn herauszuhalten. Es mußte schwer für sie gewesen sein, denn Ursulas Mutter und ihre Schwägerin hatten sicherlich Druck auf sie ausgeübt, damit sie ihren englischen Leutnant einspannte.

Meikle beobachtete die Regungen auf dem sensiblen Gesicht Marriotts. »Also ist es wahr, Sie benutzen das Mädchen nicht nur?«

»*Nein,* Sir!«

»Springen Sie mir nicht gleich an die Kehle, Marriott. Ich muß es wissen.« Stirnrunzelnd blickte er auf die glitzernden Wellen des Plöner Sees hinaus, als sie die letzte Kurve vor dem Ort nahmen. »Vielleicht kann ich ihr helfen. Aber natürlich nicht offiziell.«

»Sie denken, ich mache einen Narren aus mir, Sir?«

»Noch nicht.« Er nickte zufrieden, als ein deutscher Arbeitstrupp in seinen alten Uniformen grüßend Haltung annahm. Der schwere Wagen schoß durchs Tor.

Die Nachricht würde jetzt schnell im Hauptquartier die Runde machen: *Commander Meikle ist zurück!*

»Noch einen Rat, Marriott: Machen Sie ihr nicht zu viele Hoffnungen. Ursula ist ein anständiges Mädchen, sollten Sie sie enttäuschen, werden Sie sie für immer verbittern.« Er wartete, bis der Marineinfanterist den Schlag aufriß. »Und dann kriegen Sie es mit mir zu tun!«

Sie durchquerten Meikles Abteilung. Mehrere Mitarbeiter tippten an den Fernschreibern oder blickten angestrengt auf ihre Schreibtische nieder.

Meikel zischte: »Ich wette, das ist die erste ernsthafte Arbeit, die sie heute erledigen.«

Er stieß seine Bürotür auf. Das Kaninchen Lavender stand drin an einem der Telefone. »Für Sie, Sir.«

Marriott bemerkte, daß er jetzt die Abzeichen eines Unteroffiziers trug.

Meikle brummte: »Das will ich doch hoffen!«, und schnappte sich den Hörer. »Meikle.«

Er blickte sich nach seinem Schreiber um, als er wieder auflegte. »Den Wagen, aber schnell!« Während Lavender hastig an einem anderen Telefon sprach, wandte sich Meikle an Marriott. »Sie kommen mit, denn es betrifft auch Sie.« Er griff nach seiner Mütze. »In Neumünster hat es eine Schießerei gegeben.«

Marriott mußte beinahe rennen, um mit ihm Schritt zu halten.

Eine Schießerei? Aber so drohend, wie Meikle es ausgesprochen hatte, hörte es sich eher nach Mord an.

Hauptmann Eric Whitcombe blickte auf seine Uhr und dann zum Himmel auf. Er bewölkte sich wieder, die Dämmerung würde früh einsetzen. Dann würde das Risiko zu groß werden und die ganze Operation gefährden.

Er verlagerte sein Gewicht auf das andere Knie und fluchte leise, als ihn die nassen, verkohlten Balken durch den Drillich seines Kampfanzugs drückten. Wie andere Häuser auf dieser Straßenseite auch, war dieses hier total ausgebombt worden und glich einer nassen leeren Hülle.

Der junge Leutnant der Militärpolizei betrachtete ihn zweifelnd. »Alle sollten jetzt in Position sein, Sir.«

Whitcombe schob sein Fernglas durch das Loch in der Mauer und musterte die Front der ausgebrannten Häuser.

Die Straße war leer bis auf zwei Männer in Overalls, die mit Spitzhakken das Pflaster aufrissen. Whitcombe ignorierte sie, es waren zwei seiner Leute. Langsam richtete er das Fernglas auf die große Villa gegenüber. Vier Stockwerke, falls man Erdgeschoß und Keller mitrechnete. Whitcombe hatte mit seinen Offizieren den Bauplan studiert, den sie sich im Rathaus besorgt hatten. Als Vorwand hatten sie drohende Einsturzgefahr angegeben.

Er hätte gern geraucht, wagte es aber nicht. Hinter ihm warteten ungeduldig etwa fünfzig Militärpolizisten und Leute seiner Fahndungsabteilung. Die Ruine stank fürchterlich, wahrscheinlich lagen noch verwesende Leichen unter den Trümmern.

Jemand schob sich zwischen den Leutnant und ihn: Thornhill. Gespannt fragte Whitcombe: »Haben Sie unseren Freund gefunden?«

Thornhill schüttelte den Kopf. »Ich nehme an, daß Evans uns entwischt ist, Chef. Zuletzt wurde er in Uniform gesehen, dann haben ihn unsere Männer verloren.« Er nickte ernst. »Aber er ist da, ganz bestimmt!«

»Sollte er alles vermasseln, dann . . .« Whitcombe war sehr gereizt.

Thornhill lockerte seinen Revolver im Holster. »Taff Hughes sitzt hinten im Garten, Sir. Sie kennen doch das alte Sprichwort: ›Jede Ratte hat zwei Schlupflöcher.‹«

Whitcombe blickte wieder zum Himmel empor. Bald würden die Anwohner von der Arbeit kommen oder sich in die Schlangen vor den Armeeküchen einreihen, um ihre Rationen abzuholen. Dann mußte es verdammt gefährlich werden. Die Aktion mußte wie ein Uhrwerk ablaufen – oder ein totaler Fehlschlag werden.

Thornhill meinte: »Ich schleiche mich zurück, Chef. Vielleicht braucht Taff Hilfe.«

Whitcombe nickte. »Zehn Minuten, länger können wir nicht mehr warten.« Aber Thornhill war schon verschwunden.

Er flüsterte: »Lassen Sie durchgeben: In zehn Minuten schlagen wir los!« Der Signalgast mit dem Funksprechgerät hatte die Schultern nach vorn gebeugt, um die wippende Antenne zu verbergen.

Die Männer in der ausgebrannten Ruine machten sich fertig. Die Sicherungen der Waffen wurden überprüft, die Koppel zurechtgerückt.

»Ich möchte nicht, daß jemand zu Schaden kommt, verstanden?«

Whitcombe fuhr herum, als ein Schuß fiel. Das Echo hallte in den Ruinen nach, dann knallte es noch einmal.

Whitcombe rief: »Allmächtiger!« Er riß dem Signalgast das Mikrophon aus der Hand und brüllte hinein: »Hier ist Hotspur! *Go! Go! Go!*«

Der Garten war voll matschiger Pfützen und zerbrochener Dachziegel, aber die Bäume, noch immer regenschwer, boten guten Schutz. Evans suchte sich einen Weg zur kleinen Tür neben dem zerstörten Gewächshaus.

Es gab dort alte Keller, die wahrscheinlich als Luftschutzräume genutzt worden waren – er hatte sie auf den Plänen gesehen. Der Beamte im Rathaus hatte ihm erzählt, daß schon andere Einsicht verlangt hatten, und Evans hätte am liebsten gegrinst. Seine Muskeln waren bis zum äußersten angespannt, sein Hirn arbeitete glasklar und kalt. Ihm war, als stünde er wieder auf der Brücke des Kanonenboots und nicht in diesem stinkenden Garten.

Er zog die schwere Pistole aus dem Jackett und blickte hinunter auf seinen französischen Orden, das Kriegskreuz. Wie passend für dieses letzte Zusammentreffen.

Noch zwei Schritte, dann stand er auf den schlüpfrigen Treppenstufen. Im Keller schien ein schwaches Licht zu brennen. Oben in den Wohnräumen lachte eine Frau schrill auf.

Sie würden heute alle einen Schock bekommen, dachte Evans. Denn wer zuletzt lacht . . .

Er hielt den Atem an und schob einen feuchten Vorhang aus Sackleinen zur Seite. Fast wollte er seinen Augen nicht trauen, trotzdem nahm er das Bild mit fotografischer Genauigkeit in sich auf.

Eine deutsche Uniform hing über einem Stuhl. Daneben stand ein kleiner Koffer. Alles im Licht einer Petroleumlampe, aus der ein schwarzer Rauchfaden senkrecht zur verräucherten Decke emporstieg. Evans' Augen blieben an der Gestalt hängen, die in eine Decke gerollt auf dem Feldbett schlief.

Das also war Maybachs letztes Versteck, bevor er mit Hilfe seiner Freunde auf ein Schiff nach Südamerika geschmuggelt wurde. Vielleicht wollte er auch über Frankreich nach Spanien flüchten, wo er seine Angelegenheiten noch besser regeln konnte. Und die ganze Zeit konnte er sich darauf verlassen, daß die Strafverfolgungsbehörden ihn für tot hielten. Evans fühlte ein Würgen im Hals, als er nach der Decke griff, die Pistole schußbereit. Aber erst würde er dem Mörder sagen, wer sein Henker war.

Mit einem Ruck zog Evans die Decke weg. Er starrte in das purpurrot angelaufene, verzerrte Gesicht eines Sergeanten der britischen Armee. Der Mann war erdrosselt worden. Der Draht war so fest zusammengezogen, daß er im Fleisch des Halses verschwand.

Evans hörte ein leises Geräusch aus einer Ecke des Kellers. Er wirbelte herum, aber alles, was sein Hirn noch wahrnehmen konnte, war das Gesicht mit den kalten Augen, die er in jeder wachen Minute und selbst im Traum vor sich gesehen hatte.

Sergeant Hughes' schwerer Dienstrevolver krachte in diesem engen Raum wie ein Donnerschlag.

Evans versuchte seine Pistole zu heben, spürte aber, daß er fiel. Er empfand keinen Schmerz, doch als er schreien wollte, schien sich sein Mund mit einer zähen Flüssigkeit zu füllen. Als das Leben aus seinen Augen wich und das Blut des geronnenen Schreis über seine Lippen floß, kam Maybach näher und schoß ihm ins Genick.

Etwas zischte durch die Luft und traf Maybach am Unterkiefer. Bevor er den Revolver, den er dem erdrosselten Hughes abgenommen hatte, erneut heben konnte, sprang Thornhill quer durch den Raum und schlug ihm mit aller Kraft den Pistolengriff gegen den Kiefer. Die Haut platzte auf, der Knochen leuchtete weiß im flackernden Lampenlicht.

»Du Schwein! Du verdammtes Schwein!« Thornhill schlug ihn wieder, taub gegen das plötzliche Getöse in der anderen Welt da draußen. Vorschlaghämmer zertrümmerten die Eingangstür, Schreie und Befehle erschollen, dann das Röhren von Motoren. Stiefel polterten über Treppen.

Keuchend beugte sich Thornhill über den bewußtlosen Maybach und zog dessen Hände auf den Rücken, wo er sie mit Handschellen fesselte. Dann lehnte er sich an die Wand und rang nach Luft. Er wußte, wie nahe er selbst dem Tode gewesen war.

Er blickte auf Evans' blutige Leiche nieder, fast wurde ihm dabei übel. Selbst noch am Ende war er von Maybach betrogen worden. Dann sah er seinen toten Sergeanten und übergab sich. Ein verdammt guter Polizist und ein naher Freund.

Er drehte sich um, als Whitcombe mit drei Militärpolizisten hereingestürmt kam.

»Alles in Ordnung, Jim?« Seine Augen wanderten von dem gezogenen Revolver zu den zwei Leichen, dann zu den Handschellen auf Maybachs Rücken.

»Das ist er also.« Erschüttert erkannte er den Sergeanten. »Gut, daß du dich beherrscht hast, Jim. Ich hätte diesen Dreckskerl wahrscheinlich das Gehirn herausgeblasen!«

Über ihnen schrillten Pfeifen, dann wurde es still. Whitcombe nickte den MPs zu. »Übernehmen Sie hier.« Er legte einen Arm um Thornhills Schultern und führte ihn aus dem Keller, weg vom Gestank des Todes.

Draußen im Garten zog Whitcombe seine Taschenflasche hervor. »Hier, Jim, nimm einen Schluck.«

Thornhill stieß den Revolver zurück ins Holster.

»Was, Chef, im Dienst?« Er lachte hysterisch. Aber dann tat der Whisky seine Wirkung.

Zusammen gingen sie auf die Straße hinaus, wo sich Lastwagen, Krankenwagen und Motorräder drängten. Überall Soldaten. Einige grinsten erleichtert über den Erfolg, noch wußte keiner, daß zwei Männer dabei gestorben waren. An beiden Enden der Straße standen menschliche Barrieren in Feldgrau, die deutsche Polizei mit ihren altmodischen Tschakos.

Der Leutnant der MP kam heranmarschiert und salutierte. »Alles unter Kontrolle, Sir!« Er sah sehr selbstzufrieden aus. »Genug gestohlene Waren, um einen Konvoi zu füllen, und dazu ein paar nützliche Zeugen.« Er sah Whitcombes Gesicht, und sein Lächeln schwand.

»Taff Hughes hat es erwischt. Außerdem liegt da noch ein toter Unteroffizier der Navy.« Später wunderte sich Whitcombe, warum er nicht erwähnt hatte, daß sie einen der meistgesuchten Kriegsverbrecher gefaßt hatten.

Jemand rief: »Hier kommt die Navy, Sir!«

Meikles Stabswagen preschte durch den Polizeikordon und hielt mit quietschenden Reifen. Meikle stieg zusammen mit einem jungen Leutnant aus. Ohne ihn einmal zu unterbrechen, lauschte er dem Bericht Whitcombes. Die Razzia schien ein großer Erfolg zu sein. Allerdings würde es für einige Aufregung sorgen, wenn die Offiziere, die man in der Villa aufgegriffen hatte, vors Kriegsgericht gestellt wurden. Hoffentlich würden sich einige davon abschrecken lassen, jedenfalls zeitweise.

Thornhill blickte Marriott an. »Es war Evans, Sir. Er wollte Maybach im Alleingang töten. Ein tapferer Bursche. Leider hat es auch einen meiner Untergebenen erwischt.«

»Das tut mir leid.«

Meikle beobachtete Marriotts Gesicht und konnte darin lesen wie in einem offnen Buch. Er fühlte sich an Evans' Tod mitschuldig – völlig grundlos.

Ein Corporal brüllte: »Tragbahren auf die Rückseite, aber plötzlich!«

Marriott sagte: »Ich werde mich um Evans kümmern, Sir. Er war der beste Bootsmann, den ich jemals hatte.« Die Stimme versagte ihm.

»Nein, warten Sie noch.« Meikle wandte sich um, als die ersten Gefangenen die Stufen hinunter und in die wartenden Lastwagen gestoßen wurden.

Junge Mädchen mit starkem Make-up, einige von ihnen fast nackt. Sie blickten sich erschreckt um. Prostituierte mit harten Augen stolzierten hüftschwingend heran, wurden aber wie Abfall auf die Wagen verladen. Dann kam die Gräfin, wie immer ganz in Schwarz.

Sie sah Whitcombe und zischte: »Bei mir waren auch britische Offiziere! Ich bin nicht allein daran schuld.«

Aus der Nähe im grauen Licht betrachtet, sah sie alt aus. Abgehärmt.

Kalt sagte Whitcombe: »Sie werden vor Gericht gestellt, Lady.«

»Ich bestehe auf einer korrekten Anrede!«

Er hätte sie am liebsten geschlagen, erwiderte aber nur wegwerfend: »Sie sind so adlig wie mein Hintern! Ich wiederhole: Sie werden gemäß den Artikeln der Militärregierung angeklagt der Hehlerei von gestohlenen oder verschobenen Militärgütern.« Er sah, daß sich ihre Oberlippe spöttisch kräuselte. »Des weiteren wird Ihnen vorgeworfen, Kriegsverbrecher versteckt zu haben und mitschuldig am Tod zweier britischer Soldaten zu sein.« Er wippte auf den Ballen. »Kein Lächeln mehr, Lady? Aber mir wird es eine Freude sein, Sie persönlich zum Galgen zu fahren.« Er winkte ärgerlich. »Handschellen, und dann weg mit ihr!«

Thornhill nickte stumm. Der Chef war ein schlauer alter Fuchs. Jetzt würde die Gräfin alles tun, um am Leben zu bleiben, und singen wie eine Nachtigall.

Er zündete sich eine Zigarette an und sah, daß seine Hand zitterte. Nichts von alledem konnte Taff wieder lebendig machen.

Unterleutnant Lowes wurde die Stufen hinuntergeführt. Er war ohne Mütze, sein Blick glitt verzweifelt hin und her, während er sich im Griff eines kräftigen Militärpolizisten wand.

Er erkannte Meikle und Marriott. »Das alles ist nicht meine Schuld!« schrie er schrill. Seine Stimme erstickte in einem Schluchzen. »*Sie* ist schuld, es ist alles *ihr* Werk!«

Die Tür des Lastwagens schlug hinter ihm zu, aber sie hörten noch immer seine Schreie, als der Wagen sich schon der Kreuzung näherte.

»Ihre Schuld?« fragte Meikle milde. »Ich frage mich nur, welche Frau er meint.« Er sah Marriotts Gesichtsausdruck. »Niemand hat schuld. Der junge Lowes mag den Krieg verpaßt haben, trotzdem gehört er noch zu seinen Opfern.«

Helmut Maybach wurde zu einem Wagen geführt, blutend und benommen. Er sah harmlos genug aus, bis er sich umdrehte und man seine Augen sah. So mußte er seine Opfer angefunkelt haben.

Meikle berührte Marriotts Arm. »Was für ein Tag! Ich nehme an, Sie werden sich davon erholen wollen. Ich verständige Ihren Fahrer, daß er Sie abholen und nach Eutin bringen soll.« Er wandte sich seinem Wagen zu, blickte aber nochmals zurück. »Wenn Sie wollen, können Sie Fräulein Geghin ausrichten, daß ihr Bruder gerettet werden wird.« Er nickte, als er Marriotts Überraschung sah. »Ich spreche mit dem Commodore darüber. Ich muß ihm noch einige Rechtsstandpunkte klarmachen, bin aber sicher, daß er es am Ende genauso sehen wird wie ich.«

Stumm blickte Marriott dem Wagen nach. Soldaten standen herum und rauchten, schwatzten und räumten auf. Andere trugen Kisten und Akten aus dem Haus. Ein paar Schatten waren hinter den oberen Fenstern zu sehen, sie suchten immer noch nach weiteren Beweisen.

Die Ambulanz folgte Meikles Humber.

Marriott würde dafür sorgen, daß Unteroffizier Evans zu Hause in Jersey beerdigt wurde. Wenn er auch nicht persönlich an Maybach Rache genommen hatte, so hatte er ihn doch aufgespürt. Andere würden hören, was er geleistet hatte. Der Rache, wenn schon nicht der Gerechtigkeit, war Genüge getan.

Leutnant Mike Fairfax ging langsam durch ein weiteres Tor im Stacheldrahtzaun zu den Slipbahnen der Kieler Werft.

Es war bitterkalt. Ohne die Kette der elektrischen Lampen an ihrem Draht wäre es stockdunkel gewesen.

Der Unteroffizier vom Dienst hätte bei ihm sein sollen, aber er hatte ihn auf die andere Seite des U-Boot-Bunkers geschickt, wo er die Posten kontrollieren sollte. Das sparte Zeit.

Die nächtlichen Runden auf der Werft waren immer ein unbeliebter Job. Auf dem Ort lasteten zu viele düstere Erinnerungen, es geisterten die merkwürdigsten Geschichten herum, die einem Rekruten kalte Schauer über den Rücken jagen konnten. Da war das U-Boot, das nun als Wrack im zusammengebrochenen Betonbunker lag. Es war mit einem zusätzlichen Offizier an Bord in den Atlantik ausgelaufen, aber dieser Offizier war während seiner Brückenwache verschwunden. Über Bord gewaschen. Offiziere, die später neu an Bord kamen, behaupteten steif und fest, daß sie von seinem Geist begrüßt worden seien. Jetzt lag das Boot dort drüben, und durch die Messen geisterte unausrottbar das Gerücht, daß der Geist des Offiziers bei den Slipbahnen gesehen worden sei.

Fairfax trat in eine Telefonzelle und wählte die Zeitansage. Die blecherne Tonbandstimme teilte ihm mit, daß es zwei Uhr morgens war. Er hängte ein. War es schon so weit mit ihm? Sehnte er sich so sehr nach einer Frauenstimme, daß er die Zeitansage anrufen mußte?

Er betrachtete die Reihe der schwingenden Lampen. Unter jeder leuchtete ein heller Kreis auf den schwarzen Steinen, von seinem Nachbarn durch tiefe Dunkelheit getrennt. Ohne die Lampen hätte man hier unmöglich gehen können.

Fairfax hatte von der großen Razzia in Neumünster gehört und wie Evans dort ums Leben gekommen war.

Er wußte, daß es Marriott sehr nahe gegangen war. Aber auch diese Erinnerung würde mit der Zeit verblassen.

Plötzlich mußte er an Jill Wheatley denken, dieses Idealbild eines Mädchens für ihn. Sie hatte sich schnell eingelebt. Aber sobald er versuchte, ihr näherzukommen, stellte er fest, daß sie nur wenig gemeinsam hatten. Jill wollte sogar bei erster Gelegenheit wieder aus dem Dienst ausscheiden. Er aber wartete ungeduldig darauf, daß das Komitee zusammentreten würde, um die Entscheidung zu treffen, die ihn allein interessierte. In einer Woche wollte er wieder bei Commander Meikle vorstellig werden.

Er erstarrte, als er Schritte auf den nassen Steinen hörte. Still blieb er im Schatten der Telefonzelle stehen.

Er sah Stiefel von einem Lichtkreis zum nächsten wandern, und als der Mann genau in einem der hellen Kegel stehen blieb, erkannte er Leutnant Cuff Glazebrook. Sein Gang war leicht schwankend, aber das war nicht ungewöhnlich. Er steuerte auf die Liegeplätze der Landungsboote zu. Fairfax spielte mit dem Gedanken, ihn anzusprechen, verwarf diese Idee aber sofort. Wahrscheinlich war Cuff zu betrunken oder hatte schlechte Laune.

Ein weiteres Paar Stiefel erschien im Lichtkreis der schwingenden Lampen: Khakihosen – ein Infanterist. Er sprach mit Cuff. Fairfax hörte ihre Stimmen und merkte, daß Cuff ärgerlich wurde. Auch die Stimme des anderen Mannes klang schärfer.

Die Stimmen verstummten. Fairfax hörte wieder Schritte – aber diesmal nur die eines einzigen Mannes.

Ein eiskalter Schauer lief ihm über den Rücken. Wieso nur ein Mann? Er nahm die Mütze ab und wischte sich die Stirn, die trotz der bitteren Kälte schweißnaß war. Jetzt war es soweit: Er wurde verrückt! Er versuchte sich zu erinnern, wieviel er zum Dinner und danach getrunken hatte. Sehr wenig. Wenn er als OvD eingeteilt war, paßte er immer auf. Aber trotzdem . . .

Sein Unteroffizier tauchte aus der Dunkelheit auf und fummelte an seiner Taschenlampe herum. »Alles klar bei den Bunkern, Sir. Beide Wachen sind am Leben und bei guter Gesundheit. Es wird verdammt kalt, nicht wahr, Sir?«

»Äh . . . ja.« Fairfax fiel neben ihm in Schritt. Der Mann würde wahrscheinlich schallend lachen, wenn er ihm erzählte, was er gesehen hatte. Nach dem, was er über den armen Lowes gehört hatte, würde sein Spleen nur weitere Schande über den alten Haufen bringen.

Er beschleunigte den Schritt. Vergiß es! sagte er sich.

Aber beim Frühstück am nächsten Morgen brach die Neuigkeit wie eine Lawine über ihn herein.

Ein Leutnant rief: »Haben Sie schon gehört, was letzte Nacht passiert ist? Ein Infanterieoffizier ist in ein Trockendock gefallen!«

Nur mühsam beherrschte Fairfax seine Stimme. »Ach ja? Was ist ihm passiert?«

Die anderen Offiziere blickten indigniert von ihren Zeitungen auf. Es war ein ungeschriebenes Gesetz, daß man beim Frühstücken ungestört lesen konnte.

Der Leutnant spreizte die Hände. »Na, was schon? Er hat sich den Hals gebrochen. Dort geht es sechzig Fuß senkrecht in die Tiefe!«

Fairfax fuhr herum, als Cuff über den Rand seiner Zeitung blickte und sagte: »Erstaunlich, daß ich nichts davon gemerkt habe. Ich war gestern nacht an Bord meines LCT.« Seine Augen blieben kalt an Fairfax hängen. »Ich sage ja immer, daß die Werft ein gefährlicher Ort ist, wenn man nicht Bescheid weiß.«

Fairfax wollte den Augenkontakt unterbrechen, aber er fühlte sich wie ein hypnotisiertes Kaninchen. Er weiß es, dachte er. Cuff muß mich gesehen haben!

Dieser faltete seine Zeitung zusammen und erhob sich. »Ein Stoppelhopser, sagen Sie?« Er grinste. »Nun, man weiß ja, was man von denen zu halten hat.« Schwerfällig ging er zur Tür und warf seine Zeitung einer deutschen Ordonnanz zu.

Fairfax starrte blicklos auf seinen Teller mit den fettigen Würstchen. Was sollte er tun? Meikle würde ihn befragen, denn schließlich war er der OvD gewesen und seine Ronden gegangen. Und was würde der Unteroffizier aussagen? Er mußte an Cuffs warnenden Blick denken. Wahrscheinlich würden sie mir sowieso nicht glauben, dachte er.

Der UvD des Tages erwartete ihn in der Halle.

»Guten Morgen, Mr. Fairfax, Sir. Der Commander möchte Sie sprechen.« Er grinste. »Umgehend!«

Fairfax griff nach seiner Mütze. Er hatte ein Gefühl, als ob seine Welt zusammenbreche.

»Hallo, mein Sohn!«

Fairfax blickte erstaunt auf. Marriotts Freund Beri-Beri kam auf zwei Krücken hereingehumpelt, ein Melder vom Haupttor begleitete ihn.

»Willkommen zu Hause!« Fairfax brachte die Worte kaum heraus.

Beri-Beri betrachtete ihn. »Und ich dachte, Sie wären in der Zwischenzeit mindestens Admiral geworden.« Er ignorierte Fairfax' Besorgnis. »Wie ich höre, wird uns Meikle verlassen. Er fällt die Treppe hinauf, scheint es.« Er balancierte auf einem Bein und blinzelte dem Unteroffizier zu. »Der Gips kommt bald ab.«

Fairfax machte sich aus dem Staub, vollauf mit Beri-Beris Information beschäftigt. Wahrscheinlich war es nur ein Gerücht, der berüchtigte Küstenklatsch. Aber wenn Meikle ging, hatte er niemanden mehr in der Kommission, der für ihn sprach.

Später fiel es ihm leicht zu behaupten, daß er bei seiner Ronde nichts gesehen hätte.

Meikle beobachtete, wie flink Lavender mitschrieb. Dann nickte er und meinte: »Der Tote war ein Fahndungsoffizier. Lavender, machen Sie mir eine Verbindung mit Hauptmann Whitcombe. Danach hätte ich gern eine Leitung zum Commodore.« Er hob die Augenbrauen. »Sie sind noch da, Fairfax?«

Vor Meikle lag ein Stoß Briefe und Telegramme, mit denen er sich beschäftigen mußte. Dazu kam noch der Brief, den er an Lowes Mutter und Stiefvater schreiben mußte. Lowes war in eine Spezialabteilung des Marinelazaretts eingeliefert worden. Mit etwas Glück würde er wegen seelischer Labilität entlassen werden, falls nicht, mußte er vors Kriegsgericht. Kein einfacher Brief.

Ernst blickte er Fairfax an. »In diesem Bereich sind es einhundertundzwanzig junge Offiziere, die alle denselben Wunsch haben wie Sie. Tun Sie Ihre Arbeit, und halten Sie sich aus allem Ärger raus. Der Rest liegt bei Ihren Lordschaften.«

Fairfax verließ das Büro. Es gab also noch Hoffnung.

Sobald sich die Tür hinter ihm geschlossen hatte, fragte Unteroffizier Lavender: »Glauben Sie, daß der Commodore Ihrem Plan zustimmen wird, Sir?«

Meikle lächelte. Obwohl äußerlich zaghaft, war Lavender sehr tüchtig und scharfsinnig. Meikle hatte ihn schon gefragt, ob er bei ihm bleiben und später auch in seiner Kanzlei in London arbeiten wollte.

»Dieser Sache mit Fräulein Geghins Bruder? Ich glaube schon. Holen Sie mir bitte die vertrauliche Akte, in der es um die neue Yacht des Commodore geht. Mir scheint die Zeit gekommen, ihn daran zu erinnern.«

Das Gespräch mit Whitcombe dauerte nicht lange. Wie Meikle stand auch er immer unter Zeitdruck. Besonders jetzt, da er die Berge von Beweismaterial sichten mußte, das seine Männer in der Villa der Gräfin sichergestellt hatten.

Whitcombes Stimme klang müde. »Jawohl, Sir, es war einer meiner Männer, Leutnant Sanders. Meine Leute waren schon in der Werft. Die üblichen Untersuchungen wurden veranlaßt.« Meikle hörte ihn seufzen. »Aber es war ein tiefer Fall ins Trockendock. Keine brauchbaren Spuren.«

Meikle blickte die gegenüberliegende Wand an. Eine Karte war etwas zerknittert. Mit einer Handbewegung wies er Lavender an, sie zu glätten. »Darf ich fragen, was Ihr Offizier dort wollte? Vertraulich natürlich.«

Whitcombe antwortete: »Er wollte mit Leutnant Glazebrook ein paar Dinge klären, Sir. Der Leutnant ist am Abend offensichtlich um die Häuser gezogen und war nicht früher zu sprechen.«

»Gibt es Ärger mit ihm?«

»Nein, eigentlich nicht, Sir. Ich dachte nur, daß Leutnant Glazebrook uns ein paar Informationen über diese Frau Ritter geben könnte, der das Gelände mit dem Treibstofflager darauf gehört. Ich weiß, daß er ihr schon einmal geholfen hat.«

»Danke.« Meikles Augen glühten. »Es tut mir sehr leid um Ihren Leutnant.«

Er legte auf und stützt den Kopf auf die gefalteten Hände. Aber Glazebrook hatte Leutnant Sanders nicht in der Werft gesehen, auch der

OvD Fairfax nicht. Er blickte zu Lavender am anderen Telefon hinüber und lächelte in sich hinein. Merkwürdig, höchst merkwürdig ...

»Der Commodore, Sir.«

Meikle nahm den Hörer ab. »Ich frage mich, ob wir uns treffen könnten, Sir, um das Problem des deutschen Kriegsgefangenen Geghin zu besprechen?« Er runzelte die Stirn.

»Nun, Sir, auch ich bin sehr beschäftigt. Trotzdem möchte ich mit Ihnen auch über die Zoll- und Einfuhrbestimmungen in Dover reden.«

Er legte den Hörer auf, dann sagte er laut: »Jawohl, Sir, ich denke, daß eins sehr wohl mit dem anderen zu tun hat!«

Das Versprechen

Der Winter brach so schnell und eisig über Kiel herein, daß sich nur wenige Bewohner daran erinnern konnten, schon eine solche Kälte erlebt zu haben. Schnee, gefrierender Regen und stürmische Ostwinde machten das Leben zu einem einzigen Existenzkampf. In der zerbomten Stadt ging es schlicht ums Überleben.

Geplatzte Abwasserrohre wurden bald durch Eis blockiert. Es bereitete enorme Probleme, ein Privathaus oder auch nur ein Zimmer zu heizen. Die britischen Streitkräfte arbeiteten rund um die Uhr. Zwar waren sie mit ausreichenden Rationen und beheizten Unterkünften versorgt, aber sie sahen die verzweifelte Lage der Zivilisten, die auf sie angewiesen waren. Durch die zerstörten Straßen zog der Duft von frisch gebackenem Brot – sowohl das Heer als auch die Marine stellten soviel Brot her wie nur möglich, aber es reichte bei weitem nicht.

Mit der Lebensmittelknappheit wuchs die Kriminalität. Viele Verbrechen wurden von Personen ohne festen Wohnsitz verübt – der höflichen Umschreibung der Militärregierung für Flüchtlinge. Die ersten, die leiden mußten, waren die Kinder. Zwei kleine Jungen waren von ihrer Mutter mit der Lebensmittelkarte losgeschickt worden, um bei der Armee die Brotration der Familie abzuholen. Das war üblich, denn da so viele Männer vermißt oder gefallen waren, mußten die Frauen arbeiten, um die Familien durchzubringen. Beide Kinder waren erstochen und das Brot gestohlen worden.

Ein Zeuge hatte den Vorfall gesehen, die Justiz schlug rasch und hart zu. Aber die Exekutionen brachten die Welle der Kriminalität nicht zum Verebben. Erstaunlicherweise schien sie jedoch Deutsche und Briten einander näherzubringen. Kapitänleutnant Arthur Durham drückte es so aus: »Cowboys und Indianer arbeiten zusammen, bis die Kavallerie eingreift!«

Marriott hatte wenig von Ursula gesehen, obwohl er das Gasthaus so oft wie möglich besuchte. Ein Gespräch über den Verbleib ihres Bruders wurde sorgfältig vermieden. Die ganze Familie schien jedoch immer erfreut zu sein, ihn zu sehen, zumal er meist Kakao, frischgemahlenen Kaffee und Schokolade für das kleine Mädchen mitbrachte.

Als Weihnachten näherrückte, arbeitete Marriott Tag und Nacht und bei jedem Wetter. Straßen mußten geräumt, Schiffe und Leichter gelöscht werden. Ihre Ladung bestand aus Verpflegung und Medikamenten. Jede Partie mußte sorgfältig bewacht werden, bis sie sicher an eine der zahlreichen Verteilerstellen in Schleswig-Holstein gelangt war. Das Horten von Vorräten wurde inzwischen genauso bestraft wie bewaffneter Raubüberfall.

Trotz aller Sorgen und der Kälte entstand so etwas wie Weihnachtsstimmung. Papierblumen und handgemalte Grußkarten wurden gebastelt und sogar Choräle in den ausgebombten Kirchen gesungen. Es war eben etwas Besonderes, dieses erste Weihnachtsfest im Frieden.

Die Seeleute spekulierten ständig über das Datum der Demobilisierung. Einige besuchten eifrig ihre Divisionsoffiziere, die Listen mit Ausbildungs- und Fortbildungsprogrammen sowie Stellenangebote vorliegen hatten. Aber es gab natürlich auch ein paar Pannen. Ein junger, ernsthafter Marinekaplan hatte die Lieder für die Sonntagsandacht in Plön ausgesucht. Er liebte die Majestät der Worte, doch leider dachte er nicht an die Musik. So kam es, daß die Seeleute aus voller Brust das altbekannte Kirchenlied schmetterten und dabei ihr Grinsen hinter dem Textblatt verbargen. Der junge Kaplan wurde puterrot, denn es war die Melodie der deutschen Nationalhymne. Draußen vor der Kirche blickten sich die Deutschen ungläubig an und fragten sich, wie die alten Gegner zu so einer Geste kamen. Andererseits mußte Marriott grinsen, als er mit Ursula vor einer Kirche stand, in der ein Chor »O Tannenbaum« sang; es war dieselbe Melodie wie »The Red Flag«.

Aber es gab auch Enttäuschungen und Tragödien.

Zwei Wochen vor Weihnachten wurde Fairfax zu Meikle bestellt und ging mit gemischten Gefühlen hin. Handelte es sich um den toten Fahndungsoffizier? Hatte sich etwas Schwerwiegendes ereignet?

Meikle diktierte einem neuen Oberschreiber Briefe, denn Lavender hatte ein eigenes Büro bekommen.

»Übermorgen, Fairfax. Ich lasse Ihnen Zeit, sich zu sammeln ...« Er blickte den Schreiber an. »Wo war ich stehengeblieben?«

Fairfax stammelte: »Sammeln?«

Meikle bedachte ihn mit einem trockenen Lächeln. »Die Kommission tritt zusammen. Die anderen Bewerber haben keine Kriegserfahrung, also ...« Er hob die Augenbrauen. »Denken Sie darüber nach.«

Als er draußen am Tisch des Operationsoffiziers vorbeikam, rief ihn der Diensthabende heran.

»Ich habe Arbeit für Sie, Mike: Begleitschutz für einen Verpflegungstransport nach Hamburg heute abend.« Er grinste breit. »Übrigens, meine Glückwünsche! Ich wette, Sie werden vom Komitee ausgewählt – bei Ihren Verdiensten.«

Fairfax schwebte wie auf Wolken. Er hatte zwar nicht viel dafür übrig, mit einem Konvoi ohne Schutz und Heizung nach Hamburg zu fahren, aber ... Er hatte die Fahrt schon einmal gemacht und war froh gewesen, als er die kostbare Fracht dem Heer übergeben konnte.

Diesmal mußte es besonders reibungslos laufen. Er sah schon die Gesichter seines Vaters und seiner Freunde vor sich, wenn er das erste Mal mit den glatten Streifen des Aktiven heimkommen würde. Meikle mußte ihm eine hervorragende Konduite ausgestellt haben. Zusammen mit einer Empfehlung des Commodore konnte dann eigentlich nichts mehr schiefgehen.

Aber nur wenige Minuten vor dem Erreichen Hamburgs merkte Fairfax, daß etwas verkehrt lief. Seine zwölf Bewaffneten drängten sich hinter den mit Persenningen abgedeckten Kisten, um etwas Schutz vor dem eisigen Schneefall zu finden. Es schneite ohne Unterlaß, der Schnee stach ihnen in die Augen und biß auf der Haut, bis sie sich wund anfühlte.

Als Unteroffizier war Arthur Townsend dabei, und Fairfax freute sich, ihn wiederzusehen. Die anderen waren junge Leichtmatrosen, frisch aus England gekommen. Sie waren aufgeregt wie eine Horde Schuljungen. Der Konvoi rollte langsam über holprige, verschlammte Straßen.

Da stand Townsend auf und rief: »Mein Gott, was für eine Menschenmenge!«

Zu beiden Seiten der Straße drängelten sich Zivilisten dicht an dicht. Ihre Individualität ging im Schneegestöber völlig unter.

Fairfax sagte beruhigend: »Keine Sorge, das Empfangskomitee vom Heer wird gleich hier sein. Es warten immer so viele Menschen auf diese Konvois, besonders wenn sie Verpflegung geladen haben.«

Es würde bald vorbei sein. Dann ging es zurück nach Plön, zu ein oder zwei Drinks. Vielleicht würde er Jill Wheatley wiedersehen.

Townsend störte ihn beim Träumen. »Die Straße ist gesperrt, Sir! Wir müssen halten!«

Fairfax kletterte zu ihm nach oben. Als der Wagen scharf bremste, wäre er beinahe abgestürzt. Der Fahrer und sein Kollege blickten aus den Fenstern.

Zuerst dachte Fairfax an einen Unfall, dann sah er, daß die Menschenmasse langsam auf die Wagen zurückte. Von beiden Seiten der Straße und so lautlos, als gehorchten sie einem unhörbaren Befehl.

Townsend fluchte: »Wo bleibt die verdammte Army?«

Fairfax versuchte, klaren Kopf zu behalten. Ihm mußte etwas einfallen, er hatte das Kommando. Er sah seine Leute an, das Lachen und Scherzen war ihnen vergangen. Sie umklammerten ihre Gewehre und starrten der näher kommenden Menge entgegen. Jeden Moment konnte einer durchdrehen.

Townsend meldete: »Sir, sie schneiden die Planen der hinteren Wagen auf! Verdammt, sie wollen plündern!«

»Das werden sie nicht!« Fairfax zog seinen Revolver und feuerte in die Luft. Er spürte den Rückstoß in Handgelenk und Unterarm, aber der Schock half ihm, sich zu beruhigen und seine Wut zu zügeln.

Alles erstarrte, nur das leise Blubbern der Motoren war zu hören.

Es funktionierte! Fairfax brüllte: »Zurück! Halt! Zurück!«

Jemand rief etwas, vielleicht waren es auch mehrere Stimmen gewesen, und plötzlich stürzte sich der ganze Mob mit lautem Geheul auf den Konvoi. Männer und Frauen rissen an den Planen und kreischten die jungen Seeleute an, die plötzlich voneinander getrennt wurden. Ein Mann sprang an ihrem Wagen hoch, Townsend trat mit dem Stiefel nach ihm. Aber der Mob versuchte weiter, die Kisten herunterzuziehen.

Plötzlich sah Fairfax einen Mann mit einer großen Brechstange. Seine Augen funkelten wie irre, als er ausholte, um damit auf den hilflosen Townsend einzuschlagen. Townsend hatte das Gleichgewicht verloren und lag hilflos neben dem Wagen.

Der Mann mit der Brechstange blickte auf und sah den Revolver.

Fairfax feuerte.

Noch bevor der Knall des Schusses verhallt war, heulten Sirenen und dröhnten Stiefel auf dem Pflaster. Eine scharfe Stimme befahl: »Zweiter Zug! Pflanzt auf das Bajonett!«

Scheinwerfer huschten über den Schnee, Fairfax sah die glitzernde Linie der Bajonette auf den Konvoi zukommen. Der Mob wich vor den Soldaten mit Stahlhelm und gesenkten Bajonetten zurück, zuerst langsam, dann in wilder Flucht.

Dann entdeckte er die Frau, die auf dem Rücken im Schnee lag. Er erinnerte sich dunkel, sie in der Menge gesehen zu haben, sie mochte hinter dem Mann mit dem Brecheisen gestanden haben. Er mußte sich geduckt haben, während sie ...

Er sprang vom Wagen und versuchte sie aufzurichten. Doch schnell zog er die Hände zurück, als er den blutigen Schnee unter ihrem Körper sah. Die großkalibrige Kugel hatte sie in die Schläfe getroffen. Fairfax zupfte den Rock zurecht, um ihre Beine zu bedecken, dann richtete er sich auf.

Ein Hauptmann der Infanterie kam auf ihn zu und gewahrte die Leiche. »Da sind wir wohl gerade noch rechtzeitig gekommen. Wie es aussieht, war das eine organisierte Aktion. Sind Ihre Männer okay?«

Fairfax ballte die Fäuste. »Wo zum Teufel haben Sie so lange gesteckt?«

Der Hauptmann blickte ihn neugierig an. »Verkehrsunfall. Wir mußten eine andere Strecke fahren. Aber es ist ja weiter nichts verlorengegangen.«

Zwei Soldaten, die Gewehre auf den Rücken geworfen, eilten herbei. Im Licht der Scheinwerfer zogen sie die tote Frau durch den Schnee. Sie hatte einen Schuh verloren, aber niemand hob ihn auf. Fairfax hörte, wie eine Klappe zuschlug und dann mehrere Motoren aufheulten.

Der Hauptmann fuhr fort: »Wir begleiten Ihren Konvoi bis zur letzten Kreuzung, dann können Sie wie geplant entladen. In Ordnung?«

Fairfax blickte auf den roten Blutfleck im Schnee. Er wurde langsam heller, weil sich frische Flocken darauf legten.

Townsend sah dem Hauptmann nach, der davonmarschierte.

»Vielen Dank, Sir. Wenn Sie nicht geschossen hätten, wäre ich jetzt tot und nicht sie.«

Aber Fairfax wußte, daß ihn das Glück verlassen hatte.

Einer der drei Commander formulierte es allerdings anders, als Fairfax wieder ins Tagungszimmer des Komitees gerufen wurde.

»Wir wissen, daß solche Zwischenfälle unter bestimmten Umständen vorkommen können. Und wir stimmen alle drei darin überein, daß deshalb keine Mißbilligung in Ihre Personalakte eingetragen wird. Ich für meinen Teil sehe auch keinen Grund, warum Sie nicht an den Friedensübungen der Freiwilligen Reserve teilnehmen sollten. Bei Ihrer guten Führung bin ich sicher, daß Sie im Falle, daß wieder ein nationaler Notstand eintritt . . .«

Den Rest hörte Fairfax nicht mehr. Es war aus!

Während er in sein Quartier zurückkehrte, dachte er an Cuff und den Toten im Trockendock. Er hatte es versäumt, den Vorfall zu melden. Und jetzt mußte er dauernd an die Frau denken, die im Schnee lag, die Augen ungläubig aufgerissen.

Ich wollte sie doch nicht töten! schrie es in ihm. Das Echo kam zurück wie die Salve des Erschießungskommandos: Aber du hast es getan!

Kiels Hauptbahnhof war nicht so belebt wie sonst. Verglichen mit den Wochen und Monaten nach dem Sieg, wirkte er sogar fast verwaist. Marriott stand unter einem steinernen Torbogen und schlug den Kragen seines dicken Mantels hoch. Schnee fiel durch das zerstörte Dach. Es gab eben wichtigere Dinge zu reparieren als Bahnhofsdächer.

Er hatte Heinz mit dem Kübelwagen auf dem Vorplatz zurückgelassen. Warum war er eigentlich gekommen? Sollte Meikles kurze Nachricht stimmen, dann war er hier nur ein Eindringling. War sie dagegen falsch, dann mußte er ihre Verzweiflung miterleben.

Zum hundertsten Mal blickte er auf die Uhr. Er wartete jetzt schon drei Stunden, und wieviel schlimmer mußte es für Ursula und Liesel sein! Wenn er sich vorbeugte, konnte er sie an der Sperre stehen sehen, die kleine Bernadette zwischen sich.

Er blickte auf die großen Plakatwände in der Nähe der Ausgänge. Sie gehörten inzwischen zum Bahnhof wie die Menschen, die darunter warteten. Aber auch sie wirkten nicht mehr so dringlich wie in den ersten Wochen. Hunderte von Fotografien hingen an diesen Wänden, Gesichter von Ehemännern, Söhnen und Vätern. Einige hatten sich in der feuchten Luft gewellt, andere waren auf die Erde gefallen, als hätten sie alle Hoffnung aufgegeben. Vielleicht war auch die Nachricht eingetroffen, daß das Bild nicht mehr gebraucht wurde.

Marriott erinnerte sich an seinen ersten Besuch auf dem Bahnhof. Frauen hatten sich um die Sperre gedrängt, besonders wenn die Züge aus der russischen Zone kamen und entlassene Kriegsgefangene brachten.

»Mein Sohn? Haben Sie meinen Sohn gesehen?« Ängstliche Augen suchten nach bekannten Uniformen, nach Regimentsabzeichen. »Mein Mann war bei Ihrer Einheit! Haben Sie diesen Mann gesehen?«

Die Heimkehrer hatten meist nur die Schultern gezuckt und waren mit starren Augen weitergegangen, als ob sie fürchteten, ihre neugewonnene Freiheit könne sich verflüchtigen, wenn sie stehenblieben.

Heute standen hier nur wenige Frauen. Sehnsüchtige Blicke wanderten den Schienenstrang entlang, als ob der Zug herbeigewünscht werden könne.

Marriott sah Ursula mit ihren Stiefeln auf den nassen Steinen herumstampfen. Die Hände hatte sie tief im Mantel versteckt. Er merkte, daß er sie noch nie mit offenem Haar gesehen hatte. Wenn sie sich umdrehte, schwang es um ihre Schultern und glänzte trotz des grauen Lichts.

Für ihren Bruder? Er wäre am liebsten hinübergegangen und hätte sie in die Arme genommen. Aber falls Lothar Geghin heute zurückkam, dann würde es sein wie bei den vielen anderen, die er hatte ankommen sehen. Sie wurden überrascht von den vielen britischen Uniformen, Marine, Militärpolizei, sogar die Polizei der Air Force war anwesend. Die einzigen Feinduniformen, die sie bisher gesehen hatten, waren russische gewesen. Die Ankunft war für sie wie eine zweite Niederlage. Das letzte, was Ursulas Bruder zu seiner Begrüßung sehen wollte, war ein britischer Marineoffizier.

Marriot fragte sich, wie Meikle es geschafft hatte, ihn den Russen abzuluchsen. Gerüchteweise hatte er gehört, daß Meikle einen gesuchten Gefangenen zum Austausch angeboten hatte, mit vollem Einverständnis der Militärregierung. Es hätte sogar Helmut Maybach sein können, obwohl Mariott dessen Verbindung zu den Russen nicht klar war.

Wieder blickte er zur Uhr. Er meinte, Glocken zu hören, und wußte, daß das Ursulas Traurigkeit nur noch verschlimmern würde. Heiliger Abend. Der Abend, an dem die Familien zusammensaßen. Er hatte es bereits überprüft: Es kamen nur noch zwei Züge, dann ...

Das Kind wurde ungeduldig, es konnte nicht verstehen, warum sie warteten. Wahrscheinlich war ihm kalt, trotz des Mantels und der Wollmütze, die die Narbe an der Stirn verdeckte. Bernadettes Mutter beugte sich hinab, um sie zu beruhigen. Was fühlte sie? Hatte sie immer noch Hoffnung? Wie hatte sie ohne ihren Mann gelebt? Es war niemals leicht.

Heinz trat neben ihn unter den Torbogen und blickte zu der kleinen einsamen Gruppe hinüber. Er kannte das alles nur zu gut. Zum Glück war er in Kiel bei seiner Familie gewesen, als ihre Welt zusammengebrochen war.

»Nichts, Herr Leutnant?«

»Nein, aber es ist noch Zeit.«

Heinz hob die Schultern. »Sie werden die Lichter verpassen.«

Die Lichter. Der Commodore hatte alle Schiffe in Kiel angewiesen, ihre Scheinwerfer einzuschalten und die Nebelhörner zu betätigen. Wahrscheinlich würde es auch ein Feuerwerk geben: eine Heilige Nacht, an die sich Kiel erinnern sollte.

Marriott blickte hinüber. Ursula hatte Bernadette auf den Arm genommen und sprach leise auf sie ein. Dabei wiegte sie sie hin und her. Es gab keine große Vorfreude. Eher Verzagtheit und Resignation.

Heinz sagte in seine Gedanken: »Ich gehe wieder zum Auto, Herr Leutnant. Sie waren sehr gut zu uns.« Damit drückte er Marriott ein Päckchen in die behandschuhte Faust und eilte fort.

Irgendwo bimmelte lautstark eine Glocke. Die Wartenden wurden wieder lebendig. Es war wie eine Opernszene, dachte Marriott. Mit Klageweibern und Geistern. Der treibende Schnee verwandelte den tristen Bahnhof in eine altertümliche Kathedrale.

Er sah, wie Liesel ihren Mantel glattstrich. Sie zog einen bunten Schal heraus und legte ihn um. Früher war sie bestimmt eine Schönheit gewesen.

Marriott hatte die gleichen Bewegungen heute schon mehrfach beobachtet.

Ursula hatte das kleine Mädchen auf den Boden gestellt und hielt seine Hand, während sie durch die Sperre drängten. Eine alte Frau, die schon den ganzen Tag gewartet hatte, holte die beiden Fotos von ihrem Mann und ihrem Sohn heraus. Sie hatten schon Eselsohren und waren vom ständigen Gebrauch verschmutzt.

Die Militärpolizisten mit ihren roten Mützen richteten sich auf, einige gähnten. Die Marinepatrouillen mit ihrem weißen Koppelzeug und den weißen Gamaschen und die üblichen Offiziellen versammelten sich. Marriott konnte den Zug schon hören. Seine Lichter näherten sich, die großen Räder quietschten, als er bremste. Endstation!

Er sah, daß Liesel sich mit einem Taschentuch die Augen wischte. Sie schüttelte hoffnungslos den Kopf. Ursula sprach ihr Mut zu.

Die Inspektoren stellten sich an die Ausgänge, die Polizei rückte näher. Dann war der Zug plötzlich da. Türen flogen auf, Männer strömten auf den Bahnsteig wie eine lebende Flutwelle.

Es war ein Zug wie jeder andere. Die Landser trugen feldgraue, abgetragene Uniformen, einige hatten Rucksäcke, andere Pappkartons. Ein paar marschierten dahin wie auf der Parade, die Augen nach oben gerichtet, als versuchten sie, allem zu entkommen.

Marriott sah, daß Bernadette einen kleinen Teddybär an sich drückte, denselben, den Ursula damals in ihrer Tasche versteckt hatte, als er sie durch das Tor schmuggelte. Das Kind hatte ihn immer bei sich gehabt, auch im Hospital.

Die alte Frau war mit den Fotos durch die Sperre gerutscht und fragte die Vorbeieilenden, ob sie die Männer darauf kannten.

Ein Militärpolizist sagte zu seinem Kamerad: »Sie kann doch nicht ewig so weitermachen, Tom. Beide sind tot – und sie weiß es. Trotzdem kommt sie immer wieder, die arme alte Kuh.«

Als Marriott wieder zum Bahnsteig blickte, war er schon fast leer. Ursula beugte sich über das Kind und wickelte es für die Rückfahrt nach Eutin vorsichtig in eine Decke. Dann sah Marriott, wie Liesel ein paar schwankende Schritte auf den Durchgang zu machte. Sie hob beide Arme, konnte aber nicht sprechen.

Der Soldat war groß und dünn, und auf diese Entfernung konnte Marriott keine Ähnlichkeit mit seiner Schwester feststellen. Er war einer der letzten, denn er humpelte schrecklich. Eine Hand, vermutlich erfroren, hatte er vorn in den Mantel geschoben.

Dann waren alle zusammen, küßten und drückten sich, und das Kind hing irgendwo dazwischen. Liesel lachte und weinte gleichzeitig. In diesem Augenblick war sie wieder das hübsche Mädchen, das der Soldat einmal geheiratet hatte und dann zurücklassen mußte.

Sie drehten sich weg. Das Kind hatten den Teddy fallen lassen und kümmerte sich zum ersten Mal nicht darum. Aber Ursula bückte sich, um ihn aufzuheben, und dabei sah sie Marriott im Torbogen stehen. Sie lief durch den verschneiten Bahnhof und warf sich an seine Brust. Er hielt sie mit beiden Armen fest.

»Du bist gekommen! Warst du die ganze Zeit hier?«

Er fühlte ihr Haar an seinem Mund, roch das Parfüm, das er ihr geschenkt hatte.

»Immer, wenn ich dich brauche, bist du zur Stelle.« Sie lehnte sich in seinem Arm zurück, ihre Augen glänzten feucht, aber sie lachte. »Die drei werden mich nicht vermissen. Sie brauchen Zeit, um sich auszusprechen.«

Er legte ihr den Arm um die Schultern, und zusammen gingen sie hinaus in den Schnee, die Stufen hinunter und auf den großen Vorplatz.

Am Himmel spielten Scheinwerfer, die Wolken wurden von explodierenden Feuerwerkskörpern bunt beleuchtet. Marriott wußte, daß es alte Erkennungssignale und Notraketen waren, aber die Leute blickten gebannt hinauf, zum ersten Mal mußten sie keine Angst vor Sprengbomben oder Brandstäben haben. Und die ganze Zeit läuteten die Glocken.

Marriott fühlte, daß sich Ursula ihm zuwandte. In ihren Augen tanzten Funken, ihre Lippen waren leicht geöffnet, als er sie küßte. Ihr Mund war kalt, wurde aber unter dem seinen wieder warm. Mit einer Hand wischte er ihr die Schneeflocken aus dem Gesicht.

»Ich möchte dich heiraten, Ursula«, sagte er. »Wenn du mich haben willst – ich werde dich glücklich machen.« Zärtlich berührte er ihren Mund. »Ich weiß noch nicht wie, aber ich werde einen Weg finden. Ich habe noch nie jemanden geliebt, erst jetzt weiß ich, wie das ist.«

Sie sah ihn lange an, der Schnee schmolz auf ihrem Gesicht wie Tränen. »Ich wußte es vom ersten Moment an, als du mit mir gesprochen hast.« Sie schob das Kinn vor. »Wir werden eine Möglichkeit finden.« Dann stellte sie sich auf die Zehenspitzen und küßte ihn. »Auch wenn sie uns trennen sollten, werden wir immer zusammen sein. *Das weiß ich!* Und es ist alles, was ich mir wünsche.«

Heinz tauchte aus der Dunkelheit auf. Das Feuerwerk erstarb.

»Ihr Wagen, Herr Leutnant.«

Marriott trat zurück, seine Hände lagen noch auf ihren Schultern. »Fahr diese Dame nach Hause, Heinz. Da drüben ist ihr Bruder. Bring sie alle nach Eutin.«

Heinz nickte, war aber unschlüssig. »Und was ist mit Ihnen, Herr Leutnant?«

Marriott winkte ab und half Ursula auf den Sitz. Ihre Gesichter berührten sich. »Du mußt jetzt gehen, aber wir bleiben immer zusammen.«

Sie hielt seine Hand fest. »Ich habe daheim ein Geschenk für dich. Bitte besuch uns bald.«

Marriott sah dem Auto nach, das über den knirschenden Schnee davonglitt, um auch die junge Familie aufzunehmen.

Er lief die Straße entlang, aber schon nach zehn Minuten hielt ein Navy-Wagen neben ihm. Der Fahrer fragte: »Richtung Plön, Sir?«

Marriott stieg ein. Auf dem Rücksitz schliefen zwei Leutnants fest. Der Fahrer grinste. »Verdammt trauriges Weihnachten, nicht wahr, Sir?«

»Das beste, das ich je hatte!«

Er steckte seine Hände tief in die Manteltaschen und betrachtete die schneebedeckten Büsche längs der Chaussee. Später würde er Fragen beantworten und Formulare ausfüllen müssen; es mußte einen Weg geben, daß sie heiraten konnten. Die Räder brummten auf dem festgefahrenen Schnee, aber nichts konnte sein Glücksgefühl stören.

Wir werden einen Weg finden. Er konnte fast ihre Stimme hören: Das ist alles, was ich mir wünsche!

Sie hatte ihm ein Geschenk gekauft. Er lächelte. Dabei waren ihre Worte das größte Geschenk für ihn gewesen.

Weiße Kanonen

Die Frau räkelte sich in den Kissen und versuchte ihre nackten Schultern mit einem Schal zu bedecken. Das geschah nicht aus Schamhaftigkeit, sondern weil die Fenster trotz des kräftigen Feuers im Ofen dick mit Eisblumen bedeckt waren. Draußen fiel dichter Schnee.

Sie sah zu, wie Cuff in seine Hose stieg.

»Du warst ziemlich schnell, Liebster.«

Er hielt inne und blickte ihr Spiegelbild an. »Rauf und runter wie eine Mücke, das ist mein Motto.«

Er begann sich die Krawatte zu binden, seine Brust hob und senkte sich noch immer erregt. Die endlosen Weihnachtsfeiern, oder jedenfalls das, woran er sich noch erinnern konnte, hatten ihn ganz schön mitgenommen. Das war jetzt drei Wochen her, und sein Kopf war immer noch matschig. Er wußte, daß er ein paar Drinks brauchte, um wieder klar denken zu können.

»Sie haben den Offizier abgeholt.« Hertha beobachtete sein Gesicht im Spiegel, die Beine nachlässig geöffnet. »Aber mir hat niemand was gesagt.«

Cuff hielt inne. »Ich weiß, ich hab' davon gehört.« Beinahe hätte er laut gelacht. Der arme Offizier der Nachschubabteilung war so tief verschuldet gewesen, daß er nicht mal gemerkt hatte, wie sie ihn benutzt hatten. Auf ihn wartete das Kriegsgericht, danach wahrscheinlich ein Gefängnis in England. Cuff fühlte kein Mitleid. Der Mann war ein Amateur und ein Dummkopf gewesen.

»Du bist aus allem raus, Hertha, genau wie ich dir sagte. Denk mal an mich, wenn ich wieder in Brighton bin.«

Sie langte nach der seidenen Unterwäsche, die ihr Cuff geschenkt hatte. »Du warst gut zu mir, Cuff. Ich wußte ja, daß du eines Tages verschwinden würdest.« Sie zuckte die Achseln. »Aber wir hatten eine schöne Zeit zusammen, oder?«

Er schnaufte geräuschvoll. »Das kann man wohl sagen!« Er drehte sich um und blickte sie an. »Am besten, du räumst unser kleines Lager leer, wenn ich weg bin. Behalte den Anteil dieses Idioten für dich, er braucht nichts im Knast!«

Sie biß sich auf die Lippen und griff in die Schublade ihres Nachttischs.

»Was hast du da?«

Sie zögerte. »Als Hemmings starb – äh –, unten im Flur, da habe ich gelogen.« Sie reichte ihm einen Umschlag. »Ich habe seinen Brief nicht vernichtet, den über dich.« Sie beobachtete sein Gesicht, eher neugierig als furchtsam. »Schließlich kannte ich dich damals noch nicht, oder?«

Cuff verzog den Mund zu einem breiten bewundernden Grinsen. »Verdammt, du bist eine gerissene Hure!« Er riß den Umschlag auf und überflog den Inhalt. »O ja, das hätte mir ganz schön Ärger machen können.« Er warf ihn ins Feuer.

Beide lachten, aber Cuff wandte sich ab, damit sie nicht das gefährliche Glimmen in seinen Augen sah.

Das war wieder mal knapp gewesen! Es wurde höchste Zeit zu verschwinden. Morgen würde er auf dem Weg nach England sein, so ein Glück! Auch bei dem verdammten Fahndungsoffizier war das Glück auf seiner Seite gewesen. Cuff konnte sich nicht mehr genau erinnern, wie es passierte. Der Mann hatte begonnen, ihn über Hertha zu befragen, die jetzt nackt auf dem zerwühlten Bett lag, und in seinem benebelten Hirn hatte Cuff ihn mißverstanden, hatte nicht gemerkt, daß es sich nur um eine Routinebefragung handelte. Sie waren hinter dem Nachschuboffizier her. Aber Cuff hatte nicht gewartet, sondern zugetreten, so daß der Offizier nach hinten kippte. Es hatte kein Geräusch gegeben. Nichts. Nur Fairfax hatte ihn so merkwürdig angesehen. Wußte er Bescheid? Hatte er gesehen, was passiert war?

Cuff lächelte. Eins nach dem anderen. Wie es aussah, hatte Fairfax genug Probleme zu verdauen. Außerdem war es zu spät, um noch etwas gegen ihn zu unternehmen.

Er griff nach seinem schweren Mantel, dann beugte er sich über das Bett. »Ich werde dich vermissen.« Er küßte sie hart auf den Mund, seine Hand fuhr suchend zwischen ihre Schenkel. Schnell richtete er sich auf, denn er wußte, daß er jetzt aufhören mußte, sonst . . .

»Auf Wiedersehen, altes Mädchen. Vielleicht sehen wir uns ja mal wieder.«

Lange Zeit blickte sie auf die geschlossene Tür, sogar dann noch, als das Geräusch seines Wagens vom dichten Schnee verschluckt worden war. Dann berührte sie sich selbst und zog eine Grimasse. Sie war ziemlich verwirrt.

Schließlich zog sie die schöne Wäsche von ihm an und überlegte sich ihre nächsten Schritte.

Zwei Stunden später betrat Leutnant Cuff Glazebrook Meikles Büro. Die ungewöhnliche Unordnung darin überraschte ihn. Überall lagen Akten, standen Metallkisten herum, Ordner waren in langen Reihen ausgerichtet, numeriert und zum Abtransport bereit.

Aber der Commander selbst war der ungewöhnlichste Anblick von allem. Er hatte kein Jackett an, saß in Hemdsärmeln am Schreibtisch und telefonierte.

»Warten Sie einen Moment, Glazebrook.«

Cuff hob die Schultern und trat ans Fenster. Es war ein seltsames Gefühl, hier wegzugehen, aber es wurde Zeit. Er war privat beim Commodore gewesen, der sich sehr erregt hatte über die Erwähnung der Yacht, aber zustimmte, Cuff nach Hause zu schicken. Sein Rang, die lange Dienstzeit und die Tatsache, daß sein Vater krank geworden war, lieferten dazu hinreichende Gründe.

Während der Weihnachtsfeierlichkeiten hatte sein Vater einen leichten Schlaganfall erlitten. Er würde Cuff jetzt im Aufsichtsrat benötigen. Und wenn es nach ihm ging, hatte er das Geschäft bald völlig in der Hand.

Meikle legte den Hörer auf. »Also, Sie gehen?«

»Wenn es Ihnen nichts ausmacht, Sir?« Das war so nahe an einer Beleidigung, wie er es sich gerade noch leisten konnte.

»Ich muß sagen, ich bin froh, daß Sie die Navy verlassen. Sie waren kein Ruhmesblatt für uns.« Mit einer Handbewegung schnitt er Cuffs Einwurf ab. »Ich dachte immer, man erzählt neubestallten Offizieren etwas über charakterliche Eignung, aber Sie haben in diesem Punkt völlig versagt.«

»Sir ...«

»Nein, Glazebrook, jetzt rede ich! Noch so eine Unterbrechung, und ich stelle Sie unter Arrest.« Meikle dämpfte seine Stimme. »Sind Sie sicher, daß Sie Ihren Aussagen bezüglich des Treibstofflagers und des toten Fahndungsoffiziers in der Werft nichts hinzuzufügen haben?«

»Kaum, Sir.«

»Sie erinnern sich an diese Hertha Ritter, der Sie mal versucht haben zu helfen?«

Cuff blickte ihn treuherzig an. »Sie konnte Hilfe brauchen, Sir.«

Meikle sagte kalt: »Frau Ritter wurde vor einer Stunde verhaftet. Sie wird beschuldigt, gestohlene Waren und Regierungseigentum in Besitz zu haben. Zusammen mit Helfershelfern hat sie den schwarzen Markt beliefert.«

Cuff verlagerte sein Gewicht, um nicht lachend herauszuplatzen. Es war so verdammt einfach gewesen, fast wie in einem schlechten Film. Auch als er mit verstellter Stimme die Polizei angerufen hatte, um ihr von Herthas privatem Warenlager zu erzählen, wäre er fast vor Lachen geplatzt. Sie hatten erheblich schneller reagiert als gedacht, aber Hertha würde ihn nicht hineinziehen, auch wenn sie seinen Verrat ahnte. Er hatte den Beweis verbrannt, und sie wußte, daß er das Geheimnis von Hemmings' Tod kannte.

»Gewiß, Sir, aber was hat das mit mir zu tun?«

»Verschwinden Sie! Aber denken Sie daran, Glazebrook – eines Tages werden Sie einen schweren Fehler machen. Gehen Sie jetzt.« Meikle blickte wieder auf den Schreibtisch.

Cuff hielt an der Tür inne. »Was wird mit Frau Ritter geschehen?«

Meikle hob nicht den Kopf. »Wenn sie Glück hat, bekommt sie fünfzehn Jahre. Wenn nicht . . .« Er wartete, bis sich die Tür schloß, erst dann blickte er wieder auf.

Er war sicher, daß Glazebrook ein wichtiger Teil des Schieberrings gewesen war, aber es gab keinerlei Beweise. Hauptmann Whitcombe hatte ihm mitgeteilt, daß Hemmings' Leiche nach England überführt und dort verbrannt worden war. Aber selbst wenn sie noch zur Verfügung gestanden hätte, wäre es sinnlos gewesen, sie zu exhumieren.

Es klopfte, Kapitänleutnant Durham mit der unvermeidlichen Zeitung unter dem Arm trat ein. Er hatte seine Brille nach oben auf seine Glatze geschoben.

»Was gibt's, Arthur?«

Durham musterte das Durcheinander. Es würde viele freuen, daß Meikle versetzt wurde, aber ihm würde er fehlen. Persönlich und auch wegen seiner sauberen Effektivität, die mit ehrlicher Fürsorge für die Menschen unter seinem Kommando einherging.

»Ich habe draußen gerade Cuff Glazebrook gesehen, Sir.«

Meikle nickte düster. »Warum werde ich bloß immer so wütend, wenn ich ihn sehe?« Er läutete. »Tee für zwei, bitte«, sagte er zu dem

Kopf im Türspalt. »Cuff wird entlassen. Sein Vater hatte einen Herzanfall oder so. Ich hätte ihn gern noch hierbehalten, um einige Dinge zu klären. Allerdings kann ich nicht verheimlichen, daß mir Kerle seiner Sorte stinken.« Er faßte sich wieder. »Also, warum sind Sie gekommen?«

Durham hielt ihm die Zeitung hin. »Ich nehme nicht an, daß er dies noch gesehen hat, Sir. Ich selbst habe die Zeitung eben erst bekommen. Aber jetzt verstehe ich, warum sein Vater einen Herzanfall hatte.«

Meikle las die Schlagzeile: *Frisch geadelter Geschäftsmann angeklagt. Wegen Bestechung eines hohen Regierungsbeamten und Steuerhinterziehung.* Er blickte auf, und zum ersten Mal an diesem langen Tag lächelte er.

»Ich denke, das wird ihn überraschen. Nicht wahr?«

Während er seinen Tee umrührte, meinte der eulengesichtige Durham: »Tut mir leid, daß Sie weggehen, Sir.«

»Die Herren da oben werden sich einen anderen suchen müssen, der sich darüber den Kopf zerbricht, in welcher Farbe ein Büro gestrichen werden soll oder welche Kartoffelration ein deutscher Arbeiter bekommen muß.« Meikle blickte auf einen Stapel sorgfältig verpackter Geschenke. Es waren Gaben von Menschen, die er hart angefaßt hatte: Deutsche, Gefangene, Untergebene. »Trotzdem werde ich die Leute hier vermissen. Es gäbe noch soviel zu tun.«

Durham stellte seine Tasse ab. »Sie haben dafür gesorgt, daß sie durch diesen Winter kommen, Sir.« Er stand auf und verbeugte sich. »Ich kann sagen, was ich denke. Ich bin zu alt, um noch Rücksichten nehmen zu müssen.«

Meikle lächelte. »Wir sprechen uns später, Arthur.« Dann rief er ihm nach: »Und kaufen Sie keine Aktien von Glazebrook Enterprises! Die sind jetzt so wertlos wie sein Adelstitel.«

Damit beugte er sich wieder über sein Tagebuch. Bald würde Marriott kommen. Er dachte über ihn und Ursula nach, über ihre Heiratsabsichten. Alle Wetten standen gegen sie. Aber wenn es ein Projekt gab, das er noch beenden wollte, dann dieses.

Meikle dachte nicht wie ein Marineoffizier, sondern wie ein Jurist. Ob bei Anklage oder Verteidigung, es gab immer einen Ausweg. Wie sich Ursula verändert hatte! Sie machte ihre Arbeit als Übersetzerin so gut wie immer, aber ein Geheimnis schien sie zu umgeben. Ihre Augen und ihr Benehmen waren verändert. Meikle konnte es sich nicht erklären. Das mußte Marriott bewirkt haben.

Das Objekt seines Interesses verließ das Kasino tief in Gedanken versunken. Etwas, das Marriott gerade erfahren hatte, hing wie eine dunkle Wolke über ihm. Am Ende des Korridors sah er Cuff, der zwei Ordonnanzen anwies, sein Gepäck zu tragen. Also reiste er wirklich ab.

Cuff kam auf ihn zugeschlendert. »Ich haue ab. Und jeder hier scheint der Meinung zu sein, daß es keine Sekunde zu früh ist.« Er lachte brüllend, seine Ginfahne war raumfüllend.

Leise sagte Marriott: »Ich habe gerade gehört, daß Spruce Macnair gestorben ist. Sein Herz hat versagt. Ich kann's noch nicht ganz fassen.«

Cuff runzelte die Stirn, während er die Neuigkeit verdaute. Dann meinte er leichthin: »Nun ja, jeder muß mal sterben. Also, was soll's?« Er streckte ihm die Hand hin. »Wir sehen uns.«

Marriott übersah die Hand. »Sie hatten alle recht: Du bist wirklich ein Arschloch!« Damit drehte er sich um und ging in die kalte Luft hinaus.

Cuff rief ihm nach: »Du kannst mich!« Aber das Lachen wollte nicht kommen. Er taumelte in das wartende Auto und murmelte: »Ich werd's euch allen noch zeigen!«

Niemand sah ihn abfahren.

»Sollten Sie einen Platz finden, dann bitte . . .« Meikle deutete auf die mit Akten belegten Stühle.

Marriott setzte sich zerstreut. Er dachte immer noch an Spruce Macnair, sah ihn vor sich, wie er gewesen war. Wie sie alle gewesen waren. Wenigstens hatte er den Erfolg seiner Anstrengungen und den Sieg noch erlebt.

Beri-Beri hatte es ihm erzählt. Er hatte es in irgendeinem Bericht gelesen, den er für das Büro des Commodore abheftete.

Der arme alte Beri-Beri war zu Weihnachten auf die schwarze Liste des Stabes geraten. Später hatte er erklärt, er hätte sich nur die gerechte Rache ausgedacht für den bösen Streich, den ihm einer der hohen Herren gespielt hatte. Während er im Krankenhaus lag, war nämlich sein schöner Mercedes requiriert worden.

Beri-Beris Antwort war spektakulär und nicht ganz ungefährlich gewesen. Mit einer kleinen, kontrollierten Ladung hatte er beim Weihnachtsdinner die Beine des Serviertisches an der Tafel der Stabsoffiziere abgesprengt. Der Tisch war umgefallen, der Boden war mit einem Durcheinander aus Tellerscherben, Glassplittern und verschiedenen Saucen bedeckt gewesen. Die Explosion war nicht sehr laut gewesen, hatte aber ausgereicht, um mehrere Veteranen mit einem gekonnten Sprung in Deckung zu schicken.

Da war auch noch der Leutnant, der so blau gewesen war, daß er vom Dach der Messe in ein Tischtuch springen wollte, das seine nicht minder betrunkenen Kameraden aufspannten. Der Commodore hatte auf einer angemessenen Bestrafung des Initiators bestanden, denn der Springer hatte sich beide Beine gebrochen. So war Beri-Beri in den Katakomben des internen Archivs gelandet.

Aber sogar das hatte sein Gutes gehabt. Beri-Beri hatte einen Dritten Offizier namens Jill Wheatley dort kennengelernt und mit seinem üblichen lässigen Bohren herausgefunden, daß sie nur eine Meile von seinem Elternhaus entfernt aufgewachsen war. Seither hatte er seinen Traum vom einfachen Leben eines Anglers zu den Akten gelegt.

Erstaunlich, wieviel sich seit Weihnachten geändert hatte. Unter den zahllosen neuen Gesichtern schienen die bekannten zu verschwimmen. Einige der alten Kameraden waren schon nach England zurückgekehrt und aus dem Dienst geschieden. Ein paar hatten Marriott aufgesucht, um sich von ihm zu verabschieden, andere waren ohne ein Wort einfach verschwunden.

»Nun also, Marriott, zu Ihnen.« Meikle beobachtete ihn. »Ich habe ein paar Erkundigungen eingezogen.« Er hob die Augenbrauen. »Wollten Sie etwas fragen?«

Marriott lächelte. Es war ungewöhnlich, daß Meikle einem das erste Wort ließ, und noch ungewöhnlicher, ihn so lässig gekleidet zu sehen.

»Ich frage mich, Sir, wie Sie es geschafft haben, daß Fräulein Geghins Bruder ausgetauscht wurde.«

Meikle zupfte an seinem Schlips. »Es kann nicht schaden, wenn Sie's wissen. Es war der SS-Mann Maybach, den wir den Russen dafür geschickt haben. Ihr verstorbener Bootsmann Evans wußte nicht, daß Maybach früher Hunderte, vielleicht Tausende russische Gefangene befehligte. Sie verrichteten Sklavenarbeit für die Organisation Todt auf den Kanalinseln. Sie mußten unterirdische Befestigungen und Bunker bauen, darunter ein vollständiges Lazarett und viele Panzersperren. Starben sie an Hunger oder an den Folgen der schlechten Behandlung, wurden sie einfach in den Beton geworfen.«

»Ich verstehe, Sir.«

»Der russische Offizier, mit dem Sie sich in Swinemünde anlegten, Kapitän Sakulkin, schien dafür im Kreml etwas in Ungnade gefallen zu sein. Also habe ich ihn angerufen. Ich bin sicher, als Maybach Moskau erreichte, waren Sakulkin selbst und alle anderen überzeugt, daß allein dem Kapitän die Ergreifung dieses Kriegsverbrechers zu verdanken ist.« Meikle hob die Hände. »Jedenfalls wurde er rehabilitiert und schuldete mir jetzt einen Gefallen.«

Aber Meikles gute Laune verflog. »Nun reden Sie schon«, sagte er.

Es hatte in einem Brief von Penny gestanden, nachdem er ihr ein Foto von Ursula geschickt hatte.

»Die kanadische Regierung ermutigt Einwanderer, Sir«, begann er. »Wenn wir verheiratet sind und die Unterstützung einiger hoher Offiziere haben . . .«

Er erinnerte sich an Ursulas Gesicht, als er ihr seine Idee erläutert hatte. »Wir wären beide nicht traurig, unser jeweiliges Vaterland hinter uns zu lassen, wenn wir anderswo ein neues gemeinsames Leben beginnen könnten. Wir blicken nach vorn – zusammen.«

Meikle griff nach seinem Notizblock. »Ja, Fräulein Geghin hat sich ähnlich geäußert. Das mit Kanada ist richtig. Es wird zwar einige Zeit dauern, aber es gibt ein paar Pluspunkte. Litauen war zweiundzwanzig Jahre lang unabhängig, nachdem es sich aus dem ehemaligen Zarenreich gelöst hatte. Als Stalin den unseligen Nichtangriffspakt mit Hitler geschlossen hatte, beschloß er, die baltischen Staaten wieder der Sowjetunion einzuverleiben. Den Rest kennen wir. Gesetzt den Fall – die Konstruktion ist allerdings sehr wackelig –, Litauen wäre ein selbständiger Staat geblieben, besäße Fräulein Geghin jetzt die litauische Staatsangehörigkeit. Die kanadische Regierung steht diesem Gedanken . . . äh . . . wohlwollend gegenüber.«

Marriott leckte sich die trockenen Lippen. »Meine Schwester und mein Schwager würden uns helfen, Sir. Auch andere . . .«

»Eins nach dem anderen. Zuerst die Heiratserlaubnis.« Meikle ließ seine Worte wirken. »Ich kann es Ihnen vom Gesicht ablesen, daß Ihnen die am wichtigsten ist.«

Eine Ordonnanz blickte herein. »Der Wagen steht bereit, Sir.«

Meikle erhob sich. »Ich bin noch ein paar Tage hier, bis mein Nachfolger ankommt. Er ist ein Offizier der alten Schule, also warnen Sie Ihren verrückten Freund Kidd rechtzeitig!« Er blickte ihn ernst an. »Ich glaube, es ist zu schaffen. Aber erklären Sie Ursula, daß es einige Zeit dauern kann.«

Lavender trat mit Meikles Jackett ein, das jetzt einen neuen goldenen Streifen am Ärmel aufwies. Damit waren es vier, denn Meikle war Vollkapitän geworden.

Die tiefliegenden Augen blickten ihn fest an. »Es scheint, daß an meinem neuen Wirkungsort die alliierten Juristen alle einen hohen Rang haben. Deshalb fanden es Ihre Lordschaften angemessen, mich zu befördern.« Er lächelte. »Ich kriege fast selbst noch Ehrfurcht vor mir.«

»Wohin werden Sie versetzt, Sir?«

»Unsere Justiz hat eine neue Abteilung für mich eingerichtet. In Nürnberg.«

Marriott begriff. »Ich bin sicher, daß Sie dort am richtigen Platz sind, Sir.«

Meikles Reaktion kam schnell wie der Blitz. »Warum – weil ich Jude bin? Wollten Sie das damit sagen?«

»Tut mir leid, Sir. Das meine ich nicht. Ich zweifle nicht an . . .«

Meikle reichte ihm die Hand. »Schon gut, Marriott, ich muß mich entschuldigen. Vergeben Sie mir meine Voreiligkeit.« Dann lächelte dieser seltsame Mann aufmunternd. »Sie und Fräulein Geghin werden hoffentlich glücklich miteinander, und das meine ich ehrlich. Man wird Sie hier vermissen, Marriott, Sie haben sich einen guten Namen gemacht. Die Arbeit, die Sie hier geleistet haben, wird vielen lange positiv im Gedächnis bleiben. Das ist etwas, worauf Sie und Ihre Ursula immer stolz sein können.«

Er setzte seine schöne Mütze auf. »Ich gehe jetzt zum Dinner beim Commodore. Wahrscheinlich werden wir über Yachten diskutieren.«

Meikle und sein kaninchenhafter Sekretär kicherten wie über einen Insiderscherz.

Marriott und Ursula standen im Schutz einer Betonmauer und blickten zu dem Truppentransporter hinüber, der langsam von der Pier abgetaut wurde. Es war schon Februar, aber der Schnee weigerte sich zu schmelzen, obwohl ihm zeitweise eine fahle Sonne zusetzte.

Ursula trug einen Duffelcoat und hatte die Kapuze über den Kopf gezogen. Er konnte sich vorstellen, was sie dachte.

Die letzte Leine klatschte ins schmutzige Wasser. Schwach hörten sie Hurrarufe und das Tuten eines vorbeifahrenden Schleppers. Es waren Infanteristen und Seeleute, die jetzt nach Hause fuhren, um demobilisiert zu werden. Das Schiff würde sofort wieder ablegen und nach Kiel zurückkehren. Und wenn es Kiel wieder verließ, würde Marriott an Bord sein.

Er flüsterte: »Commander Meikle hat mir versichert, daß dein Job gesichert ist, bis . . .«

Sie wandte sich ihm zu und blickte ihn an, ihr Atem schlug ihm wie eine Rauchwolke ins Gesicht.

»Er hat es mir auch gesagt. Ich bin so froh, dadurch bleibe ich dir nahe.« Sie lächelte, aber ihre Augen waren traurig.

Marriott ließ die vergangenen Tage Revue passieren. Er hatte alle notwendigen Formulare ausgefüllt und sein Heiratsgesuch auf den Weg gebracht. Er hatte gehört, daß ein Major der Infanterie auch schon Erlaubnis bekommen hatte, eine Deutsche zu heiraten. Das war ein Präzedenzfall, allerdings kannte er die genauen Umstände nicht.

Nun wurde er wie all die anderen nach Hause geschickt. Offiziell würde er volles Gehalt bekommen, bis sein aufgelaufener Urlaub verbraucht war. Danach war er Zivilist, und seine Chancen, in das besetzte Deutschland zurückkehren zu können, standen dann bei null.

Sie konnten es ertragen, solange sie zusammen waren. Aber wie würde es sein, wenn der Truppentransporter wieder ablegen würde?

Er beobachtete, wie ein schlanker Zerstörer an dem alten HAPAG-Liner *Milwaukee* vorbeiglitt. Der Passagierdampfer war jetzt auch ein HQ-Schiff, seine weiße Kriegsflagge knatterte am Heck. Die schrillen Pfeifen beim Austausch des Saluts, die rauhen Befehle klangen wie das Zetern von Seevögeln.

Leise meinte sie: »Sieh dir die Kanonen an. Sie sind vom Schnee ganz weiß . . . So sehen sie gar nicht mehr gefährlich aus.«

»Ich weiß.«

Marriott war nur noch einmal im Gasthof in Eutin gewesen, seit ihr Bruder Lothar heimgekehrt war. Dabei war er nicht überschwenglich begrüßt, aber auch nicht feindselig behandelt worden. Lothar war endlich zu Hause, seine Aussichten, seine Genesung standen jetzt im Vordergrund.

Gewöhnlich traf er sich mit Ursula vor der Kaserne oder hier in der Nähe von Meikles erstem HQ. Oft liefen sie dann durch die verschneiten Wälder, erkundeten kleine Cafés oder Gasthäuser wie das ihre in Eutin. Sie sprachen miteinander und hielten sich an den Händen. Er mußte an das Geschenk denken, das sie ihm gegeben hatte: eine Fotografie von ihr, und auf die Rückseite hatte sie in ihrer runden Handschrift geschrieben: »Für den Engländer, der mein Leben ist.«

Sollte sie die Befürchtung hegen, daß er sie vergessen könnte, sobald er erst wieder in England war, so verbarg sie die sorgsam. Er aber quälte sich oft mit dem Gedanken, daß sie es sich anders überlegen würde, wenn er fort war.

Sie zog ihren Handschuh aus und hielt ihm die Hand hin, an der der

Ring blitzte, den er ihr nach Weihnachten geschenkt hatte. Zuerst hatte sie ihn nur getragen, wenn sie allein waren, aber jetzt trug sie ihn ganz offen, mit Stolz und Trotz. Marriott nahm ihre Finger und küßte sie. In den wenigen Sekunden waren sie eiskalt geworden.

Wenn er fort war, würden keine bekannten Gesichter sie an ihn erinnern. Beri-Beri würde mit ihm fahren und wahrscheinlich auch Fairfax.

Fairfax hatte ihm von einem Gespräch erzählt, das er mit einem Beamten vom Innenministerium geführt hatte, der nach Deutschland gekommen war, um Freiwillige für die Londoner Stadtpolizei zu werben.

Nach Kriegsende mußten alle Reservisten, Sonderkonstabler und Pensionäre entlassen werden, die nur aushilfsweise eingestellt worden waren. Londons »blaue Schutzlinie« war so dünn wie noch nie.

Was war in Fairfax gefahren, daß er Polizist werden wollte? fragte sich Marriott. Eins war sicher: Der Job würde ihn beschäftigen, bis er über sich selbst Klarheit hatte. Vielleicht fand er dann eine andere Lösung für seine Probleme. Er ging nicht allein zur Polizei, Unteroffizier Arthur Townsend begleitete ihn. Nach der Schießerei in Hamburg mochten sie einander eine Stütze sein.

Insgeheim mußte Marriott grinsen: Fairfax' reicher Vater, der Chirurg, würde begeistert sein!

Er zog das Päckchen aus seinem Mantel hervor, das ihm Heinz geschenkt hatte: das sorgfältig geschnitzte Modell eines Fischerboots. Es sah aus wie die Fischerboote drüben in Laboe, und auf einem davon hatte Heinz gearbeitet. Bescheiden hatte er bemerkt, daß er das Modell selbst geschnitzt hatte.

Er reichte es Ursula. »Heb's auf für unser neues Heim. Wo immer das auch sein mag.«

Er blickte zum Zerstörer hinüber, der zu seiner Muringboje lief. Er würde dieses Leben hinter sich lassen.

Laut sagte er: »Weiße Kanonen . . .«

Ursula hatte es auf den richtigen Nenner gebracht.

Am letzten Februartag war der Zeitpunkt ihres Abschieds nur noch Minuten und nicht mehr Tage entfernt.

Anders als beim letzten Mal, als sie den zerbeulten Truppentransporter beim Ablegen beobachtet hatten, konnten sie in dem Stimmengewirr ringsum keinen klaren Gedanken fassen, geschweige denn einen ungestörten Platz finden.

Viele der abfahrenden Seeleute schwankten nach zahlreichen Abschiedsdrinks mühsam einen der Landgänge hinauf. Sie winkten ihren Freunden, zu angeheitert, um traurig zu sein.

Diejenigen, die sich schon an Bord eingerichtet hatten, standen an der Reling, schwangen ihre Mützen und brüllten. Die Kameraden an Land standen ihnen in der Lautstärke um nichts nach.

Marriott legte Ursula den Arm um die Schultern. Sein Herz war schwer wie Blei.

Beri-Beri zögerte, dann grüßte er sie. Er ging immer noch am Stock, vermutlich würde er das Humpeln behalten.

»Ich sehe dich an Bord, Vere, alter Junge«, sagte er. »Und natürlich auch in England.« Impulsiv beugte er sich vor und küßte Ursula auf die Wange. »Ich werde für Sie auf ihn aufpassen.« Damit humpelte er davon, den Blick auf den qualmenden Schornstein gerichtet.

Eine Stimme schrie in Marriotts Hinterkopf: Jetzt ist es soweit! Jetzt ist es soweit!

»Die Zeit vergeht schnell.« Er sah, daß ihre Lippen zitterten, und fügte hinzu: »Auch du bist mein Leben, Ursula. Sobald ich zurückkomme, heiraten wir.«

Über ihre Schulter erblickte er die anderen, die gekommen waren, um ihn zu verabschieden. Kapitän von Trips, gefaßt und ernst, einen Arm um die Schultern seines Jungen gelegt. Auch Heinz war dagewesen, er hatte Marriotts Koffer persönlich an Bord gebracht.

Die Sirene des Transporters dröhnte, die Möwen im Außenhafen flogen erschreckt auf. An der Reling brüllten die Männer noch lauter. Marriott nahm Ursula in die Arme und küßte sie lange, die Witze und Pfiffe der zuschauenden Matrosen erreichten sie nicht. Der Augenblick war zu kostbar.

Dann trat sie einen Schritt zurück, und ihre Augen glänzten feucht.

»Bis zum nächsten Mal, Darling!«

Marriott ging zur Gangway, es war die einzige, die das Schiff noch mit dem Land verband. An der Tür drehte er sich um und sah Ursula winzig in der Menge stehen. Sie winkte ihm zu, Heinz stand neben ihr. Er würde ihm einen letzten Dienst erweisen und sie nach Hause fahren.

»Hier lang, Sir.« Der Steward betrachtete ihn interessiert. »Sie haben eine Kabine mit Mr. Kidd zusammen, Sir.«

»Danke.« Er packte die Reling, als sich das Schiff langsam achteraus zu bewegen begann. Der Schlepper stieß dicken schwarzen Qualm aus, während er den Transporter mit seinem dicken Bugfender abdrückte.

Marriott suchte Ursula mit Blicken, aber es war sinnlos, die Pier verdeckte sie schon. Das Deck zitterte, als das Schiff Fahrt voraus aufnahm. Die Bugwelle brach sich an einem Wrack, das noch auf seine Bergung wartete.

Marriott folgte dem Steward zur Kabine hinunter, wo Beri-Beri auf seiner Koje saß.

»Immer noch wach?« fragte er.

Beri-Beri betrachtete ihn spöttisch. »Sei nicht so niedergeschlagen, alter Junge. Schließlich bist du einer der glücklichsten Männer unter der Sonne.«

Marriott nickte und holte ihr Bild hervor.

Für den Engländer, der mein Leben ist.

»Ich weiß.« Durchs Bulleye sah er, wie das große düstere Marine-Ehrenmal vorbeiglitt, und dachte an das erste Mal, als er es gesehen hatte. Damals war sein Leben so leer gewesen.

Er fühlte, wie sich der Rumpf in der Dünung zu heben und zu senken begann.

»Ich komme zurück.«

Nur Beri-Beri wußte, daß er es laut ausgesprochen hatte.

Epilog

Sobald der Truppentransporter in Southampton festgemacht hatte, ging die Ausschiffung mit bemerkenswerter Schnelligkeit vonstatten.

Die meisten Soldaten fuhren schnurstracks nach Hause oder auf Urlaub. Wenn sie sich das nächste Mal bei ihrer Einheit oder in der Kaserne meldeten, würden sie ihre Zivilkleidung bekommen.

Die meisten hatten noch einen langen Weg vor sich, nur eine Handvoll war hier zu Hause. Sie würden betrübt sehen, was die Bombenangriffe aus dem lebendigen Hafen und der geschäftigen City gemacht hatten. Die Zerstörungen waren so stark, daß die Stadt völlig neu aufgebaut werden mußte. Das gleiche traf auch auf Portsmouth zu.

Die meisten aber würden einander nie wiedersehen, denn der Krieg war das einzige, was sie verbunden hatte. Vielleicht würden sie in vielen Jahren, wenn Zeit die bitteren Erinnerungen gemildert hatte, zusammenkommen wie vor ihnen die Veteranen von Waterloo oder von der Somme, um von den alten Zeiten zu sprechen.

Vom Bootsdeck aus beobachtete Ginger Jackson durch ein teures Zeissglas, wie sich Obermatrose Craven seinen Weg zu den Tischen mit Marinepolizisten und Zöllnern bahnte. Er wußte, was jetzt passieren würde. Die Zöllner richteten sich wachsam auf, dann lag Cravens Koffer offen auf dem Tisch. Ginger seufzte. Er hatte ihn gewarnt, genau wie Jack Rae, der etwa zwanzig Männer weiter hinten in derselben Schlange stand.

Er wußte, daß Cravens Koffer mit Beutegut vollgepackt war, Juwelen und Uhren zumeist. Sogar der hartherzigste Zöllner hätte bei einem kleinen Erinnerungsstück die Augen zugedrückt, aber bei dieser Menge!

Ginger blickte weg, als Craven abgeführt wurde. Offiziell war er noch immer in der Marine, also würden sie ihn ins »Glashaus« bringen, in die verhaßten Arrestzellen.

Ginger nahm einen kleinen Leinensack und warf ihn nach kurzem Zögern ins ölige Wasser. Er war das Risiko einfach nicht wert. Schließlich war er in die Marine völlig pleite eingetreten, und jetzt hatte er ein dickes Postsparbuch. Die Beute mußte verschwinden.

Unten stand jetzt Obermatrose Rae vor dem Tisch der Zöllner und sah in seiner Ausgehuniform sehr eindrucksvoll aus. Er hielt inne, als ein Beamter rief: »Hier herüber, mein Sohn!« Dann sah er das Ordensband an Raes Jacke und fuhr leiser fort: »Haben Sie was anzumelden?«

»Eigentlich nicht.«

»Dann hauen Sie ab!«

Rae nahm seinen Seesack und pfiff leise vor sich hin, während er mit der Menge zum Bahnhof schlenderte.

Im Boden seines Seesacks war eine brandneue Luger eingenäht, denn kein Volk der Erde konnte bessere Waffen bauen als die Deutschen.

Nachdem dieser Mist vorbei war, würde niemand einen ehemaligen Maschinengewehrschützen brauchen, dachte er. Aber die schöne Pistole würde dafür sorgen, daß er immer was zu beißen hatte.

Ein anderer Zöllner hielt Marriott an, der seinen Koffer auf dem Tisch öffnete. Er sah Ursulas Bild obenauf liegen, blickte hoch und lächelte. »Ich sehe, Sir, daß Sie den besten Grund der Welt haben, nach Hause zu kommen.« Er markierte den Koffer mit Kreide. »Alles Gute.«

Marriott wartete auf Beri-Beri. »Ruf mich an, äh, wenn . . .«

Sie schüttelten einander die Hände, beide verlegen von der Bedeutung des Augenblicks. Sie konnten ihre Gefühle nicht in Worte fassen.

»Ja. Wirst du dann kommen und mir beistehen?«

Beri-Beri lächelte frech wie immer. »Als dein Brautführer? Darauf kannst du wetten.« Der Rest ging unter im Gewühl.

Ginger Jackson stromerte vorbei und grüßte lässig.

»Tschüs, Gents! Auf Wiedersehen in Moskau.«

Es war vorbei.

Die nächsten Wochen wurden Marriott unendlich lang. Ohne Stephen und Penny war das Haus nicht mehr sein Heim. Er fühlte sich eher als Untermieter.

Er versuchte, ihnen alles zu erklären, und haßte sich dafür, daß es so defensiv klang. Seine Mutter hatte ausgerufen: »Oh, wie konntest du nur, Vere! Eine Deutsche! Ich vermute, daß du sie herbringen wirst, wenn die Behörden dumm genug sind, sie einreisen zu lassen?«

Marriott hatte die Besorgnis in den Augen seines Vaters gesehen. »Nun mal langsam, quäl den Jungen nicht nach allem, was er durchgemacht hat . . .«

Marriott wollte zum Pub hinuntergehen, war aber geblieben, um das Thema durchzuziehen.

»Wir lieben uns.« Das war keine Verteidigung, keine Bitte um Verständnis mehr. »Es hat Krieg gegeben, und deshalb haben wir uns getroffen. Das ist das einzige, wofür ich dankbar bin.« Er mußte an Beri-Beris Worte denken, daß es fürs Überleben immer einen Grund gab. »Sollten die hohen Herren mein Gesuch ablehnen, werden wir einen anderen Weg finden.«

Er hörte, wie Chris, der Untermieter, oben herumwirtschaftete. Er bewohnte jetzt zwei Zimmer. »Junge Männer finden heute weder für Geld noch aus Nächstenliebe ein Heim«, hatte seine Mutter erklärt. Welche Chancen hatten da erst die zurückkehrenden Soldaten?

Er machte lange Spaziergänge, endlose Wanderungen über altbekannte Wiesen und Straßen, die ihm seit seiner Schulzeit vertraut waren. Immer dachte er dabei an Ursula. Sie war weiter entfernt denn je.

Nachts lag er im Bett und starrte auf seine Uniform, die an der Rückseite der Tür hing: seine Verbindung zu Deutschland.

Er hatte mehrmals überlegt, ob er Beri-Beri in Winchester anrufen sollte, aber er wußte, daß er nur von seiner wachsenden Verzweiflung reden würde.

Einmal war sein Vater mit ihm zusammen in den Pub gegangen.

»Nimm es deiner Mutter nicht übel, Vere. Sie versteht es nicht. Ihr Leben war nicht einfach, mit dem Krieg und dem ganzen Drum und Dran.«

Marriott hatte ihn angeblickt, die schlichte Sanftheit des alten Mannes rührte ihn. »Es war auch für dich nicht leicht, Dad.«

»Sie braucht eben jemanden.« Er füllte sich seine Pfeife mit dem Navy-Tabak seines Sohnes. »Ich weiß, daß du Chris nicht leiden kannst, aber ihn kann sie wenigstens bemuttern. Das ist das einzige, was sie kann, verstehst du?«

Marriott verstand es nicht. »Sollte alles klappen, werden wir nach Kanada gehen, Dad.«

Zu seiner Überraschung lachte sein Vater.

»Wenn meine Arthritis nicht wäre und ich zwanzig Jahre weniger auf dem Buckel hätte, würde ich glatt mitkommen, das kannst du mir glauben.« Dann fuhr er in dem ernsthaften Ton fort, den Marriott seit vielen Jahren kannte: »Sieh mal, Vere, ich bin sehr stolz auf dich ... Mehr, als ich es ausdrücken kann. Ich bin sicher, daß Ursula ein hübsches Mädchen ist. Aber versprich mir bitte eins, ja?« Er blickte über den Tresen in die Ferne. »Bring sie bitte noch einmal mit nach Hause, bevor ihr ...«

Als sie zusammen zurückgingen, war das Band zwischen ihnen fester denn je geworden.

Marriott stand am nächsten Morgen spät auf, vor allem um dem Frühstück mit Chris zu entgehen.

Seine Mutter kam vom Garten herein, ihr Atem dampfte von der Kälte draußen. »Ein Brief für dich.« Sie beobachtete ihn gleichmütig. »Wahrscheinlich deine Entlassungspapiere.«

Marriott schlitzte den braunen Umschlag auf. Den Inhalt glaubte er zu kennen.

Dann überflog er schnell die Seiten. Vor seinen Augen verschwammen die sauber getippten Instruktionen.

Von irgendwo erschien sein Vater, einen Korb voll Feuerholz in der Hand. »Was gibt's, mein Sohn?«

Marriott blickte auf, ohne sie zu sehen.

»Ich habe die Heiratserlaubnis.« Er lauschte seiner Stimme nach, bis er es selber glauben konnte. »Ich – ich weiß nicht, was ich sagen soll ...« Er konnte nicht weitersprechen.

Dann sah er, daß an die offiziellen Papiere ein kleiner Umschlag geheftet war. Der Absender lautete: Büro Kapitän Joseph Meikle, RNVR, KC. Der Brief war kurz und wahrscheinlich vom loyalen Lavender getippt: *Ich wünsche Ihnen beiden viel Glück. Was im Feuer des Krieges zusammengeschweißt wurde, wird besser halten als Stahl. Bei meiner jetzigen Arbeit werde ich oft daran erinnert, daß die Tatsache, daß Sie und Ihre Ursula sich gefunden haben, wahrscheinlich eines der wenigen anständigen Dinge ist, die bei diesem Krieg herausgekommen sind.*

Unter seiner üblichen steilen Unterschrift stand handschriftlich eine Telefonnummer.

Marriott lief erst einmal die Straße hinauf und dann wieder hinunter, um seine Gedanken zu ordnen. Als das Haus zur Ruhe gekommen war, rief er die Vermittlung an. Nach vielem Klicken und Klappern – es schien Jahre zu dauern – hörte er ihre Stimme so klar, als stünde sie neben ihm. »Ja? Hier spricht Ursula Geghin . . .«

»Ich bin's!« Er hörte sie scharf einatmen. »Alles ist in Ordnung!«

Er wartete. Hatte sie es sich anders überlegt? Vielleicht hatte sie ihn auch nicht verstanden?

Als sie sprach, zitterte ihre Stimme, klang aber so klar, daß er die Emotion spürte, die in ihrer Antwort lag.

»Wir sind wieder zusammen!«

Das war alles, was er hören mußte. Der Rest war einfach.